What A Gentleman Wants
by Caroline Linden

ためらいの誓いを公爵と

キャロライン・リンデン
白木智子［訳］

ライムブックス

WHAT A GENTLEMAN WANTS
by Caroline Linden

Published by arrangement with Kensington Books,
an imprint of Kensington Publishing Corp.,New York
through Tuttle-Mori Agency, Inc.,Tokyo

ためらいの誓いを公爵と

主要登場人物

ハンナ・プレストン……………牧師の未亡人
マーカス・リース………………エクセター公爵
デヴィッド・リース……………マーカスの双子の弟
モリー……………………………ハンナの娘
ロザリンド………………………マーカスとデヴィッドの義母
シーリア…………………………マーカスとデヴィッドの異母妹
ベントリー・リース……………マーカスとデヴィッドのいとこ
スザンナ・ウィロビー…………マーカスの愛人
リリー……………………………ハンナ付きのメイド
ナサニエル・ティムズ…………銀行家

プロローグ

最後に到着したその男性に気づいた者は誰もいなかった。主夫妻《あるじ》はしばらく前から客のあいだを歓談してまわっている。間もなくサパーダンスが始まる時間だ。

遅れてきた男性は人々の輪に加わらなかった。舞踏室に入ったところで足を止め、優雅に着飾った楽しげな客たちにさっと視線を走らせる。だが、すぐに身をひるがえし、舞踏室を離れて階段をのぼり始めた。彼は音もなくすばやい動きで、家人の私室がある棟へ向かった。ひとつひとつ部屋の前で立ち止まり、ときおりわずかにドアを開けては、また閉めて進んでいく。

廊下の端まで来てようやく、彼はそれまでより長く足を止めると、ドアに近づいて耳を澄ませた。振り返って誰にも見られていないことを確かめ、中に滑りこむ。

これがほかの誰かなら、互いに夢中になっている男女の姿を目にすれば、そのまま部屋をあとにしたかもしれなかった。けれどもマーカス・リースは少しも動揺を見せず、出ていくどころか、うしろ手にドアを閉めた。

「あと少し……ええ、そうよ……いいわ……」女性がうめいた。頭をのけぞらせ、恍惚《こうこつ》とした表情で目を閉じて、上下に激しく体を揺らしている。

「あと少し？　だめだ、もう限界だよ」女性の腿の下で突きあげながら、男性が息を弾ませた。両手は女性の腰をつかみ、靴を履いたままの足首にズボンが絡まっている。

女性があえぎまじりの笑い声をあげた。「限界なの？　もう少し待ってちょうだい、坊や」

「無理だ」男性はうなり、片肘をついて上体を起こすと、濃いピンク色の乳首を口に含んだ。

「もうだめだ」

「ああ……ああ……あああ！」女性の声が大きくなり、最後には悲鳴に変わった。そこでようやく目を開けた彼女は、自分たちがふたりきりでないことに気づいた。「まあ、いやだ！」胸に覆いかぶさる恋人を押しのけ、慌てて彼の膝からおりると、遅ればせながらドレスを引きあげて体を隠そうとした。「ここで何をしているの？」

マーカスは無表情のまま、じっと彼女を見つめた。「どうやらあなたを助けに来たようだ」長椅子に横たわっていた男性がショックから立ち直り、身を起こして振り向いた。「マーカス、兄上。わざわざお越しいただけるとはご親切に」あてこすりをこめたきつい声だ。

「いったいなんのために、ぼくらを不愉快な目に遭わせるんだ？」

「バーロウ卿《きょう》のためだ」その言葉を聞いて女性が息をのみ、顔色を失った。「彼は今夜、かなり大量に酒を飲んでいる。そして妻の不貞の噂《うわさ》に我慢ならなくなったらしい。彼がクラブにいるあいだに、レディ・バーロウがほかの紳士たちと個人的に近づきになっているという噂が、とうとう彼の耳に入ったんだ。彼は自分の目で真偽を確かめようと、今まさにこちらへ向かっているところだ」

女性が息をあえがせ、大慌てで服装を整え始めた。マーカスは彼女を無視して弟に向き直った。「バーロウはお前を殺すつもりだ、デヴィッド」彼は低い声で言った。「奥方の相手がお前だと知っている。さっさと立って身支度を整えろ」

「彼は気にしないと言ったじゃないか」デヴィッドがズボンを引っぱりあげながら女性を責めた。背中のボタンを留めようとしていたレディ・バーロウが、彼をにらみ返した。

「あの人は気にしないわよ！　ただ……」彼女がちらりとマーカスをうかがう。彼はデヴィッドが脱ぎ捨てたシャツを拾い、裏返った袖《そで》を戻していた。「お酒を飲んだときは別だけど」レディ・バーロウが不機嫌そうな口調で続けた。

「あの男はひどい飲んだくれだ！」マーカスが放《ほう》り投げたシャツを受けとって頭からかぶりつつ、デヴィッドが言った。「きみはぼくに嘘《うそ》をついたんだな」

「あら、あなたがそんなこと気にしたとでもいうの？」レディ・バーロウが言い返した。

「静かに！」マーカスはふたりを黙らせた。「今となってはどうでもいい。デヴィッド、厩《うまや》で馬車を待たせてある。どこからでもいいから誰にも見られずここを出て、まっすぐ厩へ向かうんだ。さあ、これを」彼は自分の上着とベストを彼に差し出した。

「どうして？」デヴィッドは尋ねながらも、渡された服を素直に身につけた。

マーカスは冷ややかな笑みを浮かべた。「バーロウはすぐそこまで来ているかもしれない。お前を見つけたら騒ぎを起こすだろう。あるいは、お前だと思いこんでいる人物を見つけたら」

「ああ、そうか」デヴィッドが幅広のネクタイ《クラヴァット》をポケットに突っこんで立ちあがった。「それならわかった。厩だな?」

すでに鏡に向かっていたマーカスは大きくうなずいた。デヴィッドが部屋を出たのだろう、ドアが開閉する小さな音が聞こえた。レディ・バーロウが声をあげる。「さあ」彼は両手で髪を少し乱した。「私はどうすればいいの?」話しかけられても答えない。「こっそり出ていかせてもらえそうにはないみたいね」

「あなたは私と一緒に行くんだ、マダム」ジョスリン・バーロウが口を尖《とが》らせ、胸を押しあげるようにして腕を組んだ。

「行くと言ったかしら」

彼女にほとんど目もくれないまま、マーカスは言った。「同意を求めた覚えはない。バーロウ卿の腹立ちようを考えれば、弟ではなく、ずっと私といたと思わせるのが最善の策だろう」

「あなたの弟とだって、ほんの少ししか一緒じゃなかったけど」彼女がつぶやいた。

「満足しなかったとしても知ったことじゃない」マーカスはぞっとするほど静かな声で言った。「あなたに関心はないんだ」

鼻を鳴らす音が聞こえたので、彼はレディ・バーロウに向き直った。ボタンが外れて乱れた格好のまま、彼女をここに放置したい衝動に駆られる。不貞を働いた妻であり、恋人としても信用ならないのは明らかだ。マーカスは心の底から、彼女のことなどどうでもいいと思っていた。

けれども、それではレディ・バーロウに恩を売ることができない。彼女の夫は激怒していて、自分がこれからどうするつもりか、はっきり宣言していた。レディ・バーロウが夫をなだめようとするとは考えにくい。彼女ならむしろ、決闘の原因となって注目されるのを楽しむだろう。マーカスがわざわざここまでやってきたのは、明日の朝食前にバーロウとデヴィッドを対決させるためではないのだ。「うしろを向くんだ」彼は命じた。口を開きかけたレディ・バーロウはマーカスの表情を見て思い直したらしく、黙って背を向けた。

「これから階下《した》へ行って客のあいだをまわる」ドレスのボタンをきっちり留めてやりながら、マーカスは言った。ありがたいことに、レディ・バーロウは大胆にもコルセットをつけないタイプの女性らしい。「われわれはサロンで美術品を鑑賞していた。デヴィッドは何時間も前に帰った。この部屋で起こったことは口外無用だ」マーカスは彼女を振り向かせて、さっと全身を確かめた。「髪が崩れかけている」レディ・バーロウが赤くなり、鏡をのぞいて髪を直し始めた。

マーカスはもどかしさをこらえ、ドアのところで待った。バーロウが到着するまでに、少しでもふたりでいるところをまわりに目撃されておきたい。ようやくレディ・バーロウが身づくろいを終えたので、彼は腕を差し出して一緒に部屋を出た。

「どうしてあなたがここまでするのか、訊《き》いてもいいかしら？」

「だめだ」

ふたりは少しのあいだ無言で廊下を進んだが、すぐにまた彼女が口を開いた。「ねえ、あんなふうに突然あなたが現れてとても驚いたけど、じつを言うと、立って見ているあなたに気づいたらなんだか興奮して……」まつげの下から媚《こ》びるような視線を送ってくる。簡単には物事に動じないマーカスも、さすがに耳を疑った。彼は足を止め、レディ・バーロウが顔をあげるのを待った。

「品のない売春婦さながら弟にまたがる光景がわずかでも私を刺激したと思っているなら、残念ながらあなたの間違いだ」マーカスは言った。「そんな考えはきれいさっぱり忘れてしまうんだな」

レディ・バーロウはふたたび口を尖らせたが、それ以上何も言わなかった。彼らは階段までたどりつき、そこから階下の舞踏室へおりていった。

普段ならマーカスは、知り合いで、しかも敬意を抱いている相手としか話さないのだが、今夜はいかにもくつろいだ様子で、わざとゆっくり歩を進めた。誰かに声をかけられれば、たとえデヴィッドの名で呼ばれてもうなずいて挨拶《あいさつ》する。いぶかしげな顔をする者もいたが無視した。本当に混乱させる必要があるのはひとりだけ、しかもそのバーロウはひどく酔っているはずだ。

「おい、きみ!」ずんぐりした紳士とその連れが、人込みをかき分けてふたりの背後へやってきた。「決闘を申しこむ!」

マーカスはレディ・バーロウを一瞥《いちべつ》してからうしろを振り返った。部屋中の人々の視線はすでに、声をあげた人物のほうを向いていた。固唾《かたず》をのんでなりゆきを見守っているのだ。噂がマーカスの馬より早く駆けめぐったのか、あるいはこの愚かな男が自分の意図を誰彼なく触れまわっていたのか。「決闘だって、バーロウ？　よければ理由を聞かせてもらえないだろうか？」

マーカスの声を聞いたとたん、バーロウ卿が目を見開いて息をのんだ。「エクセターか。その、ええと、私はただ……」咳払《せきばら》いすると、落ち着かない様子で友人のひとりに目を向けた。「エクセター、お目にかかるのは初めてだと思うが、ご機嫌いかがかな？」彼はよろめいて会釈した。

マーカスはバーロウを見おろした。「上々だ」ひと呼吸置いてから続ける。「きみは？」

その冷ややかな口調に、バーロウの喉からしゃっくりのような音がもれた。「申し分ない」それ以上言葉が続かない。「ジョスリン」バーロウは小声で言った。

「こんばんは、あなた」レディ・バーロウは小さくお辞儀して、青ざめた顔を扇で隠した。

マーカスは肘から彼女の手をほどいた。「さて、バーロウ、きみが到着したからには奥方をお返ししよう。今夜は話し相手を務めさせていただく光栄にあずかった」

「話し相手を」妻の手を取りながら、バーロウが繰り返した。完全に面食らっている顔だ。

「ああ。うん、そうか」

「ご親切にもギャラリーを案内してくださったんだ」マーカスは言った。「じつに興味深かった」レディ・バーロウは芸術家のパトロンとして知られている。どうせ後援しているのはハンサムで若い芸術家なのだろうが、それはまた別の問題だ。

「じつに」バーロウはまともな会話もできないらしい。話の内容が理解できないかのように、マーカスと自分の妻を交互に見るばかりだ。もっとも、妻の身持ちの悪さを責め、マーカスを嘘つきと罵《ののし》ることのほかは、何も言うことができないのだろう。それに公衆の面前で妻を罵倒《ばとう》するくらいには酔っているかもしれないが、面と向かってマーカスを嘘つき呼ばわりするほど泥酔しているわけではなさそうだ。もう充分、とマーカスは思った。

「ご機嫌よう、バーロウ。レディ・バーロウも」彼は向きを変えて歩み去った。背後でバーロウが仲間のひとりに文句を言っている。「グリーヴズ、この馬鹿《ばか》！ あれはエクセターじゃないか。ろくでなしの弟のほうじゃない」

グリーヴズらしき声が哀れっぽく言った。「ふたりの見分けがつかないんだよ！」

マーカスは自分が通ったあとにいっせいに起こるささやきを無視して、大股で舞踏室をあとにした。急ぐそぶりは見せず、一度も振り返らずに屋敷の外へ出る。階段の下には彼の馬車が止まり、そばで従僕が控えていた。マーカスは従僕がさっと開けた扉から中に乗りこんだ。扉が閉まって彼が軽く屋根を叩《たた》くと、馬車は即座に走り出した。

「ありがとう、と言うべきなんだろうな」陰になった向かいの席からデヴィッドの声がした。

「彼女が嘘をついていたなんて信じられないよ」

「お前に少しでも分別があれば、まず確認していたはずだ」

デヴィッドがふんと鼻を鳴らした。「ぼくに分別があったためしがあるかい？」

マーカスは反論しなかった。嫉妬《しっと》深い男の妻と火遊びしたあげく、そのことを軽々しく友人に話すのだから、デヴィッドに思慮があるとは思えない。噂を広めた友人もデヴィッド同様、明らかに判断力が欠けている。「この醜聞が静まるまでゆっくりしたらどうだ」

「醜聞？」デヴィッドが反応した。「どこが醜聞なんだ？　現場を押さえられたわけでもないし、ぼくらが一緒にいるところすら見られていないんだぞ」

マーカスはゆっくり息を吐き出した。「愚かなブリクストンがお前の話で友人たちを楽しませ、バーロウがそれを小耳にはさんだ。幸い今夜の彼は酔いすぎていて、奥方の相手がお前でなく私だったからくりを見抜けなかった。だが、いずれ気づくはずだ。彼女とお前が一緒にいる姿を見ていた者は多いだろうからな」

デヴィッドがむっとして座り直した。「わかったよ」

思いがけず弟が素直な態度を示したのでほっとしたものの、マーカスは念を押した。「出発は明日だぞ」

「そんな、あんまりだ！」抗議を無視して、マーカスは無言を貫いた。「逃げ出したと思われるじゃないか」デヴィッドが食いさがったが、それでも無視する。人にどう思われようと関係ない。重要なのは結果なのだ。結局、デヴィッドのタウンハウスに着くまで沈黙が続いた。扉を開けるために従僕がおり、馬車がわずかに傾いた。

「わかった、わかったよ」デヴィッドがぶっきらぼうに言った。「明日だな。ぼくの代わりにせいぜい噂話を楽しんでくれ」礼はもちろん、さよならも言わずに馬車をおりると、足音をたてて階段をのぼっていく。マーカスは座席の背にもたれてため息をついた。明日、バーロウの頭痛がおさまる前に弟を出発させたければ、自らの手で縛って猿ぐつわをかませ、郵便馬車に放りこまなければならないようだ。正直なところこれまでも、どうにかしてデヴィッドをロンドンから離れさせる方法を模索していたのだが、この事態はひどすぎる。一年もしないうちに妹が社交界にデビューするというときに、家族の評判を考えもせず、どうして節操のないふるまいに及ぶのだろう。おそらくブライトンへ行っても、デヴィッドなら何か不適切なことをするか、評判のよくない相手とつき合うに違いないが、そのあいだにロンドン社交界では別人の愚行が注目を集めているはずだ。決闘が行われなければ、レディ・バーロウとデヴィッドの噂はいずれ消えてしまうだろう。

ふいに疲れを感じ、マーカスは家に帰るよう御者に合図した。クラブに戻る気にはなれなかった。一時間もかからなかったとはいえ、デヴィッドの救出に駆けつけたおかげで疲労困《こん》憊《ぱい》し、夜がすっかり台なしになってしまった。感謝の気持ちを示せとまでは言わないが、せめて恨んでほしくない。そのうち、いつか弟の後始末をせずにすむ日が来るだろう。そしてデヴィッドも、自分がどれだけ家族に迷惑をかけていたか気づいてくれるに違いない。だが、今はシーリアと彼女の将来が第一だった。妹が無事に結婚しさえすれば、デヴィッドは自由の身だ。どんなふるまいをしようと——たとえそれで苦しむことになっても——好きにすればいい。

でもそれまでは私が弟の行動の責任を負わねばならない、とマーカスは考えた。彼はクッションに頭を預け、デヴィッドがブライトンでこれ以上の面倒を引き起こさないでくれるように祈った。

1

ミドルバラの人口はせいぜい二〇〇人で、仕立屋とドレスメーカーと靴屋が一軒ずつ、それになかなかの宿屋が二軒あるとはいえ、とうてい都会とは呼べない。それでもミドルバラが名を知られ、収入を得られているのは、その立地のおかげだった。良路を北へ四〇キロ行くとロンドンが、同じく南へ四〇キロにはブライトンがあり、二都市間を行き来する旅人のほとんどがミドルバラを通った。

そんなわけで住人たちは、立派な馬車やそれにふさわしい馬たちが町を走る光景を見慣れていた。旅人はたいてい宿屋の〈ホワイト・スワン〉か〈キングズ・アームズ〉に立ち寄るのだが、中にはまっすぐのびた平らな街道に刺激されるのか、まわりの景色がぼやけるほどの猛スピードで競走する乗り手——ほとんどが派手な馬車に乗った紳士たち——もいた。

その手の馬車が二台、地平線に姿を現したのは、早春のよく晴れた日のことだった。両手に荷物を抱えて道を歩いていたハンナ・プレストンはため息をついた。荷物を片手に持ち直し、娘の手を引いてそばに引き寄せる。一瞬ののち、つややかな馬とぴかぴかの馬車が、轟《ごう》音《おん》を響かせて目にも留まらぬ速さで通り過ぎた。

「馬鹿な人たち」ハンナはつぶやき、かろうじてぬかるみを避けた。「いつかとんでもない事故が起こるでしょうね」

義姉のサラが笑い声をあげた。「間違いないわ。きっとあそこの曲がり角よ」

「起こるなら、いっそ早いほうがいいわ」ハンナは言った。「ひと月もすれば新しい牧師が来るんだから」

「ママは事故が起こってほしいの？」ハンナはサラの忍び笑いを無視して、うしろめたさを覚えながら急いで娘に返事をした。

「いいえ、モリー。もちろん、そんなことないわ」

「ふうん」モリーは走り過ぎた馬車を目で追っている。「ジェイミーおじさんがトムおじさんに、今週事故が起きるほうに一シリング賭《か》けるって言ってたよ」

ハンナは思わず眉をひそめた。「あなたのそばでそんな話をするなんて、おじさんたちはどういうつもりかしら」

「賭け事は罪なの、ママ？」

ハンナはためらった。亡くなった夫ならきっと罪だと言うだろうが、自分の兄たちのことなので非難しづらいのだ。「ねえ、モリー」サラが口をはさんだ。「ジェイミーおじさんもトムおじさんも、きっとあなたをからかっていたのよ。その話をしていたとき、ふたりともあなたがそばにいるのを知っていたんじゃない？」

モリーは口をすぼめ、胸につくほど顎を引いて言った。「おじさんたちは知らなかったのに、あたし聞いちゃったの。怒らないで、ママ」

「怒るわけないでしょ？　神様がよく聞こえる耳を与えてくださったのはあなたのせい？」

モリーが小さな笑みを浮かべて首を振る。ハンナはその笑みを広げたくて、鼻に皺《しわ》を寄せておかしな顔をつくってみせた。「うちの門が見えてきたわ。競走する？」

ハンナの願いどおり、モリーが歓声をあげて駆け出した。ハンナもあとを追って数歩走ったものの、ブーツの穴から小石が入ってしまい、止まらざるをえなくなった。「痛いっ」腹立たしげにこぼす。

「そろそろ新しいブーツを買ったほうがいいんじゃない？」サラが訊いた。

ハンナはため息をついた。「そろそろ仕事を探したほうがいいわ。新しいブーツを買うためには」

小道を歩いて家まで向かうあいだ、サラは無言だった。ハンナは、モリーが走り抜けてまだ揺れている門を押し開けた。「いつでもうちに来てくれていいのよ」サラが静かに言ったが、ハンナは首を振った。

「あなたには子供が四人いるわ、サラ。それにジェイミーと一緒に暮らしたら、私だって猛スピードで馬車を走らせてあの角を曲がりたくなるかもしれない」サラがおずおずと微笑《ほほえ》んだ。ハンナは無理に気持ちを奮い立たせて微笑み返した。サラは手を差しのべようとしてくれている。余分な部屋がないのは彼女のせいではないのだ。「この荷物を家まで運んでくれただけで充分よ」ハンナはつけ加えた。

「こんなことにならなければよかったのに、ハンナ」

ハンナは義理の姉の視線を避けた。「ええ、私も同じ気持ちよ。だけど実際は違う。思い悩んでいてもしかたがないわ」こんなことにならなければよかったと思っているのはハンナも同じだ。新しい牧師が牧師館に住みたがらなければよかったのに。ほかの家が買えるくらい蓄えがあればよかったのに。夫が死んで、ひとり取り残されずにすめばよかったのに。

競走に勝ったモリーが、玄関の石段に座って嬉《うれ》しそうに手を叩いていた。ハンナはわざと顔をしかめた。彼女がブーツの汚れをこすり落としているあいだに、サラがモリーを連れて、荷物を台所まで運んでくれた。

モリーは靴をきれいにするのを忘れたらしく、廊下に小さな足跡がついている。ハンナはほろ苦いため息をついた。四歳の子供に決まり事を忘れるなと言うのは酷だ。ここが自分の家であるかぎり、足跡がついたところで気にする理由はない。けれども、あと数週間で事情は変わってしまう。この小さな家がどんなにか恋しくなることだろう。

ハンナはふたたびため息をつくと、ドアのそばにかけておいたぼろ布を手にとって足跡を拭《ふ》き始めた。他人の家で客として暮らしたくないのと同じくらい、他人の家で客として娘を育てたくはない。たとえそれが実の父親の家であっても。だが、彼女にはどうすることもできなかった。ほかに行くところはないのだから、受け入れるしかない。

背後で門が開く音がした。「すみません、マダム」ろれつがまわっていない声だ。「どこで医者が見つかるか、ご存じではありませんか?」

ハンナは振り返り、上流階級の話し方をするその男性を、目を細めてうかがった。背が高くて身なりがよく、明らかに酔っ払っている。男性がうるさいハエをぴしゃりと叩く様子を見つめながら、彼女はそう考えた。「何があったんです？」

「あそこで」男性が咳払いした。「ちょっとした事故がありまして」

「どんな事故ですか？　どこで？」医者が住んでいるのはミドルバラの反対側で、ここから二キロ近く離れている。ひどい怪我《けが》をしていないといいけれど。

男性がひらひらと手を動かして町の方角を指した。「あっちです。あの角を曲がったところ。ひどく大きなくぼみがあるんです。知っていましたか？　ぼくは避けられて幸運だった」手を振ったはずみでバランスを崩し、彼は門柱のほうへよろめいた。

「何が起こったんですか？」ハンナは尋ねた。ほんの数日前までそのくぼみのところには岩があったのだが、苦情が多いので町の男たちが掘り起こしたのだ。どうやら穴を埋めておくのを忘れたらしい。

「彼はぶつかってしまって。馬車から放り出されたんです」

ハンナはうなずいた。他人の手助けをするのは慣れている。さすがに馬車から人が放り出されることはめったにないとはいえ、災難に遭ったのが神様がお造りになった人間なら、牧師の妻としてキリスト教徒らしく思いやりを示すのはあたりまえだ。いいえ、牧師の未亡人だわ。胸の痛みを覚えつつ、ハンナは訂正した。「私にできることがないか、行って見てみましょう」彼女は言った。

聞き慣れない声がして不審に思ったのか、廊下の奥からサラが姿を現した。「馬車の事故があったみたいなの」ハンナは声をかけた。「ちょっと見てくるわ。もう少しここにいて、モリーにお茶を飲ませてもらえるかしら？」

「もちろんよ」サラが答えた。ハンナが小道を急いで門まで行くと、男性は片側にひどく傾いた姿勢で立っていた。

「怪我はひどいのですか？」示された方向に目を凝らしながら、ハンナは訊いた。

「さあ」男性はとくに気にしているふうでもない。「医者を呼びに行きましょうか？」

「まず、その方の様子を見ましょう。私はミセス・プレストン、牧師の妻です。あらゆる種類の怪我を見てきましたから」男性にしみついた酒の匂《にお》いが漂ってきた。きっと友達も同じ匂いをさせているに違いない。ハンナの経験上、酔っ払いはどういうわけか不死身らしいのだ。運がよければ、今度の人も無事かもしれなかった。

ハンナより五、六センチ背が高いにもかかわらず、連れの男性は遅れないで歩くのに苦労していた。いくつか質問してみたが、馬車で競走していたこと以外にたいした情報は得られなかった。ふたりは問題の角を曲がり、事故の現場に着いた。

馬に怪我はなかったらしく、まだ馬車につながれたまま立っていた。震えてこそいるものの、今は落ち着いているようだ。派手な黄色に塗られた二頭立ての四輪馬車のほうは、今や一輪だけになり、車軸が地面についていた。近くにもう一台馬車が止まっていて、そちらの馬たちは木の枝にくくりつけてある。人のいる気配はなかった。

「お友達はどこに？」案内人の男性がフクロウのように目をぱちくりさせた。

「あっちだ」彼はそう言うとハンナの先に立ち、道から外れて野原のほうへ緩やかな斜面をおり始めた。青いズボンに包まれ、磨きこんだ長いブーツを履いた脚が二本、ブルーベリーの茂みから突き出ている。「転がっていった」男性が説明した。

「その方の名前は？」足もとに注意して近づきながら、ハンナは訊いた。

「リース。そう、デヴィッド・リース卿」とても貴族には見えない格好だ。ハンナはその男性のそばに両膝をつき、黒い髪が見えるまで木の枝を押しのけた。

「デヴィッド卿？」大きな声で呼びかける。「聞こえますか、デヴィッド卿？」

「起きろ、リース」連れの男性が声をかけ、うつぶせの友人のブーツを蹴《け》った。「助けを呼んできてやったぞ」

「蹴らないでください。脚が折れているかもしれませんから」ハンナは倒れている男性に向き直り、そっと肩を揺すった。「デヴィッド卿、私の声が――」手を触れたとたんに彼が身をよじり、茂みの下からすさまじい咆哮《ほうこう》が轟《とどろ》いた。

「ちくしょう、痛い！　放っておいてくれ！」大きく振りまわした腕がまともにぶつかり、ハンナは息ができなくなってうしろにさがった。デヴィッドがさらにわめいた。「くそったれ！　ぼくの腕はいったいどうなってるんだ？」

「助けに来たんですよ」ハンナはさっと膝をついた。

「間違いなく地獄行きだな、リース」助けを求めに来た男性が笑いながら言った。「牧師の奥方に毒づいているんだから」

「申し訳ない」デヴィッドはぶつぶつ言って片腕を体にまわそうとした。「くそっ、痛い！」

ハンナは悪態を無視して声をかけた。「どこが痛みますか？」

「腕だ」うめきながら前かがみになる。彼女がまた手をのばすのを見て、デヴィッドはびくりとした。「触らないでくれ。たぶん折れている。何もかもお前のせいだぞ、パーシー！」

「よく言うよ！」友人が叫んだ。「競走したがったのはお前だ。穴に引っかかったからって、ぼくのせいじゃない」

「失《う》せろ」そう怒鳴ったデヴィッドの顔が青くなってきた。

「おふたりとも！」ハンナは男性たちをにらんだ。「口論はあとにしてください。まずここから出ませんか？　うちはすぐ近くだから、あなたをそこまで運びましょう。それから誰かに医者を呼びに行かせます」デヴィッドが弱々しくうなずいた。私に向かって吐かないでちょうだい、とハンナは内心で祈った。「さて、決まりですね。ミスター・パーシー、この方を支えていただけますか？」

　ふたりがかりで立たせたとたんにデヴィッドの顔から急に血の気が引き、地面に引っくり返って気を失ってしまった。ハンナはため息をつき、もう一度彼を持ちあげるようにパーシーに指示して、自分はデヴィッドの体の下にもぐりこんだ。長い腕が肩からだらりとさがり、頭はがっくり垂れている。彼の体重がかかると、ハンナの足もとがふらついた。無事なほうの馬車に担ぎこむのはとうてい無理だ。つまり歩いていくしかない。幸いパーシーは友人と同じくらいの背丈なので、体重のほとんどは彼が支えてくれたものの、まだ酔いが醒《さ》めておらず、なかなか前に進めなかった。

一行はやっとのことでコテージにたどりつき、ハンナが門を足で蹴り開けた。ぐったりしたデヴィッドの体を抱えて庭を抜け、玄関に到着すると、彼女は声をあげてサラを呼んだ。

「こちらへ」パーシーに居間を示す。そこのソファではデヴィッドの身長に足りないかもしれないが、もう一歩も動けなかった。引きちぎられたかのように肩が痛い。どすんと音をたててデヴィッドをソファの上におろすと、ハンナはほっとして椅子に倒れこんだ。

「あらまあ」サラが両手を腰にあてて戸口に立ち、この光景を眺めている。

「お茶はまだ残ってる？」サラの考えていることはよくわかった。〝とんでもない事故が起こるって言ってたわよね！〟彼女のユーモアのセンスは鋭い。ソファに横たわる男性に視線を定めたまま、サラがうなずいた。「それなら、ここへ持ってきていただけないかしら？」ハンナはわざと丁寧すぎる口調で頼んだ。サラはにやにやして彼女を見てからキッチンへ戻っていった。

ハンナは紳士に向き直った。「ミスター・パーシー、どうぞ座ってください。義理の姉のミセス・ブレイドンがお茶を運んできます。私は何かデヴィッド卿にできることがないか見てみますから」そう言うと、よく見えるように窓のカーテンを開けた。

日の光が照らし出したのは、はっと人目を引くハンサムな男性だった。デヴィッド・リース卿は、ハンナもすでに知っているとおり背が高くて体格がいいだけでなく、とても魅力的だ。ほとんど真っ黒に近い髪は長く、細い革紐《かわひも》で結んでいる。まつげも黒く、高い額、彫刻のような頬骨に大きくてしっかりした唇……。彼女は感嘆せずにいられなかった。ウイスキーの蒸留所みたいな匂いをさせてはいるが、これまで見た中でいちばんハンサムな男性だ。

ハンナは彼の腕に視線を向けた。みごとな仕立ての上着はぴったり体に合っているので、意識を失っている状態で脱がせるのは不可能だろう。しかたなく彼女は服の上から腕をたどり、肩のところでねじれたこぶのような箇所を見つけた。関節が外れているようだ。比較的軽傷だが、彼女に治せるたぐいのものではなかった。

次に脚を調べる。おかしな角度で地面についた様子から折れているかもしれないと思ったのだが、体重をかけたとたんにデヴィッドが気を失ったので、その疑いがますます強まっていた。彼のブーツも上着と同じくぴったりしている。だが、こちらは脱がさなければならない。中で腫《は》れてしまうと、ブーツを切り裂くときにさらに脚を傷つける恐れがあるからだ。

ハンナはパーシーのほうを向いた。

「脚を怪我しているようです。くるぶしかもしれません。ブーツを脱がせたほうがいいでしょう」

「なんですって？　ああ、わかりました」パーシーが両手をこすり合わせながら、友人の脚に近づいた。

「いけません！」彼のしようとしていることに気づき、ハンナは慌てて止めた。「足首が折れているかもしれないわ。ブーツを切って――」

パーシーが恐怖の表情を浮かべた。「とんでもない」憤慨しているようだ。「〈ホビー〉のブーツなんだ。リースは絶対に切ったりしませんよ。大丈夫、ぼくが脱がせますから」

「だめよ、ミスター・パーシー、お願いですから――」彼がブーツに手をかけてぐいと引っぱるのを見て、ハンナは身をすくめた。

「うわあっ！」咆哮とともにデヴィッドが意識を取り戻した。「この馬鹿やろう、パーシー！　いったい何をしてるんだ？」

「彼女にお前のブーツを切られないようにしたんだよ、リース」パーシーはブーツを床に落とすと、よろよろと椅子に向かった。脚を押さえながらデヴィッドが振り向き、ハンナをにらみつけた。

「脚が折れているかもしれません」彼女は弱々しく口を開いた。

「そんなことわかってる！　くそったれ、ひどく痛いんだ！」彼の言葉にハンナは口を引き結んだ。「ところで、あなたは誰だ？」デヴィッドが顔をしかめて訊いた。

「ミセス・プレストンです。ここは私の家なんです」ハンナが顔をあげると、眉を高くあげたサラが、お茶のトレイを両手に持って彼らを見つめていた。「ありがとう、サラ。お茶はいかが、デヴィッド卿？」彼は返事の代わりにうめいて腕で目を覆った。ハンナは彼の友人に向き直った。「ミスター・パーシー、馬の世話をなさったらいかがかしら。〈ホワイト・スワン〉のミスター・マッケンジーか〈キングズ・アームズ〉のミスター・エドワーズが厩に置いてくれると思いますよ」

パーシーがほっとした様子で立ちあがった。それまで彼は嫌悪とあきらめの入りまじった表情でお茶のトレイを見つめていたのだ。もしかしたら、馬車にまだお酒が置いてあるんじゃないかしら、とハンナは思った。

「わかりました。いろいろありがとうございます、マダム。リース……」パーシーがぎこちなく歩き出した。「お前の黒毛の面倒はちゃんと見ておくよ」

「行けよ、パーシー」腕の下からデヴィッドがつぶやいた。ハンナはサラに近づいた。

「医者に見せる必要があるわ」ささやき声で言う。

サラが彼女の肩越しに、ソファにのびている男性をのぞきこんだ。「私が呼んできてもいいけれど、あなたひとりで大丈夫？」

「ええ、いざとなれば彼の折れている脚を蹴ればいいもの」ハンナは答えた。「私を辱めようとしたら命はないわ」

サラがふん、と鼻を鳴らしてショールに手をのばした。「急いで行ってくるわ」ハンナは呆《あき》れ顔で居間に戻った。

「本当に牧師の奥方なのか？」デヴィッドが疑わしげに訊いた。彼女はカップにお茶を注《つ》ぎ、ソファまで運んだ。

「以前はそうでした。夫は六ヶ月前に亡くなったんです」

彼は咳払いした。「それは気の毒に」ちらっとお茶に目を向ける。「ブランデーを入れてはもらえないんだろうな？　治療のためでも？」

「お酒のせいでこんな状況に陥っているんですよ、デヴィッド卿。あなたにこれ以上お酒を飲ませるわけにはいきません」

「リースと呼んでくれ」彼はそう言うと、お茶を無視してソファにもたれた。ハンナはそばのテーブルにカップを置いた。「ここは？」

「ミドルバラです。この家は町から一キロほど離れていますけど」

「そうか。真ん中《ミドル》の町《バラ》か」デヴィッドが懇願するようにハンナを見た。「ブランデー一滴だけでもだめかな？　腕が痛むんだ……ひどくずきずきする」

ハンナはためらった。医者が来るまで、まだしばらくかかるだろう。「シェリーならあります」

「そいつはいいな」彼の声に熱がこもる。「シェリーでもちっともかまわない」ハンナは悩んだ。この人が辛《つら》そうなのは間違いないわ。今の苦しみに比べたら、酔っ払うくらい些細《ささい》なことかもしれない。彼女はシェリーを取りに行った。

戻ってくるとデヴィッドは目を閉じていたので、ハンナはボトルとグラスをお茶のそばに置いた。彼のためにしてあげられることはたいしてない。それに医者が来るまで眠っていられるなら、そのほうがいいだろう。彼女がキッチンに行くと、モリーがお茶を飲み終えたところだった。

「ママ、どうしてあの男の人はうちにいるの？」

ハンナはテーブルのパンくずを集めて窓から外へ放った。「馬車が壊れて怪我をしたの。

ここがいちばん近かったから、うちへ連れてきたのよ」

「長くいるの？」

「どうかしら。サラおばさんがドクター・マーチを呼びに行ったわ」

「ふうん」モリーは静かになった。ハンナはカップを洗い、乾かすために棚に並べた。「あの人、パパのお酒を飲んでる」

ティーポットにかけた手が思わず止まった。つかの間、モリーの問いかけに答えるスティーヴンの声が聞こえたような気がした。娘を膝にのせてバランスを取り、ブロンドの頭を寄せ合って。だが現実は、他人が彼のシェリーを飲んでいるのだ。「ええ、そうよ。あの紳士の脚はとても痛むの。でも、お酒を飲めば少し楽になるのよ」

モリーはじっと考えているようだ。「パパには効き目がなかった」

ハンナは喉が締めつけられて、すぐに声をかけられなかった。健康で丈夫なパパでも、雨に濡《ぬ》れて風邪を引いたせいで死ぬ場合があるのだと、どう言えば子供が理解できるのだろう？　モリーは父親の死についてあまり話をしなかった。一度ハンナが、パパは天国で天使たちと暮らすために行ってしまったと説明すると、好奇心が満たされたのか満足したように見えた。今度も納得させられるかどうかはわからない。

「あの人も死ぬの、ママ？」ハンナは体を震わせた。モリーはまだたったの四歳だ。

「いいえ、モリー、そうは思わないわ。それほどひどい病気じゃないの。でもおうちに帰れるようになるまで、私たちでちゃんとお世話をしてあげなくちゃ」

「パパのときよりもっと？」テーブルに両肘をつき、手に顎をのせたモリーが、小さな脚をぶらぶらさせて無邪気に母親を見あげた。ハンナの胸がふたたび痛んだ。存分に夫の世話ができたとは言えない。あれはただの風邪だったのに、それが……。

「そうね、モリー。ひどい病気にならないように、できるかぎりお世話をしてあげましょう」

モリーがほっとしたようにうなずいた。「お花を植えに行ってもいい？ ミッシーが穴を掘りたいんだって」ハンナが許すと娘は椅子から飛びおり、人形を片手に庭へ駆けていった。ハンナは皿を片づけ、ティーケーキの残りを包んだ。

お茶をさげに居間へ行く。デヴィッドはまだ腕で顔を覆っていたが、シェリーは空になっていた。ハンナはボトルも一緒にトレイにのせてキッチンへ戻った。ボトルをわきに置くと思わずため息が出た。日に日にスティーヴンの痕跡《こんせき》が消えていく。彼の望みどおり衣服は貧しい人々にあげてしまったし、彼の本はこの家に置いていかなければならない。説教や神学の本をハンナが持っていても無意味だからだ。すぐに、スティーヴンや彼と暮らした日々を思い出させるものはほとんど何もなくなるだろう。彼女は自分用のお茶をいれるためにポットを火にかけた。

サラおばさんがドクター・マーチとジェイミーおじさんを連れてきた、と叫びながらモリーが家に駆けこんでくるころには、ハンナの気分も落ち着いていた。時がたつにつれ、無力感を覚える瞬間は少なくなっている。何よりスティーヴンを思い出させてくれる存在である娘が、目を輝かせて弾むような足どりでキッチンへ入ってきた。

「ジェイミーおじさんが来たよ！　トムおじさんとの賭けに勝ったねって言ったの。そしたら、あたしにそのお金をくれるって！」

　ハンナはしぶい顔で兄を見た。「まあ、それは立派ね」

　ジェイミーがにやりとした。「町に行ったら、ミセス・キンブルのところでモリーにお菓子を買ってやってくれよ」姪《めい》にウインクして言う。モリーが歓声をあげた。ジェイミーは少女の巻き毛をくしゃくしゃに乱した。「さあ、庭へ行っておいで。おじさんはママと話があるんだ」モリーはたちまちドアへ突進した。「何が起こった？」

「ドクター・マーチは？」

「居間にいる。サラがついているよ」

　ハンナはため息をついた。「馬車の事故があったの。道路の穴につまずいて、乗っていた人が投げ出されてしまったのよ。脚が折れていると思うわ。肩も外れているんじゃないかしら」そのとき、居間のほうからわめき声が聞こえてきた。「その人のお友達が助けを求めてここへ来たのよ。ふたりともかなり酔っているわ」ジェイミーがうなずいて居間へ向かったので、彼女もあとからついていった。

　ちょうどドクター・マーチが怪我人の腕にかがみこんでいるところだった。彼は顔をあげて戸口に立つふたりを見た。「ああ、ミスター・ブレイドン、手伝ってもらえないかな。関節が外れているんだ」ハンナは急いでデヴィッドに近づいた。目を閉じた彼の額に汗が光っている。

「大丈夫ですか？」彼女はささやき、手で触れて熱を確かめた。そのあいだにジェイミーが上着を脱ぎ、サラは包帯を取りに行った。

「まったく申し分ない」デヴィッドは歯を食いしばりながらそう言うと、充血した目を細めてハンナを見た。「だが、シェリーを飲んでおいてよかった」彼女はにっこりして、医師が治療できるようにうしろへさがった。デヴィッドは顔をゆがめたものの、ジェイミーが怪我をした脚にぶつかってしまったときにも、いっさい声をあげなかった。

「これでいいでしょう」医師が言った。「肩には包帯を巻いておくように。一週間も休めばよくなりますよ。さて、それでは脚を診るかな」ハンナはデヴィッドのそばに座って手を握った。彼が驚いた様子で彼女を見ている。

「ロンドンからいらしたんですか？」診察のあいだデヴィッドの気をそらせようとしてハンナが尋ねると、彼はうなずいた。

「ロンドンを出てきたんだ。家族の命令でね」

「それなら、ご家族は近くに住んでいらっしゃるの？」ドクター・マーチが額に皺を寄せている。デヴィッドはふんと鼻を鳴らした。

「妹と義理の母、それに兄がロンドンにいる」

「そうですか」医師が何をしているのか見ようとして、ハンナはぼんやりと応《こた》えた。ドクター・マーチは、怪我をしていないほうの脚をまっすぐのばしている。どうやら二本の脚の長さを比べているらしい。

「かなり悪いんだろう?」ハンナは視線を戻した。「何かおっしゃいました?」

「ぼくの脚のことだ」医師に脚を引っぱられ、デヴィッドの顔色が変わった。ハンナは答えをためらった。

「きっとよくなりますよ。ドクター・マーチは立派なお医者様ですから」

「あなたの脚はひどい骨折をしています」医師が言った。「治るまで時間がかかりますよ。四週間は絶対に体重をかけてはいけません。添え木をあてて包帯を巻いておきましょう。あとは自然が治してくれる」デヴィッドがうなずき、ハンナが握っていた手から力が抜けた。そのときになって初めて、彼女は強い力で握り返されていたことに気づいた。医師が目配せをして部屋を出たので、ハンナはあとからついていった。

「今は彼を動かすべきではありません、ミセス・プレストン」医師は声を低めた。「ここにおいておくのは都合が悪いですか?」

ハンナはためらった。「いいえ、もちろんかまいません」

「待ってください、ドクター・マーチ」ジェイミーが声をあげた。「ここはだめだ。妹と子供しか住んでいないんですよ。怪我人の世話をするわけにはいかない」

医師がため息をついた。「そうですか。アヘンチンキを処方して町へ運んでもいいんだが、宿屋へ連れていったとしても彼の世話をする者がいない。しばらくひとりでは何もできないでしょう」

「兄さん」ハンナはジェイミーの腕に手をかけた。「少しのあいだウィリーをこちらへ寄こしてもらえるように、お父さんの説得を頼もうと思っていたところなの。あの子がデヴィッド卿の面倒を見てくれるわ」

「賛成できるもんか」ジェイミーが苛立《いらだ》たしげに言った。「たとえウィリーが来るとしても、知らない男をお前のところに滞在させるわけにはいかない。どこの馬の骨ともわからないんだぞ！　今までのところ、あいつがいい印象を与えているとはとても――」

「ジェイミー、彼は脚を骨折しているのよ」サラがそっとさえぎった。「それにここはハンナの家だわ」ジェイミーが妻をにらみつけた。

「彼を放り出すなんてできない」ハンナは言った。「それでなくても、ひどく苦しんでいるのに」

「私も同じ意見です、ミスター・ブレイドン」医師が口をはさんだ。「町まで運んだら、さらに痛みが増すでしょう」

兄はまだ小声で、愚かな酔っ払いが馬車から放り出されたのは身から出た錆《さび》だとかなんとかつぶやいていたが、もう反対はしなかった。医師が添え木をあてに居間へ戻り、ジェイミーが馬の世話をしに外へ行ってしまうと、廊下にはハンナとサラだけが残った。

「ねえ、ミドルバラでこんなに興奮することはめったにないわ」サラが居間のほうをうかがいながら言った。「酔っ払った貴族があなたの家に転がりこんでくるなんて」

ハンナはため息をついた。「そういうたぐいの興奮はいらないの。ソヴリン金貨の詰まったトランクが転がりこんでくるほうが、どれだけ役に立つか」そう言って居間をのぞきこむ。「でも、まあ、なんとかなるでしょう。お父さんがウィリーを寄こしてくれればの話だけど」

サラが唇をすぼめた。「あの紳士はお金持ちらしいと言っておくわ。そのほうがうまくいくから」

ハンナは吹き出すのをこらえた。末息子に見知らぬ他人の世話をさせることでもなんでも、お金になるかもしれないと思えば、父は迷わず同意するだろう。「ありがとう」

外からジェイミーが呼ぶ声が聞こえ、サラはにっこりして言った。「幸運を祈るわ」

ハンナはドアのところで手を振りながら、帰っていく兄夫婦を見送った。たしかに私には幸運が必要ね、と彼女はつぶやいた。時間がどんどん過ぎていく。ひと月もしないうちに新しい牧師が到着すると、ほかに方法が見つからなければ実家に戻らざるをえなくなるのだ。父と父の新しい妻が暮らし、ふたりの弟がいる実家に。ひと月はかなり短い時間に思えた。しかもそのあいだに怪我人の世話もしなければならない。

ハンナはため息をつくと心の中で祈りを捧《ささ》げ、医師を手伝うために居間へ戻った。

2

デヴィッド卿は模範的な滞在客だとわかった。そしてありがたいことに、実家からウィリーを寄こしてもらえた。もっとも彼が打ち明けたところによると、謝礼をもらえたら半分渡すという条件で父の許しが得られたようだ。ウィリーの場合、金をもらっても〈ホワイト・スワン〉で賭け事か酒につかってしまうだろうから、ハンナとしてはいっそ何も与えないでほしいとデヴィッドに頼みたいくらいだった。ウィリー自身は、農場の仕事から解放されるうえに、町で見かけた馬の持ち主であるデヴィッドの世話ができて喜んでいた。弟は口を開けばその馬の話をしていて、謝礼としてもらえたらどんなにいいだろうと、そればかり言っている。ある朝ウィリーがモリーを連れて町へ出かけ、デヴィッドの使い走りまでしていると知ったハンナは、改めて弟の熱心さに気づかされた。

「おはようございます。ご気分はいかがですか？」居間に入りながら、彼女は客に微笑みかけた。

デヴィッドが読んでいた新聞をおろした。「この『タイムズ』は二日遅れだ」

「すみません。ミドルバラに届くまでに時間がかかるんです」

新聞をわきに置き、デヴィッドがソファの背に頭をのせた。ほどいたままの髪が肩に広がり、顎に黒いひげが生えている。ハンナはスティーヴンのものだったひげ剃《そ》り用の鏡と洗面器をそばに置いた。「これがご入り用ではないかと思って」

デヴィッドはたいして感動しなかったようだ。「ならず者風の外見を楽しんでいたんだけどな」ハンナは笑った。ネクタイもベストもなしで白いシャツだけを着ていると、彼は少し危険な感じがする。魅力的な男性だが、よく見ると放蕩三昧《ほうとうざんまい》の暮らしぶりがうかがえた。

「使うかどうかはお任せします。ほかにお望みのものはありませんか？」

「たとえば話し相手とか？」デヴィッドが魅力あふれる笑みを浮かべた。「これ以上馬の話をさせられたら、ぼくは自分の行動に責任を持てないよ」

「ウィリーはしつこいでしょう？」ハンナはため息まじりに言った。「あなたにはひどくつまらない毎日でしょうね。庭に出て、しばらく座っていらっしゃったらどうかしら？」しかめっ面をしたものの、デヴィッドは杖《つえ》に手をのばした。

ほかにどこへも行けず、彼はその日一日、庭で座っていた。日光を浴びて目を閉じていればウィリーがそっとしておいてくれるとわかったので、次の日も庭で過ごした。その翌日は居間が暗すぎて新聞が読めないので、その次の日は室内が暑すぎたので、そしてその次はミセス・プレストンが居間を掃除していたので、彼はやはり庭に座って過ごした。

女主人はよく働く女性だった。彼女を見ているだけで、デヴィッドは落ち着かない気分になった。彼が薔薇《ばら》やハーブに囲まれて座っているあいだに、ミセス・プレストンはパンを焼き、靴下を編み、庭の手入れをして、娘に物語を読み聞かせ、モップをかけ、家中を磨き、洗濯と繕い物をして、今に倒れるのではないかと思うほど働いた。デヴィッドは彼女に興味を引かれた。彼の階級の女性なら、その半分の仕事も自分の手では行わない。だが馬に夢中のウィリー以外に手伝ってくれる者もいないらしく、しかたがないのだろう。

パーシーに見捨てられたので、デヴィッドは何もすることがなかった。最初の数日は退屈のあまり死んでしまうに違いないと思ったが、今ではこの町に何かしら魅力を感じ始めていた。もちろん働く気にはならないが。

ここは空気が新鮮だ。それに夜も静かだった。食べ物は簡素だが新鮮でおいしい。庭はミセス・プレストンその人と同じように穏やかだ。人のそばに座って無言でいられる女性に出会ったのは初めてだった。今日も彼女はデヴィッドの向かいのベンチに座り、静かに縫い物をしている。口うるさく言うわけでも、おしゃべりしたり不平をもらしたりするわけでもなく、ただ自分の仕事に没頭していた。デヴィッドは彼女の口を開かせたくなった。

「何もかも自分でこなすのかい？」顔をあげたミセス・プレストンは驚いた様子もなく、かといって声をかけられて喜んでいるふうでもなかった。物思いにふけっていたらしい。「この家のことだよ」

「修理は兄たちが手伝ってくれますし、義理の姉たちもときどき手伝いに来てくれるんです。それ以外は、ええ、私が自分でやっています」

「女性ひとりの身にはかなり重荷だろうな」

縫い物をしていたミセス・プレストンの手が止まった。「夫が亡くなってまだ六ヶ月なんです」彼女はこわばった笑みを浮かべた。「仕事をするのも悪くありません」デヴィッドはかけるべき言葉を探した。ミセス・プレストンは今でもときどき黒い服を、そうでないときでもグレーの服を着ている。気の毒に、と彼は思った。魅力的で、まだそれほどの年でもないのに。「だけど、かなり辛く感じるときもあるだろう」

ミセス・プレストンの目がからかうように輝いた。「それは仕事のことですか？　それともミドルバラで暮らすこと？」デヴィッドがうしろめたい顔をしたに違いない。彼女が笑い声をあげた。「あなたがここの生活に夢中になっているとは言えませんね。でもロンドンのような楽しみはないかもしれないけど、田舎の暮らしは健康にいいし、元気が出るんです。たった一週間で、あなたの顔色はずっとよくなったわ」

「ああ、ロンドンではこれほど太陽が照らないからね」目を細めて空を見たデヴィッドは、ミセス・プレストンの言うとおりだと気づいた。彼はだんだんミドルバラが好きになっていた。家の家具調度は簡素で、さわやかなそよ風が庭を吹き抜け、自分について考え直さざるをえないほど、どこまでも静寂に満ちている。もう何年も、こんなふうに自己反省をしたことはなかった。いや、これまで一度もなかったかもしれない。牧師館に滞在しているせいかもしれないが、自分の人生にも新鮮な空気を取り入れるべきだと思えてくるのだ。

デヴィッドは自分が無責任な放蕩者だと自覚していた。長年兄にそう言われ続けてきたからだ。マーカスが間違うことは絶対にない。けれども、自分の生き方を後悔したことはなかった。もしかしたら今回の事故が人生の転機なのかもしれない。ずっと早足で駆け抜けてきたが、今まさに岐路に立っているのかも。牧師館に置き去りにされたのは、罪をあがなうチャンスなのかもしれなかった。

ミセス・プレストンが席を立ち、パンの焼け具合を見にキッチンへ行った。そのうしろ姿を見送りながら、少しくらい彼女のような冷静さを身につけてもいいかな、とデヴィッドは思った。たとえば彼女が馬の競売で競り負けてかっとなるところや、ぬかるんだ道で競走して脚を折るところなど想像もできない。彼女のすることにはすべて理由や目的があるようだ。そう考えたとたん、その場かぎりの生き方がつまらなくて無意味なものに思えてきた。

デヴィッドは初めて、馬車の車輪が外れたのは天の恵みだったのかもしれないと考え始めていた。

「どうして引っ越すんだい？」

その声に、ハンナは驚いて顔をあげた。杖にもたれたデヴィッドが、ドアのところからこちらを見つめていた。彼が牧師館に滞在するようになって二週間がたつ。ふたりはある程度親しくなり、彼がハンナにクリスチャンネームで呼んでほしいと頼むまでになっていた。彼女はこれまでにも、スティーヴンが町の酔っ払いや妊娠して追い出された使用人を助けたときに、奇妙な友情のようなものが育《はぐく》まれるところを目にしてきた。そういう人たちほどではないにしても、ハンナは、したい放題の気どった表向きの態度の下にデヴィッドが必死で隠している大きな不安を感じとっていた。それにデヴィッドは陽気で機知に富んでいて話しやすく、いつのまにか心から彼が好きになっていたのだ。「歩きまわったりしてどうしたの？ドクター・マーチに、少なくともあと二週間は脚に体重をかけないように言われているはずよ」

デヴィッドが片足で跳ねながら部屋に入ってきて、ソファにどすんと座った。「ウィリーから、きみがもうすぐ引っ越すと聞いた。なぜだ？」

ハンナは本の梱包《こんぽう》に戻った。全部持っていくわけにいかないので、手もとに置く本を選ぼうとしていたのだ。「ここは牧師館よ。再来週には新しい牧師が到着するの」

デヴィッドはしばらく無言だった。「それで、どこへ行くんだい？」

「父の家に戻るわ」大好きな小説と治療法を記した本をはかりにかけた結果、ハンナは胸のうずきを覚えながら小説をあきらめた。彼女は本を読むのが好きで、その小説はスティーヴンからの贈り物だった。

「どうしてその本を置いていくんだ？」ハンナが止める間もなく、デヴィッドが小説を手に取った。さっと開くと、本の題名とそこに添えられたスティーヴンの言葉が見える。

「全部は持っていけないから」ハンナは本を取り返した。「何か欲しいものはない？　ウィリーはまだ町から戻っていないのかしら？」

デヴィッドが添え木をあてた脚をソファにのせた。「ちょっと話がしたくてね。じつはこんなものを見つけたんだ。どうしてこれがぼくの部屋にあったのか、きみなら説明してくれるかと思って」彼は布を編んで作ったかたまりを差し出した。ハンナは思わず微笑んだ。

「モリーに歯が生えかけたときに、私が作ってあげたものだわ。あの子はこれを噛《か》んで辛いのを我慢したの。きっと、あなたの脚が痛むのを慰めたくて置いたのね」

「なるほど」デヴィッドはくたびれたかたまりを引っくり返した。「それは親切に」

「思いやりのある子なのよ」ハンナは言った。「かなり内気だけど」デヴィッドの顔に笑みが浮かんだ。

「母親譲りに違いない」彼が言った。「よそよそしくせず、思いやりをもって接してくれる。ここへ連れてきてくれたことに対して、ぼくはまだきちんと礼を言っていなかった。あのときのふるまいを詫《わ》びてもいない」

「気にしないで。ひどい痛みだったはずだもの」

デヴィッドは肩をすくめた。「実家に戻って、きみはどうするつもりなんだ?」

ハンナはページの耳を折った雑誌を箱に入れた。二年前の古いものだが、モリーがインクをこぼして、いたるところに小さな手形がついているのだ。この雑誌は死ぬまでとっておきたい。「強靭《きょうじん》な精神力だわ。ドクター・マーチによると、骨の折れ方はきれいだけど、厄介な箇所だとか。脚を引きずって歩くようにはなりたくないでしょう」

「別にどうでもいい」デヴィッドはそうつぶやくと、半分閉じた目で暖炉の炎を見つめた。

「脚を引きずろうが、一本なくそうが、同じことだ」自分に話しかけられているのではない気がして、ハンナは黙って本の仕分けを続けた。しばらくして、デヴィッドが首を振って言った。「どうしてぼくの質問に答えなかった？」

ハンナは眉をあげた。「すべての質問に答えがないと気がすまないたちなの？」

「ぼくが？　いや、そんなことはない。でも、さっきの答えは知りたい」

彼女はため息をついた。「本当のところ、悲しいけど自分でもわからないの。ほかに行くところもなくて。ジェイミーには四人も子供がいるし、トムにも三人。ルークとウィリーはまだ父のところで、父の新しい奥さんと一緒に住んでいるわ。私はかまわなくても、やっぱりモリーは……」声がしだいに小さくなる。「他人の家で子供を育てたくないの」

炎の明かりがデヴィッドのまわりに影を作り、顔を照らし出していた。髪は夜の闇《やみ》のように真っ黒だ。シャツとズボンの上に着た青いシルクのドレッシングガウンの高級な生地が、宝石のように輝いて見えた。「また結婚すればいい」静かな声で彼が言った。

ハンナはふたたびため息をつきながらも微笑んだ。「すばらしい意見だわ。さっそく求婚者のリストを吟味しなくては。リストがあればの話だけど」

「まじめに言ってるんだ」彼女はたしなめるようにデヴィッドを見た。「いい考えなのは間違いないけど、現実的じゃないわ」

デヴィッドは長いあいだ黙りこんでいた。ハンナはまた分類作業に戻った。園芸年鑑は箱へ、詩集はやめる。お気に入りの小説を二冊箱に入れ、モリーの手形のついていない雑誌ともう一冊の詩集をわきによけた。すでに箱の半分が詰まっているのに、まだ棚の三分の一しか目を通していない。もう一度、箱の中身を見直さなければならないわね。彼女は悲しくなった。自分のコテージさえあれば……。

「ぼくと結婚すればいい」

びっくりして、ハンナの手から本が落ちた。「デヴィッド、私はそんな――」

「いや、真剣に提案しているんだ。だからきみもまじめに考えてほしい」デヴィッドが身を乗り出し、膝に両肘をついた。ハンナは彼の黒い瞳をじっと見つめた。

「ありがとう。でもできないわ。お互いのことをほとんど知らないのよ」

「それできみの問題は解決する」ハンナの言葉が耳に入らなかったかのように、デヴィッドは続けた。「ぼくならきみたちを養えるんだ。ぼくはモリーのことが好きだし、彼女のためにいい父親になるよう努力するよ。どの本をとっておくかなんて悩む必要はない。自分の家の女主人になるんだから」

「妻を扶養できるかどうかだけが結婚じゃないわ」ハンナは言った。あまりに思いがけなくておかしくなってくる。デヴィッドがうなずいた。

「わかるよ。すでにきみからもらっている慰め以上のものを求めるつもりはない」ハンナは咳払いして、目の前にある本の分類に忙しいふりをした。ほとんど知らない人と結婚について話しているなんて、信じられないわ。

「あなたのほうの理由は？　私は何をあげられるのかしら？」

「魂の救済かな、たぶん」デヴィッドが言った。「ぼくの人生に欠けている美徳を身につけたい。生まれて初めて、品行方正な人間になりたいと思っている」

「デヴィッド、救済も美徳も、私では役に立てないわ」ハンナは笑みを浮かべて一蹴《いっしゅう》した。「そういうものは自分で見つけなくては。無理だと思うのはなぜ？」

デヴィッドが考えこみながら顎を掻《か》いた。「一度も経験がないからかな。訊かれる前に言っておくと、努力したこともない。どこから取りかかればいいのかすらわからないんだ」

「人によって違うの。自分で行動せずに他人に頼っても、遠まわりになるだけだわ」

デヴィッドがにやりとした。「ぼくは三一年も遠まわりしてきたのか」

「でも、遅すぎるということはないのよ」ハンナは別の本の山に手をのばした。「とにかく、申し出てくださったことは光栄に思うわ」

「本気なんだ。きみの言うとおりなのかもしれないが、撤回するつもりはない。ぼくならきみの面倒を見られる。きみは夫を愛していたのか？」

予想もしない質問に、ハンナは反射的にうなずいていた。「ええ」かすれた声が出る。

「幸運な男だな。いつかほかの男を愛せると思うかい？」

考えたくなかった。スティーヴンが亡くなってから、ハンナは彼への気持ちを胸の奥にしまいこみ、モリーのためにも悲しみに暮れるのはやめて、何事にも敢然と立ち向かおうと決意していた。そして、これまでのところはうまくいっていたのだ。ところがデヴィッドの質問が彼女の不意をつき、心の中に切りこんできた。ほかの男性に対して、またあんな気持ちになれるのかしら？　かつてスティーヴンは彼女の心をいっぱいに満たした。彼を忘れることは決してないだろうが、心にできた隙間《すきま》は日々大きくなっていく。はたしてそれに抵抗すべきかどうか、ハンナはわからなくなっていた。「もしかしたら」彼女は小声で言った。

「可能性があるというだけでかまわない。無理強いはしないよ」ハンナは返事をしなかった。

「約束する、きみの気持ちに任せると」

「愛せるようになると約束はできないわ」まさか本気で検討するつもり？「それに、だめだと思ったらあなたの申し出を受けられない」こんな言い方をするつもりではなかった。これではまるで、考える時間が欲しいと言っているようなものだ。「もう一度よく考えてみるべきよ」ハンナはそっとつけ加えた。「申し出てくれたことは嬉しいけれど、あなたが本気で何かを感じる相手のためにとっておかなければ」

「その何かをきみに感じるんだ」デヴィッドが横目でハンナを見た。「友情。尊敬。称賛。そういう気持ちを抱ける相手がどれほどまれな存在か、わかるかい？」彼は困惑した顔をして、片手で髪をすいた。「ロンドンに戻って、兄が妻に選ぶような、若くて愚かで金持ちの女性と結婚することもできる。連れ合いを選ぶというより、馬を買うようなものだ。たとえ結婚後もぼくらが友達のままだとしても、そういう相手よりずっとましだよ。だから考えてみてほしい」デヴィッドは杖に手をのばし、椅子から立ちあがった。「おやすみ」

ハンナは小声で挨拶を返した。それから長いあいだ、彼女は火のそばに座っていた。デヴィッドの最後の言葉が頭から離れなかった。もしかしたら、哀れみや罪悪感から出た衝動的な申し出ではないのかもしれない。このあたりのような田舎でさえ、愛情よりもっと現実的な理由から結婚することがしばしばある。友情に基づいた関係なら理想的だ。

デヴィッドはハンサムな男性だ。それは否定できない。時間をかけて親しくなっていけば、彼に魅力を感じるようになれるかもしれない。それに、彼に支えてもらえたらどんなに楽か。たとえデヴィッドが自由にお金をつかえる立場でないとしても、彼の家族は裕福なようだ。生活が苦しくなることはないだろう。

何より父の家で暮らさなくてすむのだ。結婚する前、ハンナは母親の代わりとして、父や兄弟たちのために掃除や洗濯や料理をこなしていた。今は小さいながらも自分の家庭を切り盛りして、もっと大きな役割を果たすことに慣れている。けれども父親の家に住むようになれば、ただの貧しい親戚《しんせき》、それも厄介者の親戚にすぎなくなるだろう。父は再婚したので、もはや手伝いを必要としておらず、ハンナとモリーを重荷としかみなさないはずだ。実家での暮らしが辛いものになるのは間違いなかった。

それでもやはり、デヴィッドをほとんど知らないことが引っかかる。この決断はハンナひとりのものではなく、モリーにもかかわってくるのだ。娘の将来を、たった二週間しか知らない相手にゆだねることはできない。ハンナは立ちあがってスカートの埃《ほこり》を払った。箱詰めは明日にしよう。デヴィッドに、彼の申し出は受けられないと伝えたあとに。

ところが、デヴィッドの提案を忘れ去るのは難しかった。ハンナがまた断ったのに、彼が聞く耳を持たなかったからだ。デヴィッドは彼女が反対する理由をことごとく退け、便宜結婚になることを約束して、もう少し考えてみるよう熱心に勧めた。

そこで次にサラが訪ねてきたとき、ハンナはモリーを庭へ遊びに行かせておいて、キッチンに義姉を呼び入れた。正気を失いかけているのかもしれないが、デヴィッドの提案が頭から離れず、ほかのどんな案よりいいと思えてしかたがなかった。サラなら、きっと現実に引き戻してくれるだろう。

だが、ハンナの思惑は外れた。「それは名案だわ」開口一番、サラはそう言った。ハンナはショックを受けて義姉を見つめた。

「でも、非現実的で馬鹿げた考えよ。そうでしょ?」

サラが唇をすぼめた。窓の外ではモリーが先の細い枝を使って庭の石を掘り出しながら、かわいらしい声でデヴィッドに話しかけていた。彼は治りかけの脚を近くの岩にのせ、ベンチに座って日光を浴びている。「ほかの選択肢は?」

ハンナはうつむいた。「わかっているはずよ」

「彼の提案のほうが魅力的じゃないの?」答えないでいると、サラがテーブル越しに身を乗り出してハンナの手を握った。「あなただって、わかっているでしょう。問題を解決するには再婚がいちばんよ。まあ、本音はミドルバラ近辺の人と結婚してほしかったけど。ロンドンで上流の奥様になっても、私に手紙を書いてよね」サラはにっこりしてハンナの手を放し、ティーポットを取った。「真剣に考えてみるべきだと私は思うわ」

ハンナは唇を噛んで窓の外を見た。モリーが庭の反対側からデヴィッドのところまで何往復もして石を運んでいる。新しい石を渡すたびに、彼はまじめな顔で観察した。デヴィッドが何か言って石をひとつ掲げると、モリーがくすくす笑った。娘の丸々とした小さな指が彼の大きくて優雅な手からその石を受けとるのを見て、ハンナの胸はいっぱいになった。モリーが何を話しているのかわからないが、デヴィッドは注意深く耳を傾け、うなずいてその石をもとの場所にそっと戻した。小さな子供を相手に、とても辛抱強く接している。彼はいい父親になるかしら？「賭けていいと思う？」ハンナは小さな声で訊いた。

「賭けないでいられる？」サラが真剣な口調で返した。

ため息をもらし、ハンナは両手に顔をうずめた。サラの言うことは理解できる。デヴィッドの申し出を断ったら、もう再婚できないかもしれない。父親の農場で暮らしながら好ましい男性と出会う機会は、そうたくさんないだろう。モリーが年ごろになったときにも同じことが言える。デヴィッドの提案はハンナだけでなく、モリーにも違う世界を開いてくれるのだ。そんなチャンスを逃すことができるの？

「ジェイミーが彼と話をするべきかもしれないわね」サラが言った。「あなたにふさわしい申し出かどうか見きわめるために」

ハンナは深呼吸してからうなずいた。間違いだと思えば、ジェイミーははっきりそう言ってくれるだろうが、兄は彼女が父の農場に帰りたくないことも知っている。サラはジェイミーを寄こすと約束して帰っていった。

その夜、ハンナはデヴィッドを間近で観察した。夕食後、彼は風変わりな物語を聞かせてモリーをとりこにしていた。おやすみを言う娘の顔が楽しそうに輝いていたのを、ハンナは見逃さなかった。もしかしたら、これが彼女の祈りに対する答えなのかもしれない。きっとデヴィッドはいい父親に、そしていい夫になり、ハンナの残りの人生を安楽に過ごさせてくれるだろう。翌日、馬でやってきたジェイミーが居間でデヴィッドと話しているあいだ、彼女は息を殺して待っていた。

足音がして、ハンナは顔をあげた。「一緒に来てくれ」ジェイミーはうなるように言うと、キッチンを通り抜けて出ていった。どきりとした彼女は、莢《さや》を取ったえんどう豆のバスケットを置いて急いであとを追った。

兄は馬の鞍《くら》を調節していた。「彼はお前の面倒を見ると約束した。家族を養うだけの財産はあるようだ。モリーの信託財産として、田舎の小さな別荘をおれに譲渡することも約束した。だからお前には住む場所がある。その……万が一の場合でも。お前がレディになるなんて想像できるか、ハンナ?」

「どう思う、兄さん?」彼女が尋ねると、ジェイミーは肩をすくめた。

「悪くないと思う」彼がちらりとハンナを見た。「お前はどうなんだ?」

彼女は唇を嚙んだ。「まだわからないの」

その夜みんなが寝たあとで、ハンナはティーポットを前に座り、できるだけ冷静に選択肢を考えてみた。簡単な決断ではなかったが、最後には反対より賛成する理由が勝った。朝になり、彼女は自分の判断が正しいことを祈りながら、デヴィッドにイエスと告げた。

そして次の日曜日には結婚予告が読みあげられた。

3

パーシーがどさりと椅子に座り、うめき声をあげた。「おい、リース、しくじったな」そう言って、見慣れた封印が押された封筒を差し出した。

デヴィッドは手紙をベッドの上に放り出し、また脚を掻いた。とっくにもっとよくなっているはずだった。それなのに、まだ包帯を巻いて杖を突かなければならないのが苛立たしい。

「お前の知ったことじゃないだろう。ぼく個人の問題だ」

「ふん」パーシーが鼻を鳴らした。「三週間もなんとか彼を避け続けたんだぞ。おかげでえらい目に遭った。彼はぼくを一時間も書斎に閉じこめたんだ、リース、一時間も！　本当にお前の兄弟なのか？」

「残念ながら」デヴィッドは小声で答えた。ロンドンへ逃げ帰る前は〝できそこないのミドルバラ〟と呼んでいたくせに、パーシーがわざわざ戻ってきたのはそういうわけだったのか。

「いろいろすまなかったな、パーシー」

友人がブランデーのボトルを開けた。ちょっとためらってから、デヴィッドはグラスを受けとった。この牧師館へ来てからほとんど酒はやめていたのだが、二杯目を飲むころには、なじみのあるぬくもりに全身が包まれていた。パーシーはロンドンのニュースをたっぷり携えてきていた。ウォーカーが新しく鹿毛《かげ》の馬を手に入れ、アスコットで走らせて法外な出費のもとを取るつもりでいること。オペラの踊り子をめぐってハドリーとデヴィアが争ったこと。ブリクストンがひと晩で相続財産の半分をすってしまったが、翌日の晩に全額取り戻したこと。

デヴィッドはむっつりと耳を傾けていた。結婚式まで滞在するようパーシーを誘ったのは間違いだった。この小さな町で新鮮な空気をいっぱい吸いこんでいるかぎりは、昔の悪い習慣を取り戻したくなる心配はない。けれどもパーシーの話が、ハンナの助けを借りてせっかく追い払った、内に潜む邪悪で奔放な衝動をかきたててしまった。ひとたび彼女の夫となれば、馬車で競走することも、泥酔することも、娼婦《しょうふ》を買うこともできない。パーシーが話せば話すほど、まるで蜘蛛《くも》が肌を這《は》いまわるように不安がつのってきた。もう二度と酒を飲めないのだろうか？　売春宿へは絶対に行けないのか？　まだこんなに若いのに結婚するなんて、ぼくは何を考えているんだ？

デヴィッドの心を読んだかのように、パーシーが怪我をしていないほうの脚を蹴った。

「どうしてまたこんなことになったんだ？　結婚はまあいいとして、牧師の奥方とだなんて！　そうだ、お前が自分で牧師になればいい」

「放っておいてくれ、パーシー」友人の言うとおりだという思いがちらりと胸をよぎる。デヴィッドはむずむずする感覚を無視しようと努めた。「約束したんだ」

パーシーが笑った。「結婚という名の重労働を強いられるわけか。お前がいないとつまらないよ」彼はグラスの上でボトルを逆さにして振った。

「彼女はとてもいい人なんだ」デヴィッドは説明しようとした。パーシーがこのまま帰ってくれたら、自分の決断に疑問を抱かずにいられるかもしれない。ハンナはぼくの救いになってくれるだろう。ぼくが今でも救われたいと思っているならば。ああ、もちろん思っているとも。たぶん。

「ほかのどんな相手と結婚するより、男としては終わりだぞ」パーシーがにやついた。「女はだめ、酒もだめ、カードも競馬も闘鶏もなしだ。迫りくるお前の最期に乾杯！」デヴィッドはグラスを持ちあげる友人をにらんだ。パーシーが突然ぱっと顔を輝かせて手をおろした。勢いよく身を乗り出したので、ズボンにブランデーがこぼれた。「なあ、本当に彼女と結婚すべきなのが誰だかわかるか？　公爵だよ！　堕落とは無縁で、不摂生もしなければ楽しみもなし！　あのふたりこそお似合いじゃないか！」

「やめてくれ」デヴィッドはうなった。パーシーのせいで、よこしまな衝動が高潔な信念に闘いを仕掛けてくる。

「わかったよ」パーシーが椅子に座り直した。「だけど、たちまち目の前に現実を突きつけられるぞ。友達もこれまでの暮らしも捨てて、家でじっと説教を読む毎日になるんだから」

彼は葉巻を二本取り出し、一本を差し出した。「さあ、最後の葉巻だ」

デヴィッドは葉巻をひったくった。「あっちへ行ってくれ、パーシー。ぼくは明日結婚するんだ」パーシーがくすくす笑って立ちあがり、おぼつかない足どりで部屋を出ていった。

デヴィッドは葉巻を見つめながら、友人の言葉を嚙みしめた。

ああ、そうだ、ぼくはハンナに結婚を申しこんだことを後悔し始めている。彼女のことは今でも好きだが、この数週間、強制的な隔離状態にあったせいで、つい心が惑わされてしまっていたのだ。ここに住み続けるなら、ハンナとの結婚に満足できるかもしれない。だが、残りの人生をずっとミドルバラで過ごすなんてとても無理だ。パーシーの口から競馬や闘鶏の話を聞いただけで血が騒ぎ始めている。ぼくは静かな田舎の暮らしに向いていない。

けれどもハンナには面倒を見てくれる人間が、彼女の真価を認めてモリーを愛し、ふたりを守ってくれる誰かが必要だ。デヴィッドはその誰かになりたかった。だがここへ来て、まだそこまで心の準備ができていないと気づいた。二週間前には魅力的に思えた人生を改める計画が、致命的に退屈なものに思えてきた。

でも、今さらどうやって逃れられるだろう？　彼は約束し、すでに結婚予告が読みあげられ、ハンナは今ごろドレスを広げているかもしれない。この期に及んで取り消したりすれば、ひどい屈辱を味わわせてしまう。もちろん、紳士が結婚の申しこみを取り消すなどありえないことだ。

デヴィッドはパーシーが持ってきた手紙に目を留めた。とうとう兄に居場所が知れたとはいえ、彼が結婚しようとしていることまでは知られていないに違いない。そうでなければ、パーシーが大喜びでマーカスの反応を教えてくれたはずだ。彼は手紙の封を切った。

それはまるで長々と続く訴状だった。挨拶もそこそこに非難の言葉が始まる。デヴィッドは無視して読み飛ばし、最後の部分に目を走らせた。

お前の思慮のなさには呆れるばかりだ。雇い人たちの賃金や屋敷の維持費をすべて私に負わせて姿を消し、数週間も連絡ひとつ寄こさなかっただけでもひどいが、絶対に顔を出すと約束したシーリアの誕生日まで無視するとは、軽蔑《けいべつ》の域を通り越している。一七歳の妹がお前を崇拝しているのが不思議でならない。妹の気持ちを軽んじる態度にはもううんざりだ。お前は責任感がなく、向こう見ずで自分勝手なことばかりしてきた。ロンドンに帰ってきた際には、そのふるまいのわけをしっかり聞かせてもらうつもりだ。助けがなければ戻れないようなので、明日到着するよう私の馬車を向かわせた。

エクセター

デヴィッドは眉をひそめて手紙を置いた。実の弟にまでエ、ク、セ、タ、ーと署名するなんて。パーシーの言うことも、あながち間違いではない。責任感という点ではマーカスとハンナは同類だ。ただ、彼女が魅力的で知性にあふれ、ふんだんに常識を備えているとしても、兄が目を留めることはないだろうが。マーカスの結婚相手はおそらく家柄がよくて裕福で、命令に従順に従う女性だ。だが、彼とハンナが一戦交える光景を見るのは楽しそうじゃないか？デヴィッドはにやりとした。こちらに害が及ばず、ふたりを会わせる方法さえあれば……。

そのとき、無謀な考えがデヴィッドの頭に浮かんだ。今度やったら命はないとマーカスに脅されたので、何年も実行に移していないことだった。けれどもうまくいけばハンナは生活に困らず、彼は自由になり、マーカスに仕返しもできる。すべてにおいて理想的な解決法に思えた。デヴィッドは杖をつかむと、足を引きずりながらパーシーを探しに行った。

「そんな、だめだよ」それがパーシーの感想だった。「まじめな話、リース、やりすぎだ。馬用の鞭《むち》でぶたれるはめになるぞ」

「もちろん、兄にはお前が手伝ってくれたと言うつもりだ」

パーシーが悪態をついた。「だめだったら！ さすがのぼくにも分別がある」

「おいおい、パーシー」ますますいい考えに思えてきて、デヴィッドは友人を説得しようとした。「老いぼれのデヴローに、愛人が彼の息子と寝ていると教えてやったことがあっただろう。あれよりもっと面白いぞ。見逃すわけにいかないよ」

「自分の命が大事だ。彼はぼくの兄じゃない。きっと殺される」

「それならイタリアへ行こう。マーカスが気づく前に出発してしまえば問題ないさ」パーシーはぶつぶつ文句を言っていたが、デヴィッドには彼の気持ちが揺らいでいるのがわかった。この手の悪ふざけはずいぶん長いあいだやっていない。マーカスさえもっと信用してくれていれば、デヴィッドもこんなことを思いつかなかっただろう。所詮《しょせん》、マーカスにとっては役立たずの弟にすぎないのだ。兄は責任感が強く有能で、なんでも完璧《かんぺき》にこなしてしまう。デヴィッド自身も富と権力の恩恵を受けて育ってきたものの、自分で望んだ人生ではなく、おまけにマーカスのように退屈な兄にいつもそばをうろつかれていては、できるかぎりのことをして人生を楽しむ以外に生きようがなかった。最後にはとうとうパーシーが折れてデヴィッドの計画に賛成し、ふたりは成功を祈ってワインを開けた。

「デヴィッド、何か悩みごとでもあるの？」ハンナは訊いた。彼らはミドルバラから一〇キロ足らずのところにいた。ようやく結婚式の招待客から解放され、どういうわけか突然〈ホワイト・スワン〉に現れた豪華な馬車に乗ってロンドンへ向かっているところだ。デヴィッドは兄が寄こしてくれたとしか言わなかった。ハンナが、たとえ結婚式に欠席しても、迎えの馬車を手配してくれるとは親切なお兄さんだと告げても、デヴィッドは妙な笑みを浮かべるばかりだった。彼はその日ずっと、鼻歌でも歌いだしそうなほど上機嫌に見えた。パーシーも同じだ。ふたりがいい大人でなければ、いたずらでもたくらんでいるのかと疑っていただろう。

「いいや」デヴィッドはまだ完治していない脚を向かいの座席にのせていた。そちら側にはモリーが、ジャムのしみがついたドレスに人形を抱きしめ、丸まって眠っている。「どうしてそんなことを訊くんだい？」

「あなたが何かに興奮しているように見えるから」

デヴィッドがにやりとした。「あたりまえだろう？」ハンナは顔を赤らめた。

「デヴィッド、私、思っていたんだけど……できたら――」

「ハンナ」彼女の両手を取って、デヴィッドが言った。「せかさないと約束したはずだ。そそんなつもりで言ったんじゃないよ」思わず小さく息を吐いたハンナは、ほっとしている自分が恥ずかしくなった。初夜のことを考えるだけでひるんでしまう。前のときはスティーヴンも彼女と同じくらい緊張していたが、先にのばそうとはしなかった。デヴィッドは寛大なのだ。

「ありがとう。変なことを訊いてごめんなさい」デヴィッドがうなずいて放してくれたので、ハンナは膝の上に手を戻した。彼に触れられてもいまだにどきどきすることはなく、もう一度人の妻になったのが信じられない、奇妙な感覚がするだけだった。熱心さに欠ける私の反応にデヴィッドががっかりしないといいけれど、とハンナは思った。

彼らは日が落ちた直後にロンドンに到着した。そのころにはハンナは疲れきっていた。昼寝から覚めたモリーがひどく不機嫌で、手に負えなかったのだ。デヴィッドは、ストロベリータルトでドラゴンを手なずけたお姫様の長い物語を聞かせてなだめようとしてくれた。彼は本当にモリーの扱い方がうまい。それでも結局、モリーは癇癪《かんしゃく》を爆発させた。馬車が立派なタウンハウスの前で止まり、娘がようやく泣きやんだときには、ハンナはほっとするあまり涙が出そうになっていた。デヴィッドがモリーの手を握って、新しい部屋を見たくないかと尋ねている。腰をあげたハンナはぐったりしていたものの、そのあたりが裕福な人々の住む閑静な地域だと気づいた。デヴィッドが玄関のドアをノックしている。出てきた男性は、驚きのあまり気絶しそうな顔をした。「デ、デヴィッド様?」

「そうだ、ウォルターズ、ぼくだよ。入ってもいいかな?」まだぽかんと口を開けつつも、男性がわきに寄った。デヴィッドはモリーを抱きかかえて中に入っていく。少女は指を吸いながら、ドアを押さえている男性をじっと見つめた。「こちらはミス・モリー・プレストンとその母上だ」

ハンナはどうしていいかわからず、階段をのぼっていくデヴィッドを目で追った。どうも何かがおかしい気がする。「ミセス・プレストンでいらっしゃいますか?」ウォルターズと呼ばれた男性が不安げに彼女を見た。

「リースです」デヴィッドが紹介してくれればよかったのにと思いながら、ハンナは訂正した。だが、みんな疲れているのだからしかたがない。「デヴィッドは夫です」もはや彼とモリーの姿は見えず、彼女はひとりきりになっていた。「あなたはミスター・ウォルターズ?」

男性がはっと息をのんでお辞儀をした。「はい、マダム。お望みがあればなんなりとお申しつけください」

ハンナはうなずき、無理やり笑みを浮かべた。「ありがとう。娘の様子を見に行きます」彼女は小声で言うと、急いでデヴィッドのあとを追った。優雅で大きな部屋で、モリーをベッドに寝かせている彼を見つけた。ピンク色のシルクの布で覆われた大きなベッドの真ん中にぽつんと横たわる娘は、小さくて寂しそうに見える。窓には白いベルベットのカーテンがかかり、白と金色の家具には繊細な彫刻が施されていた。明らかに女性の部屋だ。ハンナの頭の中で警鐘が鳴った。人形のミッシーも一緒にベッドに入っていることを確かめると、彼女はデヴィッドについて廊下へ出た。

「ここは誰の家なの？」ハンナは尋ねた。「あの部屋は女性用に飾られていたわ。それにミスター・ウォルターズは何者なの？」

デヴィッドがくすりと笑った。「ウォルターズは執事だ。この家はぼくの兄のものなんだよ。部屋は、ほら、妹がいると言っただろう。いつでも泊まれるようになっているし、ぼくのところよりずっと快適だから、しばらくここに滞在すればいいと思ったんだ。ほんの数日のことだよ。ぼくがいろいろ手配をすませて準備が整うまで」

一応は納得したものの、ハンナはためらいがちに口を開いた。「ごめんなさい、でも、話してくれていたらよかったのに」

「そうだな、すまない」ハンナの手にキスしたデヴィッドは、少しもすまなそうに見えなかった。「すぐにきみのトランクを持ってこさせるよ」

「ミスター・ウォルターズは私たちが来ることを知らなかったの？　ずいぶん驚いていたようだったけど」

デヴィッドがまたしても、前にハンナを不安にさせた奇妙な笑みを浮かべた。「ああ、使いをやる時間がなかったからね。だけどこの家はいつも管理が行き届いているから、困ることはないはずだ。心配しなくていいよ、ハンナ、何も問題ない」彼女の手をぎゅっと握ってから放す。「明日の朝、また会おう。ぐっすり眠るんだ」

ハンナは小さく口笛を吹きながらゆっくり階段をおりていくデヴィッドを見送った。彼が話してくれていないことがまだあるような、不安な感覚にとらわれる。しばらくしてミスター・ウォルターズがトランクを持ってきてくれたので、彼女はモリーと自分の寝間着を取り出し、眠りたがる娘を着替えさせた。ハンナ自身も寝る準備ができたころには、モリーはすでにぐっすり眠っていた。ベッドに入る前に、窓に近づいてカーテンを開けてみる。

牧師館の自室のコットンのカーテンと違って厚みがあって重く、贅沢《ぜいたく》な感触の生地だ。夫の家族の暮らしぶりは彼女よりはるかに快適で、慣れるまでにしばらく時間がかかりそうだった。執事に、ベルベットのカーテンに、天蓋《てんがい》つきのベッドだなんて。ハンナは窓の外に目を向け、なじみのない街の明かりや建物を眺めた。ロンドンへ来たことは一度もなく、来ようと思ったことさえなかった。これからの新しい生活を冒険と考えるべきなのかもしれない。

「今日は曲芸を見に行ってもいい？」翌日の朝食の席でモリーが尋ねた。デヴィッドが笑ってコーヒーのカップを置く。

「今日はだめだ、おちびさん。ぼくは片づけなきゃならない用事があるし、お母さんは家の中を見たいだろうからね」彼はハンナを見た。「ウォルターズが案内してくれるよ」

「近くに公園か、緑地のようなものはあるかしら？」モリーのおかげで、すでに忍耐力の限界を試されていた。起きたとたん目に入ってきた光景は、美しいけれど安定の悪い椅子に立つ娘の姿だった。さらに、モリーが探索していた衣装部屋には、かなりいかがわしい品々が置いてあった。どういうものか正確にはわからないが、デヴィッドの妹のような若い女性に

ンは退廃的すぎるのではないだろうか。だが〝人を裁くな、汝《なんじ》が裁かれないために〟だ。ハンナは自らにそう言い聞かせてモリーを部屋から出し、しっかりと扉を閉めた。

「ああ、この時間なら公園は安全なはずだ。ウォルターズに行き方を訊いておいで、モリー」少女は椅子から滑りおりると、走らないでというハンナの声を無視して部屋から駆け出していった。それまで陽気だったデヴィッドが、急にまじめな顔になって言った。「ハンナ、ちょっと用事ができた。残念だがロンドンを離れなきゃならない」

「こんなにすぐに?」ハンナは驚いた。ミドルバラに滞在していた数週間のあいだ、デヴィッドが誰かと連絡をとっていた気配はなく、急いでロンドンに戻りたがっている様子もなかった。でも、だからこそ急を要するのかもしれない。「いつ戻ってくるの?」

「少なくとも数日間は留守にする。すまない。着いた初日にきみを残していくのは気が進まないが、これ以上先のばしにできないんだ。許してもらえるといいんだが」

「あなたがどうしてもと言うなら、しかたがないんでしょうね」ハンナは現実的になって言った。「あまり長くかからないことを祈っているわ」デヴィッドが居心地の悪そうな顔をした。

「きみとモリーのためなんだよ。きみたちに快適な暮らしをさせてあげたいんだ」

「まあ、デヴィッド、わかったわ」ハンナは言った。「あなたがいないと寂しいけれど、引きとめるわけにいかないわね」

「きみならそう言ってくれるとわかっていたよ」ほっとしたように微笑むデヴィッドを見て、

ハンナも笑顔になった。朝食のあと、彼はモリーにさよならを告げ、ママのためにいい子にしているんだよと諭した。デヴィッドが葦毛《あしげ》の去勢馬にまたがると、ハンナはそわそわし始めた。なんといっても夫なのだから、手を振ってさよならと言うだけでは不自然な気がする。彼が身をかがめた。「それじゃあ、行ってくる」ささやいて彼女の頬にキスをした。「ぼくが帰ってきたときも、きみが笑いかけてくれることを願っているよ」

「もちろんそうするわ」ハンナは言った。デヴィッドのほうから不安を解消してくれて、ほっとしていた。彼女はモリーとともにうしろにさがり、彼が去っていくのを見送った。

その日の残りは家の中を見て費やした。料理人は執事の妻のミセス・ウォルターズで、たちまちモリーが気に入ったらしい。パンを焼くのを手伝いたいと言われて、驚きながらも喜んでいたようだ。一日が終わるころには、ふたりはすっかり仲よくなっていた。

モリーがパンを作っているあいだに、ミスター・ウォルターズがハンナに家の中を見せてくれた。彼は昨晩のショックから立ち直ったようだ。いろいろ考えすぎて馬鹿みたい。彼女は自分を戒めた。デヴィッドが困った状況に私たちを置き去りにするわけがないわ。たとえこれからどんなところに住むことになろうと、彼はここまでずっと私たちの面倒を見てくれたのだから。連れてきてくれたこの家は豪華だし、ウォルターズ夫妻はとても助けになってくれる。

それからの数日、ハンナとモリーは近所を見てまわった。公園へは毎日出かけ、いくつもの通りを歩いた。美しい品々がウインドウを飾る商店が立ち並び、ミドルバラでは走り過ぎるところしか見たことがないような立派な馬車がたくさん行き来していた。華麗な衣装に身を包んだ淑女たちに紳士たち。ミドルバラにいるときは華美に思えたデヴィッドの服装も、ここではあまり目立たない。ロンドンは故郷からはるかに遠い場所なのだ。

通りをいくつか行ったところに市場があるとミセス・ウォルターズが教えてくれたので、ハンナはモリーと一緒にのぞいてみることにした。厨房《ちゅうぼう》でバスケットを借り、ポケットにいくらかお金が入っているのを確認して、ふたりは家を出た。モリーにせがまれて人形劇を三回見て、野菜や花や果物を積んだ露店のあいだを歩きまわる。ハンナにとってはここ何年かで初めて、夕食の買い物をする必要がなかった。それはミセス・ウォルターズの役目だ。目的もなくのんびりと市場をめぐり、娘の手を引きながら急ぐようううるさく言わずにすむのは気分がよかった。結局ふたりは劇場の近くで、丸々と太った女性から苺《いちご》を買った。帰り道はモリーが疲れて足を引きずっていたせいで遅々として進まなかったが、お茶とビスケットをあげると約束してようやくなだめることができた。

家に帰り着いたとたん、モリーがショールを床に放り出し、帽子を引っぱり始めた。「すごくお腹《なか》が空《す》いた、ママ!」そう宣言して麦わらのボンネット帽を両手で持ちあげる。だが、紐が顎に引っかかって脱げなかった。

「落ち着いて」ハンナはバスケットを下に置き、帽子の紐をほどいてやった。「さあ、ミセス・ウォルターズのところへ行って、お茶をお願いしていらっしゃい」

「ありがとう、ママ!」モリーは飛ぶようにキッチンへ駆けていった。

「歩くのよ、モリー！」うしろを振り返らず急停止すると、少女は気どった足どりで歩き始めた。角を曲がったとたんにまた速度を増した足音が聞こえて、ハンナは微笑みながら首を振った。自分とモリーのショールをかけ、ボンネット帽を脱いでいると、どこか不安げな様子のウォルターズが姿を現した。彼は咳払いして言った。

「失礼ですが、マダム、あなたにお会いになりたいという方がお見えです」

「あら」ロンドンにハンナの知り合いはいない。ミドルバラから来たのだろうか？「ありがとう、ミスター・ウォルターズ。これをミセス・ウォルターズに渡してもらえるかしら？」彼女は風に吹かれて乱れた髪をなでつけた。

ウォルターズが苺の入ったバスケットを手に取った。「かしこまりました、マダム」そこでもう一度咳払いする。

「喉が痛いの？」ハンナは心配して尋ねた。いつもの声と違って聞こえたのだ。「カモミールティーを飲むといいかもしれないわ」ウォルターズが弱々しい笑みを返した。

「恐れ入ります、マダム」ハンナはスカートの位置を直して客間へ向かった。

彼女が部屋に入っていくと、窓のそばにいた男性が振り向いた。「まあ！」ハンナは嬉しい驚きに声をあげた。「今日戻るとは思わなかったわ」だが、彼女が近づいても男性はじっとしたままだ。ハンナは足を止め、彼の顔をじっと見つめた。

ひと目見た感じでは、彼はまさしくデヴィッドだった。けれどもよく見ると、明らかな違いがわかる。口もとはもっと厳しく、デヴィッドがいつも見せるようないたずらっぽい笑みは影も形もない。背筋がさらにのび、引きしまった体つきで髪も短かった。それにハンナのほうへ足を踏み出した動きには黒豹《くろひょう》のような優雅さがにじみ、くつろいでののんびりとしたデヴィッドの足どりとは異なっていた。

「ごめんなさい」ハンナが謝ると、男性が目を細めた。「別の方と勘違いしてしまいました」彼女はためらいつつも前に進み出た。「私はミセス・プレ――」習慣というものはなかなか消えてくれない。ハンナはぎこちなく言い直した。「リースです」

男性は片手を背中にまわし、もう一方の手で革表紙の本のようなものを腿に軽く打ちつけながら、長いあいだハンナを見つめていた。「デヴィッドと間違えたんだろう」しばらくして、彼が口を開いた。冷淡であたたかみがなく、デヴィッドの声よりなめらかではあるが、もっと力強い。ハンナは顎をあげた。

「ええ」彼女は言った。「それなら、彼をご存じなのね？」

乾いた笑みがちらりと顔をよぎったものの、目は冷たいままだ。「かつて思っていたほどではないが、それでもまだきみよりはよく知っているはずだ」

ハンナは体をこわばらせた。「彼はいません。あなたがいらっしゃったことを伝えておきます」

男性は頭を傾け、吟味するように彼女を眺めた。「きみはまだ処女なのか？」彼がいきなり尋ねた。

これほどショックを受けていたのでなければ息が止まってしまったかもしれない。ハンナは口をぽかんと開けたまま激しい怒りに言葉を失い、ただ彼を見つめることしかできなかった。

「答えなくていい」男性がため息をついて視線を上に向けた。「どうでもいいことだ。デヴィッドはきみに何を約束した?」

礼儀正しく接する義務があるとはとても思えない。「私の家から出ていくようお願いするしかなさそうね」

男性にとっては面白い返答だったようだ。彼はまた口もとに笑みを浮かべた。「〝私の家〟?」ハンナの言葉を繰り返す。「なんとまあ」

「お帰りはミスター・ウォルターズに案内させますから」ハンナは男性に背を向けて、ドアのほうへ歩き出した。

「私はエクセターだ」それですべて説明がつくとでも言わんばかりに、男性が宣言した。ハンナは足を止め、ゆっくり振り返って彼と目を合わせた。

「ミスター・ウォルターズにあなたの馬車を呼びに行かせましょうか、ミスター・エクセター?」

男性が鼻から鋭く息を吐き、目を閉じた。「ミスター・エクセターではない、エクセター公爵だ、お嬢さん」

「何がお望みなの?」ハンナはぴしゃりと言った。長いあいだ、誰にもそんな呼ばれ方をしていない。彼女は二六歳の一人前の女性で、妻であり母でもあるのだ。だが、この男性が訪ねてきたのには理由があるはずだった。親切に接する気にはなれないとしても、公爵を、それもおそらく兄弟に違いないほどそっくりな公爵を追い返せば、デヴィッドが腹を立てるかもしれない。

「きみに会いに来たんだ。われわれで取引しようじゃないか。うまくいけばすぐにすむだろう。それで、デヴィッドは正確にはなんと言ったんだ？」

「私には何も言いませんでした」ハンナは言い返した。「私が目にしているあなたのふるまいと品性を考えれば、彼が話さなかったのも不思議はないわ」

男性の黒い瞳の奥で何かが燃えあがった。「私のふるまいと品性？」彼は繰り返した。「きみが私のふるまいと品性を責めるというのか？　今日耳にした中で最高の冗談だ、マダム」そう言って、手にしていた本を開く。彼の突き刺すような視線がハンナの警戒心をかきたてた。

「あなたは誰なの？」男性が近づいてきたのを見て、ハンナはあとずさりした。彼はページをめくりながらも、彼女から決して目を離さない。

「私はマーカス・エドワード・フィッツウィリアム・リース、エクセター公爵であり、デヴィッド・チャールズ・フィッツウィリアム・リースの一〇分早く生まれた兄でもある」彼はハンナに読めるように、本の向きを変えて突き出した。

それがミドルバラの教区教会が発行した登記証であると気づいて、ハンナの口の中がからからになった。ページの下半分あたりに、五日前に彼女が自分で署名したとおり、ハンナ・

ジェーン・プレストンという名前が見えた。けれども、その横の署名は……。

「そしてこのミドルバラ教区の登記証、すなわち英国国教会の認めたところによると……」

デヴィッド・チャールズ・フィッツウィリアム・リースの名前ではなく、はっきりとした文字で正確に……マーカス・エドワード・フィッツウィリアム・リースと書いてあった。

「私はきみの夫だ」

4

ハンナは呆然《ぼうぜん》としてしばらく証書を見つめていた。それからわきに押しやり、公爵の厳しい視線と目を合わせた。「ありえないわ。ここにあなたの名前があるというだけで――あなたが私の夫だなんて！」

公爵が音をたててページを閉じた。「このせいでことがひどく複雑になっている。訂正するには非常に面倒な手続きが必要となるだろう。だからもう一度訊く。デヴィッドはきみに何を約束した？　今教えてくれればわれわれで解決して、きみはどこであろうと、もといた場所に戻ればいい」

デヴィッドと我慢ならないその兄と、どちらにより腹が立つのかしら。「どうぞお帰りください」ハンナは歯を食いしばって告げた。「自分の家でこんなふうに侮辱されたまま立っているつもりはありません」言ったとたん、実際は彼女の家でないことを思い出したが、もう手遅れだった。

公爵が小馬鹿にしたように笑った。「ああ、そう、自分の家か。きみが言うところの自分の家は私の所有物だ。この前ここに住んで自分の家と称していた女性は、私の愛人だった。

きみは彼女の部屋で寝ているのかな、マダム？　モニークの趣味をどう思う？　どこもかしこもピンクだらけで、私はあまり好きではなかったが」

ショックと激しい怒りで、ハンナの口がまたしてもあんぐりと開いた。尊大で傲慢《ごうまん》なこのひどい男の使ったシーツの上に、デヴィッドが私の娘を寝かせたなんて。これほど誰かを殴りたいと思ったのは初めてだ。公爵の顔にかすかな笑みがよぎった。「デヴィッドはそのこともきみに言わなかったのか？　気の毒に」

「あなたが行かないなら、私が出ていきます」ハンナはさっと身をひるがえし、猛然とドアへ向かった。公爵が声をかけても止まらない。だが、鋭い命令はいやでも耳に届いてしまった。

「夜明けまでに荷物をまとめて、出発できるようにしておくんだ」ドアノブに手をかけたところで、ハンナはふと気になった。

「デヴィッドの別荘ですが」振り向かないまま尋ねる。「あれもあなたのものですか？」

「狩猟小屋のことかな？　いや、あれは弟のものだ。そこできみを誘惑したのか？」ハンナが部屋を出て思いきりドアを閉めると、大きな音が響いて少しすっとした。怒りに震えながら厨房へ向かう。テーブルのそばで椅子の上に立っていたモリーが振り向き、ぱっと目を輝かせた。

「ママ！　パンを作ったよ！」そう言って、パン生地のかたまりをぽんぽんと叩く。「シナモンが入ってるの！」少女はにっこりしてささやいた。「あのね、ミセス・ウォルターズが言ってたけど、バターをのせたらすごくおいしいんだって!」

ハンナは無理に笑顔を作った。料理人がちらりと彼女を見てから目をそらした。「それはすてきね。ミセス・ウォルターズ、少しお話ししてもいいかしら?」料理人はうなずき、エプロンで丁寧に両手を拭いた。ハンナは好奇心いっぱいのモリーの耳に届かないように、カウンターのほうへ手招きした。「この家の持ち主は誰なの?」

ミセス・ウォルターズが咳払いして答える。「ええと、公爵様です。でもデヴィッド様がお戻りになって説明されたら、きっと何もかもうまくいきますよ。心配なさらないで」

ハンナは懸命に自分を抑えた。デヴィッドがすぐに戻ってくることはないような気がする。「それで、前の——」愛人という言葉を口にするのがはばかられて、彼女は口ごもった。「前は誰がここに住んでいたの?」

ミセス・ウォルターズが眉をひそめた。「フランス人です。何をしても喜ばなくて、堕天使ルシファーよりもうぬぼれの強い女でした。出ていく姿が見られてせいせいしましたよ」

ハンナはうなずいた。公爵の話が事実だというだけで充分だ。詳細は聞きたくなかった。デヴィッドは嘘をついて私を馬鹿にしたんだわ。彼女は両手を頬に押しつけた。私はどこまで愚かだったのかしら? こんな状況に足を踏み入れてしまうなんて。

「マダム、がっかりなさってはいけませんよ。公爵様は愛想がいいとは言えませんが、公正なお方です。それにご家族には本当に献身的でいらっしゃいます」気づかってくれているのだろう、ミセス・ウォルターズの丸い顔に皺が寄っている。

ハンナはそっと息を吐き出した。なんでもいいから物を投げつけたい気分だ。面と向かってデヴィッドにひどい言葉を浴びせたい。大声で叫び、屈辱と怒りにまみれて泣き崩れたい。けれどもそのとき、料理人の肩越しにモリーの大きな茶色い瞳と目が合って、彼女は激しい怒りをのみこんだ。「ありがとう、ミセス・ウォルターズ」

「あなた様とお会いできて、私は喜んでおりますよ」晴れやかな笑みを浮かべて、ミセス・ウォルターズが言った。「放蕩者には分別のある女性が必要なんです。さあ、顔をあげて。デヴィッド様はあなた様をここに残して公爵様と対面させるべきではありませんでしたが、お戻りになられたら、きっとなんとかしてくださるはずですから」

ハンナはもう一度無理やり微笑んだ。ミセス・ウォルターズはハンナの手をぽんぽんと叩き、パンを焼く仕事に慌ただしく戻った。

モリーを厨房に残したまま、ハンナは階段をのぼって寝室へ向かった。中に入ってドアを閉め、両手で顔を覆う。これからどうしたらいいの？　いったいどうしてデヴィッドはこんなふうに私を騙《だま》せるの？　すっかり信じこむなんて、私はどれだけ馬鹿なのかしら？　真実と思えないほどうますぎる話は、結局真実であるはずがないのよ。突然ハンサムで裕福な紳士が現れて私の人生を一変させ、ロンドンのすてきなタウンハウスに連れてきてくれるなんて。おかしいと思うべきだった。

ああ、思いきり叫びたい。デヴィッドはどういうつもりだったのかしら？　こんなことをして、彼は何を得るというの？　私をベッドに連れこめたわけではないし、持参金を手に入れたわけでもない。ハンナは震えるてのひらのつけ根を目の上にあてた。デヴィッドは私の人生を引っくり返しただけ。そして自分の兄を怒らせた。きっと初めからそれが目的だったんだわ。

ハンナは顔から手を離して涙をぬぐった。ミドルバラに帰るしかない。裁縫と料理の腕はまずまずだから、仕事を見つけてどこかに部屋を借りられるかもしれない。みんなにはデヴィッドが亡くなったと説明しよう。彼女は恨みをこめてそう決意した。ひどい死に方をしたことにするわ。彼に悲惨な運命が降りかかるところを思い描くのは簡単だもの。

彼女は衣装部屋へ行って荷物をまとめ始めた。モリーと私にとって、ロンドンを離れるのは早ければ早いほどいい。

馬車の中でマーカスは、これが恥知らずの弟の頭ならいいのにと思いながら、隣の座席に登記証を放り出した。この代償は大きいぞ。あの女性はショックを受けた顔で彼を見ていた。それに清算を申し出たのに餌《えさ》に食いつかなかった。いや、これから食いつくはずだ。彼女にほかの選択肢を与えるつもりはない。早くロンドンを出ていくに越したことはないのだ。

マーカスはポケットからデヴィッドの手紙を取り出して開いた。尊大な文面は読んだとたんに彼を激怒させたのだが、ホリー・レーンにある家で実際にあの女性を見るまで、彼は心のどこかで冗談に違いないと思っていた。マーカスは手紙を窓にかざしてもう一度目を通した。

最愛なる兄上

ぼくの数々の欠点を思い出させる手紙をくれてありがとう。おかげで責任感に目覚めたので、これからはもっと自分の役割を自覚するよう努力するつもりだ。実際のところ、われわれ兄弟はつねにお互いに目を配らなければならないらしい。だからぼくも、兄上の小さな見落としをひとつ正させてもらうことにした。公爵夫人を迎えるという務めをまだ果たしていない兄上のために、ぼくが代わりに見つけておいた。詳しいことはミドルバラの牧師に聞いてほしい。ロンドンに戻って兄上に感謝されるのが楽しみだ。

DR

マーカスは登記証の上に手紙を投げ出した。ミドルバラまで往復したおかげで疲れ果て、睡眠不足で目がひりひりする。今の彼を動かしているのは激しい怒りのみだった。マーカスの手を握って花嫁は元気かと尋ねた牧師に対する怒り、自分の家から出ていけと言い放った女性に対する怒り、彼をこんな目に遭わせている弟に対する怒り。前回双子の弟がいることを心底残念に思ってから、ずいぶん時間がたっていた。当時のデヴィッドの悪ふざけは、債権者を騙して借金をマーカスに負わせたり、オクスフォード時代に兄になりすまして放校を避けたりといったことに限られていた。だが、もう一度やったら喉をかき切ってやると脅してからは途絶えていたのだ。今までは。

デヴィッドにはせめて絶対にありえない相手を、身のほどを知って喜んで引きさがるような相手を選んでほしかった。ところが彼が見つけてきたのは、すでに自信も態度も公爵夫人並みの女性だ。背は心持ち高めで、つややかな黒い巻き毛にきらきら光る瞳、こんな状況でなければ魅力的に感じたかもしれない豊かな口もとをしていた。誰かに嗅《か》ぎつけられる前に彼女を追い払い、登記証を改めなければならない。

馬車がエクセター・ハウスの前で止まり、従僕がさっと扉を開けた。マーカスは登記証と手紙を持って馬車からおりた。お辞儀する執事の前を大股で通り過ぎて屋敷に入り、手袋を脱いで従僕に渡す。そばには別の使用人が、帽子を受けとろうと待っていた。彼らはマーカスの好みどおり黙々と効率よく仕事をこなしている。けれども彼が階段のほうへ向かおうとすると、慣例を破って執事が咳払いした。

「公爵様、レディ・ウィロビーがお見えでございます」マーカスは振り向いて執事を見た。ハーパーは頭をさげたまま指示を待っている。

「私が家にいると言ったのか？」

「いいえ、公爵様。ですが、どうしても待つとおっしゃいまして」マーカスは無言で続きを促した。執事がさらに深く頭をさげて言った。「今日はずっとお戻りにならないと申しあげたのですが」マーカスはひとつうなずき、そのまま歩き出した。家に帰ったときに誰かに待たれているのが嫌いなことは、ハーパーもよく知っている。がらんとして巨大な玄関ホールを半分ほど進んだところで、客間のドアが開く大きな音が響き渡った。

「なんてひどい人なの！」スザンナ――レディ・ウィロビー――が悲痛な口調で叫んだ。マーカスは足を止め、冷たい視線を彼女に向けた。女性の芝居がかった大騒ぎには嫌悪しか感じない。レディ・ウィロビーが細身のスカートを脚にまとわりつかせながら、なめらかな足どりでゆっくりと玄関ホールを横切ってきた。手をのばせば届くところまで来て止まり、頭をうしろに引いたかと思うと、いきなりマーカスの頰を平手で打った。

「よくも私にこんなことができるわね！」レディ・ウィロビーはさらに彼に近づき、怒りのにじむ声でささやいた。「嘘つきで、傲慢で、女の心をもてあそぶひどい人だわ！」

彼女に何も約束していなくてよかった。レディ・ウィロビーは自分が勝手に思い描き、マーカスがあえて訂正しなかったふたりの将来を、きっぱり拒絶する完璧な口実を与えてくれたのだ。「では、これで失礼する、マダム」マーカスは冷淡に言って彼女に背を向けた。

「エクセター！　待ってちょうだい！」甲高い声で叫び、レディ・ウィロビーが慌てて追いすがった。「どうしてなの？　私たちはお互いに同じ気持ちだったはず――それが、こんなふうに知らされるなんて。社交界の人たち全員の前で恥をかかされたのよ！」彼女はマーカスの腕に顔と胸を押しつけてすすり泣いた。両手が鉄の輪のように彼の手首をきつく締めつけてくる。

「私の使用人の前でも見世物になると決めたのか？　それできみにいいように事態が好転するとはとても思えないが」レディ・ウィロビーに知られたとわかり、マーカスは憂鬱《ゆううつ》な気分になった。どうやって知ったのかはっきりさせなければ。

レディ・ウィロビーがマーカスを押しのけた。呼吸が荒く、胸がふくらんでいる。「よりにもよって、『タイムズ』に載ったのよ」彼女は先ほどと同じ大げさな口調で続けた。「私がエクセター公爵夫人にならないことを、世間のみんなが知っているんだわ。まともに顔をあげていられると思う？　こんなひどい目に遭わせるなんて、いったい何が望みなの？」

「きみがエクセター公爵夫人になる予定だったとは、私自身も知らなかった」マーカスはきっぱりと言った。「それなのに、どうしてロンドン中の人にわかるというんだ？」レディ・ウィロビーが愕然《がくぜん》としてあとずさりした。「きみの願望を友人たちに話してしまうとは、軽率で早まった行動だったな。まさに願望にすぎない、それだけのことだったのに。きみに謝るつもりはない。そもそも約束などしていないのだから」

「冷たい人ね」彼女は声を絞り出すようにして言った。「みんなの言うとおり、あなたの血管には氷が流れているんだわ。あなたがエクセターでなければ、絶対にベッドに招き入れたりしなかったのに」

「きみがあれほど熱心でなければ、関係を持つことはなかっただろう」マーカスは冷静に返した。「失礼する」背を向けて歩き始める。レディ・ウィロビーが甲高い声で、馬車を呼ぶよう執事に命じているのが聞こえた。彼は従僕が開けて待っていたドアから書斎に入り、手を振って従僕をさがらせると、デスクに歩み寄った。そこに置かれた新聞を広げて目を走らせ、やがてその告知を見つけた。デヴィッドが悪ふざけを公にしたのだ。マーカスは思わず悪態をついた。これでは結婚を取り消しても恥をかくことになり、さらなる噂の的となるだろう。それでも、あの女性がロンドンを去りしだい婚姻無効の手続きをとらねばならないことに変わりはないが。

マーカスは椅子に腰をおろし、片手で顔をこすった。少なくとも今回の一件では利点もあった。スザンナと手を切ることができたのだから。ロンドン中の人々がふたりの情事を承知していたとはいえ、彼女は自ら一線を越えて、今にも婚約が発表されるかのような噂を広め始めていた。いったい何が女性たちに、策略をめぐらしてまで夫をつかまえようとさせるのか、マーカスにはまったく理解できなかった。最初はスザンナで、次はこのハンナ・プレストンだ。まさかふたりとも本気でエクセター公爵夫人になれると期待していたわけではあるまい。

あのときサラブレッドを見にケントへ行かなければよかった。そもそも秘書が急病に倒れなければ、そして仕事をすべてあの大馬鹿者のアダムズに任せなければ、こんなことにならなかったかもしれない。アダムズは、ホリー・レーンの家にデヴィッドが現れたというウォルターズからの知らせをマーカスに伝え忘れた。もっと早くわかっていれば、弟が行方をくらます前につかまえ、『タイムズ』に告知を出すのを阻止して、この惨事を蕾《つぼみ》のうちに摘みとってしまえただろうに。

デヴィッドをひどい目に遭わせる方法を次々に考えていると、ドアが静かにノックされた。

「なんだ?」マーカスは怒鳴った。

執事が戸口に姿を現して言った。「ミスター・ティムズがお越しです、公爵様」

マーカスは目を閉じ、しぶしぶながら手を振って、客を通すよう指示した。執事がさがってすぐに、内気《ティミッド》を連想させる名前とはほど遠い、愛想がよくて快活な紳士が入ってきた。

「やあ、エクセター、てっきりきみは多忙でそんな暇はないのかと思っていたよ。まずはおめでとうと言っておこう」

マーカスは目を開けて客をにらんだ。だがティムズは意に介さず、くすくす笑うばかりだ。

「私は、ティムズ、個人的な問題は内輪に留《とど》めておくほうが好きなんだ」

「なんと！　それなら『タイムズ』に告知など出すべきではなかったぞ」ティムズがデスクに広げられた新聞に目をやり、気どった笑みを浮かべた。「ところで、レディ・ウィロビーに関する調査は終了したようだな。彼女が帰るところを見たよ。かなり不満そうだった」

「満足することはありえなかっただろう。少なくとも彼女の望む方法では」マーカスは立ちあがり、巧妙に会話の主導権を握った。「だが問題の本質について言えば、そうだ、調査は完了した。彼女は何も知らないし、自分の楽しみ以外に関心がない。紙幣がお茶の葉に印刷されていたとしても気づかないだろう」

「では、彼女は利用されたんだな」

マーカスはうなずいた。「そうだと思う。こんな計画を思いつくほどの知性は持ち合わせていない」

ティムズがため息をついた。「喜ぶべきなのかどうかわからないな。犯人が判明すればひと安心だったのに」

マーカスは肩をすくめた。「引き続き調べないと。偽造紙幣を使っているのはスザンナ・ウィロビーだけじゃないんだ」ふと、ハンナ・プレストンがデヴィッドから金を受けとっているか確認しなければと思いつく。ティムズやほかの銀行家たちは、たとえデヴィッドが最近ロンドンに流通している大量の偽札とかかわっているとしても、罪に問われることはないと約束してくれていた。マーカスとしては、わざわざ弟を告発するつもりはなかった。だがこの数週間というもの、デヴィッドはみごとに彼を避けている。珍しいことでもないのだが、今の状況ではなんとなく気がかりだった。

「ほかに方法はなさそうだな」ティムズがまた新聞に目を向けた。「きみに一任しよう。それではまた、エクセター」

マーカスはそっけなくうなずいた。ティムズが帰るのを見届けてデスクをまわり、背後のキャビネットの鍵《かぎ》を開ける。中から薄いファイルを取り出して開くと、数枚の紙をデスクに並べ、椅子を引き寄せて目を通し始めた。

まずスザンナの名前に線を引いて消した。名前の横に書きこみをしながら、容疑者から彼女を除外できたのはもちろん、愛人関係を解消できてよかったと思う。もともとそんなつもりはなかったのに彼女に提案され、調査に好都合だと考えて承知したのだ。隠れた動機を持って近づいたわけだが、罪悪感を覚えはしなかった。先ほどのスザンナの様子から判断して、彼女にも隠れた動機があったらしい。

スザンナ・ウィロビーが紙幣を偽造しているのでなければ――マーカスはそう確信してい

るのだが——いったいどこで手に入れたのだろう？　彼は紙に視線を走らせた。いくつかのグループに分けて二〇人以上の名前が並んでいた。横に所感が書いてあって、無罪と思われる者もいれば疑わしい者もいたが、マーカスが気になっているのはただひとり、紙の中央に名が記されているデヴィッド・リースだ。リストに載っているほかの名前はすべて彼とつながり、かなり密接に結びつく者も多かった。デヴィッドが流通させているという直接的な証拠は見つかっていないものの、彼の友人や仲間の多くが偽札を使っている。紛れもないその事実が、マーカスは気に入らなかった。

紙幣偽造の罪は死刑、上流階級の人間であれば国外追放になる。弟の身から出た錆だとしても黙って見ていられない。ティムズは彼の妻の兄弟から、デヴィッドと賭け事をして偽札を渡されたと苦情を受けた。直感的に行動するティムズはマーカスのもとを訪れ、取引を持ちかけた。マーカスが地位と影響力を駆使して犯人を突きとめて偽造をやめさせれば、公にデヴィッドの責任を問わないと。マーカスがその取引に応じたのは、つねにそうしてきたように自らの手でデヴィッドの問題を処理したかったからだ。

ほかに疑わしい人物がいないか、マーカスはもう一度リストを見直した。リストに載っているのはすべて上流社会に属する人間だった。偽造紙幣はロンドンのもっとも高級な場所で使われている。そして友人、学友、元愛人など、全員がデヴィッドとなんらかのかかわりを持っていた。少なくともこれまでマーカスが調べたところでは、それ以外彼らに共通点はなかった。ほとんどの人々は自分が偽札を使っているとは知らないに違いない。偽造したのが誰であれ、かなり腕がいいのはたしかだ。

だが事件の裏にデヴィッドがいるとして、どのようにかかわっているのだろう？　マーカスは弟の不在を利用して彼のタウンハウスに出向き、満足に給金をもらっていない使用人たちの協力を得てくまなく調べたが、何も見つからなかった。自宅の居間で偽札を作る馬鹿はいないだろうが、インクのしみひとつなかったのだ。使用人たちからも、デヴィッドが相変わらず浪費し続けていること以外にたいした情報は得られなかった。ワインセラーは満たされ、肉屋の配達も毎週欠かさず続いている。マーカスは三ヶ月以上もデヴィッドを見張り、レディ・バーロウとの情事から仕立屋の変更にいたるまであらゆる動向を探ってきた。だが結局、注目するほどのことは何も出なかった。

しかしそれでもマーカスは、デヴィッドがこの件に関与していると直感していた。近ごろの弟はどんどん向こう見ずになり、自分の評判に無頓着《むとんちゃく》になってきている。レディ・バーロウとの一件は、わかりやすい軽率な行動の一例にすぎない。マーカスはペンを置いてため息をついた。デヴィッドがロンドンを出てくれれば状況は改善すると思ったのだが。彼は弟の不在中も偽札が出まわり続けてくれるように願っていた。デヴィッドに有利な証拠になるからだ。けれどもマーカスの知るかぎり、偽造紙幣の流通量は劇的に減少していた。

少なくとも現在は、デヴィッドがどこで何をしていたかわかっている。もしかしたら、あのプレストンという女性を使って捜査の目をくらまそうとしているのだろうか？　それとも単にロンドンから追放されたことへの仕返しなのか？　彼女はどうせすぐ出ていくのだから、後者だとしてもマーカスはなんの打撃も受けないが、前者である可能性が彼を悩ませた。デヴィッドは愚かではないので、何かおかしいと感づいたのかもしれない。彼があの女性を使ってマーカスの気をそらそうとしている可能性はある。こっそりデヴィッドを探るのはただでさえ難しいのに、気づかれたらあとをつけることなど不可能だ。

直接尋ねようとは考えもしなかった。疑いを示唆しただけで、デヴィッドはひどい侮辱と受けとるだろう。それにマーカスは、最終的には弟が完全な無罪であることを願っているので、質問しても意味がないと思えた。デヴィッドのことはよく知っている。問題が深刻であればあるほど、彼は本当のことを言いたがらない。尋ねても否定されるだけで、マーカスが無罪を証明しなければならないのは同じだろう。

マーカスは椅子から立ちあがって酒を注いだ。まずはあのプレストンという女性の件を片づける必要がある。どうやら平凡な田舎者らしいので、相当額の精算金を提示すれば立ち去るに違いない。『タイムズ』の告知は注目を集めるだろうが、花嫁が姿を現さず、マーカスが新聞社の間違いを責めれば、噂はすぐに消えてしまうはずだ。

彼はそう願っていた。

5

ハンナは自分で出ていくつもりだった。それにウォルターズが何も言ってくれなかったので、迎えに来た簡素な馬車はてっきり、彼女が頼んでおいたものだと思った。乗りこんで扉が閉じられてようやく、貸し馬車にしては内部が豪華すぎると気づいたのだ。御者席に通じる扉を叩いてみても返答はない。やがて馬車が巨大な邸宅の前に止まり、お仕着せを着た従僕が現れてステップをおろすと、不安が現実のものとなった。ほかにどうすることもできず、ハンナは怒りをたぎらせながらモリーの手を取って馬車をおり、案内されるまま屋敷の中に入った。

これほど大きな屋敷を見るのは初めてだった。三階分はありそうな高い天井にフレスコ画が描かれている。はるか遠くに広がる美しい世界はまるで天国だ。どこまでも続く縞《しま》模様の入った乳白色の石の床は、おそらく大理石に違いない。ふたりをそこに立たせたまま従僕がどこかへ行ってしまうと、ハンナは屋敷の主がこれまで以上に嫌いになった。人をさらって無理やり自宅に連れてくるだけでなく、ドアのそばに立たせたまま放っておくなんて、信じられない扱いだ。

「ママ？」モリーのささやきが玄関ホール中に響き渡った。「ここはどこ？」少女は目を大きく見開き、ミッシーをしっかり胸に抱きしめている。ハンナは娘の手をぎゅっと握った。

「ある人にさよならを言いに来たのよ」彼女は落ち着いて答えた。非情な公爵様はどこかで私たちの会話を聞いているのかしら。墓場のように静かなこの場所では、ささやきですら叫ぶのと同じくらい大きく響き渡る。「すぐに帰るわ」

「デヴィッドはここにいるの？」モリーには、彼は死んだわけではないがもう戻らないだろうというハンナの説明が理解できなかったようだ。彼女は娘を二度とデヴィッド・リースに会わせたくなかった。

「いいえ、いないわ」ハンナが口を開いたとたんに足音が聞こえた。戻ってきた従僕だろうと顔をあげると、公爵の批判的な視線が向けられていた。

「なんてことだ、まさかデヴィッドの私生児じゃないだろうな」彼は挨拶もなくそう言って、蔑《さげす》んだ目でモリーを見おろした。ハンナの胸に母としての激しい憤りがふくれあがる。これから交わされるはずのひどい言葉の応酬を聞かせたくなくて、彼女は娘の耳を両手で覆った。

「今すぐトランクを返してください」ハンナは食いしばった歯のあいだから言った。「私はあなたの気まぐれであちこち移される物ではありません。私の娘に謝罪するべきです。それから馬車を呼んでください。さもないと、どうなっても知りませんよ」だが、公爵の視線は微塵《みじん》も揺るがなかった。

「引きさがれなくなるような脅しは口にしないことだ、お嬢さん」彼が静かに口を開いた。

「きみのそのはったりを実行に移させるかもしれないぞ」

「あら、どうぞご自由に」ハンナは本気でそう応えた。公爵の瞳の中で何かが揺らめいたが、先に目をそらしたのは彼のほうだった。

「二〇〇ポンド」紙を差し出しながら、公爵が言った。「今回の件に関して他言せず、永遠に姿を消すことが条件だ」

ハンナはその紙を見ることさえ拒んだ。「トランクを返してください」ミドルバラに帰るくらいの旅費は持っている。彼女の怒りは強く、公爵からはたとえ一ペニーでも受けとりたくなかった。

彼は紙を突き出したまま続けた。「受けとるんだ」なめらかな声だ。「これを逃せば二度と目にする機会はないぞ」

「その言葉があなたにもあてはまって、二度と会わずにすむことを願うわ」ハンナは娘の手を引いて公爵に背を向けた。「さあ、モリー、荷物を取りに行って、それから馬車を探しましょうね」

そのとき、ドアを叩く大きな音がした。滑るように現れた別の使用人がハンナの目の前でドアを開けると、とたんにかわいらしい若い女性が飛びこんできて公爵に駆け寄った。

「ああ、マーカスお兄様！」女性が叫び、フリルやリボンを揺らして彼に飛びついた。「ひどいわ、こんなに大事なことを秘密にしているなんて！　どうして直接知らせてくれなかったの？　デヴィッドお兄様からの手紙を読んで、もう少しで気絶するところだったのよ。お母様も私も冗談に違いないと思ったんだけど、とにかく自分の目で確かめようということになったの」公爵が険しい顔で首に巻かれた腕をほどいているあいだに、ハンナはスカートにしがみついているモリーと一緒にそっとドアへ近づいた。

「シーリア、いったいなんの話をしているんだ？」公爵が人間らしい思いやりをこめた声を出せるとは驚きだ。あたたかみが加わった声は、感じがいいと言ってもよかった。

「お兄様の花嫁よ！」若い女性が目を輝かせて笑った。彼女は公爵を放してくるりと振り返ったかと思うと、たちまちハンナに目を留めた。「あなたがハンナね」そう言って満面の笑みを浮かべる。「お会いできて本当に嬉しいわ」女性があっという間に駆け寄ってきて、彼女をしっかり抱きしめた。

ハンナは身動きできなかった。女性の肩越しに公爵と目が合う。彼の顔は今までにも増して無表情で、ハンナには彼が激しく憤っているのだとわかった。そう、でも私のせいじゃないわ。それにこれ以上ここにいて、彼に怒りをぶつけられるのを待っているつもりもない。ハンナは一歩うしろにさがった。「あいにく間違いだったんです」

女性はにこにこしたまま、抱きつくのを我慢するかのように胸の前で両手を握りしめた。

「ごめんなさい。あんまり嬉しくて礼儀作法を忘れてしまったわ！　私はシーリア・リース、マーカスの妹よ。どうぞシーリアと呼んでね。姉妹になれるなんて、なんてすてきなの。あなたのことはデヴィッドお兄様が手紙で知らせてくれたわ。ああ、マーカスお兄様、花嫁のことを何もかもデヴィッドお兄様に説明させたりして、ひどい人ね」彼女は急に矛先を変え

して、本当に嬉しいの！　お母様も私も幸せすぎて泣きそうになったのよ！」

て、またマーカスを叱《しか》った。「でも、もう過ぎたことだわ。あなたとマーカスお兄様が結婚

「いいえ、私は――」ハンナはなんとか説明しようとしたが、シーリアのおしゃべりは止まらない。

「突然押しかけてきてごめんなさい。でも、どうしてもあなたに会いたかったの。だってあなたはロンドンの方じゃないし、何かお手伝いができるかもしれないと思って。お買い物とか、いろいろね。お母様はとても顔が広いの！　ああ、お兄様！　もちろん彼女のために舞踏会を開くわよね？」シーリアがまた向きを変えてマーカスに話しかけた。それまで呆然と聞いていたハンナはわれに返り、懸命に心を落ち着けようとした。モリーが彼女のスカートに顔をうずめてぐずっている。公爵が妹のばかげた提案にどう答えるのか聞く気にもなれず、彼女は身をかがめて娘をなだめた。

「怖がらなくていいのよ」ハンナはささやいた。「すぐに帰るわ」

「お腹が空いた、ママ」目に涙をにじませ、顎を震わせながらモリーが言った。「お茶の時間はまだ？」

衣《きぬ》ずれの音が聞こえたかと思うと、シーリアがふたたび近づいてきてそばに膝をついた。

「あなたがモリーね」優しく声をかける。「私はあなたの新しいシーリアおば様よ。ねえ、贈り物を持ってきたの。見たい？」

モリーに潤んだ大きな目を向けられ、ハンナはためらった。この若い女性を傷つけたくな

いし、娘をおびえさせたくもないが、シーリアおば様などという馬鹿げた茶番を続けさせるわけにはいかない。「うん、見たい」モリーが指をしゃぶるのをやめ、ハンナのスカートを放した。

　ハンナはシーリアのうしろにもうひとり、彼女の母親と思われる年上の女性がいることに気づいた。シーリアがモリーに手を差しのべると、替わってその女性が前に進み出てきた。

「ようこそ」彼女は心のこもったあたたかい声でそう言って、ハンナの両手を軽く握った。

「あなたとお嬢さんに会えて本当に嬉しいわ。かわいらしい子ね」

　ハンナはもう一度説明しようと試みた。「違うんです、これは……」そのとき、使用人が運んできた大きな箱をシーリアから差し出され、モリーが歓声をあげた。ハンナは驚いて口ごもった。包み紙だけでも、見たことがないほど豪華だ。

「ママ、見て！」モリーが興奮してリボンをほどき、包み紙を破り始めた。ハンナは慌てて駆け寄ると娘の手をつかんだ。

「待って、モリー。開けてはだめよ。私たち――私たちはもう帰るんだから」

「ママ」美しい箱を悲しそうに見つめる少女の目に涙があふれてきた。シーリアがそばにひざまずく。

「ねえ、泣かないで。これはあなたのものなの、本当よ」モリーの頭越しに、シーリアが心配そうな視線をハンナに向けた。「彼女のために私が選んだの」小さな声で訴える。ハンナは助けを求めて夢中であたりを見まわした。シーリアの母親が気づかわしげな表情で様子をうかがい、公爵は怖い顔で手紙に目を通していた。彼は読むうちに体をこわばらせ、ふいにポケットに手紙を突っこむと、たったの二歩で玄関ホールを横切ってきた。「シーリア、その子を連れていってくれ。しばらくふたりだけにしてほしい」公爵がハンナの手首をつかみ、彼女を引っぱって歩き始めた。シーリアと母親のスカートに隠れてモリーの姿が見えず、ハンナはついていくのを躊躇《ちゅうちょ》した。

「ママ？」聞こえるのは声だけだ。「ママはどこ？」

「大丈夫よ」玄関ホールを公爵に引きずられながら、ハンナは娘に声をかけた。「私はここよ、モリー。心配しないで」

「ママ？　ママ？」モリーが、懸命になだめるシーリアの腕を振り払おうとしてもがいていた。「ママ！」少女が叫んだ。ハンナは公爵の手を引きはがそうと必死に抵抗し始めた。

「放して！　あの子は怖がっているの！」それでも自由にしてくれない。そのとき、ついにモリーが駆け出してきてハンナの脚にすがりついた。不意をつかれた彼女は、どうすることもできず前のめりに倒れて公爵の胸にぶつかり、本能的に彼の肩をつかんだ。驚いた公爵が声をあげて彼女を抱きとめる。だがふたりともバランスを崩し、重なって床に倒れこんでしまった。モリーが身をよじって母親の腕の中に体を割りこませてくると、ハンナはほかのことをすべて忘れ去り、娘をぴったり引き寄せて耳もとで慰めの言葉をささやいた。しばらくしてモリーのすすり泣きがおさまって初めて、ハンナは自分が公爵の膝の上に座り、彼の胸にもたれかかっていることに気づいた。背中のくぼみに彼の手があてられ、首のまわりにはモリーの両腕がきつく巻きつけられている。ときおり少女がしゃくりあげる音のほか、あたりは静まり返っていた。

シーリアがおびえた目をして両手を口にあてている。そして公爵は……。彼女の母親はショックを受けた顔で、執事でさえあんぐりと口を開けていた。そして公爵は……。顔を見る勇気はとてもないが、ハンナは肌を焦がすような熱い視線を感じた。恥ずかしくなった彼女は、モリーを抱えたまま急いで立ちあがった。公爵は軽く押してくれたもののそれ以上は手を貸してくれず、黙ったままだ。ハンナは唇を湿らせた。「間違いだったの」

シーリアが慌てて駆け寄ってきた。「そんな、違うわ！」目に涙を浮かべて言う。「間違いを犯したのは私のほうよ。本当にごめんなさい。モリーを怖がらせるつもりはなくて、ただすごく興奮してしまったの！　怪我はなかった？」彼女は心配そうにハンナとモリーをうかがった。「ごめんなさい、お兄様」公爵がゆっくり立ちあがると、シーリアは彼にも謝った。

「大丈夫だ、シーリア」腹を立てているのにおおっぴらにできないときのような、引きつった声で公爵が応えた。「誰も怪我はしていない。違うかな？」怒りのこもった視線がハンナに向けられる。「では、申し訳ないが、われわれだけにしてもらいたい。きみたちがこちらに来るとは思っていなかったので、今日中に決めるべき手はずを話し合うところだった」抗議しようと口を開きかけたハンナに対し、公爵の言動に慣れているのか、ふたりのレディたちは素直にうなずいた。モリーがまだ洟《はな》をすすりながらも下におり、床に落としていたミッシーをシーリアから受けとった。公爵はハンナの腕をとって――しっかりと――近くの部屋へと導いた。

一瞬、公爵が怒りを抑えきれずに爆発するのではないかと思えた。彼は庭を見渡せる大きな窓に近づき、片手で黒い髪をすきながら小声で悪態をついた。ハンナは根本的な問題に話を戻すため、淡々と話そうと努めた。

「誤解だったと説明しなくては」

公爵が顔をこわばらせてさっと振り返った。「証拠がそろっているんだ、マダム。説明しても信じるとは思えない」彼は指を立てて列挙した。「まずひとつ目に、結婚登記証には私の名があり、そっくりな筆跡で署名されている。式を執り行った牧師は、きみの結婚相手が私だと断言するだろう。ふたつ目は『タイムズ』に載った結婚の告知だ。新聞社に送られた通知は、私の便箋《びんせん》を使い、私の筆跡に似せて書かれているに違いない。そして三つ目にデヴィッドからの手紙がある」そこで皺になった手紙を取り出す。先ほど彼が読んでいたものだ。「ここには、われわれが結婚した経緯がきわめて詳しく述べられている。いかにもロザリンドとシーリアが夢中になりそうな〝瞬く間のロマンス〟だ。おまけにふたりがここへ確かめにやってくると、デヴィッドが描写したとおりのきみがいた」彼は急に顔をそむけて窓のほうを見た。公爵の言葉を理解するにつれて、ショックがハンナを襲う。「誤解しているのは私のほうだと思われるだろう」彼がつぶやいた。

「でも、絶対に訂正しなくては困ります」ハンナは言い張った。

公爵が肩越しに陰鬱な視線を向けてきた。「真実を広めるほうがいいというのか？　私はごめんだ」

「ほかに何ができるというの？」ハンナは叫んだ。「私たちふたりとも、ひどく残酷な悪ふざけの犠牲者なんです。真実を告げたからといって、誰も私たちを責めるはずがないわ」

公爵が苛立たしげにため息をついた。「それほど単純なことではすまないんだ」

ハンナは眉をあげた。「あら、そうなんですか？」彼女は踵《きびす》を返して玄関ホールへ戻った。「申し訳ありません、マダム、それにミス・リース。誤解があったようですわ。公爵と私は実際には結婚していないんです」視界の隅に、彼女の背後から厳しい視線を向ける公爵の姿が見えた。ハンナは彼のほうに軽く頭を傾け、〝ほらね、簡単でしょ？〟と言わんばかりに澄ました顔をしてみせた。

一瞬の沈黙が広がったあとで、シーリアがはっと息をのんで言った。「もちろんよ！　彼女の言うとおりだわ、お母様。田舎の教会の式ではだめよ。ここで、大勢の人たちの前で本当の結婚式を挙げなくちゃ。まあ、でもどうしましょう、今年の社交シーズン中に準備できるかしら？　もう一ヶ月過ぎてしまっているわ！」

ハンナは首を振った。「いいえ、そういう意味ではありません」

シーリアが駆け寄ってきて、安心させるようにハンナの腕を軽く叩いた。「大丈夫、問題ないわ！　実を言うとすごく楽しみなの！　ご存じないでしょうけど、お母様も私もマーカスお兄様の結婚をあきらめかけていたのよ。ねえ、お母様、ハンナにはブルーのドレスが似合うんじゃないかしら？　目の色と合って、きっとすてきよ」

わ！」

「ブルーのドレスなんていりません」ハンナは驚いて言った。「どんなドレスも必要ない

シーリアの母親が笑い声をあげた。「あらまあ、あなた、マーカスに説得してもらわなくてはならないのかしら。彼は出し惜しみしないわ。シーリアの言うとおり、きちんとした式を挙げなくてはね。マーカス、すぐに教会へ使いをやってちょうだい」

「ハンナは望んでいません」公爵が言った。自分の名前が彼の口から発せられるのを聞いて、ハンナはどきりとした。うしろを振り返ると、彼が〝ほら、簡単ではないだろう？〟と言うように眉をあげて彼女を見ていた。「とにかく、今日お見えになるとは思っていなかったので、まだ考えがまとまっていないんですよ、ロザリンド。少しお休みになりたいのでは？長旅でお疲れでしょう」

シーリアと母親がたちまち同意するのを聞いて、ハンナは唇を引き結んだ。「私はここに残りませんから」彼女はきっぱりと宣言した。「それにこの方と結婚するつもりもありません！」

ロザリンドがため息をついてハンナに腕をまわした。「ねえ、あなた、マーカスはそれほど悪い人じゃないのよ。たしかに怒ると口調がきつくなるし、顔もしかめるけど、そんなことで騙されてはだめ。どうして彼と結婚したのか、その理由を思い出してみて」全員が期待のこもった目でハンナと公爵を見ていた。ふたりは今にも決闘を始めそうな雰囲気で向かい合っている。ロザリンドが急いで公爵に向き直った。「マーカス、そんなところにただ突っ

立っていないで、彼女を説得してちょうだい」

「何も言うことはありませんよ」公爵が冷たい声で言った。「彼女がここにいたくないというなら、好きにすればいい」

「マーカス！」

「そんな、だめよ！」

「それはどうも！」ハンナは公爵をにらみつけた。私は悪くないわ。そもそも、私がここにいるのは彼のせいだもの。私が気まぐれで愚かな女みたいな印象を与えているのは彼なのよ。モリーが泣き始め、ハンナは反射的に手をのばして娘を慰めながら声を大きくした。「絶対に出ていきますから！」彼女はモリーの手を取ってドアへ向かった。執事が、怒りに燃えるハンナをおびえた目で見たかと思うと、彼女の背後に視線を移した。もちろん公爵にうかがいを立てたのだ。ハンナは気にしなかった。たとえ素手でドアを叩き壊し、トランクを背負ってミドルバラまで歩いて帰らなければならないとしても、私はここを出ていくわ。

「ねえ、ハンナ、待って！　出ていくなんてだめよ！」シーリアがハンナとドアのあいだに体を滑りこませた。「行かないで、お願い！」

「彼の言ったことが聞こえたでしょう」ハンナは切り返した。「私は行かなければならないの。彼も止めないわ」

「シーリアの言うとおりよ」ロザリンドが娘のそばへやってきた。「マーカスがいったいどうしてしまったのかわからないけど、彼は昔から他人に厳しいところがあるのよ。デヴィッド違って、自分のやり方を押し通すあまり、ときどき無礼になるの。それをわかってあげて」

ふた組の鮮やかな青い瞳がハンナに笑いかけている。ひと組は興奮にきらめき、もうひと組は決意をみなぎらせて。どうやら彼女は、ロマンティストと縁結び好きの手中にまんまと陥ってしまったようだ。今ここで行かなければ、永遠に出ていけないかもしれない。ハンナはうしろを振り向いて公爵に助けを求め、あいだに入って反論してくれるよう目で訴えかけた。彼は不可解な黒い瞳でつかの間ハンナを見つめたかと思うと、かすかに肩をすくめた。

「ハーパー、部屋を用意してくれ。ご婦人方は軽食もお望みだろう」母と娘は意気揚々と顔を見合わせ、階段へ向かって歩き出した。従僕たちが大きなトランクをいくつも運び始める。ハンナはうしろにさがって彼らを通しながら、この隙にドアから出ていけば誰にも気づかれずにすむかもしれないと考えた。けれどもそのとき、彼女のトランクを持った従僕が通り過ぎていった。

私のまわりにはわざと聞こえないふりをする人しかいないのかしら。苛立ちがつのり、ハンナはさっと振り返って公爵を探した。彼は玄関ホールをぐるりと取り巻く、豪奢《ごうしゃ》で美しい大理石の螺旋《らせん》階段の下に立っていた。視線を合わせたとたん、ハンナは公爵が彼女を待っているのだと気づいた。シーリアと母親はすでにおしゃべりをして笑いながら階段をのぼっている。驚いたことにモリーまで彼女たちと一緒だ。こぶしを握りしめ、ハンナは階段へ向かった。

「近いうちに話をしよう」公爵が、足音を響かせてそばを通り過ぎるハンナに声をかけた。彼女は階段の二段目で足を止め、見おろせることを嬉しく思いつつ彼に向き直った。

「これ以上お話しすることはありません」

公爵はため息をついて、不愉快そうに目を閉じた。ハンナがすでに大嫌いになっている失礼な表情だ。「残念ながら、私のほうはまだ言いたいことがある」彼女は鼻を鳴らして背を向けた。「きみはあの金を受けとるべきだった」彼がつぶやくのを聞いて、ハンナは思いきりにらみつけた。

「こんなことになるなら、受けとったほうがましだったわ」

シーリアとロザリンドは、この世のものとは思えないほど美しい部屋にいた。公爵の愛人のピンクずくめの部屋も豪華に飾られていると思ったが、この部屋に比べると趣味が悪くて安っぽく感じる。何よりこの部屋はとてつもなく広く、牧師館が丸ごと入ってしまいそうだった。シーリアとロザリンドが大急ぎで覆いを外している家具類には繊細な彫刻が施され、優雅で美しいスタイルに統一されていた。壁は淡いブルーのシルクで覆われていて、高い天井には玄関ホールよりさらにみごとな絵が描かれている。ハンナが驚きに口をぽかんと開けていると、シーリアがカーテンを引いて部屋に日光を入れた。

「ママ！」覆いのかかったテーブルの下から、目を輝かせたモリーが這い出てきた。「隠れてるの！」少女がまた姿を消すと、シーリアの明るい笑い声が響いた。

「まあ、なんてかわいらしい子なのかしら！」シーリアが床に膝をついて、テーブルの反対側から中をのぞきこんだ。聞こえてくるくぐもった歓声からすると、モリーは新しい遊び友達ができて喜んでいるようだ。

「目の色を別にすれば、シーリアの小さいころにそっくりだわ」ロザリンドが優しく言った。ハンナは儀礼的に言葉を返しながら、公爵がモリーをデヴィッドの子供だと思ったのはそのせいだろうかと考えた。それでも、あんなひどい言い方をしたことの弁解にはならない。

「マーカスはなぜ前もって部屋の準備をさせておかなかったのかしら」ロザリンドが続けた。「でも、ちゃんと手配させますからね。あなたはすぐにこの部屋の模様替えをしたい?」

ハンナは目を見開いた。こんなに美しい部屋を変えてしまうというの? どこも傷んでいないし、すり切れてさえいないのに。たとえすぐにここを出ていくつもりでなかったとしても、模様替えなど考えつきもしなかっただろう。「こんなにきれいな部屋は見たことがありません」ハンナが言うと、ロザリンドが嬉しそうに微笑んだ。

「ありがとう。私はこのブルーが大好きだったの」ハンナは眉をひそめた。ロザリンドの発言を聞いて不安を覚えるのはなぜかしら。そのとき、従僕たちが荷物を運んできた。この美しい部屋では、彼女の小さなふたつのトランクが汚らしく場違いに見える。私も同じね、とハンナは思った。モリーが彼女のスカートを引っぱった。

「ママ、あれをもらってもいい?」そう言って、シーリアが二階へ持ってきた先ほどの贈り物の箱を指差す。ハンナは大きく息を吸いこんだ。あの中には何かとんでもなく高価なものが入っているに違いない。親切なふたりの女性に公爵の花嫁だと誤解されたまま、贈り物を受けとるわけにはいなかった。

「モリー、ミス・シーリアがあなたのために持ってきてくださったのはとてもありがたいわ。でも……」モリーが期待をこめて、必死の面持ちで母親を見つめている。シーリアも同じ表情だった。ハンナがためらっていると、ロザリンドがそっと肩に触れた。

「ハンナ、あなたとマーカスのあいだにどんな意見の相違があるとしても、モリーに対するシーリアの気持ちとは関係ないわ。私たちはぜひモリーにもらってほしいの」

これ以上断っては無礼になるだろう。すでに充分失礼な態度をとっているのかもしれない。あきらめてハンナがうなずくと、モリーがぱっと顔を輝かせ、箱に向かって駆け出した。シーリアも興奮した様子で、包み紙を破くモリーを見守っている。

中から出てきたのは、顔と手が磁器でできた人形だった。長く垂らした髪はモリーよりわずかに明るい色合いの金色の巻き毛で、瞳はブラウンに塗られていた。モリーは美しい人形を魅入られたように見つめている。シーリアが手足を動かしてみせ、人形が着ているピンクのサテンのドレスに劣らず立派な服を、さらに何着も箱から取り出した。

「あの子はずっと妹が欲しかったの」ロザリンドが小声で言った。「モリーに会えるのをとても楽しみにしていたのよ。私たちのおせっかいを許してくださるといいんだけど」

ハンナは首を振った。「そんな、おせっかいだなんて。私――私こそ、お詫びを申しあげなくては。とても美しい贈り物ですわ。寛大なお気持ちに感謝します。でも――私はただ、公爵と私の関係を誤解していただきたくなくて。見かけとは違うんです」

ロザリンドが同情するように微笑んだ。「ええ、そうですとも、あなた。夫婦の関係とはそういうものよ。デヴィッドが手紙に、あなたはまれに見る良識の持ち主で、マーカスにぴったりだと書いてきたわ。マーカスは自分のやり方を通して、まわりのみんなを従わせるのに慣れているの。でも、あなたは自分を強く持って彼に立ち向かわなくてはだめよ。それこそマーカスに必要なことなんですもの」良識を褒められたハンナは弱々しく笑みを浮かべた。本当に良識を備えていれば、初めからデヴィッドの嘘を見抜いて、これほどの騒ぎに巻きこまれずにすんだはずだ。けれども、ロザリンドが正しいことがひとつあった。どんなことがあっても、公爵に立ち向かわなくてはならない。

マーカスはくすんだグレーのドレスが衣ずれの音をたてて通り過ぎ、階段をのぼって彼の続き部屋へ向かうのを目で追った。ハーパーがそばで控えているものの、どうも指示を出す気になれない。

いまいましいデヴィッドめ。牧師の妻をマーカスの膝に放り出すのと――実際、子供連れでもじつに魅力的な感触だったが――ロンドン社交界ばかりか、義母と妹にまで信じがたい話を聞かせて兄を愚か者に仕立てあげるのとは、まったく別の問題だ。デヴィッドはいったいどこで牧師の妻と知り合ったのだろう？　これまでの弟なら、ああいうタイプの女性を見たとたん、早々に逃げ出していたはずだ。けれども現実に彼女はここにいて、真実を明らかにしろとマーカスに迫っている。だが残念ながら真実は、彼が心から愛するたったふたりの女性を悲しませてしまうだろう。そんな事態には耐えられない。

不本意ながら、マーカスはハーパーに指示を与えた。意思に反したことをするのは嫌いなのだ。執事が慌ただしく姿を消すと、彼はこの状況を有利に働かせる方法はないものかと考え始めた。

ハンナ・プレストンが残ることになれば、マーカスは彼女を妻と認めざるをえない。面倒を見て衣服を与え、それなりの扱いをしなければならないだろう。ロザリンドはマーカスの金を惜しみなく注ぎこんで彼女の支度を整えるはずだ。それにシーリアの妹と言っても通るくらい彼女にそっくりな娘がいる。たとえ偶然でも、人々に面白おかしく噂されるのは目に見えていた。だが、女性三人に子供ひとりとの同居は控えめに言っても厄介に違いないが、今まで以上に家を空ければすむことだ。苛立ちのもとを避けられるうえに、偽造紙幣の調査も進められるだろう。

反対にハンナ・プレストンが去れば、シーリアとロザリンドに理由を説明しなくてはならなくなる。先ほどの様子から判断して、ふたりとも容易には納得しないだろう。ミセス・プレストンがうまくふるまえば、彼女はたちまち強力な味方を得られるのだ。マーカスはかすかに眉をひそめた。気は進まないが、彼女を残すほうがいいのかもしれない。妻と夫の関係修復にエネルギーを注ぎこんでもらえば、ロザリンドの注意をそらすこともできるだろう。彼女の善意ではあるが迷惑な縁結びに、マーカスが耐えればいいだけの話だ。けれども最悪の場合は、ロザリンドが真実を知ってしまう可能性もあった。

マーカスはため息をついた。皮肉なことだが、義母と妹に嘘をつき、デヴィッドが兄を困らせるためにミセス・プレストンをロンドンに連れてきたという事実を隠し通すほうが簡単に思えてくる。少なくとも騒動がおさまり、視界からも心からも彼女を追い払えるようになるまでは、そうしたほうがよさそうだ。ロザリンドのことは、デヴィッドがかかわる嘆かわしい事件が解決してから対処しよう。重要なのは事件の解決だ、とマーカスは自分に言い聞かせた。たとえデヴィッドを救うのが日増しに困難になりつつあるとしても。

マーカスが階段をあがって自室に入ると、いつもと違って続き部屋とのあいだのドアから女性たちの話し声が聞こえてきた。彼は前もってノックしてからドアを押し開けた。

三人の女性たちがいっせいに振り返る。四人目はベッドの上で飛び跳ねていたが、慌てた様子の母親に引っぱりおろされた。マーカスは妻として留まらせようと決めた女性を、時間をかけて吟味した。長い袖がぴったりと腕を覆い、首もとまできちんとボタンが留められたグレーのドレスは、淡いブルーに囲まれた部屋ではそれほどくすんで見えないものの、やはり魅力的には感じなかった。黒い巻き毛がほつれて顔を縁どり、首筋をかすめている。視線のとげとげしさはいくらか薄れていたが、彼女は気乗りしない様子でマーカスを見つめ、娘の肩に手を置いた。

「私たちでお手伝いできることがあれば、どうぞ知らせてね」ロザリンドがそう言ってドアへ向かった。あとに続いて出ていこうとするシーリアを、少女が目で追っている。戸口のところでシーリアが振り返った。

「ハンナ、モリーに家の中を案内してはいけないかしら？　ほんの少しだけ」母親の返事を待たずに少女が駆け寄ると、シーリアが顔を輝かせた。にここにして手をつなぐ娘を見て、ミセス・プレストンの落ち着きがまた少し揺らいだ。けれども彼女は何も言わず、振り向いて手を振る少女に微笑み返した。

「じゃあね、ママ」シーリアとモリーが出ていき、ドアが閉まった。ついにふたりきりになると、ミセス・プレストンの顔からこわばった笑みが消えた。彼女は深呼吸して背筋をのばし、マーカスに向き直った。

「こんなことをいつまで続けるつもり？」ハンナはもうこれ以上、苛立ちを抑えていられなかった。「あなたがすぐ説明していれば、多少は不愉快な思いをしたでしょうけど、今ごろ私は家に向かっていたはずだわ」

公爵は返事をせず、同じ姿勢のままドアのそばに立っている。ハンナは疲れて空腹で、思いがけずモリーに置いていかれたせいで動揺していた。彼の無礼で横暴な態度には我慢がならない。正直に話そうと懸命に努力したのに、彼はまったく助けてくれなかった。彼のためでもあったのに。「私を追い払いたがったわりには、ちっとも協力してくれないのね」

「きみをロンドンに残す利点が頭に浮かんだんだ」公爵がうしろで手を組み、ゆっくりとドアから離れた。「何よりもまず、われわれふたりとも屈辱的な思いをせずにすむ。反論する前に考えてみてくれ。結婚して二週間もたたないうちに、きみが夫を連れずひとりで帰ったら、古くさい小さな村の人々はどんな目で見る？　たしかにデヴィッドは放蕩者に分類されるかもしれないが、きみだって無傷で逃れることはできないだろう。それに私自身にも都合がいいんだ。私を困らせるために女性を騙して結婚させた嘘つきのろくでなしを弟と呼ぶより、花嫁の存在を受け入れるほうがまだ好ましい。何年も実行に移していなかったとはいえ、残念ながらデヴィッドは私の動作や筆跡を真似《まね》るのがうまい。ほとんどの人は彼がやったとは考えないだろう。急ぎすぎた結婚から逃れようとして、私が自分勝手な言い分を並べていると思われるだけだ」

「まさか本気でこんな欺瞞《ぎまん》を続けるつもりなの？」とても信じられない。

公爵が声をあげて笑った。「永遠に続けるわけじゃない。約束する。ひと月くらいで充分だろう。そのあとは喜んで、どこでもきみの望むところへ送り出す」

「申し訳ないけれど、おっしゃっていることが理解できないわ」ハンナは冷たく言い放った。

「なぜひと月も待つの？　今日にでも喜んで出ていきます」窓のそばで公爵が振り向いた。

「私はこの結婚を否定しないつもりだ」

「結婚なんてしていません」怒りに燃えてハンナは言った。「あなたには私を引き止められないわ！」

彼女を見つめる公爵がにやりとしたように見えた。「出ていく手助けはしない」

ハンナは唇を引き結んだ。続きを説明してもらうまでもない。みんなが彼女を公爵の妻だと思っているのだから、彼だけでなくほかの誰にも助けてもらえないということだ。こんなところに一日だって住みたくないわ。ましてひと月なんて絶対にいやよ。「私たちが結婚していないことはすぐ知れるわ。そうしたらあなたはなんと説明するつもり？」

公爵が片方の肩をすくめた。「言っただろう、われわれは結婚している。疑う者がいると思うのか？」

「私たちはお互いを知りもしないのよ」ハンナは叫んだ。「誰かが気づくに決まっているじゃない！」

「その点はすでにデヴィッドが片をつけてくれた」近づいてくる公爵を見て、ハンナはあとずさりしそうになった。「ロザリンドとシーリアに、われわれが出会ったとたん恋に落ちたと説明したんだ。たかが一週間や二週間でどこまで知り合える？　お互いを知らないことに気づく者がいるとしても、おかしいとは思わないだろう」

「あなた、どうかしているわ」ハンナはあっけにとられて言った。「真実を話すほうが簡単に決まっているでしょう？」

公爵は背中で手を組み、ハンナを冷たく見おろした。「シーリアとロザリンドには本当のことを話したくない」

「気分のいいものでないことはわかるわ。でも――」

「ふたりはデヴィッドを崇《あが》めている」公爵がさえぎった。「褒められた特技とは思えないが、弟は女性の愛情を得る能力に長《た》けているんだ。彼女たちをがっかりさせたくない」

ハンナは思わず口を閉じた。反論するのが難しくなった。公爵が他人にそんな優しい感情を持つとは信じがたいが、玄関ホールではたしかに妹を思いやっていた。それにハンナもすでにロザリンドとシーリアを好きになりかけていたので、デヴィッドのひどい行為を明らかにして彼女たちを苦しめたくはなかった。「それなら、私が悪いことにすればいいわ」前よりいくらか優しい声で言う。「ふたりには、故郷が恋しくなったとか、私の気が変わったとか、適当に理由をつけて話せばいいでしょう。彼女たちを守りたいというあなたの気持ちはわかるけど、ひと月も嘘をつき通すなんて私にはできません」

「では、ひと月後に私が責めを負おう」公爵はハンナを避けて、入ってきたドアのほうへ戻り始めた。

「そうすればふたりが傷つかないですむとでも思うの？」さらに憤りが増し、ハンナは公爵のあとをついていった。同情したのは間違いだったわ。彼は家族を大切に思っているかもしれないけれど、私の意見を聞くつもりはまったくない。「デヴィッドが私たちを騙したことを知られるより、あなたが冷酷なせいで妻が去ったと思われるほうがましだというの？」

公爵の笑みは冷たかった。「そのほうがふたりも信じやすいだろう」

「それは――でも……」ハンナは返答に困った。いったいどういう道理なのかしら？「彼女たちはあなたが結婚したと聞いて嬉しそうだったわ。あなたが嘘をついていたとあとでわかったら、ふたりとも悲しむとは思わないの？」

「おそらく」公爵がドアを開けて振り返った。「ここは私の化粧室だ。何か理由があって入ってくるときは、まずノックをすること」怒りに体をこわばらせるハンナをよそに、彼女の鼻先でドアが閉まった。

「恥知らず！」ハンナは小声で言うと、さっさとドアから離れた。理由なんてあるわけないでしょう？　私が彼の――。彼女は凍りついた。化粧室ですって？　それならここは……公爵夫人の部屋に違いない。驚いたハンナは改めて部屋を見渡し、じっとドアを見つめた。思ったとおり鍵がなかった。シーリアとロザリンドは彼女が公爵の妻だと思いこんでいるのだから、この部屋を選んだのは当然だ。でも実際は違う。妻のふりをしろという理由も納得できない。たとえ彼女たちが永久に真実を知ることなく、結婚生活が崩壊したと思うだけだとしても、今よりあとで知るほうが一〇倍も傷つくだろう。先ほどの公爵の話では、彼が自分を悪者にするつもりなのは明らかだ。そうすればふたりが心を痛めないとでも思うのだろうか？

そのときハンナは気がついた。公爵は彼女たちのデヴィッドへの愛情を壊さないために、自分が犠牲になろうとしているのだ。

6

ハンナの頭に最初に浮かんだのは、すぐにここを立ち去ることだった。娘を連れて荷物を持ち、玄関ホールを抜けて自分で馬車を呼んで速やかに出ていく。公爵は手助けしないと言ったが、彼に助けてもらう必要はない。ところが階段にすら着かないうちに、国王の取り巻きかと思うほど身なりの整った男性が――それでも使用人に違いないが――どこからともなく現れて、お手伝いしましょうかとハンナに尋ねた。

彼女は躊躇した。ただ馬車を呼んでほしいと頼めば、言うとおりにしてくれるかもしれない。私のことを公爵夫人だと思っているなら、従うのはあたりまえではないかしら？　けれども結局、そうする勇気がなかった。それにこの男性に迷惑をかけたくない。公爵は些細なことでも、彼を首にしてしまうかもしれないのだから。ハンナは首を横に振って部屋へ戻った。美しいブルーの部屋に閉じこめられたも同然の状態で、苛立ちをこらえて懸命に頭を働かせる。

公爵がなんと言おうと、できるだけ早く出発しなければ。彼は私の気持ちなど気にしていないのだから、こちらも気にする必要はないわ。何も言わずに出ていってしまおう。あとは公爵がどんな話でも好きなようにこしらえて、義母と妹に説明すればいい。でも、どうやって出ていくの？　ハンナは額に指を押しあてた。持ち物はすべて、ドアのそばに置かれたトランクに詰められている。小さいけれどもずっしり重いトランクふたつを抱えて階段をおり、誰にも気づかれずに通りへ出るにはどうしたらいいだろう？　彼女は必死で考えた。説得力のある理由を思いつけば、誰かが手を貸してくれるかもしれない。だけどなんて言えばいいの？　こんなときこそサラの想像力があればいいのに。

しばらくしてドアが開いたときも、ハンナはまだ解決法を思いついていなかった。さっと振り向いた彼女は、そこにいるのがモリーだけだと知ってほっとした。ところがあとからシーリアが現れ、ハンナはまた落ち着かない気分になった。モリーは母親の顔を見て嬉しくなったのか、かわいらしい顔を輝かせている。ハンナはぎこちなく笑みを返した。

「ママ！」駆け寄ってきた娘を反射的に抱きあげた。「シーリアが鏡でいっぱいのお部屋を見せてくれたの、ママ！　すごく大きくて背の高い鏡があって、天井まで届きそうだったよ！　そこでダンスするんだって。それに新しいドレスをもらえるかもしれないの。いいよね、ママ？　このあいだ作った新しいのよりきれいかな？　ママが結婚し――」

「まあ、モリー！」ハンナは慌てて大きな声を出した。まだ娘にうまく説明できない。少なくとも、どうするべきか決心がつくまでは無理だ。「落ち着いて。そんなに興奮しなくても、新しいドレスが欲しいのはわかるわ。お行儀を忘れちゃったの？」ささやき声でつけ加える。

モリーが肩越しにうしろを振り返った。「ありがとう、シーリアおば様」

娘の呼びかけを聞いて、ハンナは思わず目を閉じた。シーリアが嬉しそうに応えている。「どういたしまして、モリー」シーリアがさらに続けたので、ハンナは目を開けた。「ハンナ、お母様が、もしよかったらお茶をご一緒しましょうって。旅のあとでお腹が空いているでしょう」

腕に抱いたモリーが嬉しそうに笑って体を弾ませ、ハンナの肩が揺れた。娘を下におろしながら、彼女は懸命に状況を把握しようと努めた。公爵未亡人とお茶を！　こんなことが私に起こるなんて誰が想像したかしら？　公爵未亡人はとてもいい人のようだけれど、緊張してお茶など楽しめそうにない。だけどもしかしたら……。

もしかしたら、この機会を利用できるかもしれないわ。義母と妹を傷つけたくないという公爵の気持ちは尊重したい。彼のためではなく、ロザリンドとシーリアのために。公爵はふたりに嘘をつくことをなんとも思っていないばかりか、私にも嘘をつけと勧めたのだ。ハンナの顔に苦笑がよぎった。いいわ、それなら私も彼女たちに嘘をつこう。ただし、公爵の期待している嘘をつくつもりはない。

「お茶はすてきね」ハンナは背筋をのばしてモリーの手を取った。「ありがとう」

シーリアがにっこりした。「もうテラスに準備しているの。一緒に行きましょう」ハンナはうなずき、娘と一緒にシーリアのあとをついていった。

屋敷の中を歩きながら、ハンナはふたたび驚きに打たれ、口をあんぐり開けないでいるのが精一杯だった。夢ですら見たことがないほど壮麗な屋敷だ。摂政皇太子が催した宴や夕食会、皇太子の住まいであるカールトン・ハウスの贅沢な調度について新聞で読んだことがあったが、ここも負けず劣らずすばらしい。大理石の床、分厚い敷物、曇りひとつない背の高い窓。あらゆるものが——一行が通り過ぎるとお辞儀をする使用人たちまでもが——きらきらと輝いて見えた。平凡で貧しい自分を改めて思い知らされたものの、ハンナはまっすぐ顔をあげ、これから言うべきことに意識を集中させようとした。

「いらっしゃい」テラスに足を踏み入れると、にこやかな笑みを浮かべたロザリンドが出迎えてくれた。彼女はハンナの手を握って言った。「とてもいいお天気だから、ここでお茶にすればいいと思ったの。それに私たちは家族ですもの。形式にこだわる必要はないわ」

ハンナは儀礼的に言葉を返すことしかできなかった。もしもデヴィッドに騙されたのでなく本当に彼と結婚していたのであれば、実際にロザリンドが義理の母でシーリアが妹だったかもしれない。それなら彼女たちの優しさを素直に受け入れ、家族の一員と言われて喜べただろうに。けれどもデヴィッドと恥知らずの兄のせいで、それは不可能になった。

「まあ、モリー！」ロザリンドが身をかがめてモリーと視線を合わせた。「シーリアに秘密の通路を見せてもらった？」彼女はわざとらしく大きなささやき声で尋ねた。

母親と同じくまわりの雰囲気に圧倒されているのか、テラスに出たときから指をしゃぶっていたモリーがたちまち目を見開いた。少女は黙ったまま首を横に振った。

「それなら、お茶のあとで頼んでごらんなさい。この家には隠し戸棚とか、そういうものがいっぱいあるの。シーリアがあなたくらいのときに、いくつも見つけて喜んでいたわ」

シーリアが笑った。「そうなの。いつか閉じこめられて出られなくなるぞって、デヴィッド お兄様によくからかわれたわ」

モリーが口から指を引き抜いた。「出られなくなったの?」小声で尋ねる。

ロザリンドが笑い声をあげ、シーリアが顔をしかめてみせた。「ええ。マーカスお兄様が見つけて出してくれるまで、身動きがとれなかったのよ」

「マーカスは誰よりも先にあなたがいないことに気づいたわ」微笑みながら、ロザリンドが言った。「彼は家中を上から下まで探して、図書室の隠し戸棚にいるシーリアを見つけたの」

「ねえ、その話はもういいわ、お母様」シーリアが呆れ顔で目をまわしてみせた。「お茶にしましょうよ。お腹が空いて死にそう」

「ええ、そうね」ロザリンドに案内された繊細なつくりのテーブルには、すでに四人分のお茶が用意されていた。ハンナはまたしても懸命に驚きを隠さなければならなかった。テラスの前に広がる芝生は完璧に刈りこまれ、まるで緑色のベルベットのようだ。中央に噴水のある大きな庭が見え、芝生のはるか先には日光を反射してきらめく川が流れている。屋敷と同様に、どこをとってもみごとな景色だった。めまいを覚えて、ハンナは椅子に腰かけた。

「気に入ったかしら?」ロザリンドがお茶のカップを渡してくれた。

「息をのむほど美しいわ」ハンナは景色に目を奪われたまま答えた。「このお屋敷も。今までに見たことが——」眺望を称賛するのが目的ではないと思い出し、ハンナは口ごもった。

彼女は椅子の背にもたれてお茶をかきまぜた。

「ねえ、ハンナ、あなたに謝らなくては」全員にお茶が行き渡ると、ロザリンドが口を開いた。シーリアとモリーは頭を寄せ合い、何かにくすくす笑っている。「デヴィッドからの手紙にあまりにも興奮してしまって、あなたに会うのが待ちきれなかったの。でも、着いたばかりで落ち着く暇もないあなたのところへ押しかけてくるべきではなかったわ。到着したのが今日だとは知らなかったのよ。どうか許してちょうだい」

「もちろんですわ」ハンナはティーカップに向かってつぶやいた。そもそも彼女よりふたりのほうに、ここにいる権利があるのだから。

「ねえ……」ロザリンドが声を低め、テーブルの向こうをちらりとうかがって言った。「本当のことを打ち明けると、あなた方が結婚したと聞いて、私の祈りが聞き届けられたに違いないと思ったの。マーカスはいつも絶対に結婚はしないと公言していたんだけど、そんなこと許されないわ。彼には考慮するべき公爵領があるんですもの。知らせを聞いてびっくりしたけれど、よく考えたら驚くことでもないわね」ハンナは疑わしげに見つめ返した。ロザリンドがブルーの瞳をきらめかせて、さらに身を寄せてきた。「マーカスは欲しいものがあれば躊躇しないタイプよ。そこまで男性に求められるなんて、すてきだと思わない?」

これほど恥ずかしさを感じていなければ、ハンナは大声で笑い出していただろう。公爵が彼女に何か求めているとしても、それは彼女に消えてほしいということくらいだ。ハンナは会話の方向を変えようと試みた。「じつは私、ロンドンのことを何も知らないんです」

「問題ないわ。これから覚えればいいんですもの」ロザリンドが、砂糖をまぶしたすみれで飾りつけした小さなケーキの皿を差し出した。見ているだけで唾《つば》がわいてくる。ハンナはひとつ取って口に入れ、舌の上でとろけるその味わいにうっとりした。公爵夫人になると、少なくともこういう特典があるらしい。「明日あなたの衣装部屋を見て、足りないものをそろえましょう」ロザリンドが続けた。「気を悪くしないでね」驚いた顔のハンナを見て、彼女は言った。「デヴィッドからの手紙で、あなたが田舎育ちで大きな町にはほとんど行ったことがないと聞いていたの。ここは流行が違うでしょうから」

「あら、お母様、お買い物なら私もいい？」シーリアが熱心に頼んだ。向き直ってハンナにも尋ねる。「モリーにいくつか贈り物をしてもいいかしら？　ほんの少しだけ」

もとよりそんな買い物をするつもりはなかったので、ハンナはあえて拒まなかった。けれどもふたりが夢中になりすぎないように、ひと言断っておく。「出かけるべきではないのかもしれません。公爵夫人にふさわしいふるまいなんて、私にはわかりませんから」

「公爵夫人になるのはいいものよ」ロザリンドが楽しげに明かした。「誰もあなたを非難しないから、好きなように行動すればいいの」

「デヴォンシャー公爵夫人は殿方よりひどい賭け事好きだけど、どこへ行っても受け入れられるわ」シーリアがつけ加えた。「マーカスお兄様の奥方を無視する人がいるかしら」

「シーリア、噂話はおやめなさい」母親がたしなめた。

「彼が公爵だと知らなかったんです」ついに名案が浮かび、ハンナは口を開いた。公爵に欺かれていたと説明すれば、彼のもとを去りたがる気持ちを理解してくれるかもしれない。

「こんなことになるとは思ってもみませんでした」そう言って、美しく手入れされた庭や、きらびやかな屋敷、最高級の陶器類を手で示す。「どんな暮らしをしているか、まったく説明してくれなくて。私がなじんでいる生活とはあまりにもかけ離れているわ」ロザリンドが眉をあげた。シーリアは音をたててカップを置き、目を丸くしている。ハンナは裏切られて傷ついていると言わんばかりに唇を嚙んだ。

「あらまあ」ロザリンドがつぶやいた。「マーカスは完全に冷静さを失っていたのね。本当に彼が公爵だとわからなかったの？」ハンナは首を横に振った。ところが、その反応がロザリンドを喜ばせたらしい。彼女の顔に笑みが広がった。「それなら嬉しい驚きだったでしょうね。いつ知ったの？」

「あの、ええと、彼が教えてくれたのは……その、私がロンドンに着いてからです」ハンナは落ち着かない気分になった。思うような方向に話が進んでくれない。慌てた彼女は心を静めようと、身を乗り出してモリーの顎を拭いてやった。娘はジャムで覆われたケーキに夢中で、母親の困惑にまったく気づいていないようだ。

シーリアがくすくす笑い、組んだ手の上に顎をのせた。「まあ、お兄様ったらよほど夢中になっていたのね」彼女は母親のほうに向き直った。「結婚するまで身分を明かさないなんて！」

あの公爵が誰かに夢中になるなんて、ましてその相手が自分だなんて想像もできない。ハンナはナプキンを置いた。「話しておいてくれるべきでした」彼女はきっぱりと言った。「噓をつかれて、とても惨めな気持ちですわ。だから言い争いになってしまって」

「まあ、いい意味にとらえなくてはだめよ。マーカスはいつも身分を意識しているの。そんな彼があなたに普通の紳士だと思わせたのなら、かなり自分を抑えていたのね。女性のためにそんなふうになれる男性はすてきよ」シーリアも同意してうなずき、目を潤ませた。

「とてもひどい口論でした」ハンナは必死で言いつのった。「彼を許せるとは思えません。今朝の公爵がどんなに冷たかったか、ご覧になったはずよ。私に留まってほしくないんです！　もうどうやって続けていけばいいのかわからないわ。何もかも恐ろしい間違いだったんです」

「さあ、あとは〝出ていく〟と言うだけよ。」ロザリンドが片手を振ってハンナの意見を一蹴した。「マーカスは他人の前では愛情を示さないの。あなた個人への非難と受けとってはいけないわ。それに口論といっても、もう終わったことでしょう。マーカスは何より争いごとが嫌いなの。あなたをひどく動揺させるとわかれば、きっと自分の言動を改めるはずよ。さて、今シーズンのうちにきちんとした式を挙げるつもりなら、すぐに取りかからなくては」

狼狽《ろうばい》したハンナは思わず立ちあがった。「いいえ、私は——私にはできません」

「もちろんよ」シーリアが言った。「お母様、まずお買い物が先よ。服がなくて、どうやって始められるの？」それにはロザリンドもすぐに同調した。衣装の問題が片づきしだい結婚式の準備に取りかかり、さらにはお披露目の舞踏会を開こうと、ふたりでどんどん話を進めていく。ハンナは反論するのをあきらめて肩をすくめた。どんな計画を立てても、どうせその場にいるつもりはないのだ。出ていく方法はいまだに思い浮かばないが、それでもあきらめるわけにはいかなかった。公爵が彼女につかせたがっている嘘やデヴィッドに欺かれた胸のうずきは別にしても、このままロザリンドとシーリアをどんどん好きになると、ここを去るのが辛くなってしまう。

モリーがテーブルに置いた両手に頬をのせるのを見て、ハンナは席を立つ口実に飛びついた。「モリー、そろそろお昼寝の時間よ」

「眠くない、ママ」言葉とは裏腹に大きなあくびが出た。ロザリンドがにっこりして、シーリアはくすくす笑っている。

「失礼してもよろしいでしょうか？」ハンナは娘を抱えあげた。「少し眠ったあとなら、隠し戸棚を探しに行ってもいいわよ」彼女はモリーの気を引くためにささやいた。少女はたちまち笑顔になり、母親に抱かれて屋敷の中へ戻りながら、シーリアとロザリンドに手を振った。

「ママ？」ハンナの胸に頭を預けてモリーが訊いた。慣れ親しんだ小さな体の重みが心を慰めてくれる。

「なあに？」テラスへ来た道順を思い出そうとしながら、ハンナは言った。たしかあちらに階段があったはず……。

「ここに住むの？」

その問いかけには答えず、ハンナは黙って階段をのぼった。どう説明すればいいのだろう？ モリーが、ママが結婚したのは公爵ではなくデヴィッドだと口走りかけたときに、きちんと話をしておくべきだったのかもしれない。けれど、とうてい理解できるとは思えない話で幼い子供を混乱させたくなかったのだ。「いいえ」ハンナはなんとか言葉を選んだ。「ここにはお客様として来ているだけよ」

「ふうん」ようやくトランクが置いてある部屋にたどりつき、ハンナはドアを押し開けた。ベッドカバーをめくって、かすかにラベンダーの香りがする新しいシーツが敷かれていることに驚く。お茶を飲んでいたほんの短い時間で、部屋はきれいに整えられていた。私なら一週間くらいかかりそうだわ。

ハンナはモリーの靴を脱がせてからベッドに寝かせた。近くの椅子に置いてあったミッシーを腕の下に入れてやると、少女はもぞもぞ動いて枕《まくら》にすり寄った。モリーがエリザベスと命名した新しい人形は、ドレッシングテーブルの上の特等席を与えられていた。目の届くところに置くけれど、触れてはならないというわけだ。目がひとつしかなく、靴も履いていないぼろぼろのミッシーが娘の腕の中におさまっている光景は、どこかほっとする。「デヴィッドはどこにいるの？」モリーが尋ねた。

ハンナの口からため息がもれた。「彼は行ってしまったのよ。いつ戻ってくるかわからないわ。戻ってきたときに、私たちがここにいるかどうかもわからないの」

「一緒に住むんだと思ってた。デヴィッドが新しいパパになると思ってたの」

ハンナの胸に新たな怒りがわいてきた。「ママの間違いだったわ。彼の気が変わったの」

彼女はモリーの額にキスした。「さあ、目を閉じて眠りなさい。起きたらたっぷり探検できるわよ」

「明日はまだ帰らないでしょ、ママ?」

「わからないわ」ハンナは体を起こしてドアへ向かった。できるだけ早く去らなければならない理由がもうひとつできた。ここに長くいればいるほど、出ていくときに娘が辛い思いをするだろう。ドアノブに手をかけたところで、モリーの眠そうな声が聞こえてきた。

「ここにいたいな。このおうちが好きなの」モリーはまたあくびをすると、目を閉じて指を口に入れた。ハンナは返事をしかけて思いとどまった。絵画の描かれた天井から彫刻が施された家具、何メートルものシルクに覆われた壁へと視線を移していく。心の隅のどこかでは、彼女もこの屋敷が好きだと感じていた。ほんの少しだけ。だって、たとえほんの短いあいだでも、女王のような――あるいは公爵夫人のような――暮らしをしたくない人がいるかしら?

ハンナは頭を振って思い直した。馬鹿げたことを考えている暇はない。この屋敷がどれほどすばらしくても、ロザリンドとシーリアがどれほど優しくても、ここは私のいるべき場所ではない。立ち去るのがみんなのためなのだ。贅を尽くした暮らしは、手に入らないものに慣れすぎないほうがいいことを痛感させてくれる。ハンナは自分の姿を見おろした。旅行用の地味な毛織のドレスに、ケーキのくずやジャムがついていても驚かない。これが私の人生なのよ。シルクに覆われた、大理石のように冷たい暮らしとは違う。

誰かが荷ときをして、グレーと黒ばかりのドレスを大きな衣装部屋の奥に移してくれていた。それ以外にはいちばん上等の青いモスリンのドレスと、冬用のあたたかい毛織の赤いドレスがあるだけだ。ハンナは青いドレスに着替えた。汚れた服を脱いでさっぱりすると、少し気分がよくなった。彼女は鏡をのぞいてほつれ毛を耳にかけ、そっと部屋を出て公爵を探しに行った。

7

エクセター公爵は毎日を同じように過ごしている。デスクで仕事をするのだ。アイロンをかけたばかりの新聞に目を通しながら、朝食もそこでとった。そのあとは優先順位と性質によって仕分けた郵便物を持って秘書が現れ、マーカスの返事を口述筆記する。原稿を持って秘書がさがると、地所の代理人や弁護士、銀行家、それに必要に応じて使用人たちと面談した。書類の準備が整うとそれらに署名し、そのあとは執事が昼食を運んでくる。もちろんデスクへ。規律と秩序は責任ある者の証《あかし》であり、マーカスはそれを信条としていた。

あるいは、そうあろうと努力している。

有能な秘書のミスター・コールが急な病に倒れたおかげで、マーカスの秩序立った日々は一変した。ミスター・コールの代理を務めているのは彼のいとこの若いロジャー・アダムズだ。ミスター・アダムズは字が美しく仕事熱心だが、それ以外は秘書の資質を何ひとつ持ち合わせていないことが判明した。彼は本当に重要な手紙を、オペラや夜会の招待状と一緒に分類した。マーカスが議会でどの法案を支持しているか忘れてしまい、正反対の法案に賛成するありとあらゆる請願を提出した。つねに彼の処理能力を超える仕事を抱え、咳払いしすぎる傾向にあり、何よりいまいましいことに、細かく指示してあったにもかかわらず、デヴィッドから手紙が届いたことをただちにマーカスに伝えなかったのだ。

そしてもちろん今日も、窓の外へ投げ捨てられでもしたのか、秩序は影も形も見あたらなかった。牧師の妻の騒ぎで午前中が丸々潰《つぶ》れてしまい、片づけなければならない仕事が溜《た》まっていたが、マーカスはいつものとおり最善を尽くして仕事を進め、ミスター・アダムズも普段どおりだった。つまり、またしてもしどろもどろになって謝っていた。今回は、マーカスが行くつもりのなかったレディ・モーリーの狩りの招待を受けてしまった件で。言葉に詰まりながら秘書が弁明を終えるまで、マーカスは無言のままじっと見つめていた。椅子に座ったアダムズは耳まで真っ赤になっている。

「ミスター・アダムズ」

「はい、公爵様？」若い秘書は追いつめられた狐《きつね》のように息をあえがせた。

「レディ・モーリーに、予期せぬ責務のために残念ながら狩りに参加できなくなったと書いて送りなさい」

アダムズがすばやく頭をさげた。「かしこまりました。私が間違えたことをきちんとお知らせして――」

「だめだ」マーカスは心の底からコールの復帰を願った。「手違いで招待を受けたと示唆するのは無礼だ。そのことにはいっさい触れるな。ただ断りを入れるだけでいい」最後の言葉がつい厳しくなり、秘書の顔が青ざめた。もうお手あげだ。アダムズが今以上に事態を悪化させるのは目に見えている。この調子では自ら詫び状を書いたほうがよさそうだ。何もかも自分でしなければならないなら、秘書を雇う意味がどこにある？

アダムズがふたたび頭をさげ、書類の山を探った。数枚の紙が床に落ち、慌てて拾おうとした拍子にさらに書類が落ちる。「申し訳ございません、公爵様」彼は消え入るような声で言った。「どうかお許し……」

ドアを軽くノックする音が聞こえた。「入れ」マーカスの鋭い口調を耳にして、哀れなアダムズがまた書類を落とした。マーカスはうんざりして額をこすった。今すぐ首にしようか、それとも今日の分の手紙を書き終えてからにしようか。小さな咳払いが彼の注意を引いた。

ドアのすぐ内側に立っていたのは、書類上マーカスの妻となっている女性だった。ありがたいことに、あのくすんだグレーのドレスから着替えている。彼は女性が——ある程度器量のいい女性ならとくに——冴《さ》えない色を身にまとうのが嫌いなのだ。そしてこの女性は、意外にも容姿に恵まれていた。深いブルーのドレスはシンプルだが見栄えがよく、ぬくもりを感じさせる肌の色を引き立てている。黒い巻き毛をうしろでまとめているので、宝石で飾られていなくとも首や肩のラインの優雅さが際立っていた。ただし残念ながら、目は変わっていなかった。いや、どちらかといえば以前よりもっと反抗的に見えた。

「少しお時間をいただけませんか？」ハンナが言った。慌てて立ちあがったアダムズは、手紙や招待状を踏みつけていることに気づいてもいない。彼はつかの間目を丸くして彼女を見つめていたかと思うと、宮廷でも見かけないほど深々とお辞儀をした。マーカスはうんざりして目を閉じた。

「いいとも。アダムズ、顔をあげなさい」

「マダム、失礼をお許しください」無能な秘書はただただどしく謝りながら腰をかがめて書類を拾おうとして、結果的に敷物中に広げてしまっている。マーカスは絶望的な視線を向けた。まだ解放してやらないぞ。今は仕事中だ。少なくとも仕事をしようと努力している。彼女の話がなんであろうと、待てるはずだ。

「あとしばらくかかる」マーカスはハンナに言った。「図書室で待っていたまえ」

ハンナが体をこわばらせた。「もちろん、かまいませんわ」わざとらしく、へつらうようなお辞儀をする。「お邪魔して申し訳ありませんでした、旦那様《だんな》」そう言ってもう一度お辞儀をしたので、さすがのアダムズもいぶかしげな顔をして彼女を見つめた。マーカスは小声で悪態をついた。そこまでして私を馬鹿にしなければならないのか？

「待ちなさい」マーカスは、背を向けて去りかけたハンナを呼び止めた。「アダムズ、しばらく外してくれ」秘書は緊張した笑みをハンナに向けると、逃げるように部屋から出て、大きな音をたててドアを閉めた。あの男はごく簡単な指示ひとつ覚えていられないのだろうか。

マーカスは邪魔者に冷淡な視線を向けた。

「わずかな時間も待てないとは、いったいどんな話があるんだ？」彼は椅子の背にもたれ、腹の上で両手の指を組みながらゆっくりと尋ねた。

ハンナは公爵をにらんだ。秘書は怖がらせることができるかもしれないけれど、私には効かないわ。とくに今日のような経験をしたあとでは何も怖くない。公爵を見つけ出すまでに、かなり時間がかかった。まずはロザリンドがドレスメーカーの件で待ちかまえていて、次にモリーがエネルギーをみなぎらせて目を覚まし、まるで大聖堂のようなダイニングルームで無言の使用人たちの大群に給仕されて昼食をとった。ありがたいことにシーリアが屋敷の探索にモリーを連れ出してくれたので、ハンナはようやくロザリンドに公爵の居場所を尋ねることができた。彼女は大喜びで教えてくれた。義理の息子が結婚したのが嬉しくてたまらないのだ。気の毒だが、その状態は長く続かない。

「道理を訴えても、あなたの心は動かないかもしれないけど」ハンナはそっけない口調で話し始めた。「お金のことなら関心があるのではないかしら。あなたの義理のお母様は、公爵夫人にふさわしい衣装をすっかりそろえるおつもりよ。今すぐに。あなたが止めなければ——私がその役目を引き受けてもかまわないけど——彼女は大金を注ぎこんでしまうわ。あなたのお金を何百ポンドも」金額はでたらめだ。ハンナには舞踏会用のシルクのドレスがいくらくらいするものか見当もつかない。ロザリンドが興奮気味に話していた、毛皮の縁どりのある外套《がいとう》やサテンの室内履きは言うまでもなく。

「きみは不服なのか？」公爵の表情はまったく変わらなかった。

「不服なのはあなたのはずよ」ハンナは声を荒らげた。「お金の無駄だわ！」

公爵が肩をすくめた。「私の金だ。きみには関係ないだろう？」

「関係ありますとも！　こんなふうに彼女を騙して平気でいられると思うの？　舞踏会の計

画まで立て始めているのよ。ここで開くつもりで！　衣装をそろえるのを許したら、次はきっと蘭《らん》の花を注文するわ！　それでも結婚式の支度となったら、こんなものではすまないのよ。今度は本格的な式なんだから！」ハンナは目の前の男性を揺さぶってやりたかった。それほど腹が立ってしかたがない。

公爵が、忍耐力の限界だと言わんばかりの顔でため息をついた。「ロザリンドにもシーリアにも、好きなようにさせてやりなさい」のみこみの悪い子供に言い聞かせるような口調だ。「私の金、私の屋敷、私の家族だ。きみも楽しんでいるふりをしたまえ。ふくれっ面で拗《す》ねていたければそうしてもいい。私にはどうでもいいんだ。だが警告しておく。彼女たちに真実を知らせるつもりはない。私を説得できると思っているなら考え直したほうがいいぞ。きみが押してくるなら、さらに強く押し返すまでだ」

「あなたは要求が多すぎるわ」ハンナの声は震えていた。公爵のにべもない視線はそれでも揺るがない。

「私が望んでいるのは事実を口外しないことだけだ。きみがそこそこに公爵夫人らしくふるまっているかぎり、まわりもそれなりの扱いをする。私だって、これ見よがしに夫として妻を躾《しつ》けたいわけではない」

ハンナは口を開きかけたが、怒りが激しすぎて言葉にならなかった。夫として妻を躾けるですって！　よくもそんなことを！　「お望みのままにいたしますわ、旦那様《マイ・ロード》」絞り出すように言って身をひるがえし、出ていこうとする。

「公爵様《ユア・グレイス》だ」ハンナは思わず足を止めた。何が言いたいの？　振り返り、目を細めて公爵をにらみつける。「公爵や公爵夫人に話しかけるときはそう呼ぶんだ。マイ・ロードや奥様《マイ・レディ》とは絶対に言わない」

指摘されたことでハンナの中に新たな怒りがこみあげてきた。私に公爵の知り合いはいないし、知り合う機会があるとも思わなかった。目の前にいるこの公爵とも、出会いたくて出会ったわけではないわ。彼女は顎をあげて言った。「私の場合は夫をクリスチャンネームで呼びます」

公爵が苛立たしげに身じろぎした。「なるほど。では、私をエクセターと呼んでかまわない」

「それはあなたの称号でしょう？　名前ではないわ」ハンナは反論した。

「それが私なんだ」彼の声はさらに冷たくなっている。「それより親密な呼び方は認めない」

ハンナは頭を傾けた。「結構よ。今度ロザリンドに私たちの話し方がよそよそしいと言われたら、親密ではないからだと説明するわ」

公爵がさっと椅子から立ちあがった。「われわれの関係について彼女と話をするな」

「どうして？　ロザリンドが話したがるのは、その話題ばかりよ。どんなふうに出会ったの？　あなたはどうやって私の気を引いたの？　初めてあなたを愛していると気づいたのはいつ？」ハンナは彼をからかうのが楽しくなってきた。無邪気そうに目を見開いて微笑んでみせる。「それに、私たちの結婚には親密さが欠けていると思わせるほうが、私が出ていったときに納得しやすいのではないかしら？」公爵の尊大な態度も少しはましになって、結果的に彼のためになるでしょうよ。

マーカスはハンナの神経が信じられなかった。私をクリスチャンネームで呼びたい――そんなことが許されるのは家族だけなのに――と言い出したばかりか、脅そうとするなんて！彼女には持参金も財産も、家柄も血筋も、もちろん地位もないんだぞ。私のような身分の男が彼女の階級の人間と結婚するとしたら、愛か、あるいは欲望のためとしか考えられない。人を愛せないとまわりに思われても気にしないが、私にまったく欲望がないと信じる人間は、ロンドン中探しても見つからないだろう。とくに、謎《なぞ》めいたなまめかしい表情を浮かべている女性が相手だというのに。

ハンナの周囲をぐるりとまわり、マーカスは新たな視点で彼女を観察した。とりたてて目立ちはしないが好ましい外見だ。正直なところ、かなり好ましい。彼をにらんでいない目は美しく、初めて会ったときの輝く笑みを思い出させた。彼女はほどよく魅力的な女性だった。そんな女性と結婚しながらベッドをともにしていないと世間に知られて、面白おかしく噂されるのは耐えられない。

マーカスはハンナの背後にまわり、ブーツがスカートをかすめるほど近くで足を止めた。それまで無言で我慢していた彼女がふいに振り向こうとしたので、片手を首のうしろにあてて押しとどめる。柔らかな黒い巻き毛を彼の親指がかすめた。ハンナの肌はなめらかであたたかく、かすかに金色味を帯びていた。「クリスチャンネームで呼ぶほかに、きみと夫にはどんな決まりがあったんだ？」彼女の耳もとでささやく。ハンナの肌の感触は驚くほど心地よく、マーカスは考える間もなくてのひらを彼女の肩に這わせていた。「私をクリスチャンネームで呼ぶほうが自然なのかもしれないな。もしもわれわれが……親密な関係になるなら」

ハンナは慌てて身を引いた。公爵に触れられたところがぞくぞくする。彼の美しい手は大きくて力強く、思いがけず優しく動いた。その優しさが性格にも備わっていれば……。どうなるというの？　彼がもっと優しくしてくれれば状況が違ってくる？　いいえ、何も変わらない。想像にすぎないことを考えてもしかたがないわ。彼はただほのめかしただけよ。「よくもそんなことを！」

公爵の瞳がくすぶった。怒りのせいに違いない。「われわれの親密な関係を話題にしたのはきみだ」

「私たちの関係は親密ではないわ！」ハンナはかっとなった。「これからも同じよ！　あなたは私の夫ではないんですもの」

「そのことと親密な関係とは話が別だろう？」ハンナをおびえさせるつもりなのか、公爵が前に進み出た。彼女は逃げずにその場に留まって顎をあげ、目をきらめかせて挑んだ。

「あなたの言うとおりだわ」ハンナは言い返した。「たとえあなたが私の夫でも、ベッドに招き入れるつもりはないもの」

「だが、もし私がきみの夫なら」公爵が小さくうなるように言った。「誘惑するのが務めだ。

そうではないかな?」あたかもすぐに実行しようとするかのような視線を向けてくる。ハンナのお腹のあたりで急におかしな感覚が芽生えた。激しい憤りではなく、もっと悪いもの――好奇心だ。

公爵のほのめかしと同じくらい自分の反応に愕然としてハンナが立ちつくしていると、救いの手が差しのべられた。ドアが静かにノックされたのだ。

「入れ」公爵が言った。ハンナは赤面してあとずさりし、誰であれ現れた人物に見られないように火照った顔をそむけた。ドアが開く音がして、執事の冷静な声が聞こえた。「ミスター・ジョセフ・ブレイドンがお見えです、公爵様」

公爵が眉をひそめ、ハンナは息をのんだ。ふたりとも無言で執事を見つめていたが、やがて公爵が鋭く言った。「誰だ?」

「ミスター・ジョセフ・ブレイドンです」執事が繰り返した。ほんの一瞬、ちらりとハンナを見る。「公爵夫人のお父上だとか」

公爵の冷たい視線にとらえられ、ハンナは不安に駆られて唇を湿らせた。「ええ」彼女は言った。「父です」眉がかすかにあがり、公爵が不審そうな目つきになった。ハンナはドアのほうへ歩き出そうとした。「私が――私が会います」

「待ちなさい」鋭い視線をハンナに向けたまま、公爵が片手をあげて制した。「こちらへ通してくれ、ハーパー」執事がお辞儀をして部屋をあとにすると、ハンナは困惑のあまり急激に頬が熱くなるのを感じた。「それで?」

軽蔑のにじむ公爵の問いかけに、ハンナはひるみそうになった。彼はまだ父に会ってもいないのに！　いったいお父さんは何をしに来たの？　目的はどうであれ、この場に父が現れたら状況が悪化するだけだ。「私がひとりで会うほうがいいわ」彼女はもう一度言った。「きっと何か故郷の知らせを持ってきてくれたか、それとも……あの……」

「知らせ？　そんな小さな村に、離れて一週間もたたないうちに父親がわざわざ知らせに来るほどの事件が起こるのか？　ロンドンまでは遠いぞ」公爵の声がふたたび鋭くなった。

「それを確かめます」ハンナはドアに向かった。もしかしたら廊下で止められるかも……。けれども遅すぎた。「ミスター・ブレイドンです」ハーパーがそう告げてわきに寄ると、ハンナの父親がずかずかと入ってきた。かすかに蝶番《ちょうつがい》のきしむ音がしてドアが閉められ、部屋の中に沈黙が広がる。

ハンナの父は、背は高くないもののがっしりとして肩幅が広く、手足が大きかった。その父が公爵の格調高い書斎に立っている。くたびれた粗末な服に汚れたブーツを履いたその姿は、畑からまっすぐここへやってきたようにしか見えなかった。いや、匂いから判断してパブから来たのかもしれない。背が高くいかにも貴族らしい公爵と、騒々しい酒場が似合いそうな父親とでは、口を開く前から違いはあまりにも明らかだった。

「あんたに謝ってもらわなきゃならんと思ってね」まるでわざと不快にさせたがっているような口ぶりで父が言った。ハンナは恥ずかしくなって目を閉じた。

「いったいどんな理由で？」公爵の声は凍りつくほど冷たい。

「あんたが公爵様だからさ」公爵の突き刺すような視線を感じたハンナはしかたなく目を開けた。父親の無礼を詫びたい気持ちと、これ以上ひどい状況になる前に父を追い出したい衝動のあいだで心が揺れる。少しくらい公爵の自尊心をくじいてやりたいのはやまやまだが、父の叱責《しっせき》が役立つとは思えなかった。

けれどもハンナが何も言えないでいるうちに、父が続けた。「うちの娘に言い寄ってたときには、身分を明かしたくなかったんだろうよ。ポケットが空っぽのただの紳士だとみんなに思わせるのは、あんたにとっちゃ、さぞ面白かったに違いない。だが、おれにはおかしくもなんともないってことを知らせに来たんだ。物事はきちんと正したほうがあんたのためだ」

「お父さん！」ハンナは息をのんだ。父は公爵とデヴィッドが別人だと気づいていない。たしかにふたりはそっくりだが、彼女にははっきりと違いがわかった。彼女の父は初対面の人間を侮辱しているのだ。

「ほう、正す必要があると？」落ち着いた表情だけに気を取られていれば、公爵の言葉に脅威を感じる人はいないかもしれない。

「娘と結婚するのに、あんたは正式に許しを求めに来なかった」

公爵が肩をすくめた。「異議申し立てにしては、いささか遅いのではないかな」

「今でもおれの娘であることには変わりない」父親がぐっと顎をあげた。「あんたは結婚の契約をすませてないんだ」父がはるばるロンドンまでやってきた理由に気づき、ハンナは気分が悪くなってきた。彼女がデヴィッドとの結婚を決意したときの父の反応は、もう娘と孫を養わなくてすむという安堵《あんど》がほとんどを占めていた。だがそのあとで、彼女の結婚相手がじつは裕福らしいと知ったに違いない。ハンナは前に進み出て父親の腕に手をかけた。

「お父さんには関係ないわ！」激しい口調でささやく。「ジェイミー兄さんがちゃんと——」

「あの下手くそめ」父親がぴしゃりとはねつけた。「こういう男は、妻を娶《めと》るには金がかかると承知してるんだ。それにおれは騙されるのが好きじゃない」

「騙されるですって？　いったいどうして——」

「女はおとなしく引っこんでりゃいいんだ」父がさえぎった。「お前の旦那と話し合わなきゃならんことがある」

「でも、お父さん——」

「さあ、行け。お前の出る幕じゃないことがわからんのか？」父親はハンナの手を振り払い、彼女を無視して背中を向けた。

ハンナの顔に一瞬、心の中が映し出された。マーカスは思いがけず彼女がかわいそうになった。胸が痛むようなこの表情は以前にも見たことがある。父親に望まれていないと悟ったときの子供の顔だ。娘をそんなふうに扱う男に対して、本能的な憤りがこみあげてきた。

「そうだな、われわれだけで話すほうがいいだろう」マーカスは硬い笑みをハンナに向けた。「きみをうんざりさせたくない」

はっとしたハンナが驚くほど強い視線で、探るようにマーカスを見た。「ええ」彼女も緊張した口調で応える。「お邪魔はしたくありませんから」そう言って背を向け、部屋を出ていった。ドアが閉まると、マーカスは骨ばった農夫に視線を戻した。これ以上、勝手な言動を許すつもりはない。

「正確には私からいくら引き出したいんだ？」マーカスは訪問者に勧めることなく自分だけ椅子に座り、コーヒーを飲んだ。ベルを鳴らして客の分を持ってこさせる気はない。もともとこの男に会いたかったわけではなく、もちろん金を支払うつもりもなかった。ブレイドンとデヴィッドのあいだでどういうやりとりがあったかはわからないが、この男は明らかに私をデヴィッドだと思っているようだ。この手の間違いをそのままにしておくと、たいていひどい目に遭う。

「一〇〇〇ポンドが妥当だな」年かさの男が無情に言い放つのを聞いて、マーカスは笑い出しそうになった。一〇〇〇ポンドなどはした金だ。たったそれだけのために、はるばるロンドンまでやってきたのだろうか？

「なぜ私が払わなければならないんだ？」マーカスはかすかに笑みを浮かべて尋ねた。これでは議論にすらならない。「彼女はあなたと一緒に暮らしていなかった。家の切り盛りを手伝っていたわけではないだろう。むしろ結婚したことで彼女を扶養せずにすんで、節約できたはずだ」

「そんなことは関係ない」ブレイドンがうなった。「おれの娘だ。最初のときは牧師なんかと結婚しやがって、そのせいでまったく金にならなかった。娘なんてものは結婚のときくらいしか役に立たないのに。だが、今回はあいつもよくやったよ。さあ、一〇〇〇ポンド払ってもらおう」

「断る」相手が目に見えて苛立っているのを見ると、おかしくさえなってきた。

「こっちには権利が――」

「権利？」マーカスは椅子から立ちあがり、はっきりわからせるためにデスクに身を乗り出した。「結婚の契約は、式が執り行われる前に双方の同意のもとに結ばれている。以降、彼女は私のものだ。契約に関してあなたがなんらかの権利を持っていたとしても、それは結婚した日に無効となった。今後、私の妻に関して干渉しようとすれば、あなたにとって嘆かわしい結果が待ち受けているだろう」そこで言葉を切り、相手が理解するのを待つ。「以前に請求されなかったのだから、今となって一〇〇〇ポンドを支払う理由があるとは思えない」

「前は公爵だと言わなかったじゃないか」ブレイドンがうなり、厚ぼったい手を握りしめた。

マーカスは冷たい笑みを浮かべた。「それはまた迂闊《うかつ》だった」そう言ってベルを鳴らす。

ブレイドンが歯ぎしりした。「鼻持ちならない金持ちめ」彼は苦々しく吐き捨てた。「うちの娘を連れていったくせに、家族に対する義務すら果たさないのか」そのとき、ハーパーが姿を現した。

「ハーパー、ミスター・ブレイドンがお帰りだ」それだけ伝えると、マーカスはデスクの新聞に目を落とした。ドアのところで待つハーパーをよそに、怒りをたぎらせたブレイドンがわめく。「もう一度娘に会わせろ！　あいつは正しいことをするはずだ」

「ハーパー、ミスター・ブレイドンがお帰りだ」マーカスは最後の言葉を強調して繰り返した。「ご機嫌よう」

最後にもう一度恐ろしい顔でにらみつけ、ブレイドンが出ていった。マーカスは新聞に目を向けたまま椅子に腰かけた。銀のポットからコーヒーを注いで口をつける。それから向きを変えてデスクのうしろの窓を見た彼は、ふと眉をひそめた。本来かけられているべき掛け金が外れている。マーカスは席を立って掛け金をかけ、デスクの上に広げられたやりかけの仕事を見つめた。彼はベルを鳴らしてハーパーを呼んだ。

「公爵夫人はどこだ?」使用人たちにはまだ正式に紹介していないが、今朝のことがあったあとでは、この家でハンナを公爵夫人と認識していない者はいないだろう。この偽装を続かせたいなら、マーカス自身も努力しなければならないのは明らかだ。

「マダムは庭に出られているかと存じます」ハーパーが答えた。

マーカスはため息をつき、ハンナを探しに行った。ひと足ごとに葛藤《かっとう》が生まれる。じつの父親が彼女を傷つけたとしても、私には関係ないことだ。もしかしたら彼女があの男を送りこみ、先ほどの場面を演出したのかもしれないではないか。一〇〇〇ポンドを欲しがっているのはハンナ自身かもしれない。だが彼女のあの傷ついた目が、マーカスの心をかき乱していた。あの目は彼にデヴィッドを思い出させた。役立たずで不必要だと父に追い払われるたびに、弟の心は深い傷を負っていたのだ。

ハンナは背中をこわばらせて石のベンチに座り、まっすぐ前を見つめていた。マーカスは彼女のそばで足を止めた。

「あなたの庭は美しいわ」しばらくしてハンナが口を開いた。彼もあたりに目を向けてみる。

「そうだな」彼女が前を向いたままうなずき、マーカスはベンチの反対端に腰かけた。

「あなたがいくら支払ったとしても、私がお返しします」静かで、聞き逃すかと思うほど小さな声だった。

「どうして私が支払ったと思うんだ?」

ハンナは膝に置いた両手を関節が白くなるほど強く握りしめた。「父が来たのはお金のためですもの」

「私は要求されたらすぐに払うのかな?」

彼女はまだマーカスのほうを見ようとはせず、まばたきをしているのかどうかもわからない。「私たちが結婚しているとまわりに思わせたいはずだわ」

「それと、会ったこともない相手に金を渡すことがどう結びつくのか理解できないな」ハンナのまぶたが閉じられ、ため息がもれた。彼女の髪のまわりを蜂《はち》が音をたてて飛びまわっているが、気づいていないらしい。ふたりを取り巻く庭に視線を漂わせたマーカスは、この春はまだ一度もこの場所を訪れていなかったことを思い出した。以前はライラックがあった場所に、庭師が薔薇を植えている。いや、前から薔薇だったのだろうか?「私の妻のことに口を出したら黙っていないと、はっきり説明しておいたよ。問題を起こしたら後悔することになるとね」

「私の父なんです」抗議というより謝っているように聞こえた。

「そしてきみは、どうやら私の妻のようだ」〝私の〟という部分に思わず力がこもって冷淡に響いても、マーカスは気にしなかった。「公爵夫人になるといろいろ利点があるだろう。きみはそれを利用すればいい」ハンナは何も言わず、身動きもせず、泣くこともなかった。彼は腕を組み、目の端で彼女の様子をうかがった。

マーカスは必要とあらば圧力をかけてでも、地位と名前の力で欲しいものを手に入れてきた。自分も恩恵にあずかろうとする上流階級の人々には、そのやり方がうまくいったのだ。少なくとも、彼の影響力を恐れている者たちにはよく効いた。けれども今は、ここにいるこの女性が、デヴィッドの嘘を内密にしておけるかどうかの鍵を握っている。どうしても協力してもらわねばならない。彼女の気持ちひとつですべてが台なしになる可能性があった。

ハンナへの接し方を変えなければ、とマーカスは悟った。簡素に結った髪から地味なドレスまで、彼はもう一度彼女を注意深く見た。田舎の牧師の未亡人は何に興味を引かれるだろう？「われわれはまだ取り決めを交わしていなかった」マーカスはいきなり言った。「だが今日の午後、来客があったおかげで、そろそろ決めるべきだと思ったんだ」

ハンナは用心しながら横を向いた。公爵が腹を立てようが侮辱されようが関係ないと思おうとしても、父の言動が自分に及ぼす影響を気にせずにいられない。それに、いまだに父に傷つけられる自分がいやだった。息子ならよかったと思われていることに、いいかげん慣れてもいいはずなのに。「取り決めを交わす？」

「きみの……報酬の件だ」ハンナはため息をついた。頭が痛くなってきた。騒ぎがどんどんひどくなる。まず初めて会った男性と結婚しているふりをして、違う状況ならきっと心から好きになったであろう義母と義妹に嘘をついた。そして今度は、騙したと父に思われていることがわかった。

「あなたのお金は欲しくありません」公爵が片手をあげた。視線は庭の反対側に向けられている。

「手伝ってくれるのだから、見返りに報酬を受けとる資格がある。反論する前に、まず聞いてほしい」牧師館で目の前の問題だけ考えていられたらよかったのにと思いながら、ハンナは慎重にうなずいた。「デヴィッドの行動を公にしたくないという部分は変わらない。それにはきみの協力が不可欠なのだが、不覚にも私は感謝の気持ちをはっきり表明していなかった。もしデヴィッドが結婚を申し出なかったら、お父さんがきみたちを養うはずだったんだろう」公爵が突き刺すような黒い瞳を向けてきた。ハンナはまたうなずいた。どういうわけか、彼はその事実を知っているようだ。今度は公爵が短くうなずいた。「では、私はきみに自立を約束しよう。領地内の屋敷かコテージのどちらでも好きなほうと生活費。あまり高額を押しつけてきみを侮辱したくないが――」彼の口もとにからかうような笑みが浮かんだ。「暮らしていくのに充分な額だ。賢く使えば、もう二度と他人に頼らなくてもすむだろう」

「それはご親切に」こめかみがずきずきするのを感じながら、ハンナはつぶやいた。

「ロザリンドやシーリアがきみと娘のために用意する服や、そのほかの贈り物も取っておくといい。費用の心配は無用だ。問題があれば私が直接ロザリンドと話をする」ハンナは返事をしなかった。ただもう家に帰りたい。だけど、どこが家なの？　そのときふと、ジェイミーがデヴィッドから譲り受けた小さな家のことを思い出した。

「デヴィッドは私の兄に、一種の結婚契約として田舎の別荘を譲渡したんです」ハンナは言った。「それが本当にデヴィッドのもので契約が有効なら、そこに住むことにします」

「ああ、デヴィッドの狩猟小屋のことか。たしかに弟のものだった。欲しいというならきみのものだ。だが警告しておくけれど、状態がいいとは思えない。私の記憶では、せいぜい雨宿りができる程度の粗末な小屋だったはずだ」私の住んでいた牧師館でさえ、公爵には粗末な小屋に見えるかもしれない。ハンナは心の中で思った。デヴィッドの狩猟小屋を確かめに行く余裕はないのだから、警告を信じるべきなのだろう。公爵にとっては彼女に家を与えることなど、どうでもいいに違いない。結局のところ、彼が亡くなったときにしか必要にならない家だ。だがいくら約束を取りつけてもそれまでもらえないなら、公爵が気まぐれに心変わりしないか、いつもびくびくしていなくてはならない。

「実際に結婚の契約を結んでいたら、きみに寡婦産を与えていたはずだ」ハンナの心の中を読んだように、公爵が言った。「私が生きているかぎり家の所有権はきみにある。そして私の死後は、きみが相続するようにしておくつもりだ。きみの娘のために」

「私は何をしなければならないんですか？」抵抗する気力は失せてしまった。あらゆる物事が、そしてあらゆる人が、ハンナに異を唱えているようだ。デヴィッド・リースをあのままブルーベリーの茂みの下に放置しておけばよかった。彼女は初めて心の底からそう思った。

「結婚に満足している様子をほどほどに印象づけてほしい。ロザリンドや私が普段出ている社交行事には必ず出席してほしいが、それ以外はどう過ごそうときみの自由だ。私は大量に仕事を抱えている場合がほとんどだから、要求はそれほど厳しくないはずだ。たいていの夫婦はよそよそしい。われわれが例外である必要はないだろう」公爵の視線が鋭くなった。「ただし、関係の本質だけは明らかにしてはならない。それにはわれわれがベッドをともにしている、あるいは過去にしていたと、ロザリンドに思わせることも含まれる」

ほかに選択肢はないんだわ、とハンナは思った。いい考えは何も浮かばない。「どれくらいの期間ですか？」彼女はいつのまにか尋ねていた。

公爵が肩をすくめた。「ひと月か、せいぜいふた月だろう。そのころには社交シーズンが終わって、ロザリンドとシーリアはエインズリー・パークへ戻るはずだ。きみが望むなら、彼女たちと連絡を取り続けてもかまわない。もちろん、真実を明かさないかぎりは」

「あなたとは？」ハンナは、デヴィッドと結婚すると決めたときよりもっとしっかり、この契約がもたらす結果を考えてみようとした。真実を明らかにできないなら、公爵から完全に自由になることも不可能だ。たとえ別居しても、まわりは彼女を公爵夫人と見るだろう。つまり決定権を握るのはいつも公爵なのだ。「あなたとのかかわりはどんなふうになるんですか？」

「必要に迫られたときだけ連絡する」彼はぶっきらぼうに言った。

「ふたりともほかの相手とは結婚できない」秘密を明かさないかぎり無理ね、とハンナは思った。でも私はまだ、二度と恋に落ちる望みもないほど年老いているわけではないわ。それに公爵には跡継ぎがいない。継がせるべき財産だけでなく爵位もあるのに、彼が跡継ぎを欲しがっていないとは信じられなかった。そのためには本当の妻が必要になる。

公爵がブーツを履いた脚を前にのばして交差させた。磨きこまれたブーツが日光を反射して輝いている。その様子を眺めつつ、ハンナは自分がこれまでの人生で服に費やした全額より、このブーツ一足のほうが高価かもしれないと考えた。スティーヴンもこんなふうに庭に座るのが好きだった。一日の終わりに、そっと片脚を揺らしながら。気をつけていてもじっとできない彼をよくからかったものだ。公爵の脚はぴくりとも動かない。彼は強い意志と自制心を備え、すべての言動が意図的に計算されているように感じられる。

そんな公爵でも、今回の一件は予測できなかったはずだ。ハンナより自信たっぷりで、向いている方向も違うが、手探りで進んでいるのは彼も同じなのだ。欲しいものはたやすく手に入れてきた公爵が、彼女と同じくらい途方に暮れていると考えると、少し気分がましになった。もしかすると、完全に彼に有利な状況というわけではないのかもしれない。ハンナの顔に笑みが浮かんだ。

「同意のしるしと受けとってもいいんだろうな」隣に座る男性にそう言われ、ハンナははっとわれに返った。自分の考えに気を取られていて、彼の話を聞き逃してしまった。

「ごめんなさい、ぼうっとしていたわ」公爵が苛立ちを抑えきれないように鼻からゆっくり息を吐いたので、ハンナはむっとした。「大変な一日でしたから」そっけなく言う。「ごめんなさい」

「私は」公爵が繰り返した。「結婚するつもりはないと言ったんだ。きみがいつか結婚したくなったとしても反対しない。だがそのときは、ロザリンドやシーリアとは連絡を絶ってもらう。われわれの取り決めも変更するほうが賢明だろう。契約を結び直すことになる」

「でも、あなただって、そのうち結婚したくなるかもしれないわ」

「ありえない」公爵の口もとがあざけるようにゆがんだ。「私がそれを口実に、きみの手当てを奪うかもしれないと心配しているのか？」

「いいえ、あなたの気が変わる可能性もあると思っただけよ」なんでもすべて望みどおり、ことが運ぶと思っているのね。公爵があまりに自信満々なので、ハンナは腹が立ってきた。

「あなたには跡継ぎがいない」彼が無言で目を細めた。「いいえ、違うわ」はっと気づいた彼女は、言葉を噛みしめながら言い直した。「デヴィッドがあなたの跡継ぎね」

「そうだ」公爵が言った。「私の後継者はデヴィッドだ。それで公平になると思わないか？一〇分早く生まれていれば弟が公爵になっていた。ちゃんと妻を見つけられることはすでに証明ずみだし、子供をもうける能力があることも、事実として私は知っている」

ハンナは激しい怒りを覚えてベンチから立ちあがった。「彼にはすぐれた夫になるための高潔さがないことも証明ずみよ！　あなたの弟はひどい嘘つきだわ。大切に思っているものをデヴィッドの手に渡そうとするなんて信じられない！」

公爵も立ちあがった。日に照らされた明るい庭で、その姿は近づきがたく陰鬱に見えた。「私のような立場の男は、三つの理由のうちのどれかで結婚を決める。富、社会的地位、それに人間関係だ。今のところ富は充分だし、地位にも不満はない。人間関係に関して言えば、むしろこれ以上、重荷を負わないほうがよさそうだ。だから私が心変わりする可能性はない」ハンナは驚きのあまりぽかんと口を開けるしかなかった。公爵が何かを聞きとろうとするように頭をかしげた。「私の耳がおかしくなったのかな？　きみは女性のくせに、人は愛情のために結婚するものだと反論しないのか？」

「耳はおかしくありません。でも、女性に対するあなたの認識はおかしいわ」ようやく口がきけるようになって、ハンナは言った。「私なら、愛情ではなく友情を理由にあげるでしょうね。あなたが相手では、愛は考えられないもの」

「そうなのか？」驚いたり腹を立てたりではなく、興味を引かれた様子で公爵が訊いた。

「あなたは愛されたくないのよ」ハンナは言い放った。「明らかにあなたのことを心から愛している人たちに、あなたはわざと嘘をついているわ。本当のことを知ったらどれほど傷つくか、あなたには想像もつかな――」

「本当のことを知るのはいつだ？」面白がっているようだった公爵の目に、突如として強い憤りが燃えあがった。「もし知ったら、という意味だろうな」ハンナは絶対に目をそらすまいと決意した。敢然と立ち向かうわ。この闘いには彼が勝つかもしれないけれど、脅せば言うことを聞かせられるとか、恐れおののいてひれ伏すと思うのは大間違いよ。ほかに選択肢がないとはいえ、私が自分の意思でこの契約を結ぶと決めたのだから。

「そうね」ハンナは口を開いた。「もしと言うべきだったわ。私はロンドンに残って、あなたのお義母《かあ》様と妹さんを含むあらゆる人たちに、私たちが結婚していると思わせます。お互いに恥ずかしい思いをしないように、公爵夫人としてふさわしくふるまうよう心がけるわ。そして見返りとして、コテージと生活費を受けとります。ただ、もうひとつ約束してほしいことがあるの」満足そうな公爵の顔が、たちまち疑わしげにこわばった。ハンナは負けずににらみ返した。「私の娘が成長して、そのときにまだ私が再婚せずにあなたの妻とみなされていたら、あの子に持参金を用意してやってください。娘が望めば、社交シーズンにロンドンに連れてくることを許してほしいの」

「持参金の額は?」公爵がぶっきらぼうに言った。

ハンナは大金を口にした。「五〇〇〇ポンド」それだけあればモリーは、母親と違って住む場所やお金に困らないだろう。この契約に同意するなら、自分だけでなくモリーの自立も手に入れるつもりだ。

公爵の肩から力が抜けた。「わかった」彼の返事にハンナはうなずいた。公爵がそっけない笑みを浮かべて手を差し出す。彼女が握手に応じたとたん、まるでお互いのために作られたかのようにふたりの手がぴったりと重なった。奇妙なうずきが、ふたたびハンナの腕を駆けのぼる。彼女は驚いて手を引いた。彼に触れたくらいでこんなにおかしな反応をするなんて、とんでもないわ。

「では、これで決まりね。私はもう行かなくては――」何をするために？　頭の中が真っ白だ。「荷ときをするわ」ハンナは思わず口走った。公爵が揺るぎない視線でまっすぐ彼女を見ている。私が慌てている理由がわかっているのかしら？　書斎で親密な関係について彼が言っていたことを考えると……。「失礼します」ハンナは息を切らしてそう言うと、これ以上恥ずかしい思いをしないよう背を向けて公爵から逃げ出した。

8

途方もない間違いを犯したのでなければいいのだが。ハンナのうしろ姿を見送りながら、マーカスは願った。

まるで火傷《やけど》でもさせられたかのようにハンナが急いで手を引いたあの瞬間、初めてマーカスの胸に疑問がわいてきた。彼女の目に一瞬何かが、怒りでも嫌悪でもない何かがきらめいた気がしたのだ。一種の警戒心だろうか。それなら納得できる。午後の遅い光を浴びて輝くハンナの顔を見おろして、彼があのとき感じていたのは、申し出が受け入れられた満足感以上のものだった。そんな気持ちを抱くのは間違っている。

マーカスは小声で悪態をつき、小道に沿って植えられた百合《ゆり》の花を揺らしながら大股で屋敷へ戻った。そもそも書斎でハンナに触れたのが失敗だった。まさか、彼女をベッドへ連れていきたいと思う気持ちを、ひそかに自分の心に植えつけるつもりなどなかったのだ。それこそ絶対にしてはならないことだった。妻のふりをしているあいだにハンナが彼の子を身ごもりでもしたら、彼女を遠ざけられなくなり、本当に結婚せざるをえなくなってしまう。どれほど心を惹《ひ》かれても、ハンナを誘惑するのは最悪の行為だ。それだけは肝に銘じておかねばならない。

書斎のドアの外に困惑顔のアダムズが立っていた。主人が近づいてくるのを見たとたん、はっと背筋をのばしてお辞儀をする。「入りなさい」マーカスはドアを開け放して部屋の中に入り、好ましくない欲望のせいで落ち着かない気分のままデスクに座った。彼は秘書に八つあたりして猛烈な勢いで手紙を書きとらせ、指示をいくつも並べたてた。アダムズはうなずいて必死にメモを取っていたが、正確に実行される指示は半分にも満たないに違いない。しばらくしてようやく解放してやったものの、マーカスが無言で見つめるなか、秘書はメモや書類をまとめようと大騒ぎしたあげく、大きな音をたててドアを閉めて出ていった。

マーカスはデスクの下で両脚をのばした。ひとつだけアダムズに指示しなかったことがある。公爵夫人へのこづかいの手配だ。今日の午後、ハンナが感情を爆発させるのを見てから、マーカスはこづかいを渡すべきかどうか確信が持てなくなった。本物の公爵夫人なら当然と考える手当てでも、ハンナは反感を抱きそうだ。衣装に何百ポンドもかけると言って、彼女が腹を立てたことを思い出し、マーカスの顔に皮肉な笑みが浮かんだ。彼は毎年ロザリンドの請求書を支払っているが、少なくとも数千ポンドにのぼるはずだ。さらにロザリンドは公爵夫人のために、ロンドンで手に入る最高級の衣装を、金に糸目をつけずにそろえるつもりだろう。

とにかく、もう決めたことだ。ロザリンドは嬉々《きき》として準備に奔走するに違いない。トランク単位で衣装を注文することで義母と牧師の未亡人を遠ざけておけるなら、マーカスは喜んで支払いに応じるつもりだった。女性ふたりが買い物をして、シーリアが子供と遊び、それで彼は比較的平穏に日常生活を続けられる。複雑な感情に左右されて、計画を混乱させてはならないのだ。

マーカスが玄関ホールに足を踏み入れると、頭上のどこかで笑い声と歓声、それにドアが思いきり閉められる音が響いた。思わず立ち止まって眉をひそめる。「ハーパー」

「レディ・シーリアがモリー様と隠れんぼをしておいでです」尋ねられる前に答えることに慣れている執事が言った。マーカスはため息をついた。

「馬を準備させてくれ」またドアが閉まる音がしたかと思うと甲高い笑い声が響き渡り、彼はたじろいだ。「いや、馬車にしよう。〈ホワイツ〉で食事をする」

「かしこまりました、公爵様」ハーパーが小声で返答し、お辞儀をして去っていった。まったく、自分の家から追い払われるとは。マーカスはひとり言をつぶやきながら階段をのぼった。続き部屋へ行こうと廊下の角を曲がったとたん、妹とぶつかりそうになる。顔を火照らせ、金色の巻き毛を乱したシーリアが、息を切らして彼の腕をつかんだ。一七歳というより、どう見ても一二歳だ。

「まあ、お兄様」シーリアが息をのんだ。「モリーの姿を見なかった？　階段をおりていったのかしら？」

「誰も見ていない」マーカスはつかまれた腕を外した。「レディらしいふるまいとは言えないのではないかな、シーリア？」彼は妹の顎をつまんで言った。「いったいここで何が起こっているんだ？」

「隠れんぼをしているの」シーリアがくすくす笑って答えた。「ねえ、一緒にしましょうよ」

「結構だ。ついていけるとは思えないよ」そのときマーカスは視界の隅に、全速力で廊下を横切っていく小さな姿をとらえた。「お前の獲物が逃げ出したようだぞ」彼はつぶやいた。シーリアが目を丸くしてさっと振り返り、今やこらえきれずに笑い声をあげている子供のあとを追いかけ始めた。マーカスが見ていると、妹は少女をつかまえて抱きしめ、ぐるっとまわした。呆れるというより愛情をこめて頭を振りながら、彼は化粧室に入り、ベルを鳴らしてテルマンを呼んだ。じつを言うと、楽しそうにしているシーリアの姿を見て嬉しくもあった。

マーカスが上着を脱いでいると、背後でドアが開いてまた閉まる音が聞こえた。静かではないものの、叩きつけるほど大きな音でもない。「テルマン」彼は背を向けたまま、警告をこめて言った。この屋敷の者たちは全員で、できるだけ音をたてると決めたのだろうか？テルマンの返事はなく、マーカスは肩越しにうしろを振り返った。

そこには小さな女の子がドアにもたれて立っていた。マーカスが苛立たしげにため息をつくと、少女が指を唇にあてた。「ここで隠れんぼをしてはいけない」彼はきっぱりと言った。「シーリアを探しに行って、どこかほかの場所で遊びなさい」

「デヴィッドなの？」少女が小声で尋ねた。マーカスは悪態をついてしまわないように歯を食いしばった。

「いや、私は違う」彼は冷たく言った。「お母さんはどこだ？」

「それならマーカスでしょ」女の子は彼をじっと見つめたままだ。「シーリアおば様が、立派な馬を持ってるって言ってた」

マーカスはふたたびため息をつき、少女と目が合うようにしゃがみこんだ。警戒しているものの、怖がってはいないらしい。それにしても驚くほどシーリアにそっくりだ。「私のことはエクセターと呼びなさい」

「ふうん」大きな茶色い瞳がまばたきもせず彼を見ている。「でも、名前はマーカスでしょ」外見はシーリアでも、この子は明らかに母親似だ。「きみの名前は？」道理を説くのをあきらめて、マーカスは尋ねた。

「メアリー・レベッカ・プレストン」

「そうか、私はきみをよく知らないから、きみのことをメアリーとかモリーと呼ぶのは失礼なんだ。だからミス・プレストンと呼ぼう。シーリアは私の妹で、私のことをよく知っているからマーカスと呼ぶ」

「よく知ったら、マーカスって呼んでいい？」眉をひそめる彼を見て、少女がつけ加えた。

「あたしのことは、今からモリーって呼んでもいいよ」

マーカスは立ちあがると、ドアを開けて廊下に出た。「シーリア！」廊下の向こうのテーブルのうしろから、妹がぴょこんと頭をのぞかせた。「お前の友達が迷子になったらしい」厳しい声で言うと、シーリアがたちまち駆け寄ってきた。

「まあ！」彼女は口に手をあてた。「本当にごめんなさい、お兄様。開けてはいけないドアを説明したんだけど、きっと忘れてしまったのね」

「ママの部屋を探してたの」跳ねながら廊下へ出てきた少女が言った。「ここだと思った」

「いいえ、それはあちらのお部屋よ」シーリアが優しく訂正して公爵夫人の部屋のドアを示し、ちらりとマーカスの顔をうかがった。「いらっしゃい、モリー、馬を見に行きましょう」

モリーがシーリアの手を取った。「うん！　じゃあね、エクステラ！」少女はそう言ってマーカスに手を振った。シーリアが懸命に笑いをこらえている。

「エ、ク、ス、テラ？」

マーカスは妹に不機嫌な視線を送った。「さようなら、ミス・プレストン」シーリアがとうとう声をあげて笑い出し、満面の笑みを彼に向けてモリーの手を引いていった。マーカスは化粧室に戻り、駆けつけたテルマンの助けを借りて夜のための着替えをすませた。まったく、エクステラだと？　プレストン家の女性たちは、ふたりそろって可能なかぎり彼をばかにすると決めたようだ。やはり彼女たちを追い出したほうがいいのだろうか？　噂といっても、いつまで続く？

何年もだ。それに来年はシーリアの社交界デビューが控えている。彼女を責める者はいないだろうが、名前がスキャンダルを連想させてしまうに違いない。その点、別居中の妻なら他人の関心を引かないはずだ。多くの男性たちが妻や家族を田舎の領地に置いているのだから。マーカスが数週間我慢すればすむことだった。

そのためには、彼女たちと過ごす時間をできるだけ少なくするのがいちばんだ。マーカスは階段をおり、待ちかまえていた馬車に乗りこんだ。

ところが、家を離れても休息は得られなかった。それどころか外出したおかげで、ますます状況が悪化した。

ほとんど知らず、話したこともない者たちが次々に足を止めてマーカスに挨拶した。夕食はお祝いを述べようとする人々によって何度も中断された。実際はみんな、彼の突然の結婚について探りを入れるために近づいてくるのだ。食事を終えるころには、マーカスの怒りは頂点に達しかけていた。ここは紳士のクラブではないのか？　それとも女たちの井戸端会議の場所なのか？　マーカスは馬車を呼び、悪名高い賭け事の巣窟《そうくつ》のひとつへ向かった。そこなら、訪れてきているのは自堕落な生活を送るのに忙しく、新聞になど目を通していない者たちばかりだろう。

「エクセター！」顔見知り程度に知っているロバート・ミルマンが声をかけてきた。「こっちへ来ないか？　四人目を探していたんだ」

マーカスはドアの近くのそのテーブルにさっと視線を走らせた。ミルマンと、髪の薄くなりかけた恰幅《かっぷく》のいい紳士、それにサー・ヘンリー・トレヴェナムがいる。トレヴェナムは容疑者として彼のリストに名前があがっていた。賭け事をするのは容疑者とだけと決めている。マーカスは同意のしるしにうなずき、ミルマンの向かいの席に座った。さあ、これで誰にも邪魔されず、有意義な時間を過ごせるといいのだが。虫の居所が悪いので、トレヴェナムが犯人だとわかれば大喜びでつかまえるだろう。誰かを攻撃する口実が欲しいのだ。

ミルマンがカードを切り、その隣の恰幅のいい紳士が配った。プレイヤーたちが自分のカードを吟味し、給仕がポートワインをグラスに注いでまわるしばらくのあいだ、テーブルは静まり返っていた。マーカスはちらりと左に視線を向けてトレヴェナムの様子を盗み見た。彼が犯人だという可能性はある。目つきの鋭いギャンブラーで、いかにも慣れた手つきでカードをなでている。マーカスにとって今日は苛立ちのつのる長い一日だったが、最後にきて大きな達成感が得られるかもしれなかった。

「きみはキャムデンのサラブレッドに興味があったらしいな」のんびりした口調でトレヴェナムが言った。

マーカスからゲームを開始した。「まあ、そうだ」

「いい血統だ」トレヴェナムが続く。「彼の〈ダッシング・ダンサー〉は二年前にアスコットで入賞している」

「〈ダッシング・ダンサー〉？　あの〈スターリー・ナイト〉の子の？」恰幅のいい紳士が熱のこもった口調で訊くと、トレヴェナムがうなずいた。

「〈スターリー・ナイト〉は美しい牝馬《ひんば》だった」彼は葉巻をくゆらせた。「きみの厩舎《きゅうしゃ》に加えるつもりなのか、エクセター？」

「そうするかもしれない」マーカスは答えた。そのゲームはトレヴェナムが勝った。次のゲームのあいだ、マーカスは警戒しつつ彼の動きに目を配っていた。今度はトレヴェナムが勝負をおり、ミルマンもそれに続いた。勝ったのはマーカスだった。

恰幅のいい紳士がポケットからハンカチを出して額の汗をぬぐった。ミルマンが笑い声をあげる。「もう熱くなっているのか、リドリー?」

リドリーと呼ばれたその紳士が陰鬱な笑みを返した。しばらく前からこのテーブルにいるのだろう。負けていて、なんとか取り返そうとしている男の顔だ。いくぶん軽蔑を感じ、マーカスはトレヴェナムに注意を戻した。

この回に勝てなかったリドリーがぶつぶつ言いながら賭け金を支払った。同じく支払いにまわったミルマンは無言でにやにやしている。次の回はリドリーがカードを切って、マーカスが配った。

幸いトレヴェナムとリドリーはまさにギャンブラーそのもので、賭け事に関係のない話題はすばやく退けた。何週間も調査しているおかげで、トレヴェナムたちはマーカスを同類とみなしていた。新婚の妻に関する二、三の品のない意見は別にして——マーカスはうんざりした様子で沈黙を貫いてやりすごしたのだが——馬やカードや、最近流行っている様々な賭け事に関する話題がほとんどだった。

そうこうするうちに、いつのまにかゲームは二十一《ヴァンテアン》に移行していた。時計が一時を打ったところでミルマンがテーブルを離れ、ボウデンとレインのふたりが新たに加わった。容疑者リストには載っていないが、ふたりとも熱心で、賭け金がどんどん引きあげられていく。マーカスは心の中で彼らに感謝した。短時間で大金が動けば、ひと晩中賭け事をしなくてもすみそうだ。

トレヴェナムは、勝つのは少しだが大敗はしないという安定したペースで勝負を続けていた。かなりの量のワインを飲んでいるにもかかわらず、冷静で平然としている。マーカスは勝ち負けを気にすることなく、次から次に勝負した。紙幣を調べて偽札かどうかティムズに判断してもらうために、トレヴェナムの金が欲しかったのだ。リドリーはといえば、襟の色が変わるほど大量に汗をかき、ずんぐりした手でぎこちなくカードを扱っていた。

さらに次のゲームが始まり、ただちにトレヴェナムがおりた。マーカスが勝負を続けたのは、ただ彼に怪しまれないためだった。ボウデンがカードをめくった。マーカスは自分が勝ったことにもほとんど気づかなかった。苛立ちがつのり、我慢の限界が迫ってくる。彼はどうやってトレヴェナムを誘い出そうかと考えながら、獲得した金をかき集めた。ピケットの勝負ならもしかして……。

トレヴェナムが椅子をうしろに引いた。「おやすみ、諸君」彼は大きなあくびをして顎を掻いた。「もう充分だ。失礼するよ」そう言って金を集め、財布に入れた。

マーカスも立ちあがった。怠惰に見えるよう斜めに座っていたので、背中がすっかりこわばっている。「私もここまでにしよう」彼はトレヴェナムにちらりと視線を向けた。「ピケットはどうだ、トレヴェナム?」やると言ってくれ。

トレヴェナムが声をあげて笑った。「まさか今夜ではないだろう? 死ぬまで解放してくれないつもりか？」彼は困惑した様子でポケットをぽんぽん叩いていたが、やがて得意げに微笑んだ。「可能なうちに退散することにしよう」そう言ってお辞儀をしようとしたものの、バランスを崩して不格好によろめいた。「また今度」

マーカスがうなずくと、トレヴェナムはふらつきながらドアに向かって歩いていった。せっかくの機会だったのに。いや、もしかして、トレヴェナムはこちらの思惑に気づいていたのだろうか？　それなら印刷したての手の切れるような新札の束どころか、たとえ半ペニーでも彼から手に入れられるはずはない。必要というより腹立ちに任せて、マーカスは勝ち分を集めようと手をのばした。もううんざりだ。

「エクセター」丸々とした白い手がマーカスの手を押さえた。冷たい視線を向けると、すっかり青ざめたリドリーが、マーカスの手の下にある金の山をじっと見つめていた。上唇の上に汗が浮かんでいる。「もしできれば……」彼は咳払いした。「もう一回勝負してもらえないだろうか……」へりくだった口調の下に必死さがのぞいていた。

「今夜はもう結構だ」マーカスはリドリーの手を払った。

それでも彼はあきらめない。「運を変えるために、あと一度くらいチャンスをくれてもいいだろう？」

マーカスは険しい目つきでリドリーをにらんだ。仕切り直しをしたいなら、数時間前にテーブルを離れるべきだったのだ。とくに金が惜しいわけではないが、リドリーなら、たとえ取り戻してもすぐまた失ってしまうに違いない。「別の機会に」彼は硬い声で言った。

リドリーがよろめきながら席を立った。丸い顔が赤と紫のまだらに染まっている。「わからないのか」彼が先ほどより大きな声で言った。「チャンスさえもらえれば、絶対に賭け金を取り戻せるんだ!」

「チャンスなら何時間もあったはずだ」

「いまいましい詐欺師め」声が高くなるとともに、言葉が不明瞭《ふめいりょう》になっていく。「この悪党! ならず者!」

マーカスは背筋をのばし、氷のように冷たい視線をまっすぐリドリーに向けた。「私がいかさまをしたと言っているように聞こえるのだが?」

リドリーがごくりと喉を鳴らした。彼がそう思っているのは誰の目にも明らかだが、面と向かって口にする勇気はないらしい。リドリーの目はテーブルに置かれた金に向けられていた。「証書が」彼が息を詰まらせた。「私の証書が」

リドリーの視線を追ったマーカスは、いつのまにか賭け金の代わりに財産の譲渡証書が置かれていることに気づいた。なんということだ。部屋にいる全員がこちらをうかがっているのでなければ、この馬鹿な男の顔に投げ返してやったのに。

けれども、エクセター公爵は騒ぎを起こすわけにも、脅しに屈するわけにもいかなかった。マーカスは証書も含めてすべての勝ち分をゆっくりと集めた。こんなものを勝ちとるつもりはまったくなかったのだ。私がうしろめたく感じる必要があるか? そもそもリドリーは、譲渡証書を賭けるのがどれほど愚かなことか、わきまえているべきだったのだ。リドリーが目をむいてふたたび口を開いた。「ろくでなしめ」

一瞬の沈黙が広がったかと思うと、彼は膝をついてくずおれた。歩み去るマーカスの背中にさらにいくつか、英語ではない言葉で罵声を浴びせる。マーカスは石のように顔をこわばらせ、そのまま歩き続けた。

男の泣き叫ぶ声は、通りへ出るまで彼を追いかけてきた。マーカスは振り返ることなく、待たせていた馬車に乗りこんだ。彼は簡単に負けなかったトレヴェナムにも、弱すぎるリドリーにも腹が立っていた。だから賭け事は嫌いなんだ。汚らわしい堕落した遊びとしか思えない。いったいデヴィッドはどうやってこんなことに耐えているんだ？

屋敷に戻ると、マーカスは使用人たちをさがらせて自室へ向かった。公爵夫人の部屋のドアにすばやく視線を向けたものの、屋敷のほかの部屋と同じようになんの物音も聞こえてこない。よかった。女性に、とくによく知らない女性に、自由に彼の部屋を行き来されてはたまらない。またしてもデヴィッドへの憤りが胸にわいてきた。ただひとりの弟が国外追放か、最悪の場合、絞首刑になる心配をするだけでも充分辛いのに、もはや自宅を自分だけの家と呼べないとは。マーカスは隣の部屋に通じるドアを、嫌悪をこめてにらんだ。向こう側にいる女性に対してというより、彼女の存在によってじわじわと呼び覚まされた、自らの無力感に対しての嫌悪だ。自分ではどうすることもできない様々な出来事や人々のせいで不意打ちを食らい、やすやすと困難な状況へと追いこまれてしまった。そのことが悔しい。

マーカスはもうひとつランプをつけ、賭けで勝った金をテーブルの上に並べた。いつもならすべての札を調べ、ティムズからもらった偽造紙幣の見本と比べる。そしてファイルに集めてある事実と照らし合わせ、リストの容疑者に不利な証拠があればつけ加えて、そのうちの誰かの首に縄がかかるように祈るのだ。デヴィッドでさえなければ誰でもいい。

けれども今夜は集中できそうになかった。マーカスはもう一度ドアをにらんだ。デヴィッドが犯人かどうか、気にするだけの気力が残っていない。正直なところ、弟が嘘つきで厄介者で泥棒だとわかったとしても、どうでもいい気分だった。今はただ、少しのあいだだけでも静けさが欲しい。

マーカスはテーブルに両手をついてがっくりとうなだれた。緊張のために肩がこわばり、閉めきって煙が充満したクラブの空気のせいで目が痛い。彼は疲れ果てて苛立ち、まるで暗闇を手探りで進まねばならない男のように、ひどく気分が悪かった。今にもまた不意打ちを食らい、誰かのために問題の解決に奔走させられるのではないかとおびえている男のように。時刻はすでに午前四時を過ぎていた。このままベッドに入って、何も心配せずに眠りたい。今夜だけでも……。

だが、それは許されないのだ。マーカスが気にかけなければ、ほかに心配してくれる者は誰もいない。弟は牢獄《ろうごく》に入れられてしまうだろう。エクセターの名は何年ものあいだ汚され、妹や義母の評判は地に落ちる。家族に対する責任がマーカスの肩に重くのしかかっていた。すべきことを遅らせても疲れが増すばかりだ。あきらめのにじむため息をつくと、彼は椅子を引いて拡大鏡を取り出し、山積みの札の上にかがみこんだ。

9

ハンナの人生でもっとも長く、もっとも疲れる二週間だった。公爵夫人を演じるのはかなり大変だとわかったのだ。

まず公爵が全使用人を集め、ハンナを公爵夫人として紹介した。彼の皮肉な笑みを無視して前に進み出て、彼女はできるかぎり大勢の名前を覚えようと努力した。けれども最初の二〇人を過ぎたところで、覚えなければならないのは名前よりも役割だと悟った。下級メイドも上級メイドも、もちろん中級メイドも、ハンナには違いがわからなかった。全員が――ロザリンドによればエクセター公爵家の色らしい――ブルーとグレーのこぎれいなドレスに身を包んでいた。ハンナのドレスのほうがずっと粗末だ。ようやく挨拶の列の終わりに到達したものの、彼女は次にどうするべきかわからず、そのまま公爵の隣に立っていた。彼が執事に目を向けたのを合図に、使用人たちはすばやく静かにさがっていった。

「まあ、すごい」ハンナはつぶやいた。これほど大勢の人間が集まれば、おしゃべりやささやきくらい起こりそうなものだが、使用人たちは無言で持ち場に戻っていく。

「よくやった」公爵の声にかすかな驚きが感じられた。

「全員の名前は覚えられそうにないわ」ハンナが小声で言うと、彼は眉をひそめた。

「その必要はない。きみが顔を合わせるのは執事とメイドくらいのものだ」

「名前を知らないで平気なの？　みんな、あなたの屋敷に住んでいるのよ」

「だからといって全員と話をするわけではない。重要なのは家の中が問題なく取り仕切られていることだ。使用人たちはハーパーに任せておくほうがうまくいく」公爵が視線を向けると執事が前に進み出た。「公爵夫人のメイドは誰が務めるんだ？」

「ミセス・ポッツによれば、リリーが適任ではないかと」ハーパーが答えた。彼は公爵がうなずくのを確認してうしろを振り返り、ホールの奥で控えていたほっそりした女性に合図した。前に出てきた女性が膝を曲げてお辞儀をしたので、ハンナはもう少しで自分もお辞儀を返しそうになった。「リリー、これからは公爵夫人にお仕えしなさい」執事に命じられ、彼女が小さく頭をさげた。

「ありがとう、ハーパー」ハンナは言った。あまりにも静かなやりとりに落ち着かない気分になる。ここの人たちには声がないのかしら？　「会えて嬉しいわ、リリー」女性が驚いた様子でうなずき、返事らしき言葉を小さくつぶやいた。ふたたびハーパーからの合図を受けて彼女はうしろにさがり、お辞儀をしてからさがっていった。ずっと無言のままで。

「ママ！」そのとき、モリーの叫びが静けさを破った。「シーリアが子供部屋を見せてくれたの！　おもちゃがいっぱい！　ママ、見に来て！」少女は階段のいちばん上で、手すりのあいだから両手を出して振っている。ハンナのそばで公爵が不満げにため息をついた。

「今行くわ」彼女は娘に呼びかけた。「そういうのはやめて」怒りのこもった声で公爵にささやく。彼が反応しないので、ハンナはよけいに腹が立った。「モリーや私が何かをするたびに、あなたは我慢できないと言わんばかりに目を閉じてため息をつくわ。でも、これはあなたの考えなのよ。誰かに責任があるとしたら、それはあなただわ。だから被害者ぶるのはやめてちょうだい」

「思いがけず四人の女性たちと同居するはめになったら、どんな男でも同じ反応をするはずだ！」公爵がぴしゃりと言い返した。「もちろん何もかもデヴィッドのせいだ。だが私だって、この状況を喜んでいるわけじゃない！」

ハンナはぐっと顎をあげて詰め寄った。ふたりの顔は数センチしか離れていない。「状況を作ったのは彼でも、続けているのはあなたでしょう。私は家に帰りたいのに、あなたが許してくれないのよ」

「無礼は女性の性質としては歓迎されない」

あなたのマナーについてどう思っているか教えてあげるわ。そう思ったハンナが口を開きかけたとたん、公爵が手をのばして彼女の顎に触れ、射るような視線で彼女を見据えた。「あいにく、きみには似合っている」ハンナは困惑して口を閉じた。公爵は向きを変え、ハーパーをあとに従えて歩み去っていく。彼女は呆然としてその背中を見送った。褒められたのかしら？　それとも侮辱されたの？　両方かもしれない。モリーがふたたび呼ぶ声が聞こえ、おもちゃを見るために急いで階段をのぼりながらも、ハンナはまだ、公爵はどういうつもりで言ったのだろうと考えていた。

翌朝ハンナが着替えのために寝間着のボタンを外していると、視界の隅に何か動くものが見えた。驚いて振り向いた彼女は、それがリリーだと気づいてほっとした。リリーは重そうなトレイを両手で持ってドアの内側に立っている。

「まあ、びっくりしたわ」寝間着の前を合わせながら、ハンナは言った。ノックが聞こえなかったのかしら?

「申し訳ありません」リリーがつぶやき、視線をさげたまま部屋を横切ってドレッシングテーブルにトレイを置いた。「ハーパーから、呼ばれなくても朝食をお持ちするようにと指示を受けました。早起きでいらっしゃるからと」ハンナは慌ててボタンを留め直していたので、半分しか聞いていなかった。

「まあ、ありがとう、それはすてきね」急いでドレッシングガウンをはおり、しっかり体を覆い隠す。寝間着姿で他人と会うのに慣れていないのだ。リリーは静かな無駄のない動きでカーテンを開け、次に衣装部屋の扉を開いて数少ないドレスを吟味し始めた。ハンナはどうしていいかわからず、ベッドの反対側に留まっていた。

「お食事の前にお召し替えなさいますか?」リリーがいちばん上等なドレスを広げた。また青いモスリンのドレスだ。さらに、どこに何があるか正確に把握しているような手つきでてきぱきと引き出しを開け、ストッキングや下着を出していく。

「ええと、そうね……」ハンナはちらりとトレイをうかがった。朝の光の中で、いくつも並んだ皿から湯気があがっているのが見える。幼いころからハンナは、目が覚めてもベッドにいるのは意志が弱くてだらしない怠け者だけだと言い聞かされてきた。それでも、運びこまれた朝食を目にして、香りに刺激されたお腹が鳴りはじめると、誘惑を断ち切るのは難しかった。「あとにするわ」彼女はトレイが置かれたテーブルに向かった。ベッドの中で食べるのは罪なことでも、ドレッシングテーブルで座って食べれば許されるのではないかしら。

「かしこまりました」どういう技を使ったのか、リリーがハンナより先にテーブルにたどりつき、覆いを取って食器を並べ始めた。その手際のよさにはただ驚くばかりだ。フォークを取りあげて丸い小さなソーセージを食べようとしたハンナは、リリーがベッドを整えていることに気づいて手を止めた。

「ねえ、そんなことしなくていいわ」ハンナは言った。「しばらくここに座っていて」

寝具を腕に抱えたリリーが作業をやめてハンナを見つめる。「はい？」ハンナはテーブルのそばにあるもうひとつの椅子を手で示した。

「どうか座ってちょうだい」

一瞬ためらったのち、リリーは素直に従った。驚いているとしても、落ち着いた表情の下にうまく隠している。彼女はすぐにまた立つことを想定しているように、椅子の端にちょこんと腰かけて脚をそろえ、膝に置いた手を握りしめた。ソーセージを食べ終えたハンナは、お茶に口をつけた。「公爵はいい雇主なのかしら？」よく考える前に言葉が口から出ていた。不当な扱いを受けているように見える者は誰もいないが、エクセター公爵家の使用人たちはどこか不自然に感じられたのだ。

リリーはまったく動じなかった。「公爵様は公平なご主人様です。このお屋敷で働けるのは光栄です」

「それではここが気に入っているの？」

「とても満足しています。あなた様も喜んでくださると嬉しいのですが」

まあ、これでは公爵が思いあがった態度をとるのも不思議はないわ。彼は、本人どころかブーツにまでひざまずいてキスするような人たちに囲まれているんですもの。ハンナはポーチドエッグをやめてトーストを取った。ここの料理人は本当にすばらしいパンを焼く。出ていく前に作り方を聞いておかなくては。リリーの目がすばやくトレイのほうに動いた。ハンナが何を食べ、何を食べなかったか記憶しているようだ。明日の朝、彼女が運んでくる――やめろと言われないかぎり、きっと明日も持ってくるはず――トレイには、今日ハンナが口にしたものだけがのっているに違いない。

「そう、リリー、私を喜ばせたいと言ってくれるのなら……」ハンナは口ごもった。生まれてこの方、他人に命令して要求をかなえる立場に立ったことがない。しかも、命令は必ず聞き届けられるとわかっているのだ。「意見を求めたときは、いつでも思ったままを答えてちょうだい」彼女ははっきり言った。「私は公爵とは違うわ。だから私の前では小声で話さなくてもいいの。何もかも手伝う必要はないわ。頼みたいときは呼ぶから。それより自分の仕事をしてくれていいのよ」

ハンナにはそれがとても理にかなっているように思えた。着替えを出したり朝食を届けたりするために毎朝リリーが部屋に来る必要はないし、本当のところ来てほしくない。ここを出たあとで以前の暮らしにすんなり戻るためには、そういう贅沢に慣れないほうが賢明なのだ。せいぜい数週間しか滞在しないことを忘れてはならない。

リリーがまばたきして言った。「ですが、どんなことでもお手伝いするのが私の務めで……」

「そうね、必要になったらお願いするわ」

リリーは目を見開いている。「承知いたしました」

「じつを言うと」ハンナは打ち明けた。「メイドが何をするのかさえ知らないの。だから、あなたにどうお願いすればいいのかもわからないと思うわ」

「なんでもおっしゃってください。私は御髪《おぐし》を整えることもできます。いとこは公爵未亡人づきのメイドなんです。あなた様のお手伝いができるように、そのいとこが私を仕込んでくれました」リリーは相変わらず、耳を澄まさなければ聞こえないほど小さな声でそっと話している。

「なぜみんなささやくの?」ハンナは思ったことをついそのまま口にした。

それでもリリーは表情を変えない。「公爵様は使用人が目立たないほうがお好みですから」

「あなたたちが姿を消せなくて、彼はさぞや残念でしょうね」ハンナはつぶやいた。リリーはやはり無言だったが、一瞬息が乱れたところを見ると聞こえているようだ。公爵のいないところで皮肉を言うなんて、リリーはきっと私にいい印象を持たないわね。ハンナは顔を曇らせた。そのときふいに、この偽りの結婚が終わったらリリーは職を失うことになるのだと気づいた。「前はどんな仕事をしていたの？」

「とくに扱いに注意がいるものの洗濯を担当していました。公爵未亡人とシーリア様がロンドンにいらっしゃるときは、それぞれのメイドの手伝いも」

あらまあ、使用人に仕える使用人がいるのね。ではリリーは昇進したんだわ。その新しい地位をすぐ失うことになると思うと、ハンナは申し訳ない気持ちになった。時間がたつにつれて、ますます公爵との取り決めが憂鬱に思えてくる。リリーに対して責任を感じたくはないが、ハンナが去って彼女が影響を受けるのは紛れもない事実だ。「新しい仕事はあなたにとってどんな意味があるの？」

今度ばかりはリリーも怪訝《けげん》な顔をした。「どういうことでしょう？」

「ええと、そうね、お給料はよくなった？」こんな話を始めなければよかった。リリーが下働きに戻されたとしても、私に何ができるというの？「住むところがよくなったとか……そういうことはあるのかしら？」

今やリリーは完全に途方に暮れていた。「部屋にもお給金にも、まったく不満はありません」

「そう、それはよかったわ！」ハンナは顔を赤らめながらお茶を飲み干し、トレイを押しやった。「そろそろ着替えたほうがよさそうね」そう言うと彼女は何も考えず、階下に運びやすいように覆いを戻して皿を重ね始めた。何か壊してリリーが損害を支払うことになったら大変だ。

リリーが弾《はじ》かれたように立ちあがってトレイに手をのばした。「私がいたします」

「ああ、そうね、もちろんよ」ハンナは衣装部屋へ向かって歩き出した。ふたたび不安が押し寄せてくる。公爵に、メイドは必要ないと言ってもいいかしら？　彼は公爵夫人としての体面を保つためには欠かせないと言い張るかもしれない。彼女は衣装部屋の扉を開けて、グレーの厚い毛織のドレスと散歩用のブーツも取り出した。モリーを散歩に連れていくような、普段と変わらないことをすれば、秩序を取り戻せるかもしれないわ。

ハンナがもう一度寝間着のボタンを外したところで、ドアにノックの音がした。まだ返事もしないうちにロザリンドが颯爽《さっそう》と入ってくる。「よかった、起きていたのね！」彼女は陽気に言った。「マダム・レスコーが――ああ、私のドレスメーカーよ。すぐにこちらへやってくるわ。まずあなたの衣装からそろえなくてはね」

「あの、でも……」ハンナは身を守るように体の前でドレスをつかんだ。「モリーを公園へ連れていこうと思っていたんです」

「あらまあ、時間がないのよ！　もう少しあとでなら、お散歩できるかもしれないけれど」ロザリンドがハンナの持っているドレスに目を留めた。「かなりあとになるわね」またドアをノックする音が聞こえ、ロザリンドが声をあげた。「お入りなさい！」使用人がふたりがかりで抱える銅製の大きな浴槽に続いて、湯気が立ちのぼる湯のバケツがいくつも運びこまれた。「お風呂に入りたいのではないかと思ったのよ」ロザリンドに小声でささやかれ、ハンナは無理に笑顔を作った。たしかにお風呂には心が引かれるが、公園へ行くのを却下されたことは嬉しくない。

ハンナが入浴を終えたところで――ずっとロザリンドがそばに座ってファッション雑誌をめくりながらおしゃべりしていたせいで、ますます居心地が悪くなっていたのだが――公爵夫人の部屋と子供部屋を結ぶ専用階段から、モリーが弾むように駆けてきた。自分だけの部屋と階段があると教えられて、昨日は大喜びしていたのだ。ハンナはほっとして娘を抱きしめた。モリーの子供らしい香りを吸いこむと、ようやくいつもの自分を取り戻せた気がする。「ママ、今日は公園へ行ってもいい？」モリーが茶色い瞳を輝かせて言った。「シーリアから聞いたの。池にアヒルがいるんだって」

ハンナは笑顔になった。「もちろんよ」背後からロザリンドの咳払いが聞こえてたじろぐ。新しい衣装なんていりませんと言いたくてたまらなかった。けれどもロザリンドが公爵に報告したら、また叱られるのは間違いないだろう。「あとでね」彼女は気持ちを抑えてモリーに言った。

少女が口を尖らせた。「今すぐがいい、ママ。お料理しなくていいんでしょ。それにシーリアが、お庭を掘っちゃだめだって。ミスター・グリッグズが――庭師っていうんだって、ママ。その人が怒るから。でも、お庭はエクステラのものでしょ。掘ってもいいかきいてみたら――」

「あとでね、モリー」ハンナは娘をさえぎった。エクステラですって？　完璧な左右対称に整えられた美しい庭をモリーに掘らせてもいいか尋ねられて、公爵がどう答えるかなど知りたくもなかった。

「子守も見つけなくてはいけないわね」ロザリンドが小声で言った。

「いいえ、結構です」ハンナはすぐさま断った。

公爵未亡人の眉があがる。「でもね、ハンナ、あなたはこれからとても忙しくなるのよ。モリーには面倒を見てくれる人が必要になるわ」

「私が見ます」ハンナはきっぱりと言った。「母親ですから」

ロザリンドが好奇心と驚きの入りまじった表情で彼女を見つめた。「モリーなら大丈夫よ。シーリアにも子守をつけたけど、私は自分が母親でないと感じたことは一度もないわ」

「いいえ、違うんです、そんなつもりで言ったのではありません」ハンナはもどかしさを覚えて口をつぐんだ。モリーには他人に面倒を見てもらうことに慣れてほしくない。以前の人生との、たったひとつの最後のつながりを失いたくなかった。ハンナにも絶対に譲れないことがあるのだ。

モリーが大きな目を母親に向けた。「子守ってなあに？」

「あなたと一緒に遊んで、お茶を運んできてくれて、それからお風呂に入れて着替えを手伝ってくれる人よ」ロザリンドが言った。

モリーが眉をひそめた。「それはママだよ」

娘の反応に、言葉で言い表せないほど嬉しくなってにっこりしたハンナとは対照的に、ロザリンドがため息をついた。「わかったわ、この問題はまたあとで話し合いましょう。今はとりあえず——」彼女はリリーに向き直った。「ミス・モリーを子供部屋に連れていってちょうだい。私たちにはしなければならないことがたくさんあるから」

リリーが膝を折ってお辞儀をした。「はい、かしこまりました」

ハンナは少し気分がよくなった。リリーに手伝ってもらえば、ハンナが必要としていないときでも彼女が仕事にあぶれずにすむ。それに、また別の使用人に一時的にすぎない仕事を割りあてずにすむのだ。リリーが手を差し出すと、モリーが母親から離れて駆け寄り、期待をこめて彼女を見あげた。

「お外に行ってもいい？」少女が訊いた。

リリーがかすかに笑みを浮かべ、静かな口調で答えた。「ええ、たぶん。でも汚れないようにしなくては」

モリーが顔を輝かせる。「ママは気にしないよ！　おうちに入る前に靴をきれいにすればいいの。そうだよね、ママ？」

ハンナは笑って娘の額にキスをした。「そうね。だけどリリーの言うことを聞くのよ。お行儀よくしてね、ミス・プレストン」

金色の巻き毛を弾ませてモリーがうなずいた。少女はリリーの手を取ると、彼女を引きずらんばかりの勢いで部屋から出ていった。

「今はしかたがないけど、完璧な解決法とは言えないわ」ロザリンドが言った。「リリーにはこちらも手伝ってもらわなくてはならないから。さて！　忙しくなるわよ」子守の件で言い分が通ったので、ハンナは満足して素直に従った。続く二週間で、それがロザリンドの最後の譲歩になるとは気づかずに。

公爵夫人になるということは、ただ公爵の妻になることや、もちろん公爵の妻のふりをすることよりはるかに複雑だった。その一、それらしく見せなければならない。一度も切ったことのないハンナの髪にはさみが入れられ、流行に合った形にウエーブが出るよう整えられた。ドレッシングテーブルの上はあっという間に数々の化粧品や香水で埋めつくされ、その中にはハンナの家事で荒れた手や日に焼けた顔や首筋を、公爵夫人にふさわしい白く柔らかい肌にするためのクリームも含まれていた。必要とは思えなかったが、ロザリンドがどうしてもと言い張ったのだ。

その二、それらしくふるまわねばならない。ロザリンドは、礼儀正しいだけでは不充分だと忠告してくれた。相手の身分だけでなく、社会的な立場やスキャンダルの有無まで知っておかなくてはならないらしい。彼女の話してくれた噂話には、思わず耳をふさぎたくなるものもあった。ミドルバラにも噂話はあるが、スティーヴンは人の噂をするのはいけないことだと信じていたし、おしゃべり好きな女性たちも牧師夫妻の耳に入らないよう気を配っていたのだろう。ハンナとしては、ロザリンドも同じようにしてくれるとありがたかった。けれども、とにかく公爵と約束したのだ。彼女は人前で恥ずかしい思いをしたくなかったので、ロンドンを離れるときには忘れていられるように願いながら耳を傾けた。

その三、それらしく装わねばならない。これがもっとも重要らしい。ドレスメーカーが毎日やってきてはハンナのサイズを測り、一生かかっても着られないほどたくさんのドレスを試着させた。彼女が黙って従ったのは、公爵からお金のことはロザリンドと直接話すと釘《くぎ》を刺されていたからにほかならなかった。だが最初の請求書が届けば、彼も慌てて止めにやってくるに違いない。

そしてハンナがドレスメーカーのスツールの上に立たされ、また別のドレスの仮縫いをされていたある日、とうとう公爵が姿を現した。彼に会うのは一週間ぶりだ。最後に姿を見たのは巨大なダイニングテーブルの端と端に座っていたときで、あいだにロザリンドとシーリアが、まわりには大勢の使用人たちがいた。公爵はほとんど口をきかず、不機嫌そうな彼の沈黙がテーブル中に重くのしかかっていた。いつもはおしゃべりを我慢できないシーリアでさえ静かだったのだ。公爵の登場は、ロザリンドに言われるまま同じことを繰り返していたハンナの毎日に初めての変化をもたらした。あまりに突然だったので最初は反応できず、彼女はただその場に立ちつくし、馬鹿みたいにぽかんと彼を見つめていた。ついに現れたわ、と思いながら。

ロザリンドとドレスメーカーやその助手たちが公爵の姿に気づくと、急に部屋の中が静かになった。みんながとたんに手を止めるとわかっていて、ノックもせずにいきなり部屋に入ってくるなんて、よほど物事に動じない人なのね。

「少し話せるかな?」忘れるはずもない、いつもの冷たい口調で公爵が言った。何を考えているのか読めない黒い瞳がハンナを見つめている。マダム・レスコーやお針子たちが、まるでコリー犬に追い立てられる羊の群れのようにドアから出ていくのを見て、ハンナは頬が熱くなるのを感じた。

「もちろんですとも」甲高い声で返事をしたロザリンドが、ハンナに意味ありげな笑みを向けた。「わかっているわ」彼女もみんなのあとに続いて部屋から出ていった。

ぎこちない沈黙に包まれ、ハンナはしばらく凍りついたように動けなかった。公爵は何も言わず両手を背中にまわして、無表情で彼女を見つめている。ハンナは、縫いかけのドレスを留めているピンが刺さらないように、慎重にスツールからおりた。「なんでしょう?」

「衣装の問題ははかどっているようだな」

肩をすくめようとして、ハンナは慌てて思いとどまった。「警告したはずよ。ロザリンドは、公爵夫人にはいくらドレスがあっても多すぎることはないと考えているみたいだわ」

公爵が片方の眉をあげた。「たしかに。きみもまだ過労で死にかけてはいないようだ。驚くべきことだが」

きつい反論の言葉が舌先まで来ていたが、ハンナはきわどいところでのみこんだ。公爵の目に見慣れない輝きを感じ、彼がからかっていると気づいたのだ。「ええ、今のところは」

彼女は冷静に同意した。「でも、もう一歩というところよ。断言するわ」

公爵が瞳をきらめかせた。「それなら、そろそろ公の場に出てもいいころだな」彼は部屋を横切り、厚みのある象牙色《ぞうげ》のカードをハンナに渡した。

それは二日後に迫った、スロックモートン卿夫妻が主催する舞踏会への招待状だった。ハンナは下唇を噛みながら、みごとに書かれた美しい文字をじっと見つめた。ロンドンの舞踏会ですって！　公爵夫人らしく着飾った私がそこに出席するんだわ。後悔の念が彼女の口もとをゆがめさせた。

「それだときみの――きみの賛同が得られるかと思ったんだ」

公爵が言いよどんだことに驚いて、ハンナはさっと顔をあげた。ええ、もちろん賛同するわ。反対する理由がないもの。第一、舞踏会に出て人に見られるためでなければ、こんなにたくさんのドレスをどうするつもり？　ところが公爵は彼女と目を合わせようとせず、視線を下に向けている。

そのとき、背中でドレスを留めていたピンが落ちたのか、初めからかなり大胆だった身ごろがするりと滑り落ちた。新しいコルセットはハンナが想像もしなかったシルエットを形づくり、体の線をはっきり見せている。彼女は公爵の視線が、押しあげられた胸もとに注がれるのを感じた。

それでもハンナは慌てて体を隠そうとはしなかった。ドレスはいくつものピンで留められているだけなので、ほとんど腕を動かせない。無理に隠そうとすれば、ほかの部分も全部ばらばらになってしまうだろう。彼女は自分の呼吸が妙に浅くなっているのを意識しながら、無言で立っているしかなかった。ゆっくりとあがってきた公爵の視線と目が合う。胸を見ていたことを気づかれたとわかっても、彼はまったく動揺を見せなかった。ハンナは肌がぞくぞくするのを感じた。熱っぽいまなざしで私を見つめて、彼は何を考えているの？　これからどうするつもりなのかしら？　そう考えると鼓動が速まり、お腹のあたりがむずむずするのはなぜ？

ハンナは自分の反応に怖くなり、反対の足に重心を移動させた。私はいったいどうしてしまったのかしら？　この人のことをほとんど知らないだけでなく好きでさえないのに、わかっていると言わんばかりのあの瞳で見つめられると、何かを期待して全身の神経が張りつめてしまう。いいえ、何かがあるはずないわ。ハンナは招待状を握りしめ、厳しく自分に言い聞かせた。

「どうかな？」公爵がつぶやいた。何を言われているか理解できず、ハンナはまばたきして彼を見つめた。「賛成してもらえるだろうか？」公爵の声はいつもどおり超然としていたが、彼女がおかしな気持ちになっているのを間違いなく感じとっているはずだ。目が合ったときに、ハンナは心の中まで読まれたと確信していた。そのことのほうが、半裸の姿を見られるよりずっと恥ずかしいかもしれない。

「もちろんよ！」ハンナは招待状を突き返した。「ええ、この舞踏会なら申し分ないわ」

公爵はカードを受けとらなかった。「きみが持っていたまえ。私のほうはアダムズがすでに予定表に書き入れている」

ハンナは手をおろして言った。「あら。ええ、もちろんそうでしょうね。私は――私もロザリンドに話しておくわ」

「彼女はすでに知っている。この舞踏会を選んだのはロザリンドなんだ」

ハンナの顔がかっと熱くなった。ロザリンドは何も言ってくれなかった。公爵が自分の口から告げるように彼女が言い張ったに違いない。ハンナは唇をぎゅっと結んだ。ロザリンドがしつこく縁結びしようとすることさえやめてくれれば、なんとか乗り切れるかもしれないのに。気恥ずかしいし、そもそも彼女には関係のない問題だ。ロザリンドが無用のひと押しをしてくれなくても、危険な領域から話題を遠ざけるために、ハンナはすでに充分苦労していた。

「それで、ほかにも何か？」また公爵が見つめていることに気づき、ハンナはぴしゃりと言った。「公の場で人に見られることが心配なのかもしれないけど、私としては精一杯頑張るしかありませんから」

公爵の厳しい口もとがかすかに和らいだ。「とんでもない、愛《いと》しい奥方」彼が静かに言った。「まったく違うことを考えていたよ」それだけ言うと、驚きのあまり口もきけないでいるハンナに背を向けて、彼は部屋から出ていった。本当に、人に言葉を失わせるのが上手な人だこと。彼女はドレスの裾《すそ》を持ちあげると、足音を響かせながらドアまで行ってロザリンドとマダム・レスコーを呼び戻した。一度でいいから、馬鹿みたいに口を開けたままでなく公爵との会話を終わらせてみたい。彼の魅力は無視して、そのことだけに集中しているべきかもしれないわ。

しばらくしてお針子たちがようやくドレスを脱がせ終わると、ハンナはロザリンドに招待状を見せた。「まあ、なんてすてきなの！」初めて見たようにロザリンドが歓声をあげる。「マーカスは早くあなたを見せびらかしたくてしかたがないのね！」

「あなたが選んだと聞いていますけど」ハンナは言った。

ロザリンドがさっと目を伏せた。一瞬苛立ちがのぞいたように思えたが、彼女はすぐまた陽気な笑顔になった。「あら、そうだったかしら。忘れてしまったわ。ねえ、どのドレスを着ましょうか？　マダム・レスコーがちょうど、ブリュッセルレースのついた青いシルクのドレスを仕あげた――」

「お願いですから、私のことで公爵を困らせないでください」ハンナはほとんど唇を動かさずに、低い小さな声でささやいた。マダム・レスコーとお針子たちは部屋の反対側にいるが、磨きこまれた床とたくさんの窓がある天井の高い部屋では、声がかなりよく通るのだ。

「馬鹿なこと言わないで」ロザリンドが片手を振った。「どんな殿方でも、ちょっとした圧力をかける必要があるのよ」

ハンナはゆっくり息を吐くと、招待状を読むふりをして下を向き、懸命に自制心を働かせて怒りを抑えこんだ。公爵の話をするとき、ロザリンドの声には心からの思いやりが感じられる。彼女は公爵の、そしてハンナの幸せを望んでいるだけで、何もかも偽りだとは知らない。ふたりが彼女に嘘をついているとは思ってもいないのだ。

罪悪感がハンナを包みこんだ。ロザリンドは、上品で立派な装いの公爵夫人に見えるよう多大な努力を払ってくれるだけでなく、公爵の愛情をハンナに向けさせようとまでしてくれている。それなのにハンナには、お返しにいずれロザリンドをひどくがっかりさせることしかできないのだ。

「ロザリンド、お話ししなければならないことが……」止める前に言葉が口をついていた。

「何かしら？」ロザリンドが晴れやかな笑顔を見せた。

「公爵と私は……」ハンナはどうしても言えなかった。公爵と約束したのだ。彼に優しくてくれました。愛情深い義母がいるのは、私のせいではない。「その、つまり、彼はある問題について話してくれました。私が首を突っこむ問題ではないと」彼女は口ごもりながら言った。「あなたはどうやら私たちの結婚の性質を誤解して――」

「いったいどんなふうに？」ロザリンドにさえぎられて逃げ場を失ったハンナは、しかたなく口を閉じた。「もしかしてと思っていたの」ロザリンドが慰めるように続けた。「私だって目が見えないわけではないのよ。そういうことは感じるわ。まあ、だからこそ、ちょっと押してみようと思ったのだけど。あなた方の結婚に干渉したくないわ。でも、もしマーカスが上流階級の結婚とはそういうものだなんて戯言《たわごと》を言っているなら、耳を傾ける必要はないの」

「そうなんですか？」ハンナは訊いた。

「ええ、そうよ」ロザリンドがきっぱりと言った。「褒められたことではないけど、マーカスのような上流階級の男性たちは、妻と愛人を持つのがあたりまえだと考えられているわ。

でも、あなたがそれを受け入れてはだめ」

ハンナは罠《わな》にかかって脚を怪我したウサギのような気分だった。あがいてもどうにもならない運命だとわかっている。「彼の心を変える力が私にあるとは思えません」彼女はなんとかして話題を変えようと必死に頭を働かせた。舞踏会のドレスの話ならもしかして……。

ロザリンドが笑い声をあげた。「力がないだなんて！　自分を求めている男性に対して、女性はものすごい影響力を持っているのよ。愛していればなおさらだわ！　マーカスは相手を深く愛するか見向きもしないかどちらかの、極端なタイプなの。あなた方を結婚に導いた気持ちを大切にしなさい。そうすれば彼の心が離れることはありえないわ」

「忠実でいる気が彼にないなら、無理強いすべきではないでしょう」それはハンナの本心だった。ロザリンドの言うとおりにしたら、公爵は大笑いするに決まっている。彼が愛人を持って堂々と見せびらかすつもりなら、彼女にできることはほとんどないだろう。それに、彼に見つめられても楽しめさえしないのだから。ハンナはかすかに眉をひそめた。いいえ、正しくは、彼にずっと関心を向けてもらえなくても辛くない、と言うべきだわ。ちっとも辛くない。

「マーカスがあなたを裏切りたがっていると信じているわけではないのよ」ロザリンドが説明した。「世の中の男性がそう思われているというだけ。妻を尊重していると公言する男性たちでさえそうなの。でも、男性が求めるものと、男性を幸せにするものは往々にして違う場合があるのよ。ねえ、覚えておいて、ほかの女性の腕の中で夜を過ごすようなことをしなければ、男性はどんどん幸せになるわ」

突然、自分の腕の中に公爵がいる光景が浮かび、ハンナは肩をすくめた。動揺して大変なことになる前に頭から消してしまわなくては。「だけどそれが彼の望みだとしたら、どうやって止めればいいかわかりません」

「毎晩あなたのベッドに来るようにさせるの」すかさずロザリンドが言ったので、ハンナはむせてしまった。

「まあ、私は――その、それはちょっと……」

ロザリンドが軽やかに笑った。「あらあら。マーカスはたしかに私の義理の息子だけれど、彼も男性なんですからね」

ええ、並々ならぬ関心を持って縫いかけのドレスを見おろしていた公爵は、たしかに男性の目をしていたわ。あれは私たちが親密な関係を分かち合うかもしれないとほのめかす目だった。私をびくりとさせ、肌をうずかせる目。けれども彼は、毎晩どころかひと晩だってベッドに招き入れようと考えてはいけない相手だ。「ご忠告ありがとうございます」ハンナはなんとかそれだけ言うと、舞踏会のドレスだとか、もっと危険性の少ない方向へ無理やり会話を持っていった。

10

マーカスはきっかり九時二分前に自室を出て階段をおりた。今晩が楽しみなわけではない。ロザリンドが彼の書斎に飛びこんできて、公爵夫人をどこかへ連れていきなさいと命令したあの日から、ずっと気が重かったというのが正直なところだ。

「あなたはすばらしく知的で分別のある女性と結婚したのよ、マーカス。それなのに彼女を子供扱いしている」ロザリンドは彼を責めた。「世間では、あなたが彼女を恥じているのではないかと噂し始めているわ」

そのとおりだと言ってしまわないように、マーカスは口をつぐんでいた。牧師の未亡人はまずまず魅力的だが、上流社会の人間でないのは明らかだ。いや、レディですらないと思うと、またしてもデヴィッドに腹が立ってきた。彼女はまるで対等な関係であるかのように使用人たちに挨拶し、娘を育児室に追いやる代わりに、屋敷の中でも庭でも好きなだけ走りまわらせている。女性たちと食事をしたときには、ハンナが教養を身につけているとは言えないことがはっきりして愕然とした。彼女は会話をリードしようという努力もせず、世間が公爵夫人に期待しているような気のきいた冗談ひとつ口にしなかった。マーカス自身は他人の目をほとんど気にしないが、馬鹿にされて見られるのはごめんだ。彼はハンナ・プレストンを留めておくと決めたのが、かなり愚かな考えだったかもしれないと思い始めていた。

とはいえ、スロックモートン卿夫妻の舞踏会に出席すると告げに行ったときは——それもまたロザリンドのお膳立《ぜんだ》てだったが——ハンナはかなり改善されたように見えた。衝撃的なほどよくなったと言ってもいい。マーカスはしぶしぶ認めた。それに外出することになっても彼女が怖《お》じ気《け》づいていないようだったので、彼は少しほっとしたのだ。マーカスは、今夜が悲惨な結末を迎えずにすむように心から願っていた。なんとか切り抜けられるだけのことをロザリンドが教えてくれているといいのだが。とにかく、早く終わってほしい。

玄関ホールには誰もいなかった。マーカスはひと呼吸おいてからハーパーに合図した。

「公爵夫人と公爵未亡人は？」ロザリンドは彼がすぐ出発したいことを知っているはずだ。

ハーパーが口を開きかけたとき、ロザリンドが階段の上に姿を現した。「マーカス！　そこにいたのね」急いでおりてくる義母を見て、彼は眉をひそめた。舞踏会に行くような装いをしていない。「シーリアがひどい腹痛を起こしたの。あの子を置いて行けないわ」

マーカスはさらに顔をしかめた。「ロザリンド」警告されても気にも留めず、彼女はマーカスの腕を軽く叩いた。

「ねえ、ハンナのことで心配しているのはわかっているわ。でも、ひと晩くらいカードゲームに逃げなくても我慢できるでしょ？　彼女の初めての舞踏会なんですもの。それに彼女を社交界にお披露目するのがあなたにとってどれほど重要か、自分でもわかっているはずよ」

マーカスはたまらず口を出した。

「ロザリンド、ひと晩中彼女のそばに立っているなんて無理だ。シーリアはすぐによくなるんでしょう？　着替えるまで待っていますよ」時間に遅れてもいいという、まったくマーカスらしくない反応に驚いたとしても、義母は表に出さなかった。

「マーカス、あの子は今とても不快な気分なの。男性には理解できないでしょうけれど」すっかり騙されたと悟り、彼は手袋をてのひらに打ちつけた。ロザリンドが大喜びで義理の娘を社交界の人々に紹介することを期待していたのだが、彼女の世話好きを見くびっていたようだ。二度と同じ間違いを繰り返してはならない。そのとき、彼の背後に目を向けたロザリンドがぱっと顔を輝かせた。

「まあ、ハンナ、なんてすてきなの！」しかたなくマーカスもゆっくり振り返った。シルクのスカートを慎重に持ちあげ、ハンナが足もとに注意しながら階段をおりてくる。ほとんど膝近くまで脚をさらしていることに気づいていないようだ。ロザリンドの歓声を聞いて、ハンナがにっこりした。

「そんなふうに言ってくださるなんて嬉しいわ。まるでお姫様になった気分なんです」ハンナが最後の段をおり、スカートをおろした。美しい脚を存分に眺め終えたマーカスは視線をあげた。ところが、そこにもひどく心を乱す光景があった。白いレースで縁どりされたミッドナイトブルーのドレスは胸もとが大きく開き、体にぴったり張りついて思いのほかみごとなラインを際立たせている。髪も地味に結っているだけではなく、優雅な首のあたりでわざと巻き毛が揺れるように、ゆるやかにまとめられていた。今夜のハンナは、まずまず魅力的どころではない。彼女がちらりとマーカスを見た。「こんばんは」

「マダム」ロザリンドに見られていることを意識しつつ、マーカスはハンナの手を唇のすぐそばまで引き寄せた。彼女はたじろぎながらも抵抗はしなかった。「それでは行こうか？」

ハーパーが帽子と外套を手に近づいてきた。従僕がハンナの肩にサテンのマントをかける。

「行ってらっしゃい！　すてきな夜を過ごしてね」ロザリンドがにこやかに言うのを聞いて、ハンナがはっと立ち止まった。

「一緒にいらっしゃらないんですか？」あまりにも狼狽した声に、マーカスは思わず笑いそうになった。ロザリンドがため息をついてハンナをドアに向かわせる。

「ええ、シーリアの具合がよくないの。あの子はまだ、母親がそばにいなくても大丈夫というほど大人になっていないのよ。あなたのデビューを見逃すなんて本当に残念だけど、代わりにマーカスが一緒にいてくれますからね。それにあなたを紹介するのに、夫以上にふさわしい人がいるかしら？」

「でも……」ハンナがうしろを向き、不安げにマーカスを見た。おそらく彼女よりはロザリンドのたくらみを見抜いている彼は、ただ片方の眉をあげて無言で腕を差し出した。私に何を期待しているんだ？　みんなでシーリアのそばにいるべきだと言ってほしいのか？

「私の代わりにレディ・スロックモートンにお詫びしておいてね」ロザリンドがつけ加えた。

ハンナがのろのろとマーカスの腕に手をかける。ハーパーが開けたドアを通り、彼は馬車へ向かった。

ハンナは導かれるままおとなしく馬車に乗りこんだ。確証はないものの、騙されたのではないかと疑っていた。ロザリンドはそれほどシーリアのことが心配そうではなかったし、公爵は不機嫌なときによくする厳しい表情をしている。「シーリアは本当に具合が悪いの？」

扉が閉まってふたりだけになると、彼女は尋ねた。

「訊かれれば、間違いなくそうだと答えるだろうな」

嘘だと確信しているように聞こえる。ハンナは腹立ちを抑えきれなかった。「こんなふうに操られるのはもううんざりだわ」

「きみだけじゃない」公爵がつぶやいた。

ハンナは唇をすぼめて言った。「ロザリンドに仕返しすることもできるわ。すぐに帰宅するか、それとも初めから行かないか」

公爵は身動きすらしなかった。「賛成しかねる」

「だって結局のところ」ハンナは向こう見ずにも続けた。「私たちを騙したのはロザリンドのほうなのよ。同じやり方で報復するべきだとは思わないの？　このまま帰って、使用人の階段からこっそり入れば誰にも気づかれないわ」

「使用人たちは気づく」そっけなく言う公爵をハンナは手で制した。

「それなら、あの大きな木をのぼって私の部屋の窓から入ればいいのよ。使用人を呼ばなくても、ベッドに入る支度はできるわ」

「木をのぼる？」公爵が疑わしげに訊いた。「自分の屋敷に入るのに？」

「そうよ」ハンナは笑って言った。「あなただって、子供のころにやったことがあるでしょう」

「一度もない。きみだってないだろう。女の子は木のぼりなどしない」

「私はしたの。兄弟たちが教えてくれたから」だんだん本当にいい考えに思えてきた。もちろん、木のぼりで美しいドレスを破く危険は冒せないとわかっている。だが、面白味のない公爵様をからかうのは妙に楽しかった。「まず私からのぼるわ。あなたにお手本を見せてあげる」ハンナは無邪気なふりをして申し出た。

マーカスは返答を避けてぎゅっと口を閉じた。ハンナがスカートを持ちあげ、白いストッキングに包まれた長くすらりとした脚で木をのぼる姿は容易に想像できる。彼はわれながら情けなくなった。ふたりで一緒に暗い庭を抜け、寝室の窓へのぼっていく彼女を見あげる――もちろん下から――自分の姿まで浮かんできたのだ。マーカスの部屋の外には木がないので、彼も同じ窓から入ることになる。そしてハンナの部屋で……。彼女は本当にひとりでドレスを脱げるのだろうか？

「スロックモートン家の舞踏会に出席する」意図したより厳しい声が出た。ハンナは何か言いかけたが結局口を閉じ、顔をそむけて窓の外を見た。マーカスは心の中でふたたび義母を呪《のろ》いながら、向かいに座る女性の月明かりに輝く黒い巻き毛やほっそりした白い喉を見つめた。月光を浴びて文字どおり光を放つ肌を目で追いながら、先週書斎で目にしたときは、かすかに日に焼けた色合いだったことを思い出した。ハンナの肌はどこまで金色味を帯びているのだろう？　そもそも太陽のもとで何をしていたんだ？　マーカスは視線を外した。もちろん、おてんば娘のように木にのぼっていたのだ。「とんでもない間違いだった」彼は小さくつぶやいた。

ハンナがぱっと振り向いた。「なんですって？　どういう意味？」

マーカスはため息をついた。聞かせるつもりではなかったのに。「なんでもない」彼は威圧的に言い放った。

「私があなたに恥をかかせるのが心配なの？」驚きに怒りがまじり、ハンナの声が高くなった。「言っておきますけど、あなたのほうこそよほど努力しないと、幸せな結婚をしていると信じてもらえないわよ」

「もちろん、そうするつもりだ」

ハンナが鼻を鳴らした。「私も努力は必要だけど」

「きみは約束した」マーカスは警告した。

「ええ、約束は守る予定よ」目を見開いて彼女が言った。けれどもマーカスは額面どおりの意味に受けとれなかった。どちらかというと脅しに聞こえたのだ。

「合図を見逃さないように。私がするとおりにしていれば、なんとか切り抜けられるはずだ」

今度はハンナが笑い出した。「まあ、あなたの真似をすればいいのね！　そんなことをしたら結婚どころか、お互い我慢して同じ部屋にいられるのが不思議だと思われるでしょうけど」

明らかな侮辱にマーカスは眉をひそめた。「私はずっと忙しかったんだ」

ハンナが首をかしげた。おかしそうな笑みが口もとに見え隠れしている。マーカスは本気で心配になってきた。彼女はちっとも公爵夫人らしく見えない。これではまるで妖婦《ようふ》だ。「それが理由なの？　あら、安心したわ。てっきりあなたに避けられているんだと思っていたのに」彼は歯を食いしばった。追いまわしているとは言わないが、避けているわけではない。「心配はいらないわ」ハンナが続けた。「落ち着きがあって優雅で幸せそうな新婚の公爵夫人に見えるように、全力を尽くしますから」

マーカスの頭にふたたび、とんでもない間違いだったという思いがよぎった。

そのあとは黙りこんだまま、しばらくしてスロックモートン家に到着した。マーカスは歩いて屋敷に入るのが好きではないため、御者が幅の広い石段のすぐそばまで馬車を乗り入れた。ハンナはマーカスの視線を避けながら彼の手を借りて馬車をおり、またしてもそっとスカートを持ちあげて石段をのぼった。今度はマーカスもかたくなに目をそらした。

玄関ホールで使用人にマントを渡し、最後にもう一度ドレスの皺をのばすハンナを見ているうちに、マーカスは家を出るときに見逃していたことに気づいた。スカートをあげた彼女にすっかり気を取られていたせいだ。

「真珠はどうした？」ハンナに腕を差し出して出迎えの列のほうへ導きながら、彼は小声で尋ねた。

ハンナはわけがわからないという顔をしている。「真珠？」

「エクセター公爵家の真珠だ」マーカスはささやいた。三〇〇年以上も前から伝わるその真珠は完璧に粒がそろい、みごとな輝きを放つ珍しい品々だった。今夜の出席者は公爵夫人が身につけて現れるものと期待しているだろう。それなのにハンナは何もつけていない。マーカスは花嫁に婚約指輪すら与えていない、けちな男に見えるに違いない。

「それはなんなの？　誰も教えてくれなかったわ」

マーカスはため息をついた。ロザリンドが真珠のことも思い出させてくれたらよかったのに。「気にしないでいい。今となってはどうしようもないんだ」彼は招待状を渡して列に加わった。「次に外出するときは必ず真珠をつけてほしい。代々エクセター公爵夫人がつけるものだから」

「私は本物ではないわ」ハンナもささやき声で返してきた。「身につけないほうがいいのではないかしら。なくしたら大変だもの」

「たとえそうでも、本物らしく見せなければならないんだ」

「まあ、真珠のネックレスひとつでみんなを騙せるとわかっていたら、何もかももっと簡単だったでしょうね」ハンナがつぶやいた。誰かに見られていたときのために、マーカスは顔に笑みを張りつけて彼女のほうへ頭をさげた。

「やめるんだ」

ハンナの笑顔もこわばっている。「やめるって何を？」

「小声でこっそり私に挑むのはやめろ」

ハンナは我慢して無表情を保った。本当ならすぐさま公爵に背を向けて、玄関から出ていきたい。いったいどうやって彼に挑めるというの？　このひどい人はなんでも思いどおりにして、おかげで私はすべて彼に合わせなければならないというのに！「あら、それなら面と向かって言ったほうがよかった？」わざと甘い笑みを浮かべて公爵を見あげる。

彼がうんざりした顔で返した。「だめだ。忘れるんじゃない」さらに、脅しのこもった笑顔でつけ加えた。「われわれの場合は〝瞬く間のロマンス〟なんだから」

信じられない。私たちの関係はたしかに瞬く間だった。ただ、ロマンティックな関係ではないけれど。でも公爵がそんな目で私をにらんでいたら、誰も信じてはくれないわ。そのとき、ちょうどスロックモートン卿夫妻の前に来たので、ハンナは笑顔を向けた。

「ようこそ、エクセター」今夜の主がよく響く声で言った。「われわれの催しに出席いただけるとは、これほど光栄なことはない」

少し頭を傾けて挨拶を受けている公爵を見ると、こういう歓迎も彼にとっては当然のことらしい。「公爵夫人を紹介させていただきます」彼は腕に置かれたハンナの手に手を重ね、軽く握った。「こちらはスロックモートン卿ご夫妻だ」

「お越しいただいてありがとうございます」スロックモートン卿がハンナの手を取ってお辞儀した。

「このうえない喜びですわ」熱心にハンナを吟味するような目を向けながら、レディ・スロックモートンが割りこんだ。「公爵夫人のお披露目に私どもの舞踏会を選んでいただけるなんて、なんという栄誉でしょう」

「義母《はは》もこちらへうかがう予定だったのですが」ハンナが返事をする前に公爵が口を開いた。「とても残念がっていました。これからも忘れないでいただくよう、ぜひおふたりに伝えてほしいと」

「まあ、すてきなロザリンドを忘れられるわけがないわ！」レディ・スロックモートンが軽やかに笑った。ハンナの見たところロザリンドと同じくらいの年齢で、いかにも彼女と気が合いそうなタイプだ。ロザリンドがこの舞踏会を選んだのには、それなりの理由があったに違いない。その印象に間違いはなかったようだ。レディ・スロックモートンがわずかに身を乗り出し、目をきらめかせて尋ねた。「私の名づけ子のシーリアはどうしているかしら？」

「とても元気にしていますよ」またも公爵がハンナをさえぎって先に答えた。彼女は開いた口を急いで閉じながら思った。こんなふうに無言で口だけぱくぱくさせていたら、魚に間違えられてしまうわ。「それに、おふたりの舞踏会に初めて出席できる日を心待ちにしています」

レディ・スロックモートンが声をあげて笑った。「まあ、それなら来年はぜひとも彼女のための舞踏会を開かなくては！」

夫人はもう少し話していたい様子だったが、うしろにほかの招待客たちが待っていたので、公爵がハンナを促して前に進ませた。彼女はもう一度にっこりしてうなずくと、引っぱられるままに、見たこともないほど大きくて美しい部屋に足を踏み入れた。

ダンスを楽しむレディたちが色とりどりのきらびやかなドレスをまとい、優雅な夜会服に身を包んだ紳士たちの前でくるりとまわってお辞儀をしている。頭上には、無数のろうそくがともされた巨大なクリスタルのシャンデリアが輝いていた。襞《ひだ》をなして壁を覆う淡いグリーンのシルクと、あちらこちらに置かれた緑の植物のおかげで、舞踏室はまるで庭園のように見えた。真紅の上着を着た使用人たちが、ワインをのせた銀のトレイを持って部屋をまわっている。無意識のうちにハンナの足どりが遅くなった。こんなに目を見張る光景は見たことがない。

「どうしたんだ?」口の片端だけを動かして公爵が訊いた。

「とても美しいわ」ハンナはささやき、何もかも目に入れようと頭をのけぞらせた。

「ぽかんと口を開けるのはやめるんだ」公爵が小声で注意した。「田舎者に見える」

ハンナはむっとして唇をすぼめたものの、天井を見あげるのはあきらめて、代わりに部屋全体を見渡した。「すごいわ。舞踏会はどれもこんな感じなの?」

「そうだ」公爵が足を止め、給仕のトレイからグラスをふたつ取った。「頼むからじろじろ見ないでくれ」

「じろじろなんて見ていません」そう言いながら、頭に飾った大量のオレンジ色の羽根を揺らして通り過ぎていく、ものすごく太った女性から目が離せない。ミドルバラでは絶対に見られない光景だ。

「いや、見ている」公爵がワインを差し出した。

ハンナはグラスを受けとりながら、彼の命令を頭の中で復唱した。じろじろ見るな。ぽかんと口を開けるな。それにどうやら、口をきくな、も含まれるようだわ。ひと晩中、にこにこするだけで何も言わない私を腕にぶらさげて歩きまわりたいのかしら？　彼女は鼻を鳴らしたいのを我慢した。彼が欲しいのは幸せそうな花嫁ではなくて、自分が紐で操れる人形なのよ。「私にしてほしいことがあるの？」ハンナはワインに口をつけた。とたんに泡に喉をくすぐられ、びっくりして声をあげそうになる。シャンパンを飲むのは初めてだ。

公爵は部屋を見渡していて、ほとんどハンナを見ていなかった。「わかっているはずだ。同じことを何度も言わせないでくれるとありがたいんだが」彼女はもう我慢できず、小さくふんと鼻を鳴らした。彼が目を細めて見おろした。「慌てて飲みすぎてはいけない。すぐに酔ってしまうぞ」

腹立たしいことに、ハンナはマーカスに従うどころかもうひと口シャンパンを飲み、彼に向かって眉をあげてみせた。「そんなふうにしていたら、私たちが幸せな夫婦だとは誰も信じてくれないわよ」

思わず顔をしかめてしまい、マーカスは急いで表情を戻した。「いったいなんの話だ？」

ハンナはまたひと口飲み、半分空になったグラスを嬉しそうに眺めている。「あなたは何かというとすぐ、私にいやなことを言うでしょう。スロックモートン夫妻に挨拶さえさせてくれなかった。目のついている人なら誰でも、あなたの心がどこかよそにあるのがわかるわ」

たしかにマーカスの心は、ここではなくカードルームにあった。グレンサムとエヴァンズが来ているのだ。ふたりとも悪名高い放蕩者で、これまでは運がなくて手合わせする機会がなかった。牧師の未亡人を押しつけられてさえいなければ、一緒にゲームをして金を勝ちとり、彼らの行動を徹底的に調べあげることができるのに。ロザリンドに騙されたおかげですでにぴりぴりしていたマーカスは、ハンナに不満をぶつけられて黙っていられなくなった。

「きみは私に説教するつもりなのか？」

驚いたことに、ハンナはいたずらっぽい笑みを浮かべてマーカスに身を寄せた。「今さらそんなことをしてどうなるの？　あなたが耳を傾けたりする？　私はただ、あなたを手伝おうとしただけなのに」

マーカスはハンナを見つめた。また彼女のほうから仕掛けてきた。そして今度も、気がつくと彼は挑戦を受けていた。「どんなふうに？」彼女の肘を持って彼のほうを向かせ、顎を髪がかすめるほど近くに引き寄せる。見かけと同じく、彼女の香りは魅惑的だった。

ハンナがにっこりして、半分目を閉じながら顎をあげた。「あなたが私を愚か者扱いしたら、妻を恥じていると思われるわ」彼女はつぶやくように言った。「顔を見るたびに叱っていたら、慌ただしく結婚して後悔していると思われる」

「そう」頭を傾けたマーカスの目の前で、ハンナが明らかに楽しみながらシャンパンを飲み干した。唇の端にこぼれたしずくを舌でさっとなめとるのを見て、息が苦しくなる。輝く瞳で見つめられているうちに、いつのまにか言葉が口をついていた。「私には説得力がないと思うのか？」

ハンナが頭をのけぞらせ、かすれた声で笑った。からかわれているとわかっていても、やめさせられない。彼女はまっすぐマーカスの目を見て言った。「ええ」

手袋は投げられた。どんな結果になるか考えもせず、マーカスは挑発に乗った。世の中にはどうしても無視できない勝負が存在する。グレンサムやエヴァンズの件は無理でも、この問題ならなんとかできる。「では、私に」彼はいったん言葉を切り、ハンナの手を取って唇に近づけた。「きみが間違っていると証明させてくれ」低い声で締めくくる。マーカスを侮辱して逃げおおせた者はいないのだ。

ハンナはひるまず見つめ返してきた。「やってみせてほしいわ」

マーカスの脳裏に、自分がやってみせたいことの詳細が鮮やかに浮かんだ。その想像を却下すると、彼はかすかな笑みを顔に張りつけて言った。「始めようか？」マーカスは客たちのほうを手で指し示し、ハンナのウエストに手をまわして彼女を促した。献身的な夫だと証明することで、ハンナから目を離さずにいられる。そのほうがむしろ都合がいい。今のようなきわどい視線をほかの紳士に向けられたら、どんな騒ぎを招くことになるかわからないだろう？

ハンナは好奇に満ちたたくさんの顔が彼女を見ていることに気づき、頰が熱くなるのがわかった。ほんの少しのあいだだったが、のしかかるように立つ公爵の強烈な視線にとらえられて、自分がどこにいて何をしようとしているのか、完全に忘れてしまっていた。彼女はそれまでの苛立ちをなんとか抑え、公爵をけしかけることに成功したのだ。いったい何をけしかけてしまったの？　背中のくぼみをさまよう彼の手を感じながら、ハンナは不安になった。公爵が足を止めて彼女のために新しいシャンパンのグラスを取ってくれた。片方の眉をあげ、心の中をのぞきこむような視線を送ってくる。ハンナは勇気をかき集めてグラスを受けとり、知らん顔を装って招待客の集まる方向へ歩き出した。そんなに難しいことかしら？

その答えは考え方によって違う。しばらくしてハンナは思った。ふたりは大勢の客たちに引きとめられたが、普通に礼儀正しくしていれば、相手は満足してくれたようだ。ハンナの生まれや急な結婚に関して、誰も露骨な質問はしてこなかった。知りたくてたまらない人はたくさんいるようだったが。それでも彼らは尋ねず、彼女も自分から話すことはなかった。公爵は決してハンナのそばを離れずに、ずっと彼女の腰や肘に手を置いていた。

けれどもその公爵が、ハンナにとってはまた別の問題だった。改まった態度をとっているにもかかわらず、彼はこれまでよりずっとくつろいでいるように感じられた。ハンナに微笑みかけ、最愛の人としてまわりに紹介し、彼女が話すときは、ひと言も聞きもらしたくないと言わんばかりにじっと耳を傾ける。徹底的に優しくされて、ハンナは彼を挑発しなければよかったと後悔しかけていた。とても楽しめないことがわかったのだ。

頭が混乱しているんだわ。ハンナは呆れてそう思った。公爵はただみんなを騙すために、私に優しくしているだけなのよ。飲み物が足りているか、座りたいのではないかと、本気で気づかっているわけではない。彼も私と同じように演技をしているだけ。彼女は自分に言い聞かせた。でも、私の場合はどこまでが演技なのだろう。いつもと違う行動をとっているとしても、それはきっとシャンパンのせいだ。普段はワインをグラスに一杯程度しか飲まないのだから。

それでも、断りを入れて化粧室に向かったとたん、ハンナは安堵の波がどっと押し寄せてくるのを感じた。女性客のために用意されたサロンの片隅でひとりきりになると、張りつめていた体からやっと力が抜ける。到着してからすでに何時間もたったような気がしていた。髪形は崩れかけ、まだダンスもしていないというのに足が痛んだ。彼女は踊るのが大好きだった。ロザリンドが教師を雇ってくれたが、いくつか新しいダンスを習ったほかはあまり教わる必要がなかった。正直なところハンナは、今夜舞踏会で踊るのをとても楽しみにしていたのだ。公爵の腕に引き寄せられ、かすかな笑みを浮かべた瞳で見つめられる瞬間を思い描くだけで、全身に震えが走った。なんの震えかは分析したくない。ハンナは目を開けて髪を直し始めた。

「見たでしょう？　彼女はすごく平凡よ」ハンナが言うことを聞かない巻き毛を——リリーがピンでうまく留めてくれていたのだが——苦心して戻そうとしていると、ついたての向こうから声が聞こえてきた。

「真珠はつけていなかったわ」別の声が嬉しそうな口調で呆れたように言った。「ひとつもよ！」

「でも、エクセターはずっと彼女のそばを離れないわ」三人目が言った。ハンナの指が止まりかけた。つい耳を澄ましてしまう。「彼女に何かを感じているのは間違いなさそうよ」「冴えない小さなネズミじゃないの」最初の声が不満げに言った。「かなり年を取っているみたいだし」

「冴えないというのはあたっているかもしれないわね」関心のなさそうな声で三人目が言った。「でも、私より年寄りには見えないけど」

「まさにそこなのよ！　彼ならロンドン中から誰でも好きに選べたはずなのに。どうしてまた彼女を選んだの？」

「身ごもっているのかも」二番目の声が言う。「間違いなく、彼女のほうから誘ったのよ」

最初の女性が鼻を鳴らした。「どうやって？　いったい何がエクセターに、よりによって、彼女をベッドに連れていこうなんて気を起こさせたのかしら？」

「どうせ家庭教師やメイドに手をつける男たちと同じことでしょ」三人目の女性が投げやりな口調で言った。「理由は、ただ可能だから。それより、結婚までしたわけのほうを気にすれば？」最初の女性が悪態をつき、ふたり目がくすくす笑った。「エクセターのことはもういいじゃない。どうせ彼の心は石でできているんですもの、スザンナ。ちゃんと言うことを聞かせられる人を探しなさいよ。ねえ、そういえば、目をつけている人がいるのよ。ロンドンに戻ってきたばかりで……」背後の会話が別の話題へ移っても、ハンナは髪のことをすっかり忘れ、身動きひとつできずに座っていた。ここの人たちはみんな、そういうふうに私を見ているのね。冴えなくて平凡で年寄りで、罠をかけて公爵を結婚に追いこんだ女だと。彼女は急に、自分が舞踏会を楽しんでいるのかどうかわからなくなってきた。

「お手伝いいたしましょうか、マダム？」そばにメイドが姿を現し、考えこんでいたハンナははっとわれに返った。「よろしければお茶をお持ちしましょうか？」

「あの……」そのとき、ついたての向こうから大きな笑い声が聞こえてきて、ハンナは慌てて立ちあがった。「ありがとう、でも結構よ」あちらの女性たちと顔を合わせたくなくて、彼女はお辞儀をしているメイドの横をそっと通り過ぎ、公爵が待っているはずの大階段の下へ急いだ。

彼はそこに立っていた。背が高く優雅な物腰で、悠然とあたりを見まわしている。ハンナが近づくと彼が振り返り、鋭い視線を彼女に向けてきた。ハンナは髪の根もとまで真っ赤になりながら、差し出された腕を取った。今夜はずっとそばを離れないでいてくれてよかった。彼が何から私を守ろうとしていたか、やっとわかったわ。彼女は顔を高くあげ、ほかの客たちに愛想よく微笑み返そうと努めた。けれども前と違って、好奇心に満ちた彼らの視線が突き刺さり、垢《あか》抜けない不格好な自分がさらされているような気持ちになる。

「みんなが私たちのことを話しているわ」公爵がさっとハンナを見た。

「そうだな。もっとも、彼らに話題を提供するためというのが、われわれが今夜ここに来た最大の理由だ」

「話題を提供したのは間違いないわね」ハンナは小声で言った。「いつになったら帰れるの？」

マーカスは顔をしかめる寸前でこらえた。いったいどうしたというんだ？　今までのところ、予想以上にことがうまく運んでいた。ハンナのマナーは申し分なく、ほかの女性たちのように際限なくおしゃべりをしたがるタイプではないらしい。最初はあふれんばかりの好奇心に満ちていた部屋の空気も、徐々におさまりかけているように感じられる。人々はふたりが提供する見せかけの姿を信じ、それほど関心を示さなくなってきていた。マーカスは、賢明な選択だったかもしれないと思い始めていたのだ。これほど成功しているのだから、グレンサムとエヴァンズの調査ができなくてもいいじゃないか。「まだ早い」彼は答えた。「食事もまだだ」

ハンナがわずかに身を寄せてきた。「帰りたいの」

マーカスは我慢できずに眉をひそめた。客のあいだをまわるのをやめ、ハンナを人目につかない隅へ連れていく。「どうしてだ？」

「疲れたのよ」彼が疑わしげに眉をあげると、ハンナが顔を赤らめた。「じろじろ見られてささやかれるのに疲れたの。私たちはちゃんと舞踏会に出席して、大勢の人の見世物になったわ。あとどれくらいここにいなくてはならないの？」

マーカスはすばやくあたりを見まわした。隅にいても、人々の目は彼らのほうを向いている。彼もいい気はしなかった。帰るころあいについてハンナと口論するのも避けたい。けれども世間の評価がまだ定まらないうちに帰れば、ここへ来たことが無意味になってしまうだろう。「もう少しだ」マーカスは言った。「まだダンスもしていない」

ハンナの青い瞳が彼をにらんだ。「踊りたいなら、もっと早くにそう言ってくれるべきだったわ。ダンスをしたからってどうなるの？　もう充分でしょう？　平凡で田舎者の公爵夫人の姿をたっぷり楽しんでもらえたと思うわ！」

マーカスはじっとハンナを見つめた。これがほかの女性なら、それとなく褒め言葉を要求していると思うところだ。平凡だって？　どんなふうに言い表すとしても、その言葉だけはあてはまらない。彼は、ハンナがこの部屋にいる女性たちの中でもっとも魅力的な部類に入ると気づいて驚きを覚えた。怒っているときはとくに生き生きとしている。顔を紅潮させ、口を引き結んでいるせいで豊かな唇が薔薇色に染まって、呼吸のたびに胸が盛りあがった。髪までもが誘いかけているようだ。黒い巻き毛の房がいくつか象牙色の首筋にこぼれ落ち、まるで我慢できなくなった恋人に激しいキスで乱されたみたいに……。ちょうどこの場所のように人目につかない隅へ彼女を引きこんで……。マーカスの頭のどこかでかすかに警報が鳴った。ハンナの言うとおり、そろそろ帰ったほうがいいのかもしれない。

「おや、いとこ殿！　そうではないかと思っていたんだ」

マーカスの意識は徐々に現実の世界へ戻ってきた。目の前では、さらに頬を濃く染めたハンナが息をあえがせている。彼は無意識に彼女に手をのばし、そばに引き寄せてから振り向いた。

「こんばんは、ベントリー」

いとこが声をあげて笑った。「楽しんでいるようだな、エクセター！　やっと隠し場所から公爵夫人を出したと見える」

「そのとおりだ」マーカスはベントリーのことがあまり好きではなかったが、親族の一員に無礼な態度をとるわけにはいかなかった。とくに公衆の面前では。「いとこのベントリー・リースを紹介するよ。ベントリー、私の妻だ」

「初めまして」ハンナが小さな声で言った。ベントリーが彼女の手をとって身をかがめる。その前にいとこの目にさっと興味が浮かぶのを、マーカスは見逃さなかった。本能的で原始的な何かが、その興味を引きはがしたい衝動をもたらす。ハンナは本物の妻ではないが、ベントリーはそのことを知らないはずだ。ロンドン中がマーカスは妻に夢中だと思っている。その妻にいとこが色目を使うのを、黙って見ているつもりはなかった。

「こうしてお知り合いになれるとは、なんという喜びだろう」ベントリーがハンナに言っている。「いとこは僧にでもなるのではないかと、ずっと疑われていたのですよ。期待を抱く大勢の若い女性たちをやきもきさせてきた。だが、どうやらもっとも美しい女性が現れるのを待っていたらしい」

マーカスがにらみつけても、ベントリーはかまわずハンナに称賛の視線を送っている。マーカスの腕にかけた彼女の手に力がこもった。「ありがとうございます」面食らって息をのんでいるような、マーカスが今夜初めて耳にする声だ。

「おめでとう、エクセター」からかいのこもった笑顔でベントリーが言った。「きみの幸運には底がないらしい」それでこそベントリーだ。お世辞と愚弄《ぐろう》のまじった言葉がすぐに出てくる。彼はハンナに向き直った。興味が薄れていないのは明らかで、とくにドレスの胸もとをむさぼるように見つめている。「よろしければ、ダンスをご一緒する栄誉を与えてはいただけませんか？」

「すまない、ベントリー。私もまだその栄誉にあずかっていないんだ」マーカスはハンナの返事を待たずに言った。「どうか許してほしい」

ベントリーが信じられないと言いたげな笑い声をあげた。「おやおや、きみは今夜、まだ一度も彼女を放していないんだぞ！　われわれにも少しは幸運を味わわせてほしいよ。せめてワルツを一曲だけでも」

ハンナとふたりきりになる機会をベントリーに与えるつもりは毛頭ない。いとこは彼女を質問攻めにしたあげく、邪気のない言葉の真意をねじ曲げ、とっておきの話として世間に暴露してしまうかもしれなかった。ベントリーは洒落者《しゃれもの》として悪名高く、人妻を相手にした評判はデヴィッド以上に悪い。もし機会を与えてしまえば暗黙のルールなど無視して、ほかのどんな女性より、マーカスの妻を誘惑することに大きな喜びを覚えるのは間違いなかった。そんなことは絶対に許さない。

「今日はだめだ」マーカスは冷たい声で言った。ちょうど次のダンスが始まり、彼はベントリーにそっけなくうなずくと、ハンナを伴ってダンスフロアに向かった。「一曲だけ踊って、それから帰ろう」彼は小声で説明した。彼女はうなずき、素直に彼の腕の中に引き寄せられた。ハンナの感触は柔らかくしなやかで、マーカスの頭の中でふたたび警報が、前よりもっと大きく耳障りな音で鳴り響いた。彼は無理やり視線をそらし、ピンからこぼれて耳のまわりや首筋にかかる彼女の髪に焦点を合わせた。

ハンナは公爵のベストのボタンに視線を定め、ステップに意識を集中させようとした。ダンスは楽しく、踊ってみてワルツが大好きだと気づいた。けれどもシーリアやダンス教師を相手にするのと、公爵と踊るのとでは話が違う。彼女は背中にかかる彼の手の動きを無視して、自制心を取り戻そうと懸命に努力した。

もしこれがミドルバラで、町でもっとも好ましいとされていた男性が突然結婚したら、みんなはなんて言うかしら。ここほど過激で攻撃的ではないにしろ、人々はかなりの興味を抱いて噂話をするに違いない。どこでも同じだわ、とハンナは思った。無視するよう努めるのがいちばんなのよ。彼女はそう自分に言い聞かせ、あきらめのため息をついた。

「さて」公爵の声がハンナの物思いを断ち切った。「何があったんだ?」

彼女は肩をすくめた。「噂話を耳にしてしまったの」公爵が眉をあげたので説明を加える。「化粧室で」

「なるほど」公爵は苦もなくハンナをターンさせてフロアを進んだ。彼の肩越しにそっとまわりを見まわすと、人々はまだふたりをうかがっていた。顔をあげたハンナは、公爵に見つめられていることに気づいた。「女というものは」理解のこもった声で彼が言った。

ハンナは続きを待っていたが、公爵はそれきり黙っている。とうとう我慢ができなくなって、彼女は自分から尋ねた。「女がどうしたの？」

乾いた笑みが公爵の口もとをゆがめた。「女性たちが話しているのを聞いたんだろう？きみの話だったに違いない」ハンナは眉をひそめた。「ここにいる女性たちで、公爵夫人になりたがっていた者はひとりやふたりじゃないんだ。残念ながら、全員の望みをかなえるには公爵の数が足りない。未婚で比較的財産のある公爵となればなおさらだ。きみが耳にしたのは嫉妬なんだよ」

もちろんそうだわ。ハンナは少し気分がましになった。「彼女たちは、あなたならロンドン中のどんな女性でも選べたはずだと言っていたの」公爵の顔に苛立ちがよぎるのを見て、彼女の気分はさらによくなった。彼も噂の的になるのはいやなのね。「あなたはまずい選択をしたと思われているわ」

公爵が読みとりがたい視線を向けてきた。「そうか」

ハンナはうなずいた。彼の言うとおりだ。くよくよするなんて愚かよ。「子供ができたから結婚したんだと言う人もいたの」

ステップの途中で公爵が急に足を止めた。「もっとシャンパンは？」唐突にそう言うとハンナを引っぱってフロアを離れ、通りかかった給仕に手をあげて合図した。すでに限界を超えていると思いながらも、彼女は渡されたグラスに口をつけた。

「そろそろ帰ってもいいかしら？」ハンナは訊いた。「ダンスもしたし」

「ああ」公爵がシャンパンを飲み干した。「いいだろう」

ほっとして、ハンナもさらにひと口飲んだ。シャンパンは本当においしい。給仕にグラスを戻すと、彼女は公爵が目を合わせずに差し出した腕に手をかけ、ドアのほうへ歩き出した。

「こんばんは、エクセター」声の主を特定する前から、ハンナは公爵の腕の筋肉がぴくりと動いたのを感じとった。彼女はさっと振り返ろうとしたものの、勢いあまってバランスを崩しかけ、彼の腕にしがみつくはめになった。ふたりの背後には、どこかなれなれしい笑みを浮かべて公爵を見つめる女性がいた。無意識のうちにハンナは一瞬眉をひそめた。理由はわからないが、この女性が好きではないような気がする。公爵を見つめる彼女の目つきのせいだけでなく、ほかにも何か……。何が気に入らないのかしら？　色白で冷たい感じがする、とても美しい女性だった。明るいブロンドの髪を、今ではハンナにも流行の形だとわかる髪形にまとめている。肌はクリームのように白く、淡いすみれ色のドレスを身にまとっていた。わずかに飛び出し気味の目が、唯一の欠点と言えるかもしれない。

その目がハンナをとらえ、頭から爪先までじろじろ見たかと思うと、口もとの笑みがかすかに見下すようなものに変わった。

「こんばんは」公爵がいつものよそよそしく冷たい声で言った。「私の妻を紹介しよう。こちらはレディ・ウィロビーだ」

レディ・ウィロビーの目がきつくなったが、笑顔は揺らがなかった。「こんばんは」喉を鳴らすように言って、軽く膝を曲げる。「お会いできて嬉しいですわ」

あの声だわ。化粧室で、ハンナのことを平凡で年を取っていると言っていたのはレディ・ウィロビーだったのだ。何かが――おそらくはシャンパンが――音をたててハンナの自制心を断ち切った。彼女は背筋をのばして公爵の腕をしっかりつかみ、悪意に満ちたその女性に満面の笑みを向けた。「レディ・ウィロビー、ご機嫌はいかが?」

「申し分ありませんわ」レディ・ウィロビーが公爵に視線を戻した。「結婚のお祝いをお伝えしたかったの」

「まあ、ありがとう」ハンナは言った。「私たちのために喜んでくださるなんて、親切な方ね」

レディ・ウィロビーが鋭い目でハンナを見た。「かなり驚いた人が大勢いますわ」

ハンナは目を丸くして公爵に顔を向けた。「いったいどうして驚くの?」

彼はまったく予期していなかったらしい。「ああ――ええと、私は普段せっかちなほうではないからだろう」

レディ・ウィロビーが声を震わせて笑った。「ええ、もちろんよ! エクセターが用心深くて抜け目ない人だということは、誰でも知っているわ」

「あら、そうなの、あなた?」ハンナは少し頭をのけぞらせて、公爵に優しく微笑みかけた。「私にはそういう面をまったく見せないのに」彼が体をこわばらせ、頭がおかしくなったのかと疑うようにハンナを見つめた。彼女はレディ・ウィロビーに視線を戻すと、この状況を大いに楽しみながら陽気に言った。「ごめんなさいね。本当にあっという間で――」扇で公爵の腕をポンと叩く。「今でもまだ、お互いに新しい部分を発見し合っているところなの」レディ・ウィロビーが一度、二度と目をしばたたいた。「ええ、もちろんそうでしょうとも」彼女は堅苦しく言うと、明らかに無理やり笑顔を取り戻した。「お知り合いになれてよかったわ」

「ええ、私もよ、レディ・ウィロビー」ハンナもにっこりして返した。指に感じる公爵の腕は、今や力が入って鉄のように硬くなっている。私に雷を落とすつもりかしら。気にしないわ。レディ・ウィロビーのあんな不機嫌そうな顔が見られたんですもの。

「よければそろそろ失礼したいんだが、マダム」歯を食いしばっているような声で公爵が言った。

「もちろんよ」応えるレディ・ウィロビーも同じような口調だ。「またぜひお会いしたいわ」

腹立ちをこらえているふたりの様子に、ハンナは笑い出したくなった。公爵を怒らせるつもりはなかったけれど、恋愛結婚だと思わせたがったのは彼のほうよ。他人に信じさせるのに、ほかにどんな方法があるというの？　とりわけレディ・ウィロビーのように噂好きの人に信じさせるには、徹底的にやらなくては。

マーカスはできるだけ早く舞踏室を出ようとハンナをせきたてた。いったい彼女は何をしているんだ？　スカートをつまんで急ぎ足で歩きながら、ハンナが今にも笑い出しそうなきらめく瞳を向けてくる。これではまるで、情熱的な逢引《あいびき》のためにこっそり抜け出そうとしているみたいだ。彼は不安になって、ちらりと背後をうかがった。エクセター公爵は誰とも、どんな理由があろうと、ここそ抜け出したりしない。

けれども玄関の階段にたどりつき、馬車を呼ぶよう使用人に合図したところでハンナと目が合ったマーカスは、とたんに自分が彼女を叱責しようとしていたのか、それともキスをしようとしていたのかわからなくなった。「どういうつもりなんだ?」彼はしかたなく尋ねた。月明かりを浴びたハンナがどれほど魅力的だろうと、キスなど思い浮かべた自分が腹立たしい。

ハンナは視線を落としたものの、口もとに浮かぶ嬉しそうな笑みが、後悔とは違う感情を抱いていることを示していた。「ごめんなさい。彼女があまりにも悪意に満ちていたものだから、我慢できなくて」彼女はよどみのない完璧な青い瞳をマーカスに向けた。「でも、あなたが望んでいたのはこういうことでしょう? あなたが私にしてほしいと思っていたことをしているだけよ」

マーカスは落ち着こうとして深呼吸した。冷静さを保ちたいなら、こんなことを望むわけがない。「公爵夫人にふさわしいふるまいをしてくれと言ったんだ。蔓《つる》みたいにまとわりつけとは言ってない」

ハンナの陽気な声は変わらなかった。「まとわりついてなんかいないわ。それに、あなたは妻のふりをしてくれと頼んだはずよ。公爵夫人ではなく。公爵夫人のふるまい方なんて知らないと言ったでしょ」驚いたことに彼女はにっこりして、ほとんど抱擁に近いほど身を寄せてきた。「心配しないで」ささやいて、両手をマーカスの肩にかける。「ただのお芝居よ。

あなたに同じことをしてくれとは言わないわ」もう一度謎めいた笑みを浮かべると、ハンナはくるりと背を向け、呆然と見つめるマーカスをよそに、従僕の手を借りて馬車に乗りこんだ。驚きと恐怖と……もっとひどい、欲望の入りまじった渦の中に彼を置き去りにしたまま。

11

エクセター公爵家の真珠はただのネックレスではなかった。翌日アダムズがハンナの部屋に運んできたのは、まるで海賊の宝箱だった。目にしたとたん言いようのない不安に駆られた彼女とは対照的に、ロザリンドは大喜びだ。

「まあ、マーカスがやっと思い出したのね」彼女は言った。「向こうに置いてちょうだい」秘書はドレッシングテーブルの椅子の上に箱を置くと、何度もお辞儀を繰り返して部屋を出ていった。ロザリンドの口の端に笑みが浮かんでいる。「かわいそうな子。マーカスがおびえさせているのよ」

「私も気づいていました」ハンナは冷静に応えた。ロザリンドが眉をあげて彼女を見たので、急いで話題を変える。「さて！　いよいよ有名な真珠が見られるんですね。楽しみだわ」

「ああ、そうだったわ」ロザリンドが箱のふたを開けた。「マーカスは自分であなたに渡すつもりかと思っていたの」

ハンナは肩をすくめた。昨夜の彼女のふるまいのあとでは、今ごろ公爵はこの偽りの結婚から抜け出す方法を必死で考えているかもしれない。なにしろレディ・ウィロビーの前で戯れただけでなく、調子に乗って彼にすり寄り、挑発したも同然なのだから。「きっと忙しいんでしょう」話し始めたハンナは、箱の中をのぞきこんで言葉を失った。ベルベットで裏打ちされた仕切りの中に真珠が何連も輪になって置かれ、四組のイヤリングがきらめいている。ロザリンドが上のトレイを取ると、櫛《くし》や靴飾りや小さなティアラが、輝きを放ちながら姿を現した。目が飛び出しそうになっているとわかっていたが、それでもハンナは驚かずにいられなかった。この箱の中のものだけで、ミドルバラの全住人の収入を合わせたくらいの価値があるに違いない。それも一世紀分の収入だ。「まあ、すごい」彼女は呆然として言った。

「そうね。ティアラは私にはちょっと大げさすぎると思っていたの」ロザリンドが箱からティアラを取って掲げた。「でも、あなたみたいな黒髪だと引き立つのではないかしら。私の場合はとけこんでしまうのよ」ハンナには、ロザリンドのみごとな美しい髪にとけこむものがあるとは思えなかった。今でもほとんど金色で、銀の部分は少ししかない。それにモップのようなハンナの巻き毛にティアラをのせても、ひどく不自然に映るだろう。「つけてみて」ロザリンドがそう言って差し出した。

「そんな、だめです」ハンナは断ろうとしたが、ロザリンドは取り合わない。

「つけてみなくてはだめよ。傷んでいるところがないか確かめるためだけでも。何年も前に私がつけたきり、金庫室に眠ったままだったはずだわ」

「いえ、私は本当に……」ハンナの弱々しい抗議を無視して、ロザリンドが彼女の頭にティアラをのせた。位置や角度を調整し、次にネックレスに手をのばす。値段がつけられないほど高価な宝物をまとうあいだ、ハンナは傷つけてしまうのが怖くてぴくりともせず立っていた。心のどこかでは、ほんの少しだけわくわくしている。私みたいな女に、国王の身代金に相当するほどの宝石をつける機会がどれだけあるかしら？

五本のネックレスと三本のブレスレットにイヤリングをひと組。あと三組のイヤリングはあとで試すとしても、ハンナはまるで女王になった気分だった。信じられない思いで鏡をのぞきこむ。そばではロザリンドがもうひとつのブレスレットの留め金と格闘していた。

「だめだわ、宝石商に直してもらわなければならないようね」ロザリンドが言った。「でも、ほかはどれも問題ないみたい」

「ロザリンド」ハンナはぼうっとしたまま尋ねた。「これを全部つけるなんて、いったいどこへ出かけるときなんですか？」

「どこでもよ。たしかに、ティアラは特別な場合だけかもしれないけれど。たとえばあなたが主催する初めての舞踏会とか。でも、そのときにはマーカスがほかの宝石を用意するかもしれないわね。彼の父親のウィリアムは、私たちの婚約の舞踏会のためにサファイアのネックレスをくれたの。だからあのときは、ほかに小さな真珠をつけるだけにしたわ」

「まあ」ハンナはつぶやき、もっとよく見ようと向きを変えた。真珠はまるでそれ自身が光を放っているように見える。それに自分で言うのもなんだが、彼女の髪や肌の色にかなりよく似合っていた。もしかしたら公爵が約束してくれたお金で、小さな真珠のネックレスを買えるかもしれないわ。もちろんこんな豪華なセットではなく、思い出としてひとつだけ……。

いいえ、ここを出ていったら宝石なんて必要なくなる。舞踏会もほかの社交行事もない、もとの静かな暮らしに戻るのだから、無駄になるだけだ。つける機会もない真珠のネックレスを買うのは、お金を投げ捨てるようなものだろう。

そう気づいたとたん、鏡に映るハンナの顔が曇った。彼女は首を振り、無理に快活な口調で言った。「これを全部つけていたら役立つこともありますわ。誰も私のドレスなんて見ないでしょう」それは大げさではなかった。いちばん長いネックレスは彼女のウエストまで垂れさがり、一度に五本もつけていると、それぞれの放つきらめきでドレスの身ごろが完全に覆い隠されていた。「もう二度と仮縫いで立たされなくていいわ。この真珠だけ身につけていれば、ドレスはいらないんですから」

ロザリンドが大笑いした。「まあ、ハンナ、面白い人ね！　今夜マーカスにそう言って、彼をからかってごらんなさい。シルクの代わりに宝石に身を包めば節約になるって！」

「この真珠と節約は結びつかないけれど、でも新しく買わなくていいんですものね」ハンナもにっこりしてロザリンドに合わせた。

「少なくともある面では、ものすごく心を惹かれるはずよ」青い瞳をいたずらっぽく輝かせて、ロザリンドが言った。

「そうなんですか？」ハンナは向きを変え、気後れすることすら忘れて鏡に映る自分の姿をうっとりと眺めた。もしも真珠がこれほど完璧に優雅でなく、品がなかったら……いいえ、それでもやっぱり気に入ったわ。

「ええ、そうですとも。ねえ、そう思わない、マーカス？」

「まったく」公爵のそっけない声が聞こえ、ハンナは飛びあがりそうになった。慌てて振り向くと、そこにはじっと彼女を見ている彼が立っていた。彼の家に代々伝わる宝石を身につけてうっとりしているハンナを見つめて。彼女は恥ずかしさのあまり真っ赤になり、ブレスレットをもてあそんだ。

「もちろん冗談です」公爵の目を避けて言う。「たくさんあってどれも立派だから、誰もその下に着ているものなんか気にしないという意味で……」ああ、舌を嚙み切ってしまいたい。ハンナは手首のブレスレットを引っぱりながらそう思った。「壊したりなくしたりする前にしまわなければ。そうでしょう、ロザリンド？」彼女は公爵未亡人に目で訴えかけると、背を向けて残りのブレスレットを外そうとした。

「ええ、もちろん冗談よ」ロザリンドが明るく言った。「もう新しいドレスを買わなくてすむなんて、一瞬でも思ってはいけないわ、マーカス。そういえば、今日ドレスメーカーの予約をしていることをシーリアにもう一度言っておかないと」彼女はそれだけ言うと、あっけにとられているハンナを残してさっさと部屋を出てしまった。

「ごめんなさい」ブレスレットの留め金がどうしても外れず、長引く沈黙に耐え切れなくなって、ハンナは必要以上に大きな声で言った。「ロザリンドが一度に全部つけてみるようにと言うものだから」

「わかっている」思いがけず近くから公爵の声が聞こえた。指先が震え、胸がどきどきしていたが、ハンナは必死で留め金に意識を集中させた。これ以上顔が熱くなったら本当に火が出るかもしれない。公爵がさらに近づいてくるのが、音よりも感覚でわかった。「壊れたのかな？」

彼はすぐうしろに立っている。ハンナは大きく深呼吸してから振り返り、腕をいっぱいにのばして手首を見せた。「そうかもしれないわ」普段とほとんど変わらない声が出てほっとする。「留め金が外れないの」

公爵がハンナの手を取って金具を調べた。ハンナはちらっと彼の顔をうかがったものの、すぐに目をそらした。「真珠が気に入ったようだな」公爵に言われて、彼女は顔を赤らめた。

「とても美しいわ。息をのむほど」

「次にふたりで出かけるときは、必ずつけてほしい」

「わかりました」ハンナは小声で応えた。視線を合わせたくなくて下を向いていても、彼に見られていることを肌で感じる。

「ふむ」公爵が手を離してうしろにさがった。ハンナがためらいがちに顔をあげると、彼は彼女の全身に冷静な視線を走らせていた。「きみに似合うな」公爵の言葉はハンナを驚かせた。「それをつけていると映える」

「ありがとう」喉で引っかかって声がかすれる。ハンナは咳払いして言い直した。「ありがとうございます」

公爵はまだ彼女を見つめ続けていた。「うん、きみの言っていた意味がわかった」彼がつぶやいた。

ハンナは不安になって背筋をのばした。「えっ？」

どこか面白がっているような目つきで、公爵が言った。「たしかにドレスの身ごろはほとんど見えない」

私を笑っているんだわ。そう思うとハンナは苛立った。この真珠を運ばせ、出かけるときにつけろと言い張っているのは彼だ。私にはまったく面白いと思えない。「馬鹿なことを考えないで」彼女は手を振りながら言った。「近くに寄れば誰だって見えるわ」公爵が眉をあげる。彼はあからさまにハンナの胸のあたりを見ていた。ああ、もう、言わなければよかったわ。「とにかく、これを全部同時につけることはありませんから。考えるまでもないわ」

公爵を完全に無視して、彼女はもう一度ブレスレットの留め金を外そうと試みた。

「明日の夜はいくつか身につけてほしい」ハンナの前に招待状が差し出された。留め金のことはあきらめ、彼女はカードを受けとった。

「また舞踏会？」

「そうだ。今度はもう少し控えめだろう。レディ・カーライルはいつも、客がくつろげるように配慮するんだ」

「スロックモートン家の舞踏会と同じようなことになるかしら？」顔をあげたハンナを、公爵の突き刺すような目がとらえた。彼のまなざしの何かが彼女を動けなくさせる。

「たぶん」公爵が目をそらしたので、ハンナはようやく解放された。けれどもそう思ったのもつかの間で、さらに落ち着かない気分にさせられた。彼の視線がゆっくりと動き、ハンナの頭のてっぺんから爪先まであますところなくたどっていったのだ。「だが、今度はこちらも心構えができている。そうだろう？」

「ええ、そうね」ハンナは背後のドレッシングテーブルに招待状を置いた。真珠のブレスレットが手首を滑る。どうしても留め金が外れなかったブレスレットだ。「どの真珠をつけるべきだと思う？」

公爵がなかなか返事をしないので、ハンナは顔を赤らめた。よけいなことを口走らないように気をつけなくては。彼のような男性は普段、どのネックレスを選ぶかなどというつまらない質問をされることがないのだろう。それにすばらしく美しいものばかりなのだから、どれを選ぼうと変わりはない。「きっとロザリンドが手助けしてくれるわ」彼女はそう言って、ネックレスを外すために首のうしろへ手をまわした。

「そうだな」公爵がハンナの手をおろさせた。「私が外そう」

ハンナは断りたかった。彼から離れ、彼の手の感触から逃れたい。でも、私は臆病者《おくびょうもの》ではないわ。身をよじって逃げたりしない。公爵の指が首のうしろの感じやすい肌をかすめながら留め金を外すあいだ、彼女はじっと耐えていた。一本目のネックレスが外れ、真珠がするりと胸を滑っていく。ハンナははっとしてつかんだ。公爵がいつもどおりの冷静さで彼女の首からネックレスを持ちあげ、箱の中に戻した。ハンナは目を閉じて、彼が次の留め金に取りかかるのを待ちかまえた。馬鹿ね。きつく自分を叱りつける。どうして五本ともつけたりしたの？

また留め金が外され、二本目のネックレスが首から離れた。もう一本、さらにもう一本。よかった、次で最後だわ。ハンナはほっとして目を開けた。いつのまにか、関節が白くなるほど力をこめて椅子の背をつかんでいた。だんだん公爵の動きにも慣れてきて、首筋にあたる息を感じる。彼女は髪の先まで敏感になっていた。

でも、彼は気づいていないはずよ。何も考えず、ハンナは顔をあげて鏡を見た。肩をこわばらせ、頭を少し前に倒しているものの、ようやくいつもの姿に戻った自分が映っている。そして彼は――。

公爵はハンナのすぐうしろに立ち、頭をわずかに傾けて最後の留め金に集中していた。彼が見ているのはネックレスだとわかっていても、鏡を通すと、むきだしになった彼女の首から肩の曲線を凝視しているように見える。まるで恋人に目を奪われている男性のように。

不安と欲望がまじり合い、ハンナの呼吸が浅くなった。いったい何を考えているの？　私は公爵の恋人ではないのよ。彼は首筋に唇を押しあてようとしているわけではないわ。耳のすぐ下の、私が弱い場所にキスするわけではない。そこに口づけされるとおかしくなって、どうしてキスされてはいけないのか、重要なことをすべて忘れてしまう。ほんの少しだけなら……それほど長いあいだでなければ……正直に言うなら……。

ハンナの葛藤が聞こえたかのように公爵がゆっくりと視線をあげ、鏡越しにふたりの目が合った。彼の黒い瞳の中で何かがかすかに変わった。彼は気づいている。突然のパニックがハンナを襲った。彼は私が何を考えているか知っている。

今この瞬間にハンナが考えていることがわかるなら、マーカスは大金をはたいても惜しくなかった。ひとつだけならわかる。彼女のまなざしのように深く、熱く燃える欲望だ。けれども何かがそれを覆い隠していた。恐怖だろうか？　それとも狼狽か？　その欲望からは何も生まれないと知っている後悔？　たしかにありえないことで……。

それともありうるのだろうか？

「ありがとう」息を弾ませてハンナが言った。われに返ったマーカスは、ネックレスの端を持ったままだと気づいた。そのまま引っぱり、彼女の肌の上でゆっくり真珠を滑らせる。ハンナがびくりとして彼から離れ、顔を真っ赤にした。鏡に映る彼女の胸の先端が誘いかけるように固く尖り、シルクのドレスを押しあげているのがはっきりわかった。こんなことをしてはいけない。ハンナが明らかに反応を示すとなると、マーカスが彼女に目を奪われる以上に事態を悪化させてしまう。

ハンナがひとつ残っていたブレスレットを強く引っぱった瞬間、小さな音がして留め金が弾け飛んだ。彼女は真っ青になり、顔に恐怖を浮かべて壊れたブレスレットを見つめている。

「私——壊してしまったわ」ハンナが震える指でブレスレットを差し出した。

受けとったものの、マーカスは真珠を見ようともしなかった。「すでに壊れていたんだ」視線が合うと、ハンナがさらにおびえた顔をして目をそらした。指輪やイヤリングを外し、ほかのブレスレットと一緒に箱に戻していく。彼女が手をあげてティアラを外そうとして、ようやく彼は視線を引きはがした。ここへはただ舞踏会の招待状を見せに、そして真珠をつけるのを忘れないよう、ハンナに念を押すために来たのだ。それがたまたま、彼女とロザリンドが真珠だけで体を覆う話をして笑っているところにでくわした。素肌につける真珠はハンナによく似合うだろう。マーカスはどうしてもその光景を脳裏から消すことができなかった。

彼は手の中のブレスレットをじっと見つめた。アダムズに行かせる代わりに、自分で修理に持っていってはどうだろう。ハンナのために何か見つけられるかもしれない。彼女は真珠が気に入ったようだ。瞳の色に合わせてサファイアでもいい。マーカスは彼女の首のまわりをサファイアが飾っているところを思い浮かべた。ほかには何も身につけず……。

やめるんだ。何を考えている？　ハンナは愛人ではないし、これから愛人になることもないだろう。欲望はつかの間の感情にすぎず、いつか通り過ぎてしまうはずだ。それまでこらえていればいい。マーカスはブレスレットをドレッシングテーブルに置いた。「ロザリンドは宝石商に指示を与えたいかもしれない」そしてハンナの目の前にひと財産分の宝石を並べてみせるはずだ。義母のことならよく知っている。けれども、それで彼が欲望を抑えられるなら、ダイヤモンドのブレスレットでもルビーの指輪でも喜んで買おう。ただし自分で選ぶのはだめだ。「アダムズに行かせてもいいだろう」マーカスは軽く会釈をすると、ハンナのほうをほとんど見ずに言った。「それでは、マダム」彼女に背を向けて部屋を出る。

ドアがかすかな音をたてて閉まると、ハンナは苦痛の浮かぶ目を天井に向けた。昨日の夜、公爵をからかって優しくふるまわせてはいけなかった。そのせいで、不可能が可能になるような気がしてしまった。彼女は残りの真珠を箱にしまい、そっと、けれどもしっかりとふたを閉めた。見えないところへ、心からも締め出してしまおう。公爵と同じように。

そうできることを、ハンナは願っていた。

「もちろん、私たちで持っていきましょう」しばらくしてハンナがブレスレットのことを相談すると、ロザリンドが即答した。「あなたが舞踏会につけていきたいものが見つかるかもしれないわ」

ハンナは落ち着きなく体を動かした。「いいえ、あの真珠で充分すぎます」

「今のところはね」ロザリンドが楽しそうに言った。「さあ、これからすぐ〈ブリッジズ〉へ行きましょう！　ロンドンでも最高にすてきなお店なのよ」

外出すれば訪問客をもてなすことも、誰かを訪ねることも――こちらのほうがもっと気が進まないが――しなくてすむだろう。ハンナは賛成し、宝石店に着くまでのあいだ文句も言わずロザリンドのおしゃべりに耐えた。何も買うつもりはなく、触るつもりすらなかったが、宝石を見るくらいならかまわないだろう。これまではドレスメーカーをエクセター・ハウスに呼んで衣装をあつらえるのに忙しかったので、ロンドンの街を見るちょうどいい機会かもしれない。

馬車が〈ブリッジズ〉という簡素な看板のかかった小さな店に到着すると、まずハンナが先におりた。従僕がロザリンドに手を貸しているあいだ、彼女は興味津々であたりを見まわした。両側に店が並ぶ通りはどこまでも続いているように見えた。お仕着せを着た使用人たちが両手いっぱいに包みを抱え、急ぎ足で歩くレディたちのあとをついていく。ぴかぴかのブーツを履き、襟に糊《のり》をきかせた紳士たちが、ときおり足を止めて片眼鏡で何かを——あるいは誰かを——吟味しながら歩いていた。ミドルバラとは何もかもが違っている。ハンナは一度に全部を目におさめたくて、あちらからこちらへと視線をさまよわせた。

するとと、通りの向こうから歩いてくるレディ・ウィロビーとミスター・ベントリー・リースの姿に気づいた。レディ・ウィロビーはハート形の顔を満足そうに輝かせ、まるで猫のような笑みを浮かべている。ベントリーが耳もとでささやいたことが、明らかに彼女を喜ばせたらしい。ハンナは嫌悪の念がふたたびちくりと胸を刺すのを感じた。ベントリーとレディ・ウィロビーが一緒にいるのを見ると、昨夜の本能的な不快感がますます強まった。「ロザリンド」馬車をおりてきた彼女に、ハンナは思わず声をかけていた。「あそこのふたりをご存じ?」

ロザリンドが首をめぐらせた。「どの——? ああ」一瞬不快そうな表情が浮かんだが、彼女はすぐに隠してしまった。「あれは夫の甥《おい》のミスター・ベントリー・リースよ」曖昧《あいまい》な口調で用心深く言う。

「女性のほうは?」ハンナはさらに訊いた。「昨夜スロックモートン家の舞踏会でレディ・ウィロビーに会ったんです」彼女がつけ加えると、ロザリンドがショックを受けた様子でさっと振り向いた。

「まあ、会ったの？」

ハンナはうなずいた。「ええ、彼女から近づいてきて、話をしました」

ロザリンドが唇を引き結んだ。「彼女から」瞳を激しく光らせながらつぶやく。「あのずるくて貪欲《どんよく》な――」彼女は急に言葉を切って深呼吸すると、さらに声を低めた。「スザンナ・ウィロビーのことは好きになれないの」早口で低い声だ。「彼女はジェラルド・ウィロビーの未亡人よ。彼は二〇歳も年上で、ものすごくお金持ちだったわ。あの人は夫が亡くなってひと月もたたないうちに、マニング伯爵と関係を持ったの。男爵夫人から伯爵夫人に身分をあげようとしてね」それを聞いて、ハンナは胸の痛みを覚えた。彼女自身、スティーヴンが亡くなってたった半年後に再婚に同意している。レディ・ウィロビーと同類だと考えるのはいい気分ではなかった。

「彼女はまるで狐を追う猟犬みたいにマーカスを狙《ねら》っていたのよ」ハンナの動揺に気づかず、ロザリンドが続けた。「あの人は、その……マーカスと関係があったわ」そっとつけ加える。「かなり最近の話なの」ハンナは首のあたりからかっと熱があがってくるのを感じた。そうだったのね。レディ・ウィロビーは公爵の愛人だったんだわ。昨夜、彼は社交界の単なる知り合いとして彼女に接していたのに、私はまるで恋に夢中な女の子のようなふるまいをしてしまった。なんて馬鹿なのかしら。

「あなたにこんな話をするのは適切とは言えないけれど」ロザリンドがささやいた。「でも、あなたほど分別のある人に会ったのは初めてよ、ハンナ。つまり、その、これは褒め言葉なの。だから、あなたは知っておくべきだと思って。彼女は卑劣な女だわ。それにお友達から聞いたのだけど、次のエクセター公爵夫人になるのは自分だと言ってまわっていたそうよ。何か面倒を起こすかもしれないわ」

「わかりました」ハンナは筋の通らない怒りがこみあげてくるのを懸命にこらえた。公爵が誰と関係を持とうと、私には関係のないことよ。妻ではないのだから、嫉妬に駆られた妻のような反応を示したくない。それにレディ・ウィロビーでも誰でも公爵が関係を持ってくれれば、このお芝居はもっと楽になるだろう。私が数週間後にロンドンを去っても、みんな理解を示すはずだ。どんどん過熱する私の想像力を抑える役にも立つはず。だけど、それでも……。「どんな面倒かしら?」

「なんであれ、私たちは立ち向かえるわ」ロザリンドがそう言って、問題の女性に冷たい視線を投げかけた。「心配しないで、私はあなたの味方よ。彼女は自分のせいで恥をかいたの。マーカスの妻になるなんて言いふらして。拒絶されて辛そうに見えても、結局は自分が悪いんだわ」彼女はいったん口をつぐみ、言葉を選びながらまた話し始めた。「ロンドンには、身分と財産があるというだけでマーカスに身を投げ出す女性が大勢いるわ。そのおかげで彼はたいていの女性に対して厳しいの。結婚するまで公爵だと明かさなかったと聞いて、私が大喜びしたのはそのせいなのよ。だって、あなたが愛情だけで結婚を決めるのかどうか、彼が確かめたかったということでしょ。マーカスがようやくあなたのような、彼自身を評価してくれる人を見つけて、言葉では言い表せないほど嬉しいわ。でも、あのスザンナ・ウィロビーはまったく違う。彼女はマーカスのお金と爵位が欲しいだけだもの。間違いないわ」

ハンナは弱々しく微笑んだ。「紳士のほうは？」ベントリーとレディ・ウィロビーがこちらを見ている。レディ・ウィロビーがはっと足を止め、悪意に満ちた目でにらんでいる様子からして、ロザリンドの軽蔑した目つきに気づいたらしい。一方でベントリーは顔を輝かせ、軽く帽子に手をかけた。ハンナの問いかけにロザリンドの額の皺が消える。

「彼はずっと好ましいわ」彼女の声があたたかみを帯びた。「ベントリーは夫の甥なの。女性の扱いがうまいのよ！ロンドンの女性の半分は、彼に憧《あこが》れたことがあるはずだわ。ただ、彼の父親はお金のことに疎くて。かわいそうな人。だからベントリーは子供のころ、よくエインズリー・パークに来ていたのよ。マーカスやデヴィッドと兄弟みたいに育ったの」

「それなら……仲がいいんですか？」ハンナが見ていると、レディ・ウィロビーがベントリーに何か告げ、急に背を向けて反対方向へ歩き始めた。パラソルを乱暴に揺らしながら。

ロザリンドが軽やかに笑った。「必ずしもそうではなかったみたい。大きくなるにつれて、ベントリーは立場の違いを感じ始めたようなの。マーカスが新しい公爵になると、エインズリー・パークへは来なくなってしまって」そこで彼女の顔に嬉しそうな笑みがぱっと広がった。「ほら、彼が来たわ。ひどい人ね、連絡も寄こさないで」

ベントリーがロザリンドの手を取ってキスをした。「お恥ずかしいかぎりです。どうかお許しを。あなたがロンドンに到着なさっていると知っていたら、何をおいてもエクセター・

ハウスに駆けつけていましたよ」

ロザリンドが笑った。「嘘おっしゃい。あなたのことはよく知っているのよ、ベントリー。どうせどこかのかわいそうな女性を誘惑して、夢中にさせていたんでしょう。家族のことなんて思い出しもしなかったに違いないわ」彼女はハンナのほうを向いた。「でも、今回は損をしたわね。あなたがいないあいだ、ハンナが私につき合ってくれているの。私の義理の娘にはもう会った?」

「光栄にも昨晩、スロックモートン家の舞踏会でお会いしましたよ」ベントリーが目もくらむような笑みをハンナに向けてきた。「残念ながら、ダンスはご一緒できなかった」

「また次の機会に」服を着ていないところを想像しているような目つきで見ないでほしいと願いつつ、ハンナは小さな声で言った。昨夜の彼はほとんどのぞきこむように身を乗り出していて、彼女は居心地の悪い思いをしたのだ。あんなふうに欲望もあらわな視線を向けてくる人など誰もいない。

「最大の楽しみとしてお待ちしていますよ」ベントリーが声を落として続けた。「われわれはもう家族なんだから、あなたに忘れられたら胸が張り裂けてしまう」

「ええ」ハンナは言った。忘れはしないわ。でも、なんとしても避けよう。ロザリンドに彼のことを聞かなければよかった。ベントリーはあのまま気づかずに行ってしまったかもしれないのに。

「家族のほかのみんなはどうしていますか?」ベントリーがロザリンドに尋ねた。「いとこたちは元気ですか？」

「シーリアは、ご存じでしょうけど、来年の社交シーズンにデビューする予定よ」ロザリンドが答えた。「あなたが送ってくれたすてきな誕生祝いの贈り物のことで、お礼を言いたがっているわ、ベントリー。近いうちにぜひ訪ねてきて。デヴィッドはロンドンにいないの。どこにいるのかまったくわからないのよ。彼のことだから、気まぐれにあちこち行っているんでしょう。それからマーカスは」彼女は意味ありげな微笑をハンナに向けた。「とても元気よ」

「すばらしい」ベントリーはそう言ったが、ハンナには彼の笑顔が先ほどよりかすかにこわばっているように思えた。彼が本気で家族の様子を気にしているかどうかは疑わしい。でもそんなふうに考えるなんて、彼に厳しすぎるかもしれない。「これから〈ブリッジズ〉に行くんでしょう？」ベントリーが続けた。「おふたりだけで？　まさかいとこは、かの有名なエクセターの真珠をなくしたのではないでしょうね？」

「まさか」ロザリンドがきっぱり言った。「たいした用ではないの。ブレスレットを修理してもらうだけだから。マーカスは、守ると決めたら絶対になくしたりしないわ」

ベントリーが笑った。「ええ、ええ、絶対に。おふたりのお供をさせていただき、そのあとアイスクリームでもご一緒できたらこのうえない喜びなのですが、悲しいかな――」彼は片手を胸にあて、哀れな表情を浮かべてみせた。「どうしても断れない約束があるのです」

「それなら、あなたを解放してあげなければいけないわね。どうか時間を作って訪ねてきてちょうだい」ロザリンドが頬を差し出すと、ベントリーがうやうやしくキスをした。彼はちらりとハンナに視線を投げかけてきたが、彼女は手提げ袋を両手で握りしめ、礼儀正しい笑みを顔に張りつけた。ハンナの拒絶を理解したらしく、彼はただお辞儀をするに留め、目をきらめかせてふたりに別れを告げて去っていった。

うしろ姿を見送りながら、ベントリーのどこが気に障るのかしら、とハンナは考えた。彼女よりベントリーをよく知っているロザリンドは、彼をただの浮気者と見ているようだ。たしかにその点は間違いないだろう。思い悩んでもしかたがないわ。ハンナは自分に言い聞かせた。ベントリーはああ言っていたけれど、本当は家族でもなんでもない。社交シーズンの終わりには、道で彼にでくわさないかと心配することもないだろう。不安な気持ちにさせられるかどうかなど関係なくなっているはずだ。

ハンナはため息をついた。心に秘めておく心配はこれが最初ではない。親切すぎるいとこの件が、彼女が耐えるべき最悪の問題だというなら、むしろ喜ぶべきなのだ。ハンナは向きを変え、ロザリンドのあとから宝石店へ入っていった。

12

「とにかく答えが必要だ！　銀行はこの問題に関して永遠に待ってくれるわけではないのだから」

マーカスはミスター・ティムズに冷たい目を向けた。この男はまたやってきた。マーカスをせっつくためらしい。さすがにうんざりしてくる。「答えがあるならとっくに知らせている」マーカスは、彼のブランデーを飲むティムズを見ながら言った。いつも家に押しかけてくるのは、ブランデーのせいかもしれない。

「まあ、まあ、私は理解しているんだ」ティムズが空のグラスを置いた。「だが、ほかの取締役たちは――」

「彼らも条件は知っているはずだ」マーカスはさえぎった。「同意したのだから。進捗《しんちょく》状況の確認に、毎週のようにきみをここへ送りこんでくるのは彼らなのか？　それともきみが独断で来ているのか？」

ティムズが丸顔を真っ赤にした。「われわれは知る必要がある」頑固に言い張る。「こうしているあいだにも銀行は損をしているんだ」

「それなら、もっと複製されにくい紙幣を作るべきだ」

ティムズが、底にまだ残っていないかと探るようにグラスを見ている。「それはそうだが。うーん、わかった、エクセター。もう少し辛抱しよう。なんといっても、きみは新婚なのだしな。われわれは本当に――」

「一週間か二週間のうちにはきみを訪ねる」マーカスは立ちあがった。個人的な問題は、ティムズにもほかの取締役たちにも関係ない。「それでは、今日はここまでにしよう」

ティムズはふたたび顔を赤らめ、よろめきながら席を立つと、会釈して言った。「わかった、わかりましたとも、公爵閣下。それではまた」

マーカスは立ったままドアが閉まるのを見ていた。彼の花嫁のことを思ってティムズが退散してくれたのなら、喜ぶべきなのだろう。銀行の側に立って考えれば無理もないとはいえ、やってくるたびにまだ謎が解明できないのかと責められ、せかされるのは嬉しいことではない。笑えるほど簡単に偽札を作られてしまう落ち度は銀行のほうにもあるのに。

花嫁といえば……。今朝はどうしているのだろう。先ほど彼女の娘が、シーリアと一緒に階段の手すりを滑りおりているところを見かけた。妹は子供時代の最後の夏を満喫しているようだ。マーカスはふたりの様子を眺めつつ、シーリアがまだ小さくて、肩車をしてやっていたころのことを思い出した。エクセター・ハウスに子供の声が響かなくなってから、ずいぶん月日がたつ。ふたりの歓声は大きく、ときおり大きすぎるほどになったが、思ったほど苛立ちを感じなかった。少女に楽しげな笑みを向けられたときには、無意識に微笑み返してしまったほどだ。

義母の姿は見えなかった。ロザリンドは友人を訪ねている。マーカスは彼女がひとりで出かけたと知っていた。開いた窓から聞こえてくる叫びや笑い声から判断して、シーリアと子供は今度は庭で遊んでいるようだ。ということは、公爵夫人はひとりきりで屋敷の中をうろうろしているに違いない。

マーカスは衝動的に――衝動の正体を深く考えるのはやめて――書斎を出て居間へ向かった。誰もいない。彼はかすかに眉をひそめた。ハンナが楽器を演奏するかどうかは知らないが、音楽室かもしれない。そこにも彼女はいなかった。図書室だろうか？ ロザリンドが、ハンナは読書好きだと言っていた。この屋敷にはかなり大きな図書室がある。

階段を半分ほどのぼりかけたところで、マーカスはアルバート・リドリーとでくわした。ぽっちゃりして地味な女性の腕を取り、ふたりで頭をつき合わせて何やら興奮した口調で話している。マーカスはわきによけて彼らを通しながら、いったいリドリーがこの屋敷で何をしているのだろうといぶかった。そのとき、ふたりがマーカスに気づいた。驚きにぽかんと口を開けている紳士に対して、女性のほうがマーカスに駆け寄ってきた。

「ああ、公爵様、奥様はなんてお優しい方でしょう！ あんなに親切で哀れみ深い方には会ったことがありませんわ！ ありがとうございます！」女性が口づけそうな勢いでマーカスの手を取ったので、彼は急いで引き抜いた。

「それはどうも」マーカスは冷たい口調で言った。「レディ・リドリーでしょうか？」

女性がこくりとうなずいた。両手を体の前で握りしめ、顔に喜びをあふれさせている。

「すばらしい、本当にすばらしい方ですわ！　あなたはなんて運がいいんでしょう。もちろん私たちもですけれど。つまり私が言いたいのは――」

「コンスタンス！」顔を真っ赤にしたリドリーが慌てて妻を引っぱった。「公爵はお忙しいに違いない。それでは失礼します。私たちも帰らなければ、コンスタンス」彼は妻を連れて急いで階段をおりていった。マーカスは不安と、そして怒りがつのってくるのを感じながらふたりを見送った。彼は階段をのぼりきり、図書室にいるハンナを見つけた。

彼女はお茶のトレイを前に座っていた。トレイには三人分用意されていたらしい。顔をあげてマーカスの姿を目にしたとたん、ハンナの顔に笑みが広がった。嬉しそうな様子からすると、何か彼の気に入らないことをしたに違いない。「こんにちは。お茶はいかが？」

「ありがとう、だが結構だ」マーカスは閉めたドアに寄りかかり、じっとハンナを見つめた。彼女はお茶を飲みながら口もとにさらに笑みを浮かべた。嬉しくてたまらないようだ。彼はポケットに両手を入れ、部屋を横切っていった。「ここへ来る途中でリドリーと彼の奥方に会った。彼らとずいぶん楽しい時間を過ごしたようだが？」

「すばらしかったわ」ハンナがスコーンを取ってかじった。マーカスは、彼女が唇の端についたかけらをなめるのを視界の隅でとらえた。窓のそばで足を止めて外を見ると、ちょうどリドリー夫妻が通りの突きあたりで馬車に乗りこむところだった。

「彼らは私に感謝していた」マーカスはつぶやいた。「やたらと礼を言っていたよ。なぜだろうな」背後からは返事がなかった。「奇妙だと思わないか？　最後に会ったとき、リドリーはさんざん私に悪態をついていたんだ。それが今日、彼の奥方は私の足もとに身を投げ出さんばかりだった」陶器が触れ合う小さな音のほかは何も聞こえてこない。「まさかきみが理由を知っているということはないだろうな？」

「賭け事は人の道に外れています」ハンナが取り澄まして言った。「カードの数が少し違うだけで人の家や生活を取りあげるなんて、このうえなく残酷で卑しむべき行為だわ」

「アルバート・リドリーは五〇歳になる」マーカスは言った。「かろうじて半分の年齢の女性が、彼の悪癖を弁護するとは思いもしなかった」

「自分を取り戻して行いを改める機会を彼に与えるのは、キリスト教徒としてあたりまえのことだと思ったんです。そうすれば無一文になるよりも、災難から学べるでしょう」

「ほう？」マーカスは窓から振り返った。リドリー夫妻は行ってしまい、彼はハンナがどうふるまうのか見たかったのだ。「きみは賭け事の借金についてよく知っているようだ」

　ハンナが小さく舌を鳴らすのが聞こえた。「私が知っているのは彼の過ちについてです」

　マーカスは窓に肩をもたせかけた。「過ちか。それは大酒を飲んで、家も含めて全財産をたった一枚のカードに賭けることを言うのかな？」

「ええ、そうよ。私はそれを過ちと呼ぶべきだと思います。あなたは過ちを犯したことがないの？」

「これまでの人生で一度も、失って耐えられないものをなくす危険を冒したことはない。少なくとも、カードゲームのようななりゆき任せのものには賭けない。私なら過ちではなく、愚行と呼ぶ」

ハンナがさっと立ちあがった。「では、彼とゲームをするべきではなかったんだわ。彼がそれほど愚かなら。あなたは飲み慣れていない人につけこんだのかもしれない。あなたは――」

「私がつけこんだ?」マーカスは愕然として、思わずハンナのほうへ足を踏み出した。彼女がびくっとする。聖人ぶった態度にわずかに亀裂《きれつ》が入ったことに気づいて、彼は満足を覚えた。「どちらかといえば、リドリーのほうが他人を出し抜こうとしていたんだ。自分の財力を超えた賭けが行われるテーブルに参加して。彼がどうしてそんなことをしたと思う? あわよくば、金持ちからひと財産奪ってやろうと考えたのではないかな?」

「あなたは家の権利証まで奪ったわ」ハンナが顎をつんとあげて言い返してきた。

「彼がいったいいくら負けたか知っているのか?」

「いいえ」青い瞳を挑戦的にきらめかせる彼女を見ながら、マーカスはゆっくりと近づいていった。なんということだ。牧師の未亡人がシルクとレースを身につけるとこれほど美しくなるとは、誰が想像しただろう? 彼が近くまで行くとハンナが身をひるがえし、部屋の中を歩きまわり始めた。「いずれにせよ、金額は関係ないわ。私は彼の間違った行いについて助言を与えて、借金を免除すると伝えました」

「きみが、何をしたって?」マーカスはふたたび仰天して立ち止まった。「きみはそういうことをする立場にない」

ハンナがまた挑むように目をきらめかせ、テーブルのそばで振り返った。「あら、あなたの妻として、私にも権利があるんじゃありませんか？　聖書にも〝ふたりは一体となる〟と書いてあるわ。その片割れとしてたまたまリドリー夫妻に応対した結果、私は借金を帳消しにすると決めました」

今のマーカスにとって〝ふたりは一体となる〟はまずいたとえだった。その考えが何日も彼を苦しませ続けているのだ。ハンナが背後のテーブルに両手をつき、片側から日の光を全身に浴びて立っている姿が、彼の内に潜む悪魔をついに解き放った。マーカスは彼女が無防備に立っているすぐそばまで詰め寄った。「二万ポンド」彼は言った。「リドリーが失ったのは二万ポンドだ。五〇〇〇ポンド負けても彼はやめなかった。一万ポンドになっても、一万七〇〇〇になってもだ。彼の証書など欲しくないが、それを賭けて失ったのは彼なんだ」

「売るつもりだったんでしょう！」ハンナがあとずさりしたが、すぐうしろにテーブルがあって逃げられない。マーカスは首を傾け、彼女が落ち着きを失うさまを楽しんだ。

「ほかに彼の土地をどうしろというんだ？」マーカスは、アダムズを通じて弁護士に売らせる指示を出したことすら覚えていなかった。

「未亡人の彼の母親が住んでいるのよ！」ハンナがまたうしろにじりじりとさがった。「テーブルが背中に食いこんでいるに違いないが、ひるんだ様子は見せない。「子供たちもいるわ！　あなたに家を売られたら、どこへ行けばいいの？」

マーカスは肩をすくめた。「リドリーよりは金のつかい道に慎重な親類のところかな？　私には関係のないことだ。だが、きみがすでに借金を免除してしまったのなら、今さらどうすることもできない」

ハンナが目をしばたたいた。「ええ、そうよ。だけどもしかして……」今や彼女はそれほど自信に満ちているようには見えなかった。

「もう取り戻せない」マーカスは低い声で言って、ハンナをはさむようにテーブルに両手をついた。「ただひとつ、きみがどうやって埋め合わせるつもりかという問題が残っている」

ハンナの顔が赤くなった。「あなたにあのお金は必要ないでしょう？」

マーカスは片方の眉をあげた。「そうなのか？　きみにどうしてわかる？」彼女が口を開きかけ、また閉じた。挑戦的な態度に不安がまじり始めている。「結局のところ」彼はドレスに包まれたハンナの肩に指を一本だけ置いた。「きみが気づかせてくれたように、私は最近こういうもののために金をつかいすぎているようだ」かすかに触れるか触れないかの強さで、襟ぐりに沿って指を動かしていく。彼女の喉もとの脈が急速に打ち始めるのがわかった。

「もちろん、リドリーの代わりに借金を返済するつもりなんだろうな。二万ポンド全額を」

ハンナは気が遠くなるのを感じた。もはや、公爵に教訓を与えているのかどうかわからなくなってきた。二万ポンドという額は、たとえ人生を二度繰り返しても、彼女には想像もつかない金額だった。「私にそんな大金がないのはわかっているでしょう」ハンナは言い返した。冗談に違いないわ。彼女は不安を感じつつも自分に言い聞かせ、テーブルについた手を動かして、うしろに倒れないよう気をつけながら少しでも彼から離れようとした。

「いいや、冗談じゃないぞ」ハンナの心を読んだように公爵が言った。「賭け事の悪についての私に説教したつもりなんだろう。いいとも、言いたいことはわかった。だが約束を守るという点では、きみにも教えてやる必要がある」

「何も約束していないわ」抗議は妙に弱々しい声になった。

「彼に借金の返済は不要だと約束したじゃないか。使用人への支払いに、私があの金をあてにしていたとしたらどうする？　きみのせいで何人か解雇しなければならないかもしれないぞ。これから数年間、食事はスープのみかもしれない。きみが慈悲深くも、根っから賭け事好きな男の借金を帳消しにしてやったせいで」ハンナは唇を噛みしめた。公爵がお金を必要としているかもしれないとは考えなかった。かわいそうなレディ・リドリーと子供たち以上に必要だとは思えなかったのだ。

ハンナは心の中で首を振った。エクセター公爵が家計を切りつめるですって？　馬鹿げているわ。ロザリンドはお金があり余っているように買い物をするし、家の切り盛りでも節約できることはたくさんある。彼は私を困らせようとしているだけなのよ。たしかに今では公爵の権利を侵害したのだとわかるけれど、それでも間違ったことをしたとは思えない。

「私にどうしてほしいの？」私に無理な姿勢を強いていると気づいて、押しのける手間を省いてちょうだい。たとえ嘘つきのろくでなしでも、魅力的で優しかったデヴィッドに何も感じなかったというのに、彼の双子の兄をひどく意識してしまうことなんてあるのかしら？

「床を磨きましょうか？　料理もできるし、洗濯も、縫い物もできるわ」

公爵が眉をあげた。「じつに結構な才能だ。しかし、そういう仕事をする者はすでに雇っている。きみにできることで、まだやっていないほかのことを考えてみよう」

ハンナは頭の中が真っ白になった。償いとして自分にできることなど考えられない。公爵がこんなふうにのしかかってきて、想像するだけでもいけないことをほのめかすあの黒い瞳で見つめているときに、そんなことを思い浮かべるわけにはいかなかった。「使用人が大勢いるのに、私にできることが残っているとは思えないわ」気づかないふりをして押し通すつもりで、彼女は言った。

公爵がにやりとした。その急な表情の変化がハンナを動揺させる。彼が笑ったところを見たことなんてあった？「本気だ。これまでおろそかにしていたことをいくつか思い浮かべている……」公爵の視線が彼女の唇に落ちた。「償いにはぴったりだ」

ハンナは必死で返答を考えたが、公爵の笑顔を見た喜びが頭を正常に機能させてくれない。彼の想像が予想どおりだったとしても、もう一度あの笑顔を見ることしか考えられなかった。それがいけないことで、止めなければならないとしても。彼女の口から出たのは抗議の言葉ではなかった。「たとえばどんなこと？」

公爵がわずかに身を寄せ、両手がハンナのウエストのすぐそばに来た。重心が移動して、自分の体が危険なほど傾いているのがわかる。彼はハンナを腕に抱いているも同然だった。彼女の足は両方とも床から浮きかけ、かろうじて体を支えている状態だ。ダンスのときに公爵に抱かれたが、あのときとは状況が違う。あのときは公衆の面前で、幸せな夫婦のふりをしていた。けれども今はふたりきりで、何が起ころうと人の目に触れることはない。

公爵の瞳は暗く陰りを帯び、喉もとの脈動はハンナと同じくらい速かった。高いところから飛びおりたような感覚に包まれて胸がどきりとする。もし彼がキスをしたら、何もかも変わってしまうだろう。だめ、キスをさせてはいけない。できないのだ。ハンナは唇を湿らせて言葉を探した。

かすかな笑みがふたたび公爵の口もとに浮かんだ。「たとえば、これだ」額に落ちたハンナの巻き毛を彼の指がなでた。「それからこれ」頬をなぞる。彼女はキスを待ちかまえた。面倒を引き起こすだけだとわかっているのに、どうして待ってしまうのかわからない。ハンナはクリスマス・プディングを待ちわびる子供のように、その場に立ちつくしていた。ひと口ももらえないまま隅に追いやられるのが怖くて身動きもできず、それでも期待に胸を震わせている子供のように。

公爵の指が顎をかすめるのを感じ、ハンナは目を閉じた。夫でもなく、これから夫になることもないこの男性に惹きつけられるなんて、私は愚かだわ。彼は新しい愛人をすぐにでも住まわせられるように、家具を備えつけ、使用人まで置いた家を持っている。義母や妹、友人、知人のすべてに嘘をつくような人だ。放っておいたら、レディ・リドリーと子供たちの家を売り払っていただろう。冷たくてよそよそしく、恥をかかないためなら躊躇なく私を利用する。彼のせいで私はすでに、自分の家族や彼の家族ばかりか、まったく見知らぬ大勢の人にまで嘘をついてしまった。

「キスひとつで二万ポンド分なの？」唇と唇がかすかに触れ合った瞬間、ハンナは口走っていた。公爵が凍りついたように動かなくなる。彼女がまぶたを開けると、彼はふたたび何を考えているのかわからない冷ややかな目に戻っていた。

「一〇〇〇ポンドというところだ」分別は私を見捨ててしまったようだわ。ハンナは無作法な質問を後悔した。相手に対して失礼だからというだけでなく、公爵をぞっとする冷酷な人間に戻してしまった。彼の中にかいま見えたあたたかさに揺さぶられ、認めたくないほど惹きつけられていたのに。

「ごめんなさい」ハンナはつぶやいて視線を落とした。公爵がテーブルについた手を離して体を起こし、うしろにさがる。

「ちっともかまわない」氷のように冷たいその言葉を聞いて初めて、ハンナは先ほどまでの公爵の口調がどれほど和らいでいたか理解した。さっと顔をあげた彼女は、彼が謝罪の言葉を誤解していることに気づいた。公爵が袖口を直しながらちらりとハンナを見て言う。「返済に関しては、もっと辛くない方法を考えつけるだろう」

「値段を尋ねたりしてごめんなさい」ハンナは、キャビネットからグラスとウイスキーのボトルを取り出す彼に声をかけた。「無作法だったわ。謝ります」

　公爵がグラスに半分以上ウイスキーを注いだ。「いや、いいんだ。こういうことは正直になるにかぎる。無料のものなんて何もない。そうだろう？」彼の口もとがゆがみ、こわばった面白味のない笑みを作った。ほんの少し前に目にした、ハンナの心を惹きつけた笑みとは大違いだ。彼女はひどく憂鬱な気分になった。でも、なんて言えばいいの？　お願いだから、私が台なしにする前のすてきなあなたに戻ってちょうだい、とでも言う？　公爵がハンナに向かってグラスを掲げてみせた。印章つきの指輪に日光が反射している。彼は顔をそむけて窓のほうを向いた。

「ごめんなさい」ハンナは力なく繰り返した。公爵の返事はない。彼女は急いでドアに向かい、部屋を出る前にもう一度振り返った。日の光がまばゆく彼を包みこみ、ぼんやりとした輪郭しか見えない。背筋をまっすぐのばした背の高いその姿は、完全な孤独の中に立ちつくしていた。

マーカスはひとりになりたかった。喉を流れるウイスキーの冷たい感触を心地よく感じながら、窓の外の通りを見おろす。牧師の未亡人と戯れるなんて、いったい何を考えていたんだ？　不信感しか抱かれない相手にキスをしようとするなんて。頭がどうかなったに違いない。ハンナはリドリーに哀れみを感じる優しさや、スザンナを負かすだけの勇気も持ち合わせている。けれどもマーカスのことは、いまだに冷血な怪物としか見ていないのだ。そう思われているのがわかったからといって、これほど気持ちがくじかれるのはどうしてだろう。

マーカスは頭を振って、彼の下で背を弓なりにしていたハンナの姿を脳裏から消そうとした。彼女は目を閉じて唇を開き、キスを待ち望んでいる女性そのものだった。ただし、彼からのキスではない。

デヴィッドには何かを感じていたのだろうか？　ハンナにひどい仕打ちをしたところを見ると、弟のほうは明らかになんの感情も抱いていなかったようだ。だが女性というのは気まぐれな生き物で、必ずしも理にかなった行動をとるとはかぎらない。ハンナはたいていの女性よりましだと思っていたのだが、私がそう思いこんでいただけなのか？　マーカスにすれば、二万ポンドの負債を帳消しにするのはかなり理不尽な行為だ。それに彼女は知り合って三週間もたたないうちに、デヴィッドとの結婚に同意した。ひとつ確かなのは、ハンナが欲のためにそういう行動に出たわけではないということだった。強欲な女性なら、マーカスが差し出した金を受けとっていただろう。今となっては、彼女が欲深ければよかったのにとさえ思う。そうすれば二〇〇ポンドを渡して、ひと晩だけベッドをともに……。

グラスはいつのまにか空になっていた。マーカスはため息をついてトレイに置いた。まだお茶の時間にさえならないのに、すでにグラスに半分以上もウイスキーを飲んでいる。どんどんデヴィッドに似てきているようだ。マーカスは窓に背を向け、秘書を探しに行った。

13

ハンナはその日一日、もう少しでキスしそうになったことについて考えるのをやめられなかった。公爵が明らかにキスをしたがっていたわけではなく、むしろ彼女がキスしてほしいと望んでいた。ハンナはしばらく時間をかけて、彼に惹かれるもっともらしい理由を見つけようとしてみた。これはきっと、公爵のすぐそばにいて、実際は違うのに親密なふりをしているために引き起こされた、純粋に身体的な反応に違いない。いくら彼の妻ではないと心で繰り返したところで、妻を演じていれば、理不尽な思いを抱くなと言っても無理な話なのだ。それに彼女は以前結婚していて、夫と愛を交わすのをいやだと思っていなかった。

夫とベッドをともにしなくなって数ヶ月がたつので、つい親密な関係を望んでしまうのかもしれない。自分のことを好色な未亡人だと考えたくはないが、公爵にキスしてほしいと思ってしまうのはきっとそのせいだ。ハンナは自らに言い聞かせた。彼に称賛されていると知るのは、女性として嬉しいことだった。その称賛は、彼女の中では夫から注目されることと密接に結びついているので、体が習慣的に反応してしまうのだろう。そう、習慣に間違いない。それだけだ。

ハンナは、起こってはならないことが起こるのを阻止できてよかったとさえ考えたが、それでも苛立ちはおさまらず、まだぴりぴりしていた。あいにく問題の男性がそのあと一日中姿を消してしまったので、状況はさらに悪くなるばかりだった。

最初、ハンナはほっとした。公爵と顔を合わせても、何を言えばいいのだろう？　気持ちを落ち着かせ、次に会ったときにどうすればいいか考える時間ができてよかった。しかしそのあと、彼女は不安になった。一日がなかなか終わらず、彼がどこにいて何を考えているのかということばかり気になって、何にも集中できなかった。もしかしたら公爵はハンナの行動に気分を害し、彼女に対して怒っているのかもしれない。いや、もしかしたら、気に留めてもいないのかもしれない。なぜこれほど動揺してしまうのか、ハンナにはわからなかった。誰かに怒る権利があるとしたら、それは私だわ。だって公爵はあんなふうに……。あのときの光景がよみがえり、彼女はそわそわと座り直した。ハンナが何日も好奇心を抱いていたことを彼が実行に移そうとしただけかもしれないが、すぐには忘れられそうもなかった。

ハンナは公爵の反応を、細かいところまですべて思い出してみた。私が止めたから、彼は怒ったのかしら？　公爵のような男性は、女性が腕に飛びこんでくることに慣れているに違いない。傷ついたのは彼のプライドだけなのかもしれないわ。そう、私は何も恥じなくていいのよ！　だけど、もしかして……プライドの問題ではなかったら？　ほかの何かだったら？　その可能性がハンナの胸を締めつけた。

でも、それなら問題は解決する。公爵と話をして、ちゃんと謝ればいい。ハンナは彼と同じくらい――正直に言えば彼よりもっと――この偽りの関係をうまく続けていきたかった。だから、物事を正すのは私の務めだわ。ハンナはこの三〇分ほど手に持っていただけの本をわきに置いて、椅子から立ちあがった。モリーとシーリアは、彼女がいるテラスの下の庭で凧《たこ》を揚げている。ハンナはふたりに手を振ると、屋敷の中に入ろうと向きを変えた。どこからともなく従僕が現れてドアを開けてくれる。彼女は小声で礼を言った。こういうことにも慣れてきてしまった。

廊下を歩いて書斎へ向かうあいだ、ハンナのてのひらは緊張で湿っていた。このあいだ仕事の邪魔をしたときのように、公爵の機嫌を損ねないといいのだけれど。思えばあのときから、すべてが誤った方向へ動き出したのだ。もしも推測が間違っていて、図書室で彼が腹を立てたのは彼女があのテーブルの上でスカートをたくしあげなかったからだとしたら、これから恥をかくことになるだろう。書斎まで来るとふたたびためらいが生じ、ハンナはドアの外で足を止めたままこぶしを握りしめた。これは良心のとがめをなくすためよ。彼女は自分に思い出させた。知らないより知るほうがいい。勇気を奮い起こしてノックする。

たちまちドアが開けられた。書類をつかんだミスター・アダムズが、驚いた顔で立っていたかと思うと慌ててお辞儀をした。必要以上に深く。ハンナは笑いそうになるのをこらえた。彼の気持ちならわかる。すっかり萎縮《いしゆく》して、何か間違いを犯しはしないかと不安になっているのだ。

「こんにちは、ミスター・アダムズ。今日のご機嫌はいかが?」

「申し分ありません、マダム?」そそわそわしながら彼が答えた。「何かお手伝いいたしましょうか?」そこではっと口ごもる。「つまり、その、マダムもご機嫌よくていらっしゃるとよろしいのですが。ええと、何かお手伝いいたしましょうか?」アダムズは心配そうに繰り返した。

ハンナの唇が震えた。「ありがとう」ほかにどうしていいかわからないように、アダムズがもう一度お辞儀をした。手紙が何通か床に落ちたが、彼は気づいていないようだ。「探しているんだけど――」彼女は躊躇した。妻のふりをしているとはいえ、公爵を夫と呼ぶのは奇妙な感じがする。クリスチャンネームで呼ぶわけにもいかない。「公爵を」ハンナは言った。「少し時間を割いてもらえそうかしら?」

アダムズが唇を湿らせ、落ち着かない様子でもぞもぞと足を踏みかえた。またしても書類が落ちる。「いいえ、マダム。公爵様はいらっしゃいません。と、思います」

「あら」ハンナは困惑して言った。どういうわけか、ほっとしてはいなかった。

「夜もお戻りにはならないかと思います」アダムズがつけ加えた。「今日の仕事を終えたら明日まで来なくていいと、私におっしゃいましたので」

「まあ」外で食事をするのね。ハンナは思った。私を避けているのかしら? それとも、もしかして……。彼女はまばたきした。もしかしたら、キスを止めたりしない女性のところへ行ったのかもしれないわ。だからといって思い悩んではいけない。私には知る権利もないし、気にする権利すらないのだから。ハンナは公爵のことを意識の外へ追いやり、考えないようにした。「ありがとう。では、あとで話すことにするわ」

アダムズが緊張した面持ちで笑みを浮かべ、また床につきそうなほど深くお辞儀をした。手紙がさらに二通床に落ちたが、今度は彼も気づいて顔を青くした。ハンナは彼が気の毒になり、拾い集めるのを手伝おうと床に膝をついた。

「公爵夫人！」おびえたあえぎとともにアダムズがハンナのそばにひざまずき、落とした書類を必死でかき集め始めた。ハンナは拾った紙を彼に渡そうとして、その中の一枚にふと目を留めた。

「これはリドリー・ハウスの譲渡証書だわ」問いかけるようにアダムズを見る。秘書は何度もまばたきをしてうなずいた。

「はい、マダム。公爵様は私に、これをリドリー卿に返すようにと指示なさいました。ですので、ちょうどこの証書を取りに公爵様の書斎へうかがったところなのです。ご指示どおりにするために」アダムズが証書を受けとろうとしたので、ハンナは素直に渡した。「公爵様はこれをあなた様からの贈呈として返すようにとおっしゃっていました、マダム」アダムズが恥ずかしそうにつけ加えた。彼女は一瞬言葉を失って彼を見つめた。

「ありがとう、ミスター・アダムズ」彼がまたお辞儀をした。秘書はさらにもう一度頭をさげると、急いで廊下へ出ていった。ハンナは彼を見送ってから、ゆっくりと歩いてテラスへ戻った。公爵はリドリー一家に家を返そうとしている。私からの贈り物として！　彼と話したときの様子では、とてもそんなことをしてくれるとは思えなかった。あのとき公爵が言ったことを、そして彼がしかけたことを思い出し、ハンナの足どりがわずかに乱れた。彼は間違いなく、返すつもりではなかったはず。では、私にも償いを求めないの？

「ママ！　あたしの凧が！」ハンナはとりとめのない思いからわれに返った。モリーが彼女の手を引っぱって庭を指差している。「見て、ママ、あたしの凧が木に引っかかっちゃったの！」モリーは心配そうな顔をピンクに染め、ハンナを見あげている。「取って、ママ。お願い、いいでしょ？」

ハンナはにっこりしてモリーの手を握った。「できるだけ頑張ってみるわ。シーリアにも届かないの？」

「うん、だめだった！　シーリアはママみたいに木にのぼる方法を知らないんだって。だから助けて」ハンナは笑って、手を引かれるままに庭へおりた。シーリアが引っかかった凧を心配そうに見あげて立っている。あとにしよう。ハンナは自分に言い聞かせた。あとで公爵に証書のことを尋ねて謝ろう。そしてこれからは、少なくともほかの人の前ではもっと慎重になると約束しよう。

人の見ていないところでは？　ハンナは考えるのをやめた。


その夜遅くなるまで、チャンスはめぐってこなかった。

公爵はアダムズの言ったとおり、ずっと外出していた。でもいつかは帰ってくるはずだと思うと、ハンナは夜がふけても眠れなかった。彼女は公爵の部屋に通じるドアを見つめながら、化粧室の中をうろうろと歩きまわった。理由があって入ってくるなら必ずノックをしろと命じられている。ハンナは不安げに唇を噛んだ。理由はあるのかしら？　今、彼に話すのは本当にいい考えなの？　そもそも彼に近づいてもいいの？

しばらくしてやっと、隣の部屋で誰かが動く音が聞こえてきた。低い話し声がするのは、公爵がテルマンに指示を与えているのだろう。ハンナはドアに耳を押しあて、もうひとつのドアがそっと開閉される音を確認した。それきり何も聞こえてこない。とたんに心臓が激しく打ち始めた。行動しなさい。すべきことを終えてしまうのよ。ハンナは自分に言い聞かせた。そして大きく息を吸うと、ドアをノックした。

返事はない。公爵はもう寝室のほうへ行ってしまったのかしら？　そう考えるとどきりとした。ハンナはもう一度軽くドアを叩いてから、おそるおそる開けてみた。ちょっと中を見て確認するだけよ。やましい気持ちのままベッドへ入らずにすむように、彼がいないのを確かめるだけ。

テーブルのところに座っていた公爵が顔をあげた。彼の前にはお金の山が、紙幣と硬貨に分けて積んであった。琥珀《こはく》色の液体が入ったグラスの横に薄い本のようなものがある。ハンナを見たとたん、公爵が驚いたように眉をあげてペンを置いた。

ハンナは唇を湿らせた。「こんばんは」こんなふうに、シャツとズボンの上にドレッシングガウンをはおっているだけの姿を見るのは初めてだ。「少しお話しできるかしら？」

一瞬の沈黙ののち、公爵がうなずいた。椅子から立って、無表情のままハンナを待っている。

両手を握りしめて部屋に足を踏み入れると、ハンナは自室を歩きまわりながら考えた言葉を暗唱した。「今日、私がとった行動についてお詫びを言わせてください。本当に許されないことだったわ。私が後悔していることをあなたに知ってほしかったの。もう二度としません。約束します」

公爵は頭をわずかに傾けてハンナを見つめている。顔に浮かんでいるのは間違いなく冷笑だ。ああ、どうしよう。彼女は慌てて駆け寄った。「言い訳をするようだけど、レディ・リドリーの苦しい立場に同情してしまったの。私も自分の家を失いかけたから。彼女に子供たちの話をされて、私……」ハンナは力なく手をあげた。「自分を抑えられなかったのよ。だけど、私に借金を免除する権利はなかったわ。これからは絶対にあなたの領域を侵さないと誓います」

「ああ」公爵が静かに言った。「リドリーの件か」

「彼らに証書を返すことにしてくださって、あなたの親切に心からお礼を申しあげなくては」ハンナは急いでつけ加えた。そのあとで公爵が口にした言葉の意味を悟り、頬が熱くなるのがわかった。彼は私がキスのことで謝りに来たと思っていたの？　それとも、キスを止めたことを謝っていると思ったのかしら？　まあ、私は後悔していて、もう二度としないと誓ってしまったわ！　笑い出すべきか、恥ずかしさのあまり部屋に逃げ帰るべきか、ハンナはどうしていいのかわからなかった。

マーカスは視線を床に落としてため息をつき、すみれ色のシルクとレースのドレッシングガウンを着て、あちこち跳ねる黒い巻き毛を肩に垂らしたハンナから目をそらそうと努力した。寝間着姿の彼女を見たくない。今日は一日、何も身につけていない彼女を想像するまいと必死で自分を抑えていたのだ。だが失敗に終わったので、こんな状況に置かれてはひどく不安を感じてしまう。彼はエクセター公爵だ。女性たちが彼を追ってくるのであって、反対はありえない。けれども今日のマーカスは自制心がきかず、図書室で起こっていたかもしれないことを考えずにいられなかった。もう一度キスをしかけていたら、どうなっていただろう？　彼女をベッドへ誘っていたら？　だが、もっとも彼を不安にさせたのは、自分自身がそれを望んでいることではなく、そうして何が悪いのか思い出せないことのほうだった。動揺したマーカスは、一日中家から逃げて彼女と距離を置き、正気を保とうと決めた。

それなのに今、ハンナのほうからやってきてリドリーの話をしている。「謝罪は受けとった」マーカスは言った。「この件はこれで終わりだ」運がよければ彼女はほのめかしを感じとって、自分の部屋に戻ってくれるだろう。そしてドレッシングガウンを脱ぎ、広くて柔らかな公爵夫人のベッドにひとりで横たわって——。マーカスは苛立ちとともに想像を断ち切った。「だが、これだけは覚えていてほしい。リドリーは自分から進んで証書を賭けたんだ。家族のうしろにこそこそ身を隠すのではなく、自分で行動の責任を取るべきだった」

「もちろんよ」ハンナが急いで同意した。「よくわかっているわ」そう言うと彼女は、もう戻れという無言の圧力に気づきもせず、椅子に座ってしまった。

「ほかにも何かあるのか？」計り知れない青い瞳から目をそむけて、マーカスは訊いた。

「ええ」ためらいがちな答えが返ってくる。「私からの贈り物として証書を返すようミスター・アダムズに指示したのは、なぜかと思って」

いまいましいアダムズめ。あの男は思慮というものを学ぶべきだ。「私には必要ないからだ」

「ええ」ハンナが小声で言った。「だけど……」

マーカスは、冷静に彼女の顔が見られるようになるまで間を置いてから言った。「私がリドリーに証書を返したのは、きみが彼の負債を免除すると言ったからだ。私の妻として」その言葉を口にするのはためらわれた。「だから、きみの約束を私が裏書きした。きみの善意の言葉を私が称《たた》えなければ、きみを侮辱して恥をかかせることになるだろう。私はそんなふうに妻を辱めたくない」

ハンナは心臓がとくんと小さく打つのを感じた。ひどく叱られるか、あるいは取り決めに違反したことを指摘され、口を慎むよう注意されるものと思っていた。けれども公爵は彼女に恥ずかしい思いをさせないためだけに、二万ポンドもの負債を帳消しにすると決めたのだ。本当の妻ですらないのに。驚くほどすばらしく、しかも危険なことだ。「ありがとう」ハンナはそっと言った。

公爵の視線は彼女から離れなかった。「かまわない」

もちろん、かまわないわけがない。最初に話したときの彼はひどく怒っていたのだから。

それが今は、あのときとは違う表情が顔に浮かんでいる。その激しさは、本来ならハンナを不安にさせたはずだった。公爵は彼女がキスを止めたことを謝りに来たと思っていた。それはつまり、ハンナが部屋に入っていった瞬間にも、彼があのキスのことを考えていたという証拠だ。彼の寝室へと続く化粧室へ入っていったときに。

ハンナは出会った瞬間からエクセター公爵のことが嫌いだった。彼は無礼で、彼女を侮辱して気の進まないことを強要した。けれども同時に、約束をきちんと果たす人間でもあった。彼女とモリーは住む場所も食べ物も服も、豪華なものをふんだんに与えられている。彼はハンナを公爵夫人としてロンドン社交界に紹介し、みごとな宝石を箱いっぱい与え、そして彼女に恥をかかせないために巨額の借金を帳消しにしてくれた。

ハンナはレディ・ウィロビーについてロザリンドが話してくれたことを考えた。あの女性と愛人関係にあったと聞いて、最初は公爵の評価をさげた。彼ならどんな女性でも望みのままだろうに、あんなずる賢いレディ・ウィロビーを選ぶ理由が理解できなかったのだ。そのことがあったので、今朝の出来事がずっと心に引っかかっていたのだが、疑問がまた頭に浮かんできた。もし公爵が図書室でハンナを誘惑しようとしていたのなら――間違いなくそうだと確信しているが――彼女の軽率な言葉を聞いて即座に引きさがったのはなぜだろう?本当に悪い人なら、彼女が欲望に屈しないために苦し紛れに発した言葉にすぎないと考えたはずだ。あのとき彼がハンナの言葉を一笑に付して、あとほんのわずかでも押していたら、彼女は止めなかっただろう。けれども公爵は文字どおり引きさがり、取りつく島もない冷たい態度をとって、彼女が逃げ出しやすくした。何度も思い返してみて、今なら彼がわざと冷たくしたのだとわかる。ひどい思いこみかもしれないが、ハンナには公爵が孤独なのではないかと思えてしかたがなかった。その彼を傷つけてしまったのだ。

「お邪魔をするつもりはなかったのよ」ハンナはためらいがちに言って、公爵の背後のテーブルに目を向けた。彼が肩をすくめる。いったい何をしていたのかしら？　真夜中にお金を数えていた？　お金持ちはそんなことをするものなの？

「お茶を飲もうと考えていたところなの」ハンナは衝動的に口走っていた。公爵が片方の眉をあげ、ベルに視線を向けた。「あら、違うわ。いいの、ベルを鳴らさないで。自分で厨房へ行って、お茶をいれるつもりだったのよ」彼女は慌てて言った。「ほとんどの使用人たちは寝ているでしょうから」

公爵がもう片方の眉もあげたが、不快に思っているわけではないらしい。単に驚いているのだ。「わかった」

ハンナは不安げに微笑みながらも覚悟を決めた。もし私が間違っていたら……謝りに来たことを彼がうるさく思っていたら……。だが公爵はまたあの、彼女の心の中まで見通すような激しい目で見ている。ハンナは唇の内側を噛んだ。最悪の場合でも、断られて馬鹿な田舎者と思われるだけだわ。「よかったら一緒にいかが？」

公爵は動かなかった。「きみの邪魔はしたくない」そう言いながらもハンナを見つめている。

彼女は首を振った。突き刺すような視線にとらえられていては、それが精一杯だった。

「そんなことないわ」

公爵はまったく動こうとせず、その場にじっとしていた。ハンナがあきらめかけたそのとき、彼が言った。「喜んでお供しよう」

14

ふたりは無言のまま並んで階段をおりた。誘いを受けるべきではなかったとマーカスにはわかっていた。彼は危険と戯れている。彼の誇る自制心が、今にも弾け飛びそうになっていた。いったいどうしてしまったんだ？

たしかにハンナは魅力的な女性だ。だが、女性ならロンドンにはほかにも大勢いる。たしかにマーカスは彼女が欲しい。けれども、そう思うのは彼女が初めてではない。ハンナは顔を合わせるたびに彼を混乱させ、バランスを失わせた。なぜこれほど繰り返し彼女に惹きつけられるのか、なぜ彼女を退けて遠くに追いやってしまわないのか、マーカスにはわからなかった。彼から離れたくてたまらない唯一の女性が、彼が考えるのをやめられないただひとりの女性だという皮肉に、思わず笑みさえ浮かべそうになる。自分が仕掛けた冗談にこんなひねりがきいていると知れば、デヴィッドは声が嗄《か》れるまで大笑いすることだろう。

マーカスはふと不安を感じてハンナを見おろした。彼の知っているほかの女性と違って、彼女は中身のないおしゃべりで沈黙を埋めようとはしない。マーカスはおしゃべりな女性が嫌いだったが、どういうわけか今は沈黙のほうが彼の気持ちを乱した。ハンナにはマーカスの心の声が聞こえているのかもしれない。彼の苦悩を耳にして、わざと黙っているのだろうか。

マーカスがまたちらりと見ると、ハンナが顔をあげた。一瞬ふたりの目が合ったが、彼女がすぐにまつげをさげたので、彼もさりげなく正面を向いた。ハンナを見ずにいられない自分に気づき、心臓が早鐘のように打ち始める。いつも先にやめるのは彼女だ。スロックモートン家の階段で、マーカスがハンナにキスすることしか考えられなくなっていたときに、先に背を向けて歩き出したのは彼女だった。図書室で、マーカスが愛を交わすことしか考えられなかったときも、彼を止めたのはハンナだった。いったい私に何が起こっているのだろう？

こんなことはやめなければならない。私は公爵であり、理性と責任と自制心を備えた男だ。女性なら誰にでものぼせあがる愚か者のようなふるまいはしない。私にはできない。してはならないのだ。

厨房に入ると、マーカスはわざとうしろにさがり、火をおこしてケトルをかけるハンナを見つめた。彼女はよく知っている場所のように動きまわっている。ロザリンドなら、自分のお茶をいれるために真夜中に厨房へおりてくることは決してないだろう。スザンナのような女性たちは、厨房の場所さえ知らないに違いない。けれども今のハンナは、スロックモートン家の舞踏室で楽しんでいたときと同じくらい、くつろいでいるように見えた。

「ビスケットはいかが？」ハンナの声がマーカスの物思いを破った。

「いや、結構だ」彼がさがって道を空けると、ハンナがティーポットを出してお茶の葉を量った。普段、お茶のときに見る銀製のポットではなかった。使用人が使っているものに違いない。マーカスは驚きとともに気づいた。近ごろの彼の人生はおかしな転換を見せているようだ。エクセター公爵が真夜中に厨房に座り、使用人のカップでお茶を飲むなど、誰が想像しただろう?

「厨房へはよく来るのか?」まだ新しい概念に完全に自分を合わせきれないまま、マーカスは尋ねた。ハンナが悲しげに微笑んでポットに湯を注いだ。

「いいえ。そんなことをしたら、料理人の心臓が耐えられなくなると思うわ。でも家にいるときは、いつも自分でしていたから。それに——」ハンナがふいに言葉を切った。「お茶にお砂糖を入れる?」

「ああ」マーカスはつぶやいた。ハンナに促され、長年使いこんで表面がなめらかになった長い木製のテーブルに座る。向かい側に座った彼女がお茶を注ぎ、テーブル越しにカップを渡してくれた。家か。どんな家だったのだろう? そこでどんな暮らしをしていたんだ? 彼はお茶に口をつけたが、考えるのに夢中で味はわからなかった。どんな結婚生活だったのだろうか? マーカスは初めて興味を覚えた。「きみの家はどんな感じだったんだ?」気がつくと、口に出して尋ねていた。

ハンナが微笑んで首を振った。「あなたのお屋敷とは全然違うわ。小さくて簡素で、でも居心地がいいの」

エクセター・ハウスを小さいとか簡素と表現する者はいないだろう。ふいに、ハンナがこの屋敷を気に入っているのか、それとも小さくて居心地がいいほうが好きなのかが、どうしても気になってきた。「恋しいのか？」

「家が？」その質問がハンナの頬を染めさせたらしい。彼女は乱暴にカップを取り、また下におろした。「そうね、ときどきは恋しくなるわ。でも牧師館に戻ることはありえないから、恋しがってもしかたがないの」

なるほど。牧師館か。亡くなった牧師の家だ。ハンナの夫。マーカスはもう一度お茶を飲んで、好奇心を抑えつけた。「彼はどんな人物だった？　きみの夫のことだが」

「スティーヴン？」ハンナの表情が和らぐのを見て、マーカスはいつになく胸が締めつけられるのを感じた。「親切で寛大で、優しい人だったわ。ときには度が過ぎるほど思いやりがあって、とても我慢強かった」どこまでもマーカスとは違う。彼はお茶に視線を落としてため息をついた。「彼は私が一六のときにミドルバラへやってきたの」ハンナが続けた。「まだ二〇歳で、彼の前任者は四〇年も務めた牧師だった。だからスティーヴンは人々を納得させるために必死で働いたわ。畑で作業をして、病気の人を手伝って、いつでも喜んで手を貸した。彼を町に迎えるのがどれほど幸運なことか、みんなすぐに気づいたわ」

「きみも含めて」

「もちろんよ。私は一〇歳のときに母を亡くして、面倒を見なければならない弟がふたりいたの。スティーヴンはよく町からの帰りに家まで送ってくれたわ。私はすっかり怠け者になって、バスケットを彼に運んでもらうようになった」その光景を思い出しているかのように、ハンナが微笑んだ。マーカスの奇妙な胸の締めつけがさらに強く、苦しくなってきた。「一八になったとき、彼に結婚を申しこまれたんだけど、二〇歳になるまで父の許しが得られなかったの」

「どうして？」

「私が家を出たら、料理や掃除をする人間がいなくなるから」悲しそうに微笑んで、ハンナが言った。「でも兄たちが、この機会を逃したらもう誰からも申しこまれなくて、一生娘の面倒を見なければならなくなると説得してくれたおかげで、最後には父も折れたわ」

マーカスには、ハンナに結婚を申しこむ者がいないとは信じられなかった。実際に申しこまれたではないか。デヴィッドから。そして彼女も承諾した。なぜこんな質問をしているのだろう？　マーカスは不機嫌に考えた。厨房へついてくるのではなかった。ハンナの家や家族や夫に興味を抱いたところで、何もいいことはない。彼女や彼女の人生について、知らなければ知らないほど都合がいいはずだ。彼はそう自分に言い聞かせた。「そうか」

ハンナはカップをもてあそびながら、どうしたらいいか途方に暮れていた。会話はすっかり行きづまってしまった。かえってありがたいととらえて、気づまりな沈黙の中でお茶を飲むほうがいいのかもしれない。けれども彼女は、そんなふうによそよそしく夜のお茶を飲みたくなかった。公爵夫人のふりをして一日過ごしたあとでは自分自身に戻りたい。私はもっと……公爵と仲よくなりたいのよ。ほかの理由に目を向けるのを避け、ハンナは自分に言い聞かせた。これからさらに数週間、偽りの生活を続けるのなら、仲よくやっていくほうがいいじゃないの。ハンナは、もう公爵夫人らしくないふるまいで叱られずにすむように祈り、彼が見せているわずかな関心が儀礼的なものではありませんようにと願いつつ、大きく息を吸いこんだ。

「でもロンドンを見れば見るほど、好きになってきたわ。ミドルバラでは考えられないことが、ここではいろいろ起こるから。それにモリーはエクセター・ハウスにすっかり夢中よ」

「たしかに」公爵の厳しい表情が少し明るくなった。「子供向けに建てられた屋敷ではないんだが、シーリアも小さいころは夢中になっていた」

ハンナはにっこりした。「秘密の通路に隠し戸棚ね！　子供なら誰だって大喜びするわ」

彼女はいったん言葉を切り、考えこみながら尋ねた。「この家にはどうしてそういうものがたくさんあるの？」

「想像するしかないが、うちの祖先には隠したいものがあったんだろう」公爵がそっけなく言った。顔をあげたハンナは、彼の口もとがおかしそうにぴくりと動いたことに気づき、吹き出してしまった。「尊大なエクセター公爵のひとりは、エインズリー・パークの内部に部隊を丸ごと隠そうとしたらしい」彼が続けた。「またクロムウェルと衝突したときのために」

それで現在のように、エクセター公爵はいかなる反抗も許さなくなったのね。ハンナは笑いたいのをこらえた。「エインズリー・パークにも秘密の通路があるとは知らなかったわ。ロザリンドが話してくれなかった唯一のことかもしれないわね」

「そんなに話を？」

「ええ。彼女はそこが大好きみたい」ハンナはくすっと笑った。「もちろんロザリンドは、私が住むという前提のもとに――つまり、私たちが……」思わず口ごもる。彼女は、話さなければよかったと後悔した。

「なるほど」公爵がお茶に視線を落とした。「わかった」

ロザリンドはハンナに、自分はダウアー・ハウスに移るつもりだと宣言していた。そうすれば彼女やマーカス、それに生まれてくる子供たちからそれほど離れずにすむからと言って。結婚してすぐ家族が増えるに違いない公爵は、エインズリー・パークに住みたがるはずだとロザリンドは確信していた。ロンドンで子育てはできないわ、と彼女は言っていた。「ロザリンドは、結婚したからにはあなたがあちらに腰を落ち着けると考えているみたい」ハンナは慎重に言葉を選んだ。

公爵が口もとをゆがめて言う。「ロザリンドはどうしても、この結婚を成功させたいらしいな」

それは本当だった。縁結びをしようとする彼女のあらゆる企てに耐えているハンナが言うのだから間違いない。公爵はロザリンドの思惑に気づいているのかしら？「こんなに愛してくれる義理のお母様がいて、あなたは幸せだわ」ハンナは質問する代わりに言った。

公爵の口の片端が持ちあがった。「ああ。自分にもそう言い続けている。彼女は私の幸せを願っているだけだと思うと、腹を立てていられなくなるんだ」

「ロザリンドはあなたにも熱弁をふるうの？」ハンナはよく考えもせずに訊いた。目が合い、眉をあげる公爵を見て、彼女は真っ赤になった。「その、つまり、彼女はスロックモートン家の舞踏会のことであなたと話をしたでしょう？　でも……でも私は知らなくて、いいえ、思ってもみなくて……彼女がほかにも……あの、もっと言うとは」ハンナは口ごもった。詰まらずに言えればよかったのに。

「彼女はあれ以外にもいろいろと忠告してくる。さっきの言葉は間違いだ。ロザリンドはわれわれの幸せを願って、目的を達成するためにはあらゆる努力を惜しまないと決意している」公爵が奇妙な表情でハンナを見つめた。「では、きみにも話しているんだな？」

「あなたは知らないでしょうけど」ハンナは正直に言った。ロザリンドが愛人のことまで打ち明けていると知れば、さすがの公爵も青ざめるに違いない。「シーリアのほうがひどいくらいだけど、少なくとも彼女の場合はあなたを褒めちぎることに限定されているから、ロザリンドのように最良の方法を忠告したり――」ハンナはまた口ごもった。恐ろしいことに、頭より口のほうが先に動いてしまう。これでは、ロザリンドに彼を誘惑しろとせきたてられていることを教えたも同然だわ！

「最良の方法？」公爵が訊いた。

ハンナは首をすくめ、お茶をかきまぜることに意識を集中させた。「幸せな結婚生活を送るための」口ごもりながら言う。

一瞬遅れて公爵も理解したようだった。彼は一度、二度と咳払いしてからつぶやいた。

「なるほど」奇妙な声だ。

「新しいドレスをあんなにたくさん注文した理由のひとつでもあるの」ハンナはつけ加えた。「ロザリンドの気をそらすには買い物しかなくて」

「では、彼女の努力が実を結んだようだな」

一瞬ハンナはなんのことかわからず、困惑して公爵を見つめた。夫婦としての務めを果たすことについてロザリンドと交わした会話を思い出し、そちらに気を取られていたのだ。だが彼の言葉の意味がわかったとたん、下腹部にかっと熱が広がった。ドレスの仮縫いをしていて舞踏会の招待状を持ってきた公爵に見つめられた、あのときと同じ感覚だ。体を覆っているのがたった二枚のシルクだと意識すると肌が張りつめ、ぞくぞくしてきた。ハンナは大胆なネグリジェを着るほど向こう見ずではないので、寝間着といってもしっかり肌を覆っている。意識する必要はないはずだった。

この話題から逃げるのは気が進まない。かといって友好的な会話も——友好的すぎては困るが——続けたかったので、ハンナは軽く肩をすくめた。「あなたも、ロザリンドに逆らうなと言っていたでしょう？」

「だからきみは私に食ってかかるのをやめたんだな」公爵が皮肉まじりに言った。

ハンナは目を丸くした。「私が頑固で手に負えないみたいな言い方をするなんてひどいわ」

「そんな言い方だったかな？」眉をひそめる。「そうだとしたら謝る。しぶしぶで、気が進まないながらも協力的と表現するべきだった」

「そのほうがずっとましね」ハンナは即座に応えた。「責められるとしても、もっともな理由で責められたいもの」お茶を飲み、カップの縁越しに驚いた顔の公爵と目が合った彼女は、目をぱちぱちさせてにっこりした。

「わかった」彼が身を乗り出してテーブルに両腕をのせた。「ではその見解に、きみが演じている役割は非常に説得力があるという点も加えさせてほしい」驚いたハンナは、口がぽかんと開いてしまわないようにこらえるのがやっとだった。その様子を公爵が面白そうに見ている。彼はまるで乾杯するようにカップを持ちあげ、頭を傾けた。

「まあ。あの、ありがとう」ハンナは面食らって言った。「あなたの指示に従おうと精一杯頑張ったから……」

「だが、気分によっては反抗するときも……」公爵が小声で言うのを聞いて、彼女は顔を赤らめた。

「約束を守ろうと、一応頑張ってきたのよ」

　公爵が躊躇を見せた。「きみが恐れていたとおり、ひどい経験だったのかな?」

　笑うべきか、それともまじめに答えるべきかわからない。「恐れていたわけじゃないわ」いいえ、たしかに恐れていたわ。でもそれは演じる役割をではなくて、公爵に対してだった。

「ロザリンドとシーリアのことがとても好きになったの」ハンナは急いでつけ足した。「モリーも私も、ふたりに会えなくなったら寂しいと思うわ」

「ああ」マーカスは急激にわき起こってきた落胆を懸命に抑えようとした。契約のその部分のことは、ほとんど忘れかけていたのだ。どうやらハンナの存在に慣れてきているらしい。気に入っていると言ってもいいだろう。彼女が去ったら、彼の暮らしはまたいつもどおりの、秩序立っているが単調な毎日の繰り返しに戻るに違いない。まるでふたりだけが知る秘密の冗談を楽しむように、頭を少し傾けて皮肉な笑みを浮かべるハンナの姿に気を取られて、何も考えられなくなるような日々は終わるのだ。書斎まで聞こえるほどの大声で笑うとは、いったい庭のどこがそんなに楽しいのだろうと、仕事中なのに窓から外をのぞいてしまうようなことはもう起こらない。彼女が何をしているのか気になって、妙な時間に家へ帰ることもなくなる。

ハンナがいずれ去ることを忘れてはならないのだ。彼女のほうは明らかに忘れていないのだから。彼女はすでに、シーリアとロザリンドが恋しくなることに思いをめぐらせている。マーカスではなくて。「冬になれば、ふたりともエインズリー・パークへ帰るだろう」彼は言った。「寒くなるとロンドンにはほとんど人がいなくなるんだ」

ハンナがカップをもてあそんだ。「あなたは一緒に帰らないの？」

彼女の髪にろうそくの明かりがきらめく様子を眺めつつ、マーカスは首を振った。「ああ。クリスマスの時期だけ訪ねる」

ハンナがさっと顔をあげた。ほの暗い厨房の中で彼女の肌は光を放ち、金色に輝いて見えた。「どうしてその時期だけなの？」

マーカスは肩をすくめた。「エインズリー・パークはロザリンドの家だから。彼女の領域を侵したくない」

カップにふたたびお茶を注ぎながら、ハンナは驚いて公爵を見つめた。エインズリー・パークはもちろん彼の所有で、ロザリンドのものではないはずだ。「私――私はあなたの家でもあるんだと思っていたわ。ロザリンドから、あなたがそこで育ったと聞いていたから」

「そうだ。私の父のお気に入りの住まいで、ロザリンドと結婚したときに彼女を連れていったんだ。デヴィッドと私はすぐ学校にやられたから。それに……」公爵が言いよどんだ。「父の死後、私には責務ができてロンドンを離れられないことが多くなった」

ハンナの予期していた答えとはまったく違った。責務ができて――。たしかにそれは真実だろう。ささやかな農場と小さなコテージをまかなうだけでも、かなりの労働を必要とすることは彼女も知っている。エクセター公爵の領地ともなれば、運営――ただ運営するだけでなく円滑な運営――にはどれほど尽力しなければならないか、想像するに難くない。

そのとき、ハンナははっと気づいた。公爵と彼女には結局のところ、それほど違いがないのかもしれない。彼女は実家で邪魔者になるのを避けるために、よく知りもしない男性と結婚した。一方、公爵は義母の邪魔をしたくないからと本宅を譲り渡している。ロザリンドが話してくれたことによれば、前の公爵夫人は公爵とデヴィッドが五歳のときに亡くなり、ふたりがまだ一〇歳のときに彼らの父親がロザリンドと再婚したらしい。兄弟と義母は八つしか年が違わないのだ。ふたりの少年にとっては、シーリアが生まれてからはとくに、父の新しい家族になじむのが難しく感じられただろう。

ハンナは肩をすくめてお茶をかきまぜた。「私にもわかるわ」思いにふけりながら微笑み、カップに小さな角砂糖をひとつ入れる。「新しい奥さんのいる家で、父と一緒に住みたくなかったから」

公爵の眉があがった。「そうなのか?」

ハンナは顔を赤らめた。「ええ。ちょうど父の家に引っ越そうとしていて……デヴィッドと出会ったの」その名前が公爵の興味を引いたらしい。空気にひびが入る音が聞こえたようでして、彼の強烈な視線がまっすぐ肌に突き刺さるのが感じられるような気がした。彼はそれ以上尋ねようとしなかったが、ハンナは深呼吸して気持ちを落ち着け、自分から話し始めた。「私がデヴィッドの申し出を受けたのは、そういう理由があったからなの。最近再婚したばかりの父の家へ行っても、モリーと私はお荷物になるだけだった。そんなときにデヴィッドが便宜結婚を提案してくれて、とても断れなかったわ。自分の家を自分の力で管理していたかったのよ」彼女は顔をあげ、牧師館のキッチンよりはるかに立派で広々とした厨房を見渡した。厨房だけでなく、この屋敷はどこも優雅できらびやかだ。そう思うと笑いがこみあげてきて唇が震えた。「少し見込みを誤ったようだけど」平静を保ってじっと座っていようとしたが、こらえきれなくなって身を乗り出し、面白がっていることをはっきりと示す。「今の私はとても主導権を握っているとは言えないわ。そうでしょ?」ハンナは秘密を打ち明けるように言って笑った。

公爵の口の端がゆっくりとあがる。「きみが思っているほどではないかもしれない」

ハンナは首を振った。「いいえ、全然だめよ」

「誰もそうは思わないだろう」公爵が言った。

彼女は驚いて目をしばたたいた。「ありがとう」それから残念そうに笑い出す。「助かったと言うべきね！　ここを任されたら、最初の日からひどい笑い物になるに違いないもの」

「まさか。笑い物になる人間がいるとすれば、それは私だ。イングランドの半分を歩いてでも逃げ出したいと思っている女性に、結婚を迫る男がどれほどいると思う？」

苦笑まじりの公爵の口調を聞いて、ハンナは頬が熱くなるのを感じた。「半分だなんて大げさよ」彼女は抗議した。「ミドルバラへ戻ろうとしただけなのに」

公爵がぱちんと指を鳴らした。「いい夫ではないと世間に思わせるには充分な距離だ」

ハンナはレディらしからぬ大きな音で鼻を鳴らした。「世間の人が信じるとは思わないわ。それより、女性の頭がおかしくなったと思われるでしょうね」

「両方かもしれない」口もとにかすかな笑みを浮かべて、公爵がカップを手に取った。「私のした夫のふりはひどかったし、きみはこの契約に同意するという判断ミスを犯した」

それはかなり優しい言い方だわ。ハンナは唇を噛んだが、微笑を隠しきれなかった。「訊いてもいいかしら？」彼女は衝動的に言っていた。「どうして私に残ってほしかったの？」たちまち公爵の目から楽しげなきらめきが消えた。口へ持っていく途中でカップが止まる。

「醜聞を避けるためだというのはわかるわ」彼女は急いでつけ加えた。「でも、それだけではないはずよ。私は……その、単なる好奇心なんだけど」

公爵がカップをぴったりと正確にソーサーの上に置いた。「あのときは醜聞が立つのを避けたかった。それは間違いない。だがきみを残した理由の大部分は、ロザリンドに説明したくなかったからなんだ。あれほどきみを歓迎したあとでは彼女にとって屈辱的だろうし、何よりデヴィッドに対する愛情を壊してしまうことになる」彼はいったん言葉を切った。「ロザリンドはつねにデヴィッドの擁護者だ。私の父は……あえて言うなら、たいして弟に期待していなかった。次男にすぎないし、まだそのころ父は三人目や四人目の息子を望んでいたから。デヴィッドは聖職につく運命だった。たしかに、あいつにはひどく不向きな職業だが」想像したハンナが我慢できずに笑うのを見て、公爵がつけ足した。「あるいは軍人になるか。それもデヴィッドには嬉しくなかった」

「ええ、そうでしょうね。わかるわ」ハンナはつぶやいた。

「そのうち、父もデヴィッドが最後の息子になりそうだと認め始めて、弟にある種の分別を持たせようとしたんだ。細かいところは弟もよく理解した。すぐれた仕立屋を選ぶとか、機転をきかせるとか、社交界で評判を得るとか――。だが、あまり興味のない部分は切り捨ててしまった。おかげで弟はさらにまずい状況に追いこまれて――」公爵はまた口をつぐんだが、やがて首を振って続けた。「きみに話すのをためらう必要はないな。きみにとっては驚くことでもないだろうが、弟にはいたずらの才能があるんだよ。父の臨終のときに、デヴィッドに面倒を起こさせるなと言い残されて、私はそんな大変な務めをどうやって果たせばいいのかわからないと思った」

「いつもあなたが彼を救うの？」ハンナは訊いた。

「もちろんだ」公爵が冷静に言った。「ほかにどうすればいい？　弟が債務者の監獄へ入れられるのを見ていろと？　不正行為で訴えられても放置しろというのか？　かなり道徳観念の疑わしい女性の名誉を毀損《きそん》したと責められても、見て見ぬふりをしろと？」彼は声を落とし、意味ありげな視線をハンナに投げかけた。「罪のない女性を堕落させ、家族全員に恥をかかせるような醜聞を引き起こしたとしても放っておけと？」

「そうする代わりにあなたなら、見たこともないその女性を自分で引き受けて、公爵夫人のふりをさせようとするのね」ハンナはにっこりした。公爵が口を開きかけてまた閉じ、突き通すような視線で彼女を見つめた。

「そうだ」

「デヴィッドは感心するでしょうね」公爵の目つきに動揺しながら、ハンナは続けた。「いかにも彼が喜びそうな冗談に思えるもの」侮辱を受けたように一瞬公爵の視線が鋭くなったが、やがて表情が和らいだ。口もとにかすかな笑みが浮かぶ。

「まったくきみの言うとおりだ」小さな笑みが広がり、照れくさそうな笑顔になった。ハンナは椅子に座ったまま、魅入られたようにその変化を見つめていた。「そういうふうに考えたことはなかった」公爵が首を振った。「私もデヴィッドと同じだな。そうだろう？」

　いいえ、そんなことないわ。胸のうずきを覚えつつ、ハンナは思った。あなたのほうがずっといい。デヴィッドは騒ぎを引き起こしたけれど、公爵は身分や立場を危険にさらしてまで、その騒ぎをおさめようとした。自分のためではなく、シーリアとロザリンドの、そしてデヴィッドの、さらには私とモリーのために。この見せかけの結婚が彼にもたらしたのは、迷惑と犠牲だけだった。世間の人々には、貧しくて不器量な田舎の未亡人に騙されて結婚を強いられたと思われ、ロザリンドには忠実な夫となるようにせっつかれ、ハンナには本当の妻よりも厳しく情事に干渉された。

「あなたのほうがひどいということはありえないわ」ハンナは思いを自分の胸だけに秘め、くつろいで穏やかな雰囲気を壊すまいとして言った。

「それを聞いてほっとした」ふたたび戻ってきた公爵の笑顔を見て、ハンナの心臓が引っくり返りそうになる。「きみに良心の痛みを和らげてもらったところで、訊いてもいいだろうか？」彼が言った。「なぜ……私がそれほどひどく無遠慮だったなら……私の提案を受け入れたのはなぜなんだ？」

ハンナは慎重な手つきでカップにお茶を注いだ。角砂糖をひとつ入れて、ゆっくりとかきまぜる。軽く手短に答えるべきか、それとも正直に答えるべきか。彼女は正直になるほうを選んだ。「あなたがモリーに持参金を約束してくれたからよ。あの子は私のように、生活の保障のために結婚を決める必要がなくなるわ。ロンドンで社交界にデビューさせるとも約束してくれたから、小さな田舎の村の中だけで夫を選ばなくてもいい。ミドルバラでは決して与えてやれないものが世の中にはたくさんあるわ。でも今は、あなたのおかげで与えてやることができる」

「そうか」公爵が考えこむようにハンナを見つめた。「われわれはふたりとも、家族のために身を捧げた気高い殉教者というわけだな」

「公爵夫人として暮らすのと、火あぶりにされかけるのが同じだとは思えない」ハンナは反論した。「私は殉教者ではないわ。でも少なくともあなたは、ほかの人のために不便な思いをしているわね」

しばらくのあいだ、公爵は何も言わずにハンナを見つめていた。彼の考えていることがわかるなら、ハンナはなんでも差し出しただろう。無礼はきみに似合っていると、以前公爵に言われたことを思い出す。

「さて」ハンナは勢いよく立ちあがって言った。「そろそろ片づけましょう。もう遅いから」心の半分では公爵が去ってくれることを望み、残りの半分では残ってくれることを期待しながら、彼女は食器を集めた。

ハンナが洗い終えた最後のカップを棚に戻したときも、公爵はまだテーブルに座ったまま彼女を眺めていた。落ち着きなく笑みを返した彼女は、つい習慣でろうそくの先をつまんで火を消した。とたんにはっと気づく。もちろんエクセター公爵は、ろうそくを節約しようなどと考えたことがないだろう。寝室へ戻るのに、大きな燭台《しょくだい》のろうそくを全部ともすのかもしれない。とはいえ、暗闇に包まれているのはどこか心地よく、ハンナは彼が開けてくれたドアから無言で外へ出た。

公爵はハンナにかろうじて触れない程度の、すぐそばを歩いた。彼が足を踏み出すたびにひるがえるドレッシングガウンの裾が、彼女の脚をかすめる。形式張らないこの状況が――ハンナは寝間着の上にガウンをはおっただけの格好で――またひとつ彼女から冷静さを奪っていた。お茶で体があたたまって眠くなるどころか、混乱してすっかり熱くなっている。いったい私はどうしてしまったのかしら？

そのとき、公爵がかすかに微笑んでハンナを見た。不安を感じながら彼女も微笑み、すぐに顔をそむけた。まわりが暗くてよかった。顔が真っ赤になっているのを見られなくてすむわ。よそよそしくて厳しい顔のときもハンサムなのに、笑顔を向けられたら膝に力が入らなくなってしまう。こんなことは起こってはいけない。少しくつろいだ雰囲気にしようと思っただけで、彼を意識して燃えあがる火花をあおるつもりではなかった。私が惹かれているのか、それとも彼が惹かれているのか、そんなことはもうどうでもいい。私たちは身分も育ちも違いすぎて、この下手なお芝居のほかにはなんの接点もないのだから。

暗い屋敷の中を歩いていくあいだ、ハンナが黙っていてくれるのがマーカスにはありがたかった。彼は先ほどからの会話にひどく心を乱されていた。まずお茶に誘われて驚き、いつまでも彼女と話していたいと思っている自分に気づいてショックを受けた。ふたりに共通点がひとつもないのは明らかなのに、マーカスは人生で初めて、誰かに完全に理解してもらえたような気がしていた。その気持ちは衝撃的で、彼を動揺させると同時に心をわしづかみにした。

そこが問題なのだ、とマーカスは思った。ハンナには彼の心を惹きつける発見が多すぎる。

妻ではないのに。優しくされ、理解されたからといって、誘惑していいことにはならない。

いくらハンナを求めていても、手に入れることはできなかった。ほかの女性が相手なら、マーカスは何を求め、何を求められているかわかる。けれどもハンナに対しては、愛を交わすことが始まりにすぎないと思えて怖かったのだ。いったん彼女と愛し合えば、もう二度と放せないかもしれない。だが抑えようとすればするほど欲望は強まり、彼の魂は欲求不満と絶望に荒れ狂って、手がつけられなくなるように感じられた。ほんのわずかなあいだだけハンナを自分のものにして、それから失うことになれば、状況はもっとひどくなるだろう。それに誘惑したせいで、彼女が出発を早めてしまうかもしれない。ふたりにとっては何もしないでいるほうがいいのだ。何かを失いかけているのなら、知らないのがいちばんという場合もある。

ふたりがちょうど階段まで来たとき、マーカスは何かの物音を耳にした。おかしい。使用人たちはこんな夜中に廊下を歩きまわらないはずだ。もしかしたらロザリンドかシーリアが起きていて、本を探しに図書室へ行ったのかもしれない。そう思いながらも、彼は音の正体を確かめようと目を凝らした。

人影がひとつ、玄関ホールの奥を通って東棟の方角へ滑るように動いていく。誰かはわからないが、ランプを持っていなかった。マーカスはたちまち警戒して足を止めた。その人影はどこかおかしかった。あまりにもこっそり歩きすぎるのだ。そばではハンナが気づかずに歩いていたが、彼が止まったのを感じて立ち止まり、うしろを振り返った。かすかな明かりの中で、彼女が問いかけるように眉をあげるのが見えた。息づかいが聞こえる。

マーカスはすばやくハンナのウエストに片手をまわし、もう一方の手で口を覆った。びっくりした彼女が手の下で身をよじり、くぐもった声をあげ始めた。「静かに」マーカスは人影の方角に目を配りながら、彼女の耳もとでささやいた。すぐにハンナがおとなしくなった。ドアが開けられたらしく、蝶番のきしむかすかな音が聞こえる。マーカスは目を細めた。よく知っている音だ。彼の書斎の、使用人たちがいくら油を差してもなめらかに動こうとしない、重いオーク材のドアの音。マーカスはハンナを引っぱって数歩右に寄り、螺旋階段の下の陰になった部分に身を隠した。そこからだと書斎の方角がよく見える。

そのまま数分間、ふたりは身じろぎもせず、息を殺して待った。出てこい。マーカスは心の中で侵入者に挑んだ。出てきて正体を現すんだ。書斎に入る理由のある者は誰もいないはずだった。とくに夜のこんな時間にはありえない。泥棒だとしたら屋敷の中を歩きまわらないだろう。つまり、この家にはスパイがいるのだ。正体を突きとめたら、残りの謎を解く鍵になるだろうか。誰だかわかれば、こんなことをする理由が理解できるかもしれない。

書斎のドアがふたたび小さな音をたてて開き、人影がするりと廊下へ出てくると、またドアを閉めた。マーカスは先ほどと同様、音をたてずに階段の下から出た。ただし今度は侵入者の顔が見える場所へ。

それはリリーだった。

手の下でハンナが息をのむのがわかった。彼女もメイドの姿を見て、マーカスと同じくらい驚いている。まさか不審者がリリーだとは思いもしなかった。けれども、急いで使用人の階段へ向かっていく彼女がスパイであることは疑いようがない。リリーはなんらかの目的で送りこまれ、屋敷の中を探っているのだろうか？　だが、彼女はもう何年もマーカスのところで働いている。公爵夫人のメイドには、信用が置けて身元が確かな人物しか選ばれないはずだ。それにリリーを推薦したのはミセス・ポッツだ。

マーカスは、まだ彼の腕の中でじっとしているハンナを見おろした。彼女が顔をあげ、青い目を見開いて問いかけてくる。ふいにマーカスは、自分が彼女をきつく抱きしめ、ふたりの体がぴったり合わさっていることに気づいた。シルクの寝間着とドレッシングガウンを通して、女性らしい柔らかな曲線が感じられる。どうして彼女に触れないなどと誓ってしまったのだろう。

ハンナは自分を見おろす公爵の表情が変化したことに気づいた。彼につかまれ、腕に抱かれたときには驚いたが、そのあとリリーの姿が見えて、引き寄せられたのにはほかの理由があったのだと悟った。それに自分のメイドが真夜中過ぎに屋敷の中をこそこそ歩きまわるのを見ては、心穏やかでいられなかった。たとえ雇主の書斎に入らず、忍び歩くだけだったとしても、解雇される充分な理由になることはリリーも知っているはずだ。あの娘は何かよくないことにかかわっている。

けれども公爵の手が唇に触れてきたとたん、ハンナはリリーのことを忘れてしまった。彼の目に浮かんでいるのは、怒りではなく飢えだ。彼の指が動いて顎を持ちあげる。今度こそ、ハンナは何も言わなかった。

彼の唇がそっとハンナの唇をかすめる。彼女は動くことができず、ただ息をのんでいた。心の一部では、結果を気にせず大胆になってキスを返したいと切望している。ところが別の部分が抗議の叫びをあげ、辛い思いをするだけだと警告していた。だが、警告の声はなぜかだんだん小さくなっていく。

公爵が頭をもたげ、陰りを帯びた瞳でハンナを見おろした。胸をどきどきさせながら、彼女も見つめ返す。しばらくのあいだ、ふたりとも身動きひとつせずにじっと立っていた。それから彼の指が顎を離れ、ウエストにまわされていた手が動いた。

「待って」考える前に言葉が口から出ていた。ハンナは公爵の首に腕を巻きつけて引き戻した。今度は彼女からキスを、本当のキスをする。ハンナをつかむ手に力がこもり、彼がもう一度深く激しく、ついに自制心の壁を突き破ったかのようにキスを返してきた。

ほんの一瞬前にはためらいがちだった公爵の唇が、容赦なく我が物顔で動いてくる。ハンナは抵抗しなかった。甘いお茶とブランデーの味がする口づけが、長いあいだ待ち焦がれていたと言わんばかりに彼女を奪った。

彼がドレッシングガウンの前を開き、ハンナの肩からシルクを引きおろした。てのひらがむきだしの腕から首へとあがって頭を支えると、角度をつけてもう一度むさぼるようにキスをした。公爵の下でハンナの体に火がついた。彼の腕の中こそが自分の居場所だと思えてくる。たとえそれが本当は間違いだとしても。

気にしないわ。こんなふうに何週間もすべてにおいて嘘をついてきたあとでは、気持ちをかきたてる彼のキスを超越して、これで正しいのだと思えた。これこそが自分の心に正直になった結果だ。彼の手が背中を滑りおり、ハンナをぴったり引き寄せて彼も同じ気持ちだという偽りのない証を示すと、彼女はついに降伏して頭をのけぞらせ、さらなるキスをせがんだ。

マーカスは頭をもたげ、ソファか椅子かテーブルか、なんでもいいから見あたらないかと周囲を探した。ハンナは喜んで自分を差し出していて、彼はもはや欲望を抑えられそうになかった。体は苦悩の叫びをあげ、魂は歓喜にわいている。ハンナは彼の……。

そのとき、マーカスは自分が何を考えていたか気づいた。彼はハンナの夫ではなく、彼女をもてあそんでいるだけだ。こんなことを求める権利はなく、たとえ彼女から差し出されたとしても受けとってはいけない。彼女は自らを差し出すだろうか？　マーカスはハンナを抱きしめたままじっと立ちつくし、彼女への思いを頭から引きはがそうとした。ハンナがマーカスをベッドへ誘い、あの誘うようなかすれた声でもう一度〝待って〟と言ったとしても、彼の面目にかけてノーと言わなければならない。

この偽りの関係を結んでから初めて、マーカスはこの社交シーズンを過ぎてもハンナが留まっていたら、いったいどうなるだろうかと考えた。結局のところ、イングランド中の人々に結婚していると思われているのだ。夫の役割を――ただひとつ特筆すべき例外を除いて――演じてみた結果、彼は思ったほど厄介ではないことに気づいた。いや、むしろ気に入っている〈と言ってもいい。彼が話をしたいと思ったときに、ハンナと話すのは楽しかった。そういう気分でないときにも、彼女はぺちゃくちゃとおしゃべりをするタイプではない。公爵家の切り盛りについては何ひとつ知らないが、ハンナは実際的で頭がいい。そもそも、現実に家のことを取り仕切っているのはハーパーだ。義母はハンナのことが大好きだし、妹は崇めてさえいる。そして彼自身は――。

マーカスは最後まで考えることができなかった。彼はハンナが欲しい。そして彼女のことが好きだ。偽りの結婚を本物にするには、それで充分ではないだろうか？　だが、もしもここで欲望に屈し、彼女が身ごもったら、その子はマーカスの子供だ。息子なら跡継ぎになる。次のエクセター公爵は農夫の孫息子になるかもしれないのだ。もっとも、最初の公爵は兵士だったし、土地の所有者という点では歴代のエクセター公爵たちもある意味農夫と言っていいかもしれない。少なくとも、彼の息子にはいい母親がついている。

だが、マーカスが考えなければならないのは彼のこれからの人生、エクセター公爵家の将来だ。どれほど猛烈に求めていようと、ひと晩の楽しみのために、生涯続く義務や責任をおろそかにしてはならない。欲望でなかば正気を失っているときに、こんな大切なことは決められない。朝になって、普段どおりの理性的な自分を取り戻せば、物事がまったく違ったふうに見えてくるかもしれなかった。そしてハンナは――。彼女を罠にかけて、望んでもいない暮らしに縛りつけるのは酷だ。マーカスは一度彼女に無理を強いた。そのときは彼女に嫌われようが、ちっとも気にならなかった。けれども今は……。

マーカスは懸命に自分を抑え、ひとつ大きく息を吸った。さらにもう一度深呼吸する。そしてようやく彼女から離れた。「ハンナ」彼はそっと口を開いた。「私は――」

「しーっ」ハンナが彼の唇に触れた。指先がかすかに震えている。「待って」

マーカスはだらりと腕を垂らした。さえぎってくれてよかった。何を言うつもりだったのか自分でもわからない。謝罪の言葉だろうか？　それはいい。少しも悪いとは思っていないのだから。ふたりに将来の可能性はまったくないと指摘する？　どう考えてもまともな理由を思いつけていないのに、それは難しいだろう。

「リリーは何をしていたのかしら？」ハンナは話題を変え、公爵が言いかけていたことから頭を切り離そうとしてささやいた。キスすることの愚かさを指摘するつもりだとしたら、わざわざ教えてもらうまでもなくわかっている。もっと先へ進もうと申し出るつもりだったとすれば……。ハンナの鼓動が激しくなった。結末なんて知ったことではないと考えて、イエスと言っていたかもしれない。

公爵が一歩うしろにさがり、咳払いした。「わからない」彼は目を細めて書斎のドアを見つめた。「だが、なんとしても突きとめるつもりだ」暗がりを選んで、音もなく廊下を進んでいく。ハンナはほっとすると同時にがっかりもしながら、彼のあとをついていった。真夜中を過ぎ、あたりに誰もいないとしても、廊下の真ん中で公爵にキスを許してはいけなかった。もちろん、彼にキスするのもだめだ。彼が押しつけないでくれて――文字どおりの意味ではなく比喩《ひゆ》として――よかったと思うべきだ。今はどう見ても、まともにものを考えられる状態ではないのだから。それでもハンナは、今夜ふたりが重要な一線を越えたような気がしていた。ここではなく厨房で。もう以前と同じようにはいかないかもしれない。

書斎のドアの前まで来ると、ハンナは公爵の合図に従ってうしろにさがり、彼の様子を見守っていた。しばらく耳を澄ませていた公爵が、ノブをまわしてそっとドアを開けた。蝶番がきしまないように少しドアを持ちあげている。彼は書斎に頭を突っこみ、誰もいないのを確認してから、ハンナについてくるよう手で示して中に足を踏み入れた。

書斎に入り、目を凝らしてあたりを見まわしてみたものの、ハンナにはなくなっているものがあるかどうかわからなかった。リリーは大きなものを持っていたようには見えなかったので、盗んでいったとしても、お金か何かエプロンのポケットに入る大きさのものに違いない。ハンナは公爵のほうを向いた。

「どこかおかしなところはある？」彼女はささやいた。公爵も眉間《みけん》に皺を寄せて部屋の中を見まわしている。ハンナの問いかけにすぐには答えず、彼はデスクをまわって窓に近づくと、ガラスの正面に立たないようにして外をのぞいた。弱い月の光が部屋に差しこみ、所在がわかる程度にぼんやりと家具を照らしていた。ハンナは何かにぶつかってしまうのではないかと心配で、その場を動けなかった。

「いや、ないな」しばらくしてようやく、考えこみながら公爵が言った。「窓の掛け金以外、変わったところは何もない」

「窓の掛け金？」

「外されているんだ」公爵は天井から床まであるフランス窓を離れて、両開きの窓のほうへ歩いていった。「ここは掛け金がかかっている。夜はすべての窓に掛け金をかけるよう指示してある」

「まあ……」ハンナは驚いた。「リリーは誰かを中へ入れようとしていたのかしら?」

公爵が問題の窓に戻った。「そうかもしれない。彼女がこっそり外へ出るのに、見られないようにここの窓を使ったのかもしれないな。あるいはここで誰かと会って、何かを渡した可能性もある」

「お金とか?」ハンナは言った。

「いや、違うだろう」公爵はまだ暗がりにいるので、ハンナからはほとんど姿が見えなかった。「ここに現金は置いていない。秘密でもなんでもないから、彼女が知らなかったとは思えない」

「それなら何かしら?」公爵が黙りこんだので、ハンナは尋ねた。暗闇の中でささやき、家具にぶつかりそうで動くのが怖いうえに、長椅子のうしろから誰かが飛び出してこないかと心配だった。廊下ですでにかなり参っていた神経が、今にも弾けそうになっている。

「もしかしたら……」公爵が口ごもった。「金よりはるかに重要なものかもしれない。情報だ」ハンナには、なんのことかさっぱりわからなかった。いったいなんの情報かしら?

「ここに誰かがいたと思う?」彼女は小声で訊いた。

「ここに?」公爵は驚いているようだ。「いや、そうは思わないな。でも、窓からは離れているほうがいい。誰かが外から中の様子をうかがっているかもしれないから」

ハンナは声のするほうへ、巨大なデスクをまわって手探りで進んだ。のばした指先に公爵の袖が触れたとたん、彼が手をまわしてそばへ引き寄せてくれた。見えなくてもひとりではないと確信すると、かなり気分が楽になった。彼女は窓の掛け金を興味津々でのぞいてみたが、彼の言ったとおり外れている以外、注目すべきことは見つけられなかった。メイドがこそこ動きまわって、いったいどんな情報を探しているというの？　それを誰に渡すのかしら？

「誰に渡すのかはわからない」ハンナが尋ねると、公爵が答えた。「なんの情報を探していたかという点では、心あたりがあるんだ。もっとも、メイドがかかわっているとは思いもしなかったが」

「どういうこと？」ハンナは訊いた。関係ないことかもしれないが、リリーは彼女のメイドだ。ハンナの部屋や持ち物を自由に触れる立場にあるだけでなく、娘の世話をすることもある。寝るときにドアを椅子でふさぐ前に、リリーが何をする可能性があるのか知っておきたかった。公爵は躊躇していたが、ハンナはこれ以上耐えられそうになかった。彼女はベルに近づいた。「すぐにリリーを呼びましょう。自分で説明させるべきだわ」

公爵がハンナの手をつかんだ。「だめだ。彼女には何も言わないでほしい」

ハンナは驚いて彼を見つめた。「どうして？　このままにしていれば彼女はスパイ行為を続けて、ほかにも何かするかもしれないわ」

公爵の口もとがこわばった。「だが、共犯者のところへ導いてくれるかもしれない。これはメイドが夜中に廊下をうろつくだけの問題ではないんだ」

ハンナは目を丸くした。「どういう意味なの？」公爵は答えず、じっと考えこんでいる。

「いったいどうなっているの？」ささやいて彼の顔を探った。「あなたは何を心配しているの？」

公爵がハンナの目を見つめ、それから彼女の手を放して言った。「デヴィッドだ」

ハンナは息をのんだ。「なぜ？　彼は今どこにいるの？」

「わからない」公爵が苛立たしげに息を吐いた。「ロンドンを離れさせたのは私だ」

「いったい彼は何をしたの？」尋ねる声が自然と低くなった。

一瞬、公爵は答えるのをためらった。「証明できることは何もない」うなるように言う。「疑ってはいるが、事実として知っているわけではないんだ。証拠が出るまで行動を起こすことはできない」

「それならあなたは何を疑っているの？」

ふたたび、ためらいが公爵の口をつぐませた。「紙幣の偽造だ」しばらくして、彼は静かに言った。「有罪だとわかれば国外追放になるだろう」

ハンナは言葉がなかった。「デヴィッドが？」調子外れの声が出る。

公爵の口の端が苦々しげにあがった。「そうだ、デヴィッドだ。弟がかかわっている理由も、方法も、真実かどうかさえもわからない」彼はため息をついた。

「でも――でも、もし本当だとしたら、あなたに何ができるの？」

「確約を手に入れたんだ」公爵が曖昧に言った。「だが真実がわからないことには、なんの意味もない」

「どうしてあなたが？」ハンナは言いつのった。「政府やボウ・ストリートの捕り手たちのほうがもっと――」

公爵が手をあげてさえぎった。「偽札は上流階級のあいだで出まわっている。捕り手たちでは充分に調べられないだろう。だから私が調査を申し出た。デヴィッドは私の弟だから。それにじっと座って他人の手に弟の運命をゆだねるよりは、行動するほうがいい」

「まあ」ハンナはそれ以上何も言えなくなった。「私に手伝えることはある？」

公爵が窓の掛け金をしっかりとかけた。「よく観察していてほしい。リリーがここで何をしていたのか、どうしてここにいたのか、私にもわからないんだ。きみにできるのは、彼女から目を離さないことだ。そして普段と違う様子があれば、どんなことでも私に教えてほしい。偽札の件とは無関係かもしれないが、それでも彼女が何をしているのか知っておきたい」

ハンナはうなずいた。「わかったわ」

公爵がもう一度書斎を見渡した。「何かを見逃しているような気がする」彼はひとり言のようにつぶやいた。「私が気づいていないことがあるはずなんだ。これまでにわかったことは、すべて断片にすぎない。中心にあるものはいまだに謎だ」そう言ってため息をつき、ハンナに向き直る。「行こうか？」

ハンナはうなずき、公爵に導かれて部屋の外へ出た。階段をのぼって自分の部屋まで戻るあいだ、彼女は役に立てることがないかと懸命に頭を働かせた。リリーは何かほのめかすようなことを言ったりしたりしていなかった？　それはなさそうだわ。リリーはほとんど口をきかず、ハンナもどうしても必要な場合しか彼女を呼ばないのだ。これからはもう少し彼女に手伝ってもらうべきかもしれない。もっと打ち解けるようにすれば、役に立つ情報の断片でも明らかになるのでは？　それがマーカスを手助けするために私にできる、せめてものことだ。

ハンナは自分の考えに没頭していたので、公爵のあとをただついて歩き、彼が足を止めたときも何も考えずに止まった。あたりを見まわした彼女は、公爵の化粧室の前に来ていることに気づいてはっとした。「あら」愚かな反応を示して顔が熱くなるのがわかる。「そうだ」公爵は動かなかった。見たことのある、陰りを帯びた鋭い顔つきをしている。廊下でハンナにキスをしようとして頭を傾ける寸前の、あの顔だ。そのときの感触までが彼女の全身を駆けめぐった。ハンナは、ひとつではなくふたつのベッドがすぐそばにあることを強く意識した。ふたたび彼のキスが欲しくなる。先ほどのように、切羽詰まった手を体中に滑らせてほしい。もはや熱くなっているのは彼女の顔だけではなかった。

最初に顔をそむけ、ハンナを救ってくれたのは公爵のほうだった。「おやすみ」彼は言った。「リリーを見張ることに同意してくれてありがとう」

「いいの」ハンナはうろたえた。「あなたも、おやすみなさい」慌てて自室へ向かいかけ、一度だけうしろを振り返る。公爵が彼女を見つめていた。ハンナはぎこちない笑みを浮かべて部屋に入り、完全に正気を失う前にドアを閉めた。

マーカスはまぶたを閉じ、ドアの掛け金がかかる音に耳を澄ませていた。彼を救ってくれる音だ。まったく、いい夜だった。目を見張るほどすばらしく、しかも耐えがたい夜。はたして今夜のことを忘れられる日が来るのだろうか？

15

パシャッ。

パシャッ、ポチャン。

石を手に、さざなみの立つ池の水面に狙いを定めながら、ハンナは顔をしかめた。エクセター・ハウスの敷地は広大で、ここがロンドンという大都市であることを忘れてしまいそうになる。モリーは母と一緒に見つけたこの池で、蛙《かえる》を見るのが大好きだった。屋敷のそばの美しく手入れされたテラスや左右対称の庭園から遠く離れ、小さな谷間になったこの場所は、ほとんど自然のまま残されていた。モリーはここがお気に入りで、今も緑色の水に膝までつかって、料理人にもらった古い瓶でおたまじゃくしをつかまえている。ハンナは池の水面に石を投げて、考えをまとめようとしていた。

マーカスが彼女にキスしてから一週間がたっていた。それ以来、ほとんど以前と変わりない暮らしが続いている。ただ、彼は毎晩家族と一緒に夕食をとり、ときには食後に居間ですごすことさえあった。以前よりくつろいだ様子で、微笑んだり、声をあげて笑ったりすることも多くなった。ロザリンドとシーリアがハンナほど驚いていないところを見ると、家族といるときのそういうマーカスが、彼本来の姿なのだろう。ハンナは自分が家族の団欒《だんらん》を壊してしまう部外者のように感じていた。けれども、ここにいるときだけは違う。少なくともこの池では、自分が場違いだとは感じない。彼女はもう以前のように、ほんのちょっとしたことのためにどこからともなく使用人が現れても、飛びあがって驚くことはなくなった。何か間違ったふるまいをして恥をかかないかと心配することもない。誰かに〝公爵夫人〟と呼びかけられても、びっくりしてまばたきしたりしなくなった。それにマーカスを好きになっていることも、今では否定できなくなっている。

ハンナは腕をうしろに引いて、次の石を投げた。石は二度水面を跳ねてから、音をたてて沈んだ。すっかり腕が落ちてしまったらしい。ミドルバラにいるころは、五回か六回、飛ばせるときもあったのに。そもそも公爵夫人は石など投げるべきではないんでしょうね。ハンナは思った。でも、私は公爵夫人じゃないわ。

パシャッ、ポチャン。

たとえ真珠で飾られ、公爵に舞踏会へ伴われても、私は公爵夫人ではない。

パシャッ、パシャッ、ポチャン。

たとえ真夜中に公爵が一緒にお茶を飲み、私がどうしようもなくなるまでキスをしてきたとしても、私は公爵夫人ではない。

パシャッ、パシャッ、ポチャン。

私の名前を口にするたびに、もう一度キスしたいという目で公爵が見つめてきたとしても、私は公爵夫人ではない。

ポチャン。

ハンナはうんざりして、手に持っていた残りの石を池に投げ、背の高い草の上にどすんと腰をおろした。自分が何者か、もうわからなくなったわ。彼女は陰鬱な気分で思った。私がここにいるのは、マーカスが約束してくれた報酬をもらうためだけなの？　ロザリンドとシーリアが好きだから？　それとも、この場所が好きになったから？

たとえ自分で料理や掃除をする暮らしに戻ったとしても、すぐに慣れるはずだとハンナは確信していた。何週間もシルクとレースを身につけていたあとでは、丈夫なコットンや毛織の服を着るとおかしな感じがするかもしれない。それならシルクのドレスも持っていって、気が向いたらときどき手触りを楽しめばいいだろう。何よりモリーとふたりで生活に困らず自立できると思うだけで、ハンナは肩から大きな重荷をおろすことができた。ロザリンドとシーリアに会えなくなるのは寂しいけれど、そういう気持ちも時間とともに薄れていくに違いない。そしてマーカスのことも……。彼女はため息をついて膝を引き寄せ、その上に顎をのせた。池の水面に反射する日光がまぶしくて目を閉じる。

自分の気持ちは無視するしかないのだ。もう一度マーカスとキスしたとしても、彼の妻になれるわけではない。彼の誘惑に身を任せたとしても、お返しに彼がなんらかの感情を抱いてくれるわけではないだろう。何もかも偽りであることを忘れてはならない。信じてはならないのだ。

「ママ、おたまじゃくし持ってて！」目の前に、緑色の水と蛙になりかけの生き物が数匹入った瓶が突き出された。

目を開けたハンナは顔をしかめて瓶を受けとった。公爵夫人でなくてよかったことのひとつは、娘をレディとして育てる必要がないことかもしれない。モリーは男の子のいとこたちと同じように、這いまわったり、うようよしたり、泳ぎまわったりするものが大好きなのだ。

「ママ、デイジーの花輪を作ってくれる？」モリーがそう言って、押しつぶされたひとつかみの花をハンナの膝に落とした。彼女は困惑しながら笑った。

「やってみるわ。でも、これは茎が潰れてしまっているのよ、モリー」

娘が下唇を突き出した。そろそろお昼寝の時間なのだ。「やって」モリーは反抗的に言った。ハンナは眉をあげてみせる。「お願い、ママ」そうつけ足すと、少女は急ににっこりした。「作ってくれたら、ママの髪にお花をつけてあげる！」

もっと花を集めるために走りまわっている小さな娘を見ていると、ハンナは微笑まずにいられなかった。何も考えずにしおれた茎を指で裂いてデイジーの花を編み、最後は丸くして王冠を作った。少なくとも、花輪を作る腕は落ちていないようだわ。

モリーがキンポウゲの花を母親の頭に振りまき、自分は誇らしげに花の冠をかぶった。ハンナは立ちあがってスカートについた草を払った。太陽は雲のうしろに隠れてしまった。

「帰る時間よ、モリー」

「うん、わかった！　シーリアにこれを見せてもいい？」モリーは両手を握りしめながら、ぴょんぴょん跳ねている。

「ええ、いいわ。でも、そのあとはお昼寝するのよ」シーリアに花輪を見せたくて興奮しているのか、それとも疲れているのか、モリーは口答えせずに駆け出した。残されたハンナは娘の靴やストッキングを集め、おたまじゃくしを池に返した。ふたたびマーカスのことを考えながら、屋敷の方角へ足を向ける。

ロンドンを早めに離れるほうがいいのかもしれない。公爵夫人としての役割は充分に果たしてきたのだから、もう姿を消しても大丈夫だろう。スロックモートン家の舞踏会のあと、ハンナはマーカスとともに舞踏会に六回、夜会や晩餐《ばんさん》会に数度ずつ、それに仮面舞踏会にも一度出席した。ふたりとも表面上は、礼儀正しく好意を抱き合っている雰囲気を保ってきたが、内側では厄介な緊張が高まりつつあった。マーカスはときどき、まるでどう理解していいかわからないというように、怪訝な目で彼女を見つめていることがある。それに気づくと、ハンナのほうも彼の表情の意味を考えずにいられなくなるのだ。私がしたことに困惑しているのかしら? 次に何をしでかして彼を驚かせるか心配なの? それともほかのこと、あのキスや、彼がやめようとしたのに私が首に手をまわして引きとめたことを考えているの? ハンナは知りたくてたまらなくなり、何度も問いかけようとしたのだが、いつも寸前で思いとどまった。どんな答えであろうと知りたいのか、確信が持てなくなっている。

屋敷までの道のりは遠かった。ハンナはゆっくり時間をかけて歩き、顔をあげて雨の匂いがする風を受けた。片手におたまじゃくし用の瓶を持ち、反対の手でスカートをたくしあげて、テラスに続くなだらかな坂を苦労してあがる。ようやくてっぺんに着いたとたん、背を向けて立っていた男性にぶつかりそうになって、彼女は慌てて足を止めた。ハンナが動く前に男性が振り返った。

「ああ」マーカスが嬉しそうに言った。「そこにいたのか。ハーパーが、きみは散歩に行ったと言っていた」

「そうなの」ハンナはどきどきしながらスカートをおろし、草のしみだらけになっていないことを祈った。「モリーを連れていったのよ」

マーカスの視線がハンナの持っている瓶に落ちた。「池へ？」

頬がほんのり赤くなるのがわかる。「ええ、おたまじゃくしよ」瓶を持ちあげてみせると、彼が微笑んだ。

「デヴィッドがよくあそこで、家庭教師のブーツに入れる蛙をとっていたな」

ハンナはつい笑ってしまった。「それを聞いても驚かないのはなぜかしらね？」

マーカスの笑みはまだ消えない。「家庭教師はびっくりしていたよ」

「腹を立てたでしょうね」

「かわいそうな彼が持ち物の中で見つけたものとしては、蛙はまだましなほうだった」

落ちてきた髪の房を耳のうしろにかけ、ハンナは声をあげて笑った。言うことを聞かない心臓がまたしてもびくんと跳ねる。マーカスと笑いながらこうして立っているだけで幸せな気分になるなんておかしいわ。

「庭を歩かないか？」マーカスが言った。「よければ少し話がしたいんだ」

ハンナは唇を湿らせた。どういうことかしら？「ええ、喜んで」彼女は荷物を近くのベンチに置いた。それからマーカスのもとへ戻り、歩調を合わせて小道を歩き始める。

マーカスはしばらくのあいだ無言でハンナのそばを歩いた。頬をピンクに染め、風に髪を乱された今日の彼女はじつに美しい。ハンナのこういう姿を画家のローレンスに描《か》かせたい。そうすれば、いつまでも忘れないでいられる。

「髪に花がついている」

ハンナが足を止めて髪に手をやった。「あら！　モリーがつけてくれたの」彼女は巻き毛を手ですいて黄色い花を落とした。

マーカスは魅せられたようにハンナを見つめていた。何も考えずに手をのばし、残っていた花を一輪つまむ。茎が髪に絡まっていたので、もう一方の手も使ってほどいた。ふたりの指が絡み合う。マーカスを見あげた彼女の顔は先ほどよりさらに赤く染まり、目には悲しげな笑みが浮かんでいた。彼は何かわからない、正体を知りたくもない力にとらわれて、どうすることもできず、ただハンナを見おろしていた。

「めちゃくちゃだわ」ハンナが申し訳なさそうに言う声が聞こえ、マーカスの呪縛《じゅばく》が解けた。

「ごめんなさい、ちゃんと身なりを整える時間がなくて……」彼女は声を低めてあたりを見まわした。「リリーについて何かわかった？」かろうじて聞きとれるささやき声だ。

マーカスは驚いて目をしばたたいた。たしかに最初はリリーを観察した結果を尋ねるために、ハンナを探していたのだ。ところが彼女の髪についた花を目にしたとたん、そのことは頭からすっかり消えてしまった。「残念ながら、たいしたことは何も」彼は言った。「きみが何か見つけたかもしれないと期待していたんだが」

ハンナがため息をついた。「いいえ、何もないわ。どうしてもまともに彼女を見られなくて。考えていることが顔に出ていないか心配なの。私たちが姿を見たことを気づかれてしまうかもしれないわ」

「薄々感じさせるくらいはかえって好都合だ」マーカスはまた歩き出した。「心配になればなんらかの行動に出て、われわれの役に立ってくれるかもしれない」〝われわれ〟ではなく〝私の〟と言うつもりだった。ハンナを調査に巻きこみたくない。

「ええ、そうかもしれないわね」彼女がふたたびため息をついた。「でも前と違って、リリーが出入りするのに耐えられなくなってきているの。彼女を呼んで髪にブラシをかけてもらうより、自分でするほうが気が楽だわ」ハンナはほつれた髪を引っぱって眉をひそめた。

彼女の髪は今にもピンが外れてこぼれ落ちそうに見える。マーカスは咳払いして言った。

「とても魅力的だ」

ハンナが髪からもうひとつ黄色い小さな花を取った。「お世辞は結構よ」口ではそう言っても顔が笑っている。

マーカスはまだ手に持っていたキンポウゲの花の茎をくるりとまわした。お世辞を言うなと文句をつける女性は少ない。彼は花を地面に落とした。「きみには別のメイドをつけるべきかもしれないな」予定していた話題に話を戻そうとして言う。「だが、リリーをあまり警戒させたくない気もする」

「ええ、それはだめよ」ハンナの横顔は曇っていた。「ただ、モリーは彼女が大好きなの。リリーのところへ行っちゃだめとは言えないわ。ついに私が折れて、ロザリンドに頼んで子守を探してもらうことにしたの」

マーカスは眉をあげた。「ついに？」

ハンナは彼を見ないまま答えた。「一時的でしかない使用人をリリーのほかにもうひとり雇うのは気が進まなくて、子守はいらないと言っていたのよ」

マーカスは視線を下に落とした。なるほど、そういうことか。これは彼の望んでいた話題ではなかった。ふたりは庭園の端まで来ていた。芝生の絨毯《じゅうたん》が川まで続いているのが見渡せる。庭園を区切っている蔓薔薇の垣根は少しのび気味で、あたりを包む湿った空気に六月の薔薇の香りが漂っていた。マーカスは衝動的に薔薇を一本摘んで差し出した。

ハンナが驚いた顔で彼を見た。「ありがとう」

薔薇の花びらは彼女の唇と同じ濃いピンク色だった。やはり唇と同じくらい柔らかいのだろうか？　ハンナに渡す代わりに、マーカスは手をのばして彼女の耳のうしろに花を挿した。彼女の顔に、はにかみながらも嬉しそうな笑みが浮かぶ。その笑顔を目にするだけで、マーカスの胸に喜びがあふれた。

「リリーはめったに敷地から出ないし、出かけたとしても特別なことはしていない。仕立屋の助手の若い男性と歩いていたが、家族がいる様子はなかった。うちで働き始めて何年にもなる。以前は彼女の母親が働いていたんだ。結局、リリーの行動に疑わしいところは何ひとつ見あたらなかった」

　ハンナが青い瞳に困惑をにじませてマーカスを見た。「でも彼女がスパイなら、そんなことはありえないのでは？」

「そうだ」マーカスは認めた。なぜリリーに関して得た情報を、すべてハンナに話しているのだろう？　メイドを信頼していいかどうか悩んでいる彼女が気の毒になったからに違いない。信頼できなくて当然だ。彼自身、リリーを信用していない。けれどもこの一週間ずっと見張っていたが、リリーは何も悪いことをしなかった。あれから一度も夜中に屋敷の中をうろついたりもしていない。正直なところ、マーカスはリリーがまたやるだろうと期待し、そのときには現場を押さえて徹底的に問いただす気でいたのだ。日ごとに高まる彼の不満に、もうひとつ苛立ちが加わってしまった。

「だが」ハンナがまだ不安そうなので、マーカスはつけ加えた。「彼女はほかに怪しい行動をまったくとらなかった。履歴も申し分ない。きみのメイドに選ばれたのだから、あたりまえだが。それだけだ。あの夜一度だけの過ちだったのかもしれないな」

「そうね」ハンナが耳のうしろに髪をかけると薔薇が揺れた。「それなら安心だけど、でもやっぱり……。たとえ一度の過ちにすぎないとしても、重大な過ちではあるわ。もしかしたら彼女はとても賢くて、何年もかけて計画してきたのかもしれない。ゆっくり計画を進めてきたから、誰も泥棒だとは――」マーカスの顔に浮かぶ驚きを目にして彼女は口ごもり、顔を真っ赤にした。また想像をたくましくしてしまったわ。いったい私はどうしてしまったのかしら？　いつもはかなり現実的で冷静なのに。「デヴィッドがどこへ行ったか、心あたりはある？」ハンナは慌てて話題を変えた。

マーカスがすっと視線をそらした。「いや」

ハンナは苛立たしげに息を吐いた。「彼が現れて、自分の口から説明してくれればすむことなのに！　どういうわけかリリーの行動が、デヴィッドが姿を消したことと関係しているような気がしてならないの」

「可能性はあるな」マーカスはまだハンナを見ようとせず、よそよそしい表情で芝生を見渡している。「あるいは、まったくの偶然ということもありうる。デヴィッドには自分以外の人間を面倒に巻きこむ才能があるんだ。友人たちと田舎の別荘にでも身を隠して、ウイスキーを飲みながら私をだしにして大笑いしていても不思議ではない」

ハンナはぽかんと口を開けた。「本当に彼がそんなことをするかしら？」

マーカスの笑みはそっけない。「するだろう。冗談を言っているわけではないんだ」

「そう、わかったわ」そう言ったハンナは、彼に探るような目で見られて、どこに視線を向ければいいかわからなくなった。彼女はこの会話のたどりつく先が怖かった。マーカスのことは信用している。ただ、彼がそばにいるときの自分が信用できないのだ。もしマーカスがもう一度キスしたがったとしても、ハンナが止めれば間違いなくやめてくれるだろう。恐ろしいのは、自分が彼を止めるとはまったく思えないことだった。少なくとも前回は止めなかった。彼に身を投げ出して、自らキスしたのだ。

「デヴィッドの行方がわからなくなっていなかったとしたら、リリーへの対処も違っていた？」ハンナはキスから頭を切り離そうとして尋ねた。今にも激しい雨が降りそうな、薔薇の香りに満ちた人目につかない庭園の隅で、キスのことを考えていてはいけない。

「ああ」ハンナを見つめたまま、マーカスが言った。「すぐ彼女を解雇していただろう」

「つまりあなたも、デヴィッドとリリーの件に関係があると思っているんじゃないの？」

「可能性は排除できない」一瞬考えてから、マーカスが答えた。「きみの言うとおりだ。デヴィッドが戻ってきて、どうなっているのか説明すれば簡単に解決することなんだ。私が知っていれば――」そこで彼はためらい、また歩き出した。ハンナもついていく。「実際は違う。弟がいなくなったと気づいたときから、人を使って行方を探させているんだが、いまだに見つけられない。この世から消えてしまったみたいに」

「心配なの？」ハンナはそっと尋ねた。訊くべきではないのかもしれないが、彼女から言い出したほうがマーカスは話しやすいだろうと思ったのだ。

彼がため息をついた。「かなり」

ハンナはうなずいた。私も心配だわ。とくにリリーのことが。ハンナはメイドが何かよからぬことにかかわっているという思いを振り払うことができなかった。

「だが、デヴィッドの起こした事件はすべて過去のことだ。私をあざ笑って約束を破り、醜聞を流して、あとはどこか居心地のいい場所に引っこんで休暇でもとっているつもりなんだろう。偽造紙幣の件さえなければ、いつもとたいして変わらない行動だ」

「ロザリンドに話すことを考えてみるべきではないかしら」ハンナは提案した。「何かヒントになるようなことを彼女への手紙に書いているかもしれないわ」

マーカスが首を振った。「だめだ。最後に送ってきた手紙を読んだが、そういったことは何も書かれていなかった」ふいに思いついたようにハンナを見る。「ひょっとして、ロンドンへ来る前に何か言っていなかったか？」

ハンナは懸命に思い返してみた。ただ当時は自分の問題で頭がいっぱいで、デヴィッドの言動を疑ってもみなかった。「何も言ってなかったと思うわ」考えたのちに彼女は言った。

「そうか。そうだろうな」

ふたりはしばらく無言で歩いた。どこへ向かっているのかわからなかったが、ハンナは気にならなかった。すでに太陽は完全に隠れ、遠くで雷が鳴っている。だが、たとえ雨が降っていたとしても、マーカスに歩こうと誘われれば断らなかっただろう。人に見られていないところでは、公爵ではなく本当のマーカスが見える気がした。日を追うごとに惹きつけられていく、ひとりの男性としての彼が。こうして屋敷から離れたところを歩いていると、愚かなハンナの胸はどんどん高ぶってきた。

「ほかのことは……順調かな？」マーカスが尋ねた。

「大丈夫よ」ハンナは慎重に答えた。

「そうか。それはよかった」さらに歩いていく。「困ったことは何もないか？」

ハンナが横に並んだマーカスにちらりと視線を向けると、彼もこちらを見ていた。ふたりとも、悪いことでもしているかのように急いで顔をそむける。「思いつくかぎりでは、ないわ」彼女は落ち着いた声になるよう気をつけながら答えた。「何か心配でも？」

「いや、そうではない」マーカスが慌てて言った。「きみが満足しているかどうか確かめたかっただけだ」

満足って、何に？　あなたが私にキスしたこと？　そのほかには何も起こっていないこと？　それとも、まったく別のことなのかしら？　「どういう意味？」

マーカスが立ち止まり、一歩遅れてハンナも足を止めた。「考えていたんだが、もしかしてきみが、その……このあいだの夜のことで不安を感じているのではないかと」

胸がどきりとした。「このあいだの夜」

「そうだ」

「リリーを見たときのこと？」

「違う！」マーカスが眉をひそめた。「いや、そうだ。その夜だ。だが、リリーを見たことを言っているのではない」

ハンナは下唇を嚙んだ。「私があなたにキスをしたときのこと？」

マーカスが驚いた顔をした。目を見開いている。「そうだ」彼の声は低くかすれていた。

ハンナは急に喉がからからになるのを感じた。マーカスはもう一度キスしたがっている。

目を見ればそれは明らかだ。彼女は期待のあまり口がきけず、その場から動くことさえできなかった。「いいえ、不安は感じていないわ」息を切らして言う。

ハンナにキスできる。してはいけない理由が見あたらない。マーカスは両手を背中にまわして握りしめた。彼女は拒まないだろう。目を見ればわかる。ハンナはキスを許し、自分から返しさえするはずだ。キスをして何が悪い？　完全に彼女に夢中になってしまうだけだ。

そのとき、前より近くで雷鳴がとどろいた。風が強まり、ハンナの顔を縁どる巻き毛や薔薇の花びらを吹き飛ばした。人生で初めて、マーカスは決断を迷った。一度のキスなら過ちとして片づけられる。でも二度目は違う。それが気になるのか？　彼女が気にするのか？

「雨が降ってきたわ」ハンナがささやいたとたん、大きな雨粒が落ちてきた。粒のひとつが彼女の頬に、唇のすぐ右に落ちた。濡れた彼女の肌はどんな味がするだろう？　ふたりとも雨に濡れてしまう前に、ほんの少し身を乗り出して彼女を引き寄せればその答えがわかる。

マーカスは一瞬だけ目を閉じた。「そうだな」彼は言った。「戻ったほうがよさそうだ」

「走ったほうがよさそうよ！」ぱらぱらの雨粒が激しい雨に変わり、ハンナが震える声で笑いながら叫んだ。ショールを頭からかぶり、スカートの裾をつまんで走り始める。残念な思いを捨てきれないまま、マーカスもあとに従った。

この世の中には、思いどおりにならないこともある。

16

「では、そういうことでいいんだな？　エクセター？」沈黙が広がる。「公爵？」

ぼんやりと窓の外を眺めていたマーカスは振り返り、ナサニエル・ティムズとボウ・ストリートの捕り手主任であるジョン・スタフォードに向き直った。「失礼。なんだって？」

「きみの弟が姿を消し、調査のほうも行きづまったようだから、別の方策を考えようということになったんだ」ティムズが繰り返した。

マーカスは即答せずに考えた。もっともな選択だ。デヴィッドがいなくなってからひと月以上がたち、さらにこの二週間は偽札の調査にもまったく進展がなかった。何もかもうんざりだ。賭け事も、あたりに目を配るのも、心配するのも。あとはスタフォードに任せるのがいいのかもしれない。「わかった」ようやく彼は言った。「それでかまわないが、ひとつだけ頼みたい。弟の関与を示す新しい証拠が見つかったら、私にも知らせてほしいんだが」

スタフォードは、どちらの側につけば得なのか敏感に察知するタイプらしい。「わかりました、公爵様」彼はそう言ってお辞儀をした。「もちろん、お知らせします」

「ああ、もちろんだ」ティムズがいささか熱心すぎる口調で言った。「ここまでのご協力を感謝する」

マーカスは何も言わずにティムズを見つめた。着手したことが失敗に終わったと認めたくはないが――これまではつねになしとげてきたのだから――この件に関しては初めから無謀な追及だったかもしれない。今回ばかりは、デヴィッドのほうが上手だったのだ。あるいは弟はまったくの無実で、すべては時間の無駄だったのか。

マーカスは立ちあがった。「では失礼する。ご機嫌よう」スタフォードとティムズが礼を返した。マーカスはティムズのオフィスを出て、外で待っていた使用人から帽子とステッキを受けとった。銀行の建物から、午後の最後の太陽が照りつける外へ足を踏み出す。

そこで立ち止まって深呼吸した。今日はいい天気だ。しかも今夜からは、もう容疑者を探して賭博《とばく》場やカードルームをうろつかなくていい。実際のところ、マーカスはほっとしていた。デヴィッドの勝ちだ。負けを認めよう。弟はもう一人前の大人なのだから、兄の監視を受けず自由に生きればいい。お前はとうとう望みをかなえたんだ。マーカスは不在の弟に向かって心の中で呼びかけた。上機嫌で楽しむといい。

建物の階段をおりると、従僕がさっと馬車の扉を開けた。マーカスのもとで働く者たちはいつも規則どおり動く。「家へ」彼はそう告げて馬車に乗りこんだ。

「かしこまりました、公爵様」従僕が言った。すぐあとに御者が鞭を振るう音が聞こえ、馬車は動き出した。座席に背中を預けていると、マーカスの口もとに笑みが広がってきた。やっと自由になれたぞ。女性たちは今晩、何をする予定だろう？　運がよければ、家で静かな夜を過ごせるかもしれない。ロザリンドは喜ぶはずだ。マーカスが毎晩のように出歩く理由を知らない彼女からは、もっと家にいるようにとたびたび叱られていた。ハンナも喜んでくれるといいのだが。もしかしたら、また厨房に忍びこんでお茶を飲もうと誘ってくれるかもしれない。いや、こちらから誘ってもいい。

馬車が止まった。マーカスは軽やかな足どりでステップをおり、階段をあがった。口笛でも吹きたい気分だ。執事の前を通り過ぎて中に入ったとたん、玄関ホールを横切りかけていた青いドレスの女性が振り向いた。

「マーカス」近づいてくる彼を見て、ハンナが言う。マーカスは彼女の手を取って口づけた。彼の胸はハンナを見た瞬間にときめいていた。いつものように。そう、それは偽りのない本心だ。新しい発見に気を取られていたマーカスは、彼女の声にまじる不安を聞き逃すところだった。

「どうかしたのか？」マーカスはハーパーに背を向けて尋ねた。ハンナを腕に抱きしめて、彼女の顔から心配そうな表情を消し去りたい。彼女の支えになって、なんであれ瞳の輝きを曇らせているものから守ってやりたい。彼がふたりのあいだでハンナの手をぎゅっと握りしめると、彼女がもう片方の手を上に重ねた。マーカスの胸にあたたかいものが満ちてくる。ようやく家に帰ってきた。彼女のもとに。

ハンナが青い瞳を陰らせたまま言った。「デヴィッドが来ているの」

マーカスは凍りついたように動けなくなった。見さげはてた弟は、兄の人生を引っくり返すためにどうしても今、帰ってこなければならなかったのだろうか。デヴィッドが玄関前に捨てていった女性に心を奪われていると気づいた、よりによって今このときに。「どこにいる?」

ハンナが唇を湿らせて肩越しにうしろを見た。「具合が悪いの。酔っているみたいだわ」

彼女の手を放したとたん、マーカスの胸からもぬくもりが消えた。「あいつはどこにいるんだ?」

階段をのぼりかけたマーカスをハンナの手が制した。「待って、お願い! 言っておかなくてはならないことが――」そのとき居間のドアが音をたてて開き、デヴィッドが姿を現した。ドアにもたれかかった彼の目は熱に浮かされたようにきらめき、おそらくは酒のせいで血走っていた。数メートル離れたマーカスのところまで酒の匂いが漂ってくる。額には固まった血がこびりつき、髪がもつれて肩にかかっていた。頭から爪先まで、すっかり汚れている。

「放蕩息子のご帰還か」マーカスの声に氷のような冷たさを感じ、ハンナは思わずひるんだ。彼女の嫌いな響きだが、最近は彼からその口調で話しかけられることがなくなっていた。実際のところ、かなり長いあいだ耳にしていない。

「マーカス」ハンナは懇願をこめてささやいた。だが彼は気づいてもいないらしく、意識は完全に弟のほうに向けられている。

「やあ、兄上。申し訳ないが帰ってきてしまったんだ。こんな身なりだが、一応は無事だよ」デヴィッドはそう言って大げさにお辞儀をしようとしたが、途中ではっと身をこわばらせて肋骨《ろっこつ》のあたりに手をあてた。

「何が望みなの？」ハンナはうなだれ、惨めな気持ちで両手を握りしめた。

「ぼくの望みだって？」デヴィッドがきょとんとして訊き返した。ハンナは彼が、関節が白くなるほど強くドアをつかみ、足もとをふらつかせていることに気がついた。デヴィッドは目を細めて兄を見つめ、それから視線をハンナに移して、さらにマーカスの腕にかけようとしていた彼女の手を見た。ハンナは慌てて手を引っこめた。デヴィッドが倒れるかもしれないと、マーカスに警告しようとしただけだったのだが。

「デヴィッドお兄様！　まあ、お母様、デヴィッドお兄様がいらしたわ！」シーリアの興奮した叫びが玄関ホールに響き渡った。ハンナは彼女を止めようと、慌ててマーカスのそばを離れた。兄弟が何を話し合うにしても、シーリアやロザリンドのいないところで話す必要があるはずだが、ふたりとも待ってくれそうにない。ハンナがシーリアをつかまえたそのとき、デヴィッドが顔をあげて妹を見つけた。

「シーリア、しばらくふたりだけにしてあげて」ハンナは急いでささやいた。ロザリンドが慌ただしく階段をおりてくるのが見える。

「デヴィッドお兄様、どうしてこんなに長いあいだお顔を見せてくれなかったの？」シーリアがハンナの手を振りほどき、脚を引きずりながら玄関ホールに出てきた兄に飛びついた。デヴィッドは反動でよろめいたが、マーカスがさっと肘を支えたおかげでなんとか倒れずにすんだ。「会いたかったわ！　お母様と私は手紙をもらってすぐにロンドンへ出てきたの。それなのに、私たちが着くのを待たずに行ってしまうなんてひどいわ！」

「すまない、シーリア」デヴィッドが口ごもりながら言った。「ロザリンド」急いで出迎えに出てきた義母にも声をかける。ハンナの弱々しい抗議はシーリアの歓声にかき消されてしまった。ハンナはどうすることもできず、ただ彼らを眺めているしかなかった。マーカスは前にちょうど折り悪《あ》しくシーリアとロザリンドが現れて、彼の計画が台なしになったあのときと同じ、ぞっとするしかめっ面になっていた。ハンナが見つめても、目を合わせようとしない。

「あとで話そう」マーカスがぱちんと指を鳴らした。「ハーパー、すぐに部屋を用意してくれ」彼はそう言うと向きを変え、階段のほうへ歩き出した。

「兄上に詫びるために帰ってきたんだ」少し不明瞭な言葉で、デヴィッドが言った。マーカスは無視して歩き続けている。「ハンナにも、ぼくのしたことを謝らなければ」マーカスの足が止まった。これから起ころうとしていることを悟ってハンナは胸が悪くなったが、動くことも口をきくこともできなかった。振り返ったマーカスが恐ろしい顔で弟をにらんだ。

「あとにしてくれ」マーカスは厳しい声で告げた。

「あんなふうにふたりを騙すべきではなかった」デヴィッドの声はかすれ、体はすっかりシーリアにもたれかかっている。熱を確かめようとロザリンドが額に手をのばしたが、彼はその手をよけて話し続けた。「だけど、まさか兄上がそれほど潔く彼女を引き受けるとは思わなかったんだ。本当に想像もしなかったんだよ」

「デヴィッドお兄様！」シーリアが困惑して言った。「いったいなんの話をしているの？」

「なんでもない」マーカスが嚙みつくように言って、大股で玄関ホールを横切ってきた。手を振ってシーリアを退け、乱暴な手つきでデヴィッドを階段のほうへ引っぱっていく。「ハーパー！」マーカスの怒鳴り声に、その場にいた全員が飛びあがった。

「彼女を助けたかったんだ。だけど、ぼくはふさわしい男じゃない」デヴィッドはぶつぶつ言い続けている。彼の目が、まだ階段の下で呆然として身動きもできずにいるハンナを見つけた。「申し訳ない、ハンナ」

ハンナは首を振った。心の中で、デヴィッドが今すぐ気絶してくれることを祈った。「いいのよ。本当に。またあとで話しましょう」

デヴィッドがくしゃくしゃの笑顔になった。誇らしげと言ってもいい。「きみのそういうところが好きなんだ。とんでもなく実際的だ！　何事にもふさわしい時と場所があると言いたいんだろう？　まるでマーカスだよ。そう思わないか？」彼が振りあげたこぶしが、弱々しく兄の胸に落ちた。マーカスがうなり、無抵抗の弟を引きずらんばかりにして階段をのぼっていく。「ひと目見たとたん、彼女なら兄上にぴったりだとわかったんだ」

「マーカス！」階段の下からロザリンドが命令した。「なんの話をしているのか教えてちょうだい。デヴィッド、いったい何があったの？」

マーカスが一瞬ためらいを見せた。それが失敗だった。デヴィッドが振り向こうとしたせいでふたりともぐらつき、マーカスは弟の上着をつかんでかろうじて落下を防いだ。シーリアが悲鳴をあげる。デヴィッドの膝が崩れかけた。

「単純なことなんだよ、ロザリンド」ふいにはっきりした声でデヴィッドが言った。「ぼくは結婚の登記証にマーカスの名前を署名したんだ。ロンドンへ連れてこられるまで、ハンナは彼に会ったこともなかった」

玄関ホールは水を打ったような静けさに包まれた。恥ずかしさと、この数週間みんなを騙してきた罪の意識で、ハンナは顔が燃えるように熱くなるのを感じた。しばらくして思いきって顔をあげ、なんとかマーカスの視線をとらえようとする。

「マーカス、本当なの？」あっけにとられた様子でロザリンドが訊いた。

ハンナを見つめるマーカスの目は生気がなく陰りを帯びて、何を考えているのかまったくわからなかった。ひと言も言葉を発さない彼の沈黙があたりを支配している。デヴィッドが弱々しく咳をしたかと思うと、マーカスの手からずるずると滑っていった。まわりに大打撃を与え、放蕩息子は意識を失って仰向けに階段に倒れた。

「胸が悪くなる味だ」デヴィッドが顔をしかめた。ハンナは気付け薬の瓶にふたをしてテーブルに置いた。

「もっと胸が悪くなる薬があれば、ひと瓶ごとあなたの喉に流しこんでやるのに」

「きみなら実行しそうだな」にやりとしてデヴィッドが言った。ハンナは唇を引き結んで、スープのボウルに手をのばした。先ほどデヴィッドは拒否したのだが、食べなければいけないと医者に言われている。ちらりと彼女の顔色をうかがった彼はおとなしく体を起こして枕にもたれ、ボウルを受けとった。

「本当に悪かった、ハンナ」スープを飲み終わると、デヴィッドが口を開いた。ハンナは無言で食器類をトレイにのせた。階段で彼が気を失って、その場は大騒ぎになった。悲鳴をあげるシーリアと半狂乱で指示を並べたてるロザリンド、そして突如としてあらゆる方向へ駆け出した使用人たちのあいだで、ハンナはどうしていいかわからなかった。彼女が階段の下で立ちつくす一方、マーカスは無表情のまま大混乱を見つめていたが、すぐに書斎へ姿を消してしまった。医師が呼ばれてデヴィッドを診察し終えると、今度はロザリンドが参ってしまい、メイドに支えられて部屋へさがったため、ハンナがここへ来て看病を引き継いだのだ。

デヴィッドの見かけは最初に思ったほどひどくはなかった。体をきれいにして寝間着に着替えると、初めて会ったときの彼とまったく同じに見えた。血走った目の下にくまができ、ときどき咳《せ》きこんで――医師によれば肺は大丈夫らしい――熱もある。それでも、いちばん症状が重いのが肋骨の骨折だった。酔いがさめて落ち着いた今は償いを、あるいは少なくとも謝罪をしたがっている。どちらにしろ、ハンナは耳を傾けるつもりがなかった。

「悪かったという言葉は、償いにしてはお粗末だと思うけど」彼女は言った。「あなたがしたことは許せないわ」

デヴィッドがたじろいだ。「許せない？　きみにとって？　それともマーカスにとって？」

「両方でしょうね」ハンナは冷静に答えた。デヴィッドの手が落ち着きなく動いて上掛けを引きあげた。

「でも、結果的にはそれほど悪くなかったように見えるんだが」機嫌を取るような口調だ。ハンナは立ちあがった。

「あなたはそれを判断する立場にないわ」

なんと言って窮地を抜け出そうかと考えているように、デヴィッドが眉を寄せて咳払いした。「きみはまだここにいる」ハンナは呆れて首を振り、トレイを持ちあげた。

「聞くつもりはないわ。あなたは自分のしたことのどこが悪いのか、わかっていないんですもの。おやすみなさい」彼女はドアに向かった。

「マーカスはすぐに来るかな？　どう思う？」悲しげと言ってもいい表情でデヴィッドに尋ねられ、ハンナは足を止めた。

「本気で今、彼と顔を合わせたいの？」

「うーん、それほどひどいかい？」

ハンナが無言でデヴィッドの目を見続けていると、彼の顔からためらいがちな笑みが消えた。「ひどいなんてものじゃないわ」彼女はドアを閉めて部屋をあとにした。

マーカスは座ってウイスキーを飲みながら、ぼんやりと窓の外を眺めていた。何もかも終わりだ。デヴィッドの裏切りを隠すための努力は、恩知らずの弟が自分ですべて台なしにした。ロザリンドはデヴィッドのしたことを知って愕然とするだけでなく、マーカスのとった行動にも驚いていた。今はただショックを受けているシーリアも、どういうことなのかそのうち理解するだろう。マーカスはひどく落胆していたが、自分のことよりハンナの顔に浮かぶ屈辱の表情のほうがもっと辛かった。

彼はむっつりと笑みを浮かべた。ほかの何より気にかけている三人の女性たちの幸せを壊し、彼女たちを不安にさせてしまったのだ。

鋭いノックの音が聞こえたかと思うと、マーカスが返答しないうちにドアが開いた。彼は振り返らなかった。誰が来たのかはわかっている。ずっと彼女を待っていたのだから。

「マーカス、今まであなたが決めることには一度も口を出さずにきたわ」低い声で義母が言った。「だって大人ですもの。それにあなたの行動に賛成できない場合があっても、あなたには判断能力があると自分に言い聞かせてきたの。だから黙っていた」ロザリンドが言葉を切り、息をつくのがわかった。「でも、もう我慢できない。どうしてなの?」

「あなたのためにしたわけではありませんよ」マーカスは動じることなく言った。「シーリアのためです」

「まあ、マーカス」ロザリンドがうろたえてささやいた。彼は窓のほうを向いたまま、まったく感情を交えない声でこれまでの経緯を詳細に説明した。

「デヴィッドが卑劣なやり方でハンナを利用したことを、あなたが気づかずにすめばいいと思ったんです」そう言って、マーカスは話を締めくくった。「彼女は私と無関係だし、私も彼女とはなんのかかわりもありませんでした。ちょっと気づまりだが二、三ヶ月ほど夫婦のふりをしたら、彼女は経済的安定を得て、私はもとの生活に戻る予定だったんですよ」

「それが私のためになると考えたの？」ロザリンドの声には不信感が満ちていた。ハンナが以前警告していたとおりのことを彼女が口にするあいだ、マーカスは目を閉じて聞いていた。「あなたが結婚生活に無関心で不幸だと思わせることが？　花嫁が去っても止めようともしないと思わせるのが私のため？」

部屋に広がる沈黙がマーカスを圧迫した。彼は返事をしなかった。これ以上、弟をかばうつもりはない。ロザリンドが大きく息をついた。「きっと私はデヴィッドを責めなかったでしょうね。それよりあなたにがっかりして、叱っていたかもしれない。デヴィッドが悪いとはまったく考えなかったと思うわ。ああ、マーカス、どうしてこんなことができたの？」

「習慣です」マーカスは言って、グラスの残りをひと息に飲み干した。彼がどれほど弟を救ってきたかは誰も知らない。デヴィッド本人さえ、覚えていないだろう。イートン校時代に身代わりで試験を受けたことから、賭け事の借金の支払い、怒った夫たちに金をつかませて追い払ったことまで、マーカスはつねに家族の名前を守り、その結果デヴィッドを守るために奮闘してきた。今回も同じだと思ったのだが、そうではなかった。デヴィッドはハンナの人生をめちゃくちゃにしかけ、マーカスも金を渡してなだめればすむような問題のふりをすることができなかった。弟は苦しんで当然だ。その苦しみを与えるのが自分であってもかまわないとマーカスは思っていた。

「それにデヴィッドは——。いったい何を考えていたのか、私には想像もできないわ！」ロザリンドの声が高くなり、彼女は部屋の中を行ったり来たりし始めた。「私が自分で鞭打ってやりたいくらいよ。人をもてあそぶなんて、悪ふざけにもほどがあるわ！　おまけに私たちみんなを騙して！　あの子のことが理解できなくなってきたわ。ああ、もう！」彼女はサイドボードのグラスをつかんで暖炉に投げつけた。ガラスの砕ける音がして、高級なクリスタルの破片が炎にのみこまれていく。

マーカスは何も言わず、空になった自分のグラスにウイスキーを満たした。

「こんなこと許されないわ」しばらくして、ようやく感情を抑えたロザリンドがきっぱりと言った。「あなたは償わなくてはならない。もちろんデヴィッドもよ。ハンナが失ったものを考えれば、とうてい償いきれるとは思えないけれど」

マーカスには、ロザリンドが何を言おうとしているのか想像がついた。正直なところ、ハンナと結婚するという考えには心引かれるものがあった。かなり魅力を感じると言ってもいいだろう。ロザリンドが働きかけて、結婚しなくてはだめだと説得してくれたら、ハンナも彼のいやな部分に目をつぶって了承してくれるかもしれない。せめてチャンスだけでもくれるのではないだろうか。今までのことを考えれば、それくらいは望んでもいいはずだ。そうだ、それがいい。マーカスは心を決めた。その解決法こそ必要なものだ。人生で初めて、彼は義母に結婚しろと勧められるのを、息を殺して待ちかまえた。

「ハンナを自由にしてあげなければ」

驚きのあまり、グラスを落としそうになる。「なんですって？」

「明日にでも」ロザリンドが言った。「彼女は騙されてロンドンへ連れてこられたのよ。すぐに帰してあげなければならないわ。今思えば、出ていきたがっている兆候がいくつもあったのに——ああ、なんてことかしら、私は何も見えていなかったんだわ。ここにいれば何もかもうまくいくと言い張るなんて！」

「ハンナは帰りたがっているのですか？」マーカスは呆然として訊いた。彼女はロンドンの暮らしを、そして彼といることを好きになりかけていると思っていた。たしかに初めは出ていきたがっていたが、いつからか彼女の口からそのことが聞かれなくなった。だから彼も、ハンナがいなくなることを考えるのをやめてしまったのだ。今では彼女のいない毎日など想像もできない。

「今さら彼女が留まる理由があるの？」マーカスは無言だった。口に出して言うことは何もない。今さらハンナが留まる理由があるだろうか？　ロザリンドとシーリアを騙す必要もなく、社交界の人々に偽りの姿を見せる必要もない。まだ使用人たちのあいだからもれていないとしても、いずれデヴィッドが外でこの話をするのは目に見えている。そうなればロンドンでの暮らしは、ハンナにとって辛いものになるだろう。ロザリンドに反論する理由をあげたいが、ひとつも見つからない。「彼女は私の妻として暮らしてきました」マーカスはつぶやくように言った。

ロザリンドが息をのむ。「そうなの？　ハンナとあなたは——」

「違います！」マーカスは声を落とした。「つまり、公爵夫人として社交行事に顔を出してきましたから」

「ああ、そういうこと」ロザリンドの口からため息がもれた。「それなら、やはり彼女を自由にしてあげなければならないわ。あなたの妻ではないんですもの。二ヶ月も偽りの生活を続けてきたからといって、あなたには彼女を求める権利などない。その事実は変わらないわ」

マーカスは冷え冷えとする孤独を感じながら窓の外を見つめた。ハンナは私のものだ。そう叫びたい。それが本心だとわかるまで、自分に嘘をついてきた。彼女がそばにいることに慣れ、彼女を好きになり、ずっとここに残ってほしいと望んでいる。だが、それはマーカスの望みだ。ハンナはどうしたいのだろう？　彼女が去りたがっていたにもかかわらず、一度は無理強いして彼の言うことを聞かせた。あのときは彼女の気持ちなど気にしていなかったのだ。でも今は……。「もちろんです。今晩、彼女にそう話します」

17

ハンナはリリーに頼んで、夕食をトレイにのせて子供部屋まで運んでもらった。何もなかったように家族が一緒に食事をとるのかどうか、わからなかったからだ。彼女はモリーとしばらく遊んで、これからのことを考えないようにした。使用人たちは今日の午後見た光景について、夢中で噂し合っているに違いない。すぐにハンナが嘘つきだと知れ渡るだろう。ロンドン中の人々にも。

リリーがトレイをさげにやってきた。まるでハンナを見たくないかのように、ずっと視線を合わせない。ハンナはほっとすると同時に屈辱を感じた。使用人たちでさえ彼女の存在に耐えられないなら、すぐにここを立ち去るべきだろう。モリーが寝てしまうと、ハンナは自分の部屋に戻った。

するべきことがたくさんある。二ヶ月もたたないうちに、ロザリンドのおかげでハンナの衣装部屋はいっぱいになっていた。いくら持っていっていいと言われていても、こんなには必要ない。美しいドレスやレースのショール、優美な靴に手袋、ストッキング、ボンネット、そのほか公爵夫人なら持つべきなのであろう様々なものを見ていると、ハンナの胸は締めつけられた。彼女がミドルバラから持ってきた地味な衣類は美しい品々の奥に埋もれ、もう長いあいだ目にしていなかった。

ハンナは手近にあった寝間着を取り出し、柔らかなシルクをなでた。虚栄心につながるのかもしれないが、華やかな衣服を身につけるのは楽しかった。彼女は肌に触れるシルクの感触が好きだった。美しく装うのが大好きだ。ほかにも好きなのは……。手にした寝間着が、マーカスとキスした夜に着ていたものだと気づき、彼女はため息をついて引っくり返した。

ああ、どうしたらいいの？

ふたりがじつはよく似ているとわかるなんて、誰が想像したかしら？　彼に対する気持ちが一八〇度変わってしまうと思ったことがあった？

考えていると頭が痛くなってくる。ハンナは寝間着に着替え、眠りが気持ちを落ち着かせてくれることを願った。

ランプの明かりを消そうとしたそのとき、慌ただしいノックの音がした。ドアを開けたハンナは、シーリアの姿を見て驚いた。

「どうしたの？」シーリアは問いかけを最後まで聞かずに部屋へ入ってきて、ドアを閉めた。目を見開いている。

「マーカスお兄様が何もかもお母様に話したわ。お母様はあなたを自由にしてあげるべきだと言ったの」シーリアが早口で話し始めた。「デヴィッドお兄様の嘘とは関係なく、あなたを愛していることをお兄様に認めさせようとしたのよ。でも、うまくいかなくて。ああ、ハンナ、あなたから言ってくれなくちゃ！」

「落ち着いて」ハンナは冷静に言った。「なんの話をしているの？」

シーリアが大きく吸った息をいったん止めた。「マーカスお兄様が、デヴィッドお兄様のしたことをお母様に話したの。どうやってあなたと結婚したふりをしたか、それからあなたをロンドンへ連れてきて、マーカスお兄様の愛人の家に置き去りにしておいて、公爵夫人を届けてあげたとお兄様に手紙を書いたことまで、何もかも全部。お母様はものすごく怒っていたわ。二階へあがっていって、デヴィッドお兄様を叩きたいくらい。それから——」

「あなたはそれをどうやって知ったの？」ハンナは鋭く尋ねた。なんてことだろう。思った以上に悪い状況になっている。

シーリアが首を振った。「ドアの外で聞いていたの。だって、聞かずにいられなくて！ああ、ハンナ、あなたを苦しめてしまって、私たちのことをひどいと思っていたでしょうね！　それに私は——」

「シーリア」ハンナは彼女の両手をぎゅっと握りしめて注意を引いた。「あなたには関係のないことなの。あなたのお母様にもね。これは私とマーカ——あなたのお兄様たちの問題よ。ふたりに愛情を感じているなら、あなたが聞いたことを二度と口にしないで」

「もちろん誰にも話さないわ！」シーリアが叫んだ。「お母様はマーカスお兄様を追いつめてしまったの。だけど、お兄様は絶対に認めないわ。あなたから先に言ってくれないかぎり無理よ！　あなたに頼むのはおかしいとわかっているの。だけど、言ってくれないとお兄様はあなたを遠ざけてしまう！」

ハンナはシーリアの手を放して彼女の目を見つめた。「まあ」

「あなたを故郷に帰すつもりよ、ハンナ。お母様は、本当の妻でないならあなたを帰らせてあげるべきだと言ったの。お兄様にはそんなことできないと思ったから。あなたを引き止めようとして、愛していると認めるに違いないと思ったのよ。だって、あなたはお兄様を愛しているでしょう？　出ていきたくないはずよ。違う？」今やシーリアは泣いていて、顔にきらきら光る涙の筋がついていた。

「ええ」ハンナはそっと言った。「出ていきたくないわ」

「お兄様を愛してる？」ハンナは返事をしなかった。シーリアが彼女の腕をつかんで言った。「愛しているわよね。そうでしょ？」ヒステリーを起こす寸前だ。それでもハンナは答えなかった。シーリアが洟をすすりあげたかと思うと、わっと泣き出して抱きついてきた。「ああ、ハンナ！　会えなくなるなんていやよ」

私も寂しくなるわ。ハンナは思った。悲しくなってきて、彼女も泣いてしまいそうだった。シーリアやロザリンドのことが恋しくなるだろう。そして誰よりもマーカスのことが。好きになるとは思ってもみなかった、ここでの暮らしのすべてが恋しくなるに違いない。出ていくことを許されたら行きたくなくなるなんて、辛辣《しんらつ》な皮肉としか言いようがない。ハンナはシーリアに腕をまわし、思う存分泣かせた。

しばらくしてシーリアが泣きやむと、ハンナは彼女を自分の部屋へ帰して顔を洗わせた。

ひとりになり、腰を落ち着けて考える。シーリアの話は真実に聞こえた。ロザリンドは初めから、マーカスをハンナと結びつけて幸せにしようと決意していたのだから。それがいつのまにか、ハンナ自身もロザリンドの骨折りを無意識に歓迎し始めていた。私はマーカスに心を奪われている。ハンナは認めた。いつ、どこで、どうしてか理由さえわからないけれど、私は彼を愛しているわ。

マーカスは私を出ていかせるつもりだとシーリアが言っていた。ロザリンドの巧みな策略も、彼にはうまく作用しなかったらしい。マーカスは、自分は平気だと証明するために私を帰すのだろう。彼の気持ちが、プライドが邪魔をして残ってくれと頼めない程度なら、どのみち私は出ていくしかないのでは？

けれどマーカスが言えなくても、私は残りたいと言える。彼が先にプライドを捨てなければならない理由はない。どちらが最初に言い出すかは重要なことなのかしら？　そうかもしれないし、そうでないかもしれない。言わないほうがいいのか、それとも言ったほうがいいのか……。

答えはすぐにわかるだろう。

一時間後、ドアがノックされた。ハンナは心臓が口から飛び出そうなくらいどきどきしながら、震える手を握りしめて返事をした。「どうぞ」

マーカスが部屋に入ってきた。上着もベストも着ていない。彼は疲れているように見えた。

「夕食に来なかったな」

ハンナはこわばった笑みを浮かべた。「気まずくなるかと思ったの」

「そうだな」マーカスがため息をついて顎をこすった。「ロザリンドにすべて話した」

「シーリアが来て、教えてくれたわ」ハンナが沈んだ声で言うと、彼がうなずいた。

「部屋の外に妹の影が見えたような気がしたんだ」マーカスはためらいを見せた。「きみに腹を立てている者は誰もいない。ロザリンドは、きみが私に無理強いされて嘘をついたと知っている。デヴィッドが騙してロンドンまで連れてきたことも。きみはつねに誠実だった」そこでふたたび口ごもる。「誰もこれ以上きみを引き止めない。希望の日時を言ってくれれば、故郷に帰る馬車を手配しよう」

ハンナは咳払いした。「ロザリンドに言われたの？」

「そうだ」

「それがあなたの望みなの？」ささやき声になる。マーカスが大きく息を吸うと胸が盛りあがり、瞳に何かが燃えあがった。けれどもその光はすぐに消え、彼は息を吐き出した。

「この偽装が終わったら出ていってかまわないと取り決めた。その約束を破って、ここにいたくないというきみを留めてはおけない。いつでも好きなときに行っていいんだ」ハンナは膝に力が入らず、ドレッシングテーブルの椅子に崩れるように腰かけた。やっぱり。何も言わなければ、マーカスは私を去らせるつもりだわ。でも、言ったとしても結果は同じかもしれない。

「もし私が出ていきたくないとしたら？」まともにマーカスと目を合わせる勇気がない。それでも出ていくべきだと言われたら？　約束したはずだと言って、彼が譲らなかったら？　マーカスは黙りこんでいたが、しばらくしてようやく口を開いた。「きみが望まないのなら無理にとは言わないが」彼の声にかすかに感じられるのは希望かしら？　可能性はあるわ。そうかもしれない。

ハンナは顔をあげてマーカスの目を見た。「私はここにいたいの」彼は動かなかった。「マーカス……」

「なんだ？」彼の声はかすれている。私の体内をものすごい勢いで血が駆けめぐっているから、そう聞こえるだけかも。

「あなたはどうしたいの？」

「きみを放したくない」マーカスは言った。いつからそう思っていたのかわからないが、それが彼の本心だった。ハンナが椅子から腰を浮かしている。なぜ彼女のことを平凡だなんて考えていたのだろう。「永遠に」

ハンナがはっと息をのみ、マーカスに向かって手を差し出した。彼は二歩で部屋を横切ると、彼女を引き寄せて髪に顔をうずめた。ハンナの腕がマーカスにまわされる。首筋にキスをしながら、彼は自分が震えていることに気づいた。

「きみは？」顎に、そして耳のあたりにキスを続けつつ、マーカスは答えを求めた。「きみもここに残りたいのか？」

「ええ、そうよ」ハンナが彼の顔を両手で包み、唇を引き寄せて言った。

「いつまでも?」彼女の唇に向かってつぶやいた。彼の気持ちに気づいてくれるようにぴったりと抱き寄せる。これ以上我慢できない。すぐそばで暮らしているのに触れることも、キスすることも、愛し合うこともできないのは、もう耐えられなかった。ハンナが頭をうしろに引き、青い瞳を稲妻のようにきらめかせて言った。

「ええ」彼女はふたたびマーカスに身を寄せ、愛を交わしてもかまわない——むしろ望んでいる——ことを示した。

マーカスはドレッシングテーブルに並んだ香水瓶やブラシを片手で払いのけ、ハンナをその上にのせた。彼女の開いた膝のあいだに体を押しつける。このまま、互いがひとつになるまで突き進みたい。彼は激しくキスしながら、震える手をハンナの全身に走らせた。切羽詰まりすぎてじっとしていられなかった。どれほど長いあいだこれを——ハンナが同じ熱い欲望にのまれて彼にぴったり身を寄せ、腰に脚をまわして両手でしがみついてくるのを——待ち焦がれていたことか。

マーカスの手がシルクの上を滑って腿で止まるのを感じ、ハンナは身震いした。彼と教会で誓いを交わしていないことは気にならなかった。そんな自分に驚いてもいいはずなのに、まったく後悔はなかった。マーカスが彼女に残ってほしいと思っている。永遠に。彼の口から出たその言葉は、結婚の誓いと同じ重みを持っていた。心から妻にしたいと望んでいなければ、彼がハンナをそばに置いておく理由がないからだ。

「ああ、ずっときみが欲しかった」かすれ声でマーカスがつぶやき、ハンナの胸を手で覆った。シルクに包まれた胸の頂を親指がかすめる。彼女はうめき、もっと近づこうと身をよじって、彼のズボンのボタンに手をのばした。男性の服を脱がせることに慣れていなくて、手が震えてしまう。ようやくボタンが外れると、ハンナは両手を差し入れ、てのひらを彼のヒップにあてて自分のほうへ引き寄せた。マーカスのズボンが脚を滑り落ち、むきだしの肌が腿に触れる。彼がはっと息をのんだかと思うと、さらに体を押しつけてきた。待ちきれず、自然と腰が彼を迎えに行く。

マーカスの手が、折り重なったシルクの上から腹部へおりてきた。シルクよりもっと柔らかい肌を感じたとたんに彼がうめく。それとも、あえぎまじりのその声はハンナのものだろうか。キスをしながら、マーカスの性急な指は探索を続けた。体に力が入らなくなったハンナは、必死で彼の肩をつかんだ。覆いかぶさられて、どんどん背中が反っていく。朦朧《もうろう》とした意識の中で彼女は、ふたりとも服を着たままテーブルの上で愛し合おうとしていることに気づいた。ハンナはマーカスの下で欲望に目をかすませ、彼は自制心の限界に達している。彼女がふたりの体のあいだに手を入れ、マーカスの高ぶった部分に指を巻きつけた瞬間、それまでかろうじて踏みとどまっていた彼が一線を越えた。目を閉じ、彼を導こうとするハンナの手に手を重ねる。

「きみを行かせるつもりはなかった」マーカスが息を切らして言った。ハンナはびっくりして口を開きかけたが、そのまま一気に貫かれ、彼の渇望の激しさに驚いてあえいだ。マーカスが両手で彼女を支える。「痛かったか?」

「いいえ」ハンナは受け入れた彼の感触になじもうと努めながら答えた。「もう一度、お願い」マーカスがそのとおりにすると、差し迫ったクライマックスの最初のさざなみに腹部が張りつめ、彼女はうめき声をもらして頭をうしろに倒した。彼が腿の下に手を入れてハンナを開かせた。ふたたび、心臓にまで届くかと思うほど深く彼が身を沈めると、思わず叫びをあげてしまいそうになる。優しさのかけらもなくとも、魂の奥深くまで響いてくる初めての感覚だった。引き裂かれ、ばらばらに砕け散る絶頂のときが訪れて、彼女はマーカスの肩を噛んで悲鳴をこらえた。彼がうなりをあげてもう一度動き、ハンナの首をつかんでむさぼるようにキスをする。唇が離れたときに初めて、彼女はマーカスが震えていることに気がついた。

「なんてことだ」肩を大きく上下させ、ハンナの首に顔をうずめて、マーカスがかすれた声を出した。

ハンナは目を閉じたまま微笑んだ。まぶたに激しく重い彼の鼓動を感じる。「ええ、本当に」

低く響くマーカスの笑いが振動となってハンナに伝わり、彼女も思わず笑ってしまった。彼の腕にすくいあげられ、ベッドへ運ばれると、さらに笑いがこみあげてきた。ハンナをベッドにおろしたマーカスは両手を腰にあてて立ち、瞳に欲望をたぎらせて彼女を見おろした。

ハンナは唇を湿らせて言った。「ふたりとも、服を着すぎているみたい」

マーカスはすでにクラヴァットをほどき、シャツを脱ぎかけていた。「なんとかしよう」いつも側仕えに着替えを手伝ってもらっている男性にしては、手際よく脱いでいくわ。ハンナは彼の胸や腕、ウエストからヒップへと視線をさまよわせてそう思った。マーカスはどこもかしこも引きしまり、ランプの明かりに照らされて肌が金色に輝いていた。胸を覆う黒い毛は、腹部へ向かうにつれて細くなっている。彼の視線は決してハンナから離れようとせず、彼女はその黒い瞳から目をそらせなくなった。マーカスの姿は屈強な獣を思い起こさせた。張りつめた筋肉が盛りあがり、今にもハンナに飛びかかろうとしている。彼がベッドに座ってブーツとズボンを脱ぎ始めると、彼女は息苦しくなった。エクセター公爵が一糸まとわぬ姿で私のベッドにいる。そう思うと腹部のあたりが欲望にぎゅっと締まり、同時に興奮で震えた。

「遅いぞ」マーカスが優しく言って立ちあがった。ハンナも引っぱって立たせると、彼に見とれて何もしていなかった彼女の服を脱がせ始めた。わきを留めていたサテンのリボンを解かれ、ハンナの体に震えが走った。マーカスがキスをしながら寝間着を引きあげるにつれて、裾が敏感な腿を滑っていく。彼はキスをやめ、ハンナに反対を向かせて頭から寝間着を脱がせた。めまいがする。マーカスの指が、きちんと編んでいた彼女の髪をすいてほどいた。

「思っていたんだが……」ハンナの背骨に沿って手を下へ這わせつつ、彼がつぶやいた。

「なあに？」息が切れてうまく話せない。マーカスが手に彼女の髪を巻きつけて軽く引き、頭を傾けさせて首筋をあらわにした。

「いったいどこまで」耳もとでささやき、髪を肩の上に広げる。「きみの肌は……」耳のすぐ下にキスされて、ハンナははっと息をのんだ。この場でくずおれてしまいそうになる。「金色に焼けているんだろうと」マーカスの両手がわきに沿ってあがり、胸のすぐそばで止まった。「日焼けするほど外にいたのはなぜだろうと、不思議に思っていたんだ」

「私……」ハンナは頭をのけぞらせてマーカスの肩にもたせかけた。彼がまた首筋へのキスを始め、両手で胸を包みこんで、親指と人差し指で頂をつまんだ。「私はいつも……」彼が耳たぶをかじる。「私……ああ！」うしろからぴったり引き寄せられると、ヒップに硬いものがあたるものを感じた。とたんに膝から力が抜ける。

「それで？」胸を離れたマーカスの手がわき腹をかすめ、ハンナのウエストをつかんだ。

「きみは外で何をしていたんだい、ダーリン？」

「帽子をかぶるのを忘れていたの」何を言っているのか、もうわからなかった。マーカスの腕がしっかりとまわされて、動くことができない。身をよじっても彼は放してくれず、鋭く息を吐いてハンナを前に押した。彫刻を施した木製のベッドの支柱が腹部に押しつけられる。

マーカスが肩に口づけ、舌で鎖骨をたどった。ハンナは倒れてしまわないように、ベッドの支柱に腕を巻きつけてこらえた。キスが背筋に沿って下へ向かい、てのひらが下からあがってヒップを包みこむ。彼が背中の肌に歯を立てた。支柱に頭をもたせかける彼女の呼吸がどんどん浅く、荒くなっていく。ウエストをかすめる髪を感じ、彼が頭をさげているとわかった。腿とヒップの境目を舌がなぞった。

ハンナはうめいた。マーカスは片手で彼女のヒップをつかみ、背中にキスの雨を降らしながら、もう片方の手を脚のあいだに入れて開かせた。脚が震えたハンナが何も考えずに動くと、バランスが不安定になったその隙をついて彼が膝を前に突き出した。彼女の片足はベッドの下の横木にかかっている。ハンナは反対の手もまわして支柱をつかんだ。そうしないと快感に麻痺《まひ》した脚が体を支えられず、倒れてしまいそうだった。そうするあいだにもマーカスの指は彼女の中に入り、執拗《しつよう》に攻めてくる。彼の唇は、ハンナがキスされたこともない場所をさまよっていた。全身をぶるっと震わせ、彼女はすすり泣きをこらえた。

もう耐えられないと思ったそのとき、マーカスの動きが止まった。彼は脚も頭もふらふらしているハンナを振り向かせ、その足もとにひざまずいた。

ハンナに向けられたマーカスの表情には、荒々しささえ感じられた。「どうしてしかめっ面をしているの？」彼女はささやいた。

眉間の皺はすぐに消えた。「そうかな？　顔をしかめていたわけじゃない」マーカスが口の端をあげてにやりとした。「最初にどこから味わおうかと思っていただけなんだ」

期待に息苦しさを覚えながらも、ハンナは微笑まずにいられなかった。彼の口調が胸を騒がせる。

「決まった」マーカスがさっと立ちあがってハンナのウエストをつかみ、彼女をベッドの真ん中に放り投げた。「全部だ」

「一度に全部？」それだけ言うのが精一杯だった。彼がハンナの片脚を持ちあげて自分の肩にかけさせ、なめらかな動きで一気に身を沈めると、彼女は背中を弓なりにした。

「できるかぎり」マーカスがハンナの額にかかった髪を払った。突き刺すような視線が顔を探ってくる。「自分を抑えられそうにないんだ」彼は身を乗り出してハンナにキスすると、彼女の膝をおろして両脚を自分の腰に巻きつけさせた。しばらくのあいだ、ふたりとも無言になり、夢中でお互いを探索した。

ハンナの知っていた優しい結びつきとは似ても似つかない、互いに奪い合う行為だった。どちらが勝利をおさめたのかわからない。あるときはマーカスが彼女にのしかかり、鋭く突いて、誰が主かを知らしめた。けれどもその数分後には位置が入れ替わり、彼にまたがって完全に支配していたのはハンナだった。自分が主導権を握ってマーカスを束縛し、彼もそれを知っていると思うとぞくぞくした。

ようやくふたりとも満足し、疲れきって横たわるころには、ハンナはまさしくむさぼりつくされたような気がしていた。脚に力が入らない。体の中はまるで溶けたバターで、何もまともに考えられなかった。マーカスの腕の中に引き寄せられたときも何も言えず、ただもっと近くに寄り添った。思わずあくびが出た。

「これで決まりだ」ため息とともにマーカスが言った。

「えっ？　何？」眠気と闘いながら、ハンナは訊いた。本当にいろいろなことがあった。まずデヴィッドが戻ってきて、それからこの……マーカスとの話し合い……。彼女は思わずくすりと笑った。ずっとひと言ふた言しか言葉にならなかったのに、これを話し合いと呼ぶなんておかしいわね。私は何を考えていたのかしら？　ああ、もう、すっかり疲れきってしまったわ。

「なんでもないんだ、ダーリン」マーカスが笑って言った。空いている手をハンナのウエストにかける。「どちらのカントリー・ハウスをきみにあげるべきか考えていたんだ。ひとつあげると約束しただろう？　エインズリー・パークはきっときみにぴったりだと思う」彼もあくびをした。「じつにぴったりだ」ハンナは目を閉じたまま微笑み、肩にあたたかい息がかかるのを感じながら眠りに落ちた。

18

なんてすてきな夢だったのかしら。翌朝、目が覚めたハンナは真っ先にそう思った。永遠に放したくないとマーカスに言われ、彼の腕に抱かれた。それから、思い出すだけでも体が火照るが、激情のおもむくままにドレッシングテーブルの上で愛を交わしたのだ。今でも体中を滑る彼の手の動きを感じるような気が……。

マーカスの指が腕を伝って肩まであがってくる。彼に仰向けにされて、ハンナは身震いした。夢じゃない。想像が現実になったのだ。軽くキスしたあとも、マーカスの唇はなかなか離れようとしなかった。

「おはよう《グッド・モーニング》」ハンナはささやいた。笑みを浮かべたマーカスが彼女を見おろしている。

「本当にいい朝《グッド・モーニング》だ」ハンナは彼の首に腕をまわして引き寄せた。マーカスはとても自然に、とてもくつろいだ様子で彼女の腕に抱かれた。

ハンナに覆いかぶさったマーカスが肘で体を支えた。腕をなでていた指が、いつのまにか彼女の指と絡まる。キスを深めながら、彼はこれから起こることを暗示するようにハンナの上で動いた。彼女の腕を引き離して頭上にあげさせ、のばした体を押さえつける。

「じっとして」そうつぶやくマーカスの声は、ハンナ自身の激しい鼓動のせいでほとんど聞こえなかった。彫刻を施したヘッドボードを指でつかまされる。「そのまま」かすかな笑みが、マーカスの目尻に笑い皺を刻んでいた。腕をおりていく彼の指先に敏感な肌をかすめられ、ハンナはうなずくことしかできなかった。てのひらで胸のふくらみを包まれると思わず背中が反り、それを見た彼が含み笑いをもらしたような気がした。だがマーカスの頭がさがってくると、ほかのことは何も考えられなくなった。

これは……ああ、すごいわ。愛を交わしているのではなく、まるで賛美の儀式をしているみたい。マーカスはハンナの膝のあいだにひざまずいていた。頭を傾けて唇で喉の線をたどり、肩を通って胸へたどりつく。ただキスをしているのではない。ところどころで唇が強く肌を引っぱった。まるで彼女を深い興奮の渦に引きこみ、溺《おぼ》れさせようとするかのように……。

進んでマーカスを受け入れながらも、ハンナは一瞬だけおびえを感じた。彼と一緒にいると、どんどん深みにはまっていく。最初の結婚ではまだ体が目覚めていなかったのか、マーカスに対するように激しく反応することはなかった。今はただキスをするだけでも、マーカスの目を見るだけでも、まだ彼に触れてもいないのに体が応じてしまう。本能的に激しくマーカスに反応してしまうことが、ハンナには恐ろしかった。女性が男性に示す自然な反応とは思えない。スティーヴンとのあいだにあった、心のつながりがもたらす反応とも違う。これは……狂喜と言ってもいい。

マーカスの歯が乳首をかすめたとたん、衝撃が走ってハンナはびくりとした。ヘッドボードを握っていた手が無意識に緩む。彼がもう一度そっと乳首を吸うと、息ができなくなったハンナは空気を求めてあえいだ。マーカスが重心を移動させ、彼女の膝をもっと高く押しあげて、さらに広げさせる。彼の前で体を開き、待ちかまえている自分の姿を想像すると、ハンナの全身に震えが走った

いつのまにか彼の名を呼んでいたに違いない。あるいは、名前のように聞こえる不明瞭なうめきをあげていたのだろう。マーカスが動きを止めてハンナを見あげた。彼の黒い髪はくしゃくしゃに乱れ、表情は張りつめている。危険で、向こう見ずで、いつも自制心を働かせているマーカスとはまったく違って見えた。「きみにはわからないだろう」彼が言った。「私がどれほどときみを求めているか」

「私……私にもわかるかもしれないわ」息を切らしてハンナは言った。マーカスの手が動いて、脚のあいだに軽く置かれる。触れ合う肌と肌のぬくもりを感じるだけでは足りなかった。彼女は知らず知らずのうちに腰をあげていた。

ハンナから目をそらさないまま、マーカスは彼女に触れた。彼の指が深く入るにつれてハンナのまぶたが落ち、頭がのけぞってうねるように体が動く。マーカスはたっぷり時間をかけたが、彼女はすでに準備が整っていた。自分と彼女の欲望がぴったり——少なくともほぼぴったり——合うと気づいて、マーカスはひどく興奮を覚えた。片手で体を支え、彼女の中に押し入る。今この瞬間、自分がハンナを求める気持ちに勝るものがこの世に存在するとは

思えなかった。

マーカスは優しくするつもりだった。紳士として優しく我慢強く、ハンナをいたわるつもりでいた。彼女がかつて愛し合った男のように。昨夜はあまりに興奮が激しく、まるで死にもの狂いだった。ハンナを永遠に失ってしまうと思った出来事があったせいで、マーカスは完全にわれを忘れ、自分でもショックを受けるほど優しさのかけらもないやり方で彼女を愛してしまった。だが、本当の彼は違う。紳士はそんなことをしない。女性に対しても、誰に対しても、マーカスはそんなふうに自制心を失ったことが一度もなかった。けれどもハンナの率直な反応は予想外だっただけでなく、考えられないほど彼を高ぶらせ、衝撃を与えた。その瞬間、マーカスは完全に彼女に心を奪われていることを悟ったのだ。思いもよらず、説明しがたい感情だったが、それは間違いなかった。

マーカスは真夜中に目が覚めた。ぐっすり眠るハンナを腕に抱きながら、彼はいったい自分に何が起こったのだろうと思いをめぐらせ、長いあいだ起きていた。彼女はマーカスが伴《はん》侶《りょ》として思い描いていた女性とはまったく違う。二ヶ月前なら、彼女のような女性と知り合いになる可能性さえ笑い飛ばして否定していただろう。だが今はハンナのいない人生は考えられず、彼女以上に必要とする人も物も、存在するとは思えなかった。社交界の人々がなんと噂しようとかまわない。マーカスには彼女がぴったりなのだ。ハンナは完璧だ、と彼は思った。彼女を留めておくためなら、どんなことでもするつもりだ。

けれどもハンナには、マーカスのゆっくりと穏やかな動きは物足りなかった。礼儀正しく自制した彼ではなく、飢えてむさぼりつくそうとする昨夜のような彼が欲しかった。シャンパンのように、一度味わうともっと欲しくなる。彼女は軽く爪を立ててマーカスの背中をたどり、ヒップをぎゅっとつかんだ。マーカスが体をこわばらせ、驚いた表情でハンナを見おろしている。彼女は背中を反らし、さらにきつく彼を引き寄せた。「私はガラスでできているわけじゃないのよ」ハンナはささやいた。

「わかった」マーカスの大きな手がハンナの頬を包み、親指が唇をなでると、彼女は口を開いてその指を噛んだ。マーカスはびっくりしていたかと思うとハンナに横を向かせ、首筋をあらわにした。耳のすぐ下をかじると同時に力強く中に押し入ってくる。彼女の耳に小さな悲鳴が聞こえた。今のは私の声なの？　次のひと突きで彼はベッドからハンナの腰を浮かせ、ふたりのあいだに指を滑りこませた。繊細で巧みな指の動きに叫びをあげそうになる。「このほうがいいかい？」マーカスがハンナの耳もとで言った。頭を動かしてうなずこうとしたとたん、ふたたび絶頂の波が彼女を襲った。シーツに爪先を食いこませ、全身を張りつめさせる。彼はうなりをあげたが、動きを速めようとはしなかった。もう少し、あと少しだけ、もうすぐそこまで……。次の瞬間、ハンナは解き放たれていた。それを目にしたマーカスは、自制心が弾け飛んだかのような勢いで何度も身を沈めてきた。普通なら痛みを感じたかもしれないその動きも、彼女をさらに歓喜の高みへと押しあげ、耐えがたいほど繰り返しクライマックスを迎えさせた。ハンナはまともに息ができなかった。かすむ目の前に星がちらついて……。

もうだめだと思ったそのとき、突然マーカスの動きが止まり、彼は全身を震わせて自らを解放した。額を重ね、息を切らしながらハンナと唇を合わせてつぶやく。「きみはガラスじゃない」彼が息を吐いた。「炎だ」

ハンナの中で泡が弾けるように強烈な歓《よろこ》びが爆発し、最後の波が渦を巻いて骨までのみこんでいく。動こうとしても動けなかっただろう。体から力が抜け、深い満足感に隅々まで満たされていた。マーカスが動き、安堵のため息とともにハンナの上に倒れこんできた。まるで彼も動けない、いや、動きたくないかのように。

鼓動が徐々に穏やかになっていく。マーカスはまだ身動きひとつせずにハンナの上に覆いかぶさって彼女に腕をまわし、肩に頭を預けていた。完璧というほかはない。こうして彼とふたりきりで横たわっていると、ハンナは外の世界のすべてを、これから求められるはずの説明も、心を決めなければならない難しい選択も、何もかも忘れ去ってしまえた。マーカスの腕に抱かれていると、頭に浮かぶのはただ、彼を愛しているということだけだった。

ハンナは部屋の反対側でドアが開く音に気づかなかった。リリーが何か言ったとしても、聞こえなかっただろう。だが朝食のトレイが床に落ち、カップや皿が粉々に割れる音はさすがに聞こえた。ハンナは息をのみ、マーカスは頭をもたげた。

「さがれ」彼が命じた。ハンナがマーカスの腕越しにのぞくと、リリーが真っ青な顔で目を見開いてふたりを凝視していた。彼らが何をしていたかは見間違えようがない。ハンナは顔を赤らめた。

ふいにリリーがまばたきをしてわれに返り、膝をついて割れた食器をトレイに戻し始めた。ハンナより彼女のほうがもっと困惑しているのだろう。首を言い渡される恐怖さえ感じているかもしれない。こういう状況にもかかわらず、ハンナは笑い出したくなった。彼女はマーカスの肩をぎゅっとつかみ、無言で訴えかけた。

彼がまだ欲望の残る目をハンナに向ける。「そのままにしておけ」マーカスが物憂げな口調で言った。だが、陶器のぶつかる音は続いていた。「いいから」今度は苛ついた声だ。たちまち静かになり、一瞬ののちにはドアがそっと開閉されるかすかな音が聞こえてきた。

「ああ、もう」ハンナは小声で言った。

マーカスが眉をあげて彼女に腕をまわすと、リリーとは無関係の震えが走った。「どうした？」

「ノックするようリリーに言っておくべきだったわ」笑いをこらえているせいで、ハンナの声は震えていた。

マーカスが肩をすくめた。「これからは間違いなくノックするはずだ」ハンナは我慢できなくなって、くすくす笑った。笑い声はどんどん大きくなり、わき腹が痛み始める。そんな彼女をマーカスが微笑んで見つめていた。ハンナがようやく少し落ち着いてくると、彼は身を乗り出し、誘いかけるように彼女のヒップをなでてつぶやいた。「次は私のベッドにしよう。あそこなら誰も邪魔しない」

ハンナはまた笑い出した。マーカスがからかっている。そんな思いがけない姿が見られるとは思っていなかった。にやにやして眉を動かしている彼は、まるでいたずらをたくらんでいる少年のようだ。ハンナはマーカスのそういう姿が好きだった。それに彼はさっき〝これからは〟と言った。〝永遠に放したくない〟という昨夜の言葉が頭の中で鳴り響く。それが正確にはどういう意味なのか、考えつく前に彼女は頭から疑問を払いのけた。この瞬間を心配で台なしにしたくない。尋ねる時間なら、あとでたっぷりあるのだから。ハンナはマーカスの首に腕を巻きつけ、幸福感にどっぷり浸ることにした。

「朝食をとりに階下へおりていかなければならないようだ」しばらくしてマーカスが言った。「今ごろは使用人全員に、この部屋に近づくなという通達がなされているだろう」

ハンナは笑ってマーカスの胸に頬をこすりつけた。彼の指がハンナの髪をもてあそんでいる。きっとくしゃくしゃにもつれているに違いない。「そうね。でも階下へ行くのは大変だわ。だってベッドを出て、服を着て……」

「ふむ。それなら真珠だけを身につけたらどうかな」マーカスの手がハンナの背中をおりていく。「いつか見てみたい」彼はそうつけ加えて彼女を赤面させた。手は徐々に速度を落とし、ヒップの曲線のすぐ上で止まった。「残念ながら、今朝はほかに差し迫った問題がある」

もちろん、デヴィッドの件だ。お互いに無言のまま、その名前がふたりのあいだを漂った。ハンナは沈黙が長引くにつれてマーカスの気分が落ちこむのを感じ、ついさっきまでの親密な空気を取り戻したくて、そっと彼の腕に触れた。「どうするつもりなの？」すばやく尋ねる。

マーカスがハンナの顔を見つめてため息をついた。「わからない。弟はあんなことをしたのだから、これからは好きにすればいいと考えていた。たとえ悪い道を選んで苦しむ結果になろうと、思うまま生きさせるべきだと自分に言い聞かせていたんだ。これまでいつも私が助けてきたことも、弟にとってよくなかったのかもしれない」

「でも、誰かが彼をひどく殴ったのよ」たしかにデヴィッドは報いを受けるべきだ。それにはハンナも賛成だった。けれども命まで奪われることはない。彼にかかる嫌疑の内容を考えると、マーカスは少なくとも弟がどんなことにかかわっているのか、はっきりさせておく必要があるだろう。

「ああ。わかっているよ」マーカスがそう言ってハンナにキスした。「デヴィッドから直接話を聞くまでは、判断を見合わせようと思っている」

ハンナは何も言わずにキスを返した。冷淡で厳格な態度にもかかわらず、マーカスはひどいことをした弟にも弁明の余地を与える、優しい心の持ち主なのだ。

「できれば一日中、きみとこうしていたいんだが」マーカスが唇を離して言った。「無理なんだ」ため息をついたものの、ハンナは抗議しなかった。体を起こしかけた彼女をマーカスの手が止める。「デヴィッドはきみにもひどいことをした。何か弟に言いたいことはないか?」

ハンナは彼に向き直った。笑顔になるのを抑えきれない。「たしかにとんでもない嘘をつかれたけれど、むしろいい結果になったとは思わない? 今の私はデヴィッドに対して寛大な気持ちになっているの」

マーカスの顔がふたたび和らぎ、ハンナに笑みを返した。「それも一理あるな」だが、笑顔はすぐに消えてしまった。「ほかの容疑も運よく晴れるといいんだが」

これから何を聞かされることになるかと身構えながら、マーカスはデヴィッドのもとを訪れた。あるいは何も聞き出せないかもしれない。デヴィッドはすべてを話すだろうか？ 問いただしたら腹を立てるだろうか？ マーカスにはまったく想像がつかなかった。

ドアをノックした彼は、くぐもった返事を確認して中に入った。デヴィッドはベッドの上でたくさんの枕にもたれかかり、片手に『タイムズ』を、反対の手にコーヒーのカップを持っている。わきに置いた朝食のトレイには空の皿が並んでいた。マーカスの姿を認めたとたん、デヴィッドは新聞を置いた。

「おはよう《グッド・モーニング》」

デヴィッドがコーヒーに口をつけて言った。「いい朝《グッド・モーニング》なのか？」

マーカスは苛立ちを抑えて答えた。「これまでのところは」

弟がカップをトレイに置いて口もとをこわばらせた。「ひと晩中、どうやってぼくを叱ろうかと考えていたんだろうな。さあ、文句を言ってくれよ」彼は腕を組んでうしろにもたれかかり、まるで殉教者のように陰鬱な表情を浮かべた。

不本意ながら、マーカスは笑みを浮かべた。「じつを言うと」彼は話し始めた。「昨夜から、お前のことはほとんど考えていないんだ」デヴィッドの目が用心深く細められた。「ここへ来たのは具合を確かめるためだ。だが、話したいことがあるなら聞こう」

デヴィッドの顔に様々な表情がよぎった。驚きに続いて疑い、さらに関心。「ハンナだな」

しばらくして、ようやく口を開いた。「いかにも彼女が言いそうなことだ」

マーカスは返事をしなかった。内心の思いが顔に出ないことを願う。たしかにハンナなら口にしそうだ。

「やれやれ」むしろ嬉しそうな口調でデヴィッドが言った。「彼女に影響を受けたなんて言わないでくれよ」

弟の挑発には乗らない。「彼女はお前の快復を心から願っているよ」

デヴィッドは期待して待っているようだったが、マーカスがそれ以上何も言わないので、皮肉な笑い声をあげた。「兄上がぼくの処罰を決めるまで、その言葉は取っておくほうがよさそうだ。さて、どんなふうに罪を償えばいい？」

「何も必要ない。言ったとおりの意味だ。ずっと口やかましくお前を叱ってきた。だが今回は、誰かが先にぶちのめしてくれたらしい」デヴィッドが苦い顔をした。「それにお前の処罰には興味がないんだ。元気になるまで好きなだけここにいて、それから好きなときに出ていけばいい。ただ言っておくが、私の我慢の限界はここまでだ」マーカスは続けた。「ハンナは言うまでもなく、お前がロザリンドとシーリアにしたことで忍耐力が尽きてしまった。まあ、私への無礼はこの際不問にしよう。子供のころからずっと、お前とは小競り合いを続けてきたんだから。だが、それもここまでだ。今後は干渉しない。お前が分別ある態度で接するかぎり、こちらも喜んで同じようにしよう。それまでは……」マーカスは肩をすくめた。

「お前は自分の思うとおりにふるまえばいい」

デヴィッドの口があんぐりと開いている。「ええと」おびえのにじむ声で、彼は言いかけた。

「さて、見たところ大丈夫そうだから、もう退散して休ませてやろう」マーカスはうなずいて弟に背を向けた。ドアに向かいながら、想像以上に心が軽くなっていることに気づく。これまでずっとデヴィッドを叱ってきたが、そのたびに次は何で悩まされるのだろうと思って、気が晴れたことがなかった。今回はまったく気にならない。ハンナの言うとおりだった。デヴィッドを彼自身から救うことはできないのだ。弟が本気で助けを必要としていないのなら、無理に従わせ続ける理由がどこにある？

「待ってくれ」デヴィッドの声を聞いて、マーカスは部屋の戸口で足を止めた。「これからはいっさい雷を落とさないつもりなのか？」

「そんなことをして何になる？」マーカスは肩をすくめた。「無駄じゃないか」

「なんの反応も示さないと？」

マーカスは弟の疑わしげな目と視線を合わせた。「そう聞いてほっとしないのか？」

咳払いしたデヴィッドは、ひどく狼狽しているようだった。「もちろんほっとするさ。だけど……その、問題は……」彼は口ごもった。「ぼくは今、ちょっと難しい立場に立たされているんだ。じつを言うとぼくは……その、兄上に何を言われても従うつもりだった。少し助言してもらいたいことがあって」マーカスは無言で先を促した。「いや、むしろ助けてほしいと言うべきかな」デヴィッドがつぶやくように言った。

「難しい立場とは？」

デヴィッドが落ち着かない様子で身じろぎした。「悪いやつらとかかわってしまったんだ。金のことで」

マーカスは踵を返し、椅子に座った。「それで？」

デヴィッドはトレイにのった食器をいじっている。「初めから話したほうがよさそうだ」彼が言った。マーカスは同意のしるしにうなずいた。弟はさらにしばらくそわそわしていたが、ひとつ深呼吸してようやく話し始めた。「困っているのは金の問題だけではないんだ。普通の金じゃない。どうやらぼくは――」デヴィッドはため息をついた。「偽札作りにかかわってしまったらしい」

「ふむ」マーカスは落ち着いて言った。デヴィッドが鋭い視線を向けてくる。

「それほど驚いていないようだな」マーカスは無言で首を振った。「だけどそれなら――全部知っているというのか？　それなのに何も言わなかったのか？」

「疑っていたんだ」マーカスは弟の言葉を訂正した。「だから真実を探り出そうとしていた。思いがけず自分が結婚していると知るまでは」デヴィッドがひるんだ。「妻を連れて出かけなければならなくなって、それ以上の調査ができなくなった」

デヴィッドがうめいた。「驚く話じゃないな」彼がつぶやく。「兄上はいつもぼくより頭がよかった」その告白を聞いて内心ショックを受けつつも、マーカスは顔に出さなかった。デヴィッドはしばらく難しい表情で自分の手を見つめていたが、やがて気力を振り絞るように言った。

「仕立屋の助手だ」デヴィッドが言った。「勘定のことでちょっともめて〈ウェストン〉に断られたので、ぼくは〈ホロックス〉を利用するようになっていた。ある日、助手のスローカムが新しい上着を合わせながら、別の紳士から聞いたとかいうボクシングの試合の話をし始めたんだ。ぼくは興味を持って――社交シーズンが始まる前のことで、毎日つまらなくてしかたなかったんだよ。それで、スローカムがもっと詳しい情報を仕入れてくることになった」

「仕立屋の助手だって？」マーカスは尋ねた。デヴィッドが苛立った様子で手を動かした。

「くそっ、わかってるよ！　あのときは頭が働かなかったんだ。面白い試合は長いあいだ見ていなかったし……」デヴィッドはため息をついた。「そうやって知り合いになったスローカムにロークという男を引き合わされて、ぼくらは一緒に試合を見に行った。すごい試合だったよ。打ち合いが激しくて。もちろん、見ている者たちはみんな賭けていた。ロークとぼくも例外じゃない。それから、彼は自分が賭けた男の戦いぶりを見ながら、ときどき賭け金をあげると冗談を言って、ぼくも笑って同調していた。いい戦いだったんだが、ある時点でその男――ロークが賭けたほう――が大量に出血して倒れたんだ。もうやつは起きあがれないとあきらめかけたロークを、ぼくがけしかけた」デヴィッドが身震いした。「ぼくは賭け金を倍にしようと挑んだ。ロークが受けて立ったとたんに、倒れていた男が立ちあがって、ぼくが賭けていたほうを攻めた。それから一〇分もしないうちに、そいつが勝者になっていたよ。だが、いざロークに金を払おうとしてびっくりした。それまで彼が賭け金のことでいろいろ口にしていたのは冗談なんかじゃなかったんだ。彼によるとぼくの負けは……」デヴィッドが口を閉ざして顔をそむけた。

「いくらだ？」

デヴィッドは片手で顔を覆った。「一万二〇〇〇ポンドだ」

マーカスは驚きのあまり何も言えずに弟を見つめた。「そんなにたびたび賭け金をあげられたことについて、お前は異議を申し立てなかったのか？」

デヴィッドが肩をすくめて陰鬱な顔をした。「ぼくに言えることはたいしてなかった。そうだろう？　紳士としての面目がある」

マーカスは怒鳴りたくなるのをこらえた。今はデヴィッドの面目などどうでもいい。「それで、どういうわけで偽札とかかわるようになったんだ？」

後悔と嫌悪がデヴィッドの目をよぎった。「そのあとすぐだ。約束を果たすために苦労して金を集めていたら、ロークから連絡があった。ぼくを苦境から救い出す方策があると言うんだよ。彼の仲間が、ちょっとした使いをしてくれる者を探していたんだ。ほんのささいなことだと彼は言った。難しいことじゃないし、誰かの人生をめちゃくちゃにするわけでもない。当然ぼくは興味を持った」彼はいったん言葉を切ってから続けた。「わかっているべきだった。ロークは、その仕事が借金返済の代わりになるとまで言ったんだから」デヴィッドは苦々しげに言った。「やつの仲間の頼みというのは簡単だった。ぼくに賭け事をさせたんだ。いかさまを一掃するためだ、と彼らは言ったよ。どうも誰かにいかさまで大切なものを奪われたらしい。はっきり説明されなかったが、その誰かというのはおそらく重要人物なんだろうとぼくは推測した。その人物からの報復を恐れて、名前を明らかにできないのだろうとね。ぼくの口からもれるのを防ぐために、名前は教えられないとも言われたよ。とにかく彼らはぼくに、できるだけ上流の人間と賭け事をさせたんだ。資金はすべて提供すると言われたから、ちっとも負担には感じなかった。彼らにとって勝ち負けはどうでもよかったんだ。彼らのことはロークが保証すると請け合った。それに借金の問題はこれで解決だと言われて、ぼくは了承した」

マーカスは途中で口をはさまないようにずっと我慢していた。「お前は賭け事をするだけでよかった」彼は慎重に繰り返した。「彼らはお前に金を渡し、それが全部失われても気にしない。いったいどうしてそんなやつらを信用できたんだ？」

デヴィッドが悪態をついた。「今はもうわかってきた」彼はぶつぶつ言って、枕をもうひとつ背中に押しこんだ。「スローカムは仲介役だったんだ。彼はぼくが注文した服と一緒に札束を渡してくれるようになった。分厚い束だった」そこでため息をつく、「わかってる、ぼくは甘すぎた。だけど、ひそかに見張って、その謎の人物の有罪の証拠を集めるためだと説明されたんだ。彼らがその人物の罪を公にするつもりかどうかわからなかったが、ぼくにはまったく関係のないことだと言われた。申し出を受けて彼らの指示どおりにするか、ロークに一万二〇〇〇ポンド支払うか、ぼくにはそのどちらかしかなかった」

マーカスは疲れを感じ、片手で眉間をもんだ。「ロークとその仲間がお前に罠をかけたんだ」

「もちろんわかっているさ」デヴィッドが言い返した。「まあ、気づいたのは最近だけど。あのときは……」どうしようもないと言わんばかりの身振りをする。「あのときは、窮地を脱するいい方法に思えたんだよ」

マーカスは多少の罪悪感を覚えていた。今度のことは彼にも責任がある。これまでデヴィッドに助けを求められれば手を差しのべてきたが、そのたびに叱りつけて説教した。兄の小言を逃れようと弟が愚かなことに手を染めるのは、時間の問題だったのだ。

「最初の二週間はうまくいった」デヴィッドが続けた。「どんなに負けても、また新しい上着かベストと一緒に札束が届けられ、報告を求められることもなかった。そのうち不運が続いて一シリングも勝てなくなって、それから……」彼は躊躇した。「請求が来て困っていたところへちょうど、いつもどおり札束が届いた。だから商人への支払いを何件か、それですませたんだ。ロークたちには賭け事ですったことにして。そのあと運がまわってきて、負けをほとんど取り返すことができた。それで、もうたくさんだと思ったんだ。証拠は充分集められただろうから、そろそろやめたいと申し出たが拒否された。そのときやつらに、ぼくが違法なことにかかわっているとほのめかされたんだ。いくらぼくでも札束の出所を疑い始めたよ。そう思って見ると間違いなく怪しかった。それで、どうしていいかわからなくなったんだ」

デヴィッドが声を落とした。「ジョスリンと関係するなんて無謀だとわかっていたが、あのときのぼくは自暴自棄になっていたんだ。バーロウに知れて殺されてもかまわないとさえ思っていた。ロンドンを出ろとぼくに言ったとき、兄上はかなり腹を立てていただろう。申し訳ない。だけど、あのときは祈りが聞き届けられたように感じたんだ。誰にも告げずに姿を消す口実ができた。誰かに訊かれても兄上に命じられたと言えばよかった」

「なんと便利なことだ」マーカスはそっけなくつぶやいた。

「ああ、わかってる」あげた両手をどさりと落としたデヴィッドは、初めて罪の意識を感じているように見えた。「そのあとのことに関しては、ハンナが立たされていた苦境を知っているなら理解してくれるはずだ。彼女はぼくに親切にしてくれた。恩着せがましくしたり、甘やかしたりするわけでなく、理解して同情してくれたんだ。馬車の事故で怪我をしていたぼくを、よくなるまで看病してくれた。だからぼくのほうも彼女を助けたくなったんだ。それは嘘じゃない、本当だ。信じてほしい。彼女に結婚を申し出たときのぼくは、本気で彼女と一緒になって人生をやり直すつもりだった」

デヴィッドの動機が想像よりずっと崇高なものだとわかっても、マーカスはどういうわけか嬉しくなかった。彼は無言のまま椅子に座り直した。

「だけど、ぼくという人間を知ってるだろう？　一度に夫と父親の両方になるなんて無理だ。ぼくはだんだん疑問を抱き始めた。パニックを起こしかけていたときに、パーシーが兄上の手紙を持ってやってきたんだ。それで、ハンナにふさわしい夫となるためには、友人たち全員と手を切らなきゃいけないことに気づいた。彼女には、ぼくなんかよりもっとふさわしい男がいるはずだ。たとえば兄上のような」

驚いたマーカスは、ぽかんと口を開けてしまわないようにこらえた。

「だけど、どうやって逃れればいいのかわからなかった。ハンナに屈辱的な思いをさせるわけにはいかないからね。そのときにはもう結婚式の前日になっていた。ぼくはどうすればよかったんだ？」デヴィッドが苛立たしげに片手を髪に突っこんだ。「兄上に謝らなきゃいけないのはわかってる。だけど、ほかに方法を思いつかなかったんだよ」

「お前のしたことをハンナがどうやって知ったか、わかっているのか？」マーカスは落ち着きを取り戻して訊いた。不安そうな目つきでデヴィッドが首を振る。「私の口から聞いたんだ。ミドルバラまで行って取ってきた結婚の登記証を見せられて。あのときの彼女ほどおびえた顔は見たことがない」

デヴィッドがベッドカバーの下で落ち着きなく脚を動かした。「訂正できたはずだ」

「『タイムズ』の告知も訂正するのか？　ロザリンドへの手紙も？」

デヴィッドが顔を赤くした。「兄上がハンナにたっぷり示談金を支払ってくれるようにしておきたかったんだ。想像もしなかったんだよ、まさか……」声が小さくなって途切れる。

「そのつもりだったとも。ロザリンドがロンドンへ飛んでくることも想定ずみだったんだろうな？　ハンナがどれほど違うと言っても、ロザリンドは本物の結婚だと信じて聞かなかった。そういう状況で、私はどうすればよかったんだ？」

デヴィッドは無言で兄を見つめていた。「ありがとう」しばらくしてようやく、彼は謙虚な口調で言った。「卑劣な行為だった」

マーカスは眉をあげた。「ハンナに対して？　それともロザリンドとシーリアに？」

「全員に対して」

マーカスはゆっくりと息を吐いた。「では、その謝罪の言葉を聞くのは私だけではないはずだ」

デヴィッドが惨めな顔でうなずいた。「みんなに話すよ。約束する」彼は青ざめ、疲れているように見えた。これまでいろいろな状況に置かれた弟を見てきたが、これほど打ちのめされた様子を目にするのは初めてだ。

「気分はどうだ？」マーカスはいくぶん声を和らげて尋ねた。

肩をすくめたとたん、デヴィッドは痛みにたじろいだ。「ぼくのしたことを考えればそれほど悪くない。ロークと仲間たちは、ぼくがロンドンに戻ってきたとたんに見つけ出した。兄上のところへ来たのは、まさかここまでは追ってこないだろうと思ったからなんだ」

マーカスは立ちあがり、弟の肩をつかんだ。「それなら休むといい。女性たちもそのうち、お前の様子を確かめにやってくるだろう」デヴィッドがうなずき、自分の両手に視線を落とした。「ロークと仲間のことはあとで考えよう。お前のその無鉄砲さと私の冷徹な計算力があれば、何かいい解決法を思いつくはずだ」

デヴィッドが驚いたように兄を見あげた。マーカスはにやりとして言った。「冗談だよ、デヴィッド」部屋を出る彼のうしろから、ようやく弟が笑う声が聞こえてきた。

19

これほどひどく空腹でなく、リリーを呼ぶのがただ気恥ずかしいだけなら、ハンナは一日中ベッドで過ごしたかもしれなかった。すでに使用人たち全員が、彼女とマーカスが夜をともに過ごしたことを知っているに違いない。やっと彼らの存在に慣れてきたところなのに、もっとも個人的な関係を彼らに噂されては、また気まずさを感じてしまいそうだ。

マーカスが行ってしまい、ベッドに留まっている魅力が褪《あ》せてくると、ハンナの胸にふたたび現実が戻ってきた。ロザリンドとシーリアになんと言えばいいのだろう？　もう一度リリーの顔をまともに見られるようになるかしら？　それに、これから一生公爵夫人でいる心構えができているの？　この数週間で経験したことはごく一部にすぎない。ハンナは公爵夫人を演じていただけで、しかも短期間と決められていた。これを何ヶ月も、何年も続けていけるのかしら？

ベッドを出たハンナの目が、ふとドレッシングテーブルに留まった。香水や化粧品の瓶はまだ床に放り出されたままだ。テーブルの位置は壁に対しておかしな角度になっていて、椅子は離れたところで横向きに倒れていた。あのテーブルで起こったこと——あのテーブルの上で彼女に起こったこと――を思い出すと顔が赤くなり、つい笑顔になって、一生マーカスの公爵夫人として過ごすことをくよくよ悩んでもしかたがないと思えてきた。

うわべだけでも元気を出したことでなんとか服を着替え終わり、髪をとかす。そうしていると、今度は髪のひどいもつれの原因となった記憶がよみがえってきて、体がかっと熱くなった。どうしようもないわね。鏡に映る途方もなく幸せそうな自分の姿を見て、ハンナは声をあげて笑い出した。使用人たちの噂を聞いていなくても、今の彼女をひと目見ただけで、昨夜愛し合ったことが容易に想像できるに違いない。

朝食室に足を踏み入れたとたん、ハンナは噂がすでに広まっていることを確信した。ロザリンドとシーリアがテーブルについて、静かに朝食をとっていたのだ。ハンナが入っていっても顔をあげないふたりを見て、彼女は思わず笑みを浮かべた。噂を耳にしていなければ、ふたりともまだベッドにいただろう。いったいいつからここに座って、私を待っていたのかしら？　ハンナは軽やかな足どりで食事を取り分けた。

「おはようございます」

「おはよう、ハンナ」ロザリンドが顔をあげ、たちまち輝くような笑みを浮かべた。「今朝の気分はいかが？　よく眠れたかしら？」

ハンナはちらりとシーリアをうかがった。彼女はせっせとハムを細切れにしているが、耳が真っ赤になっているところを見ると、会話を聞いているのは間違いなかった。「ええ、おかげさまで、とてもよく眠れました」従僕に椅子を引いてもらい、ハンナはナプキンを取った。

「もう行っていいわよ」ロザリンドが熱心すぎる口調で従僕をさがらせた。ハンナはトーストをひと口食べながら、何も気づいていないふりをしようと試みた。「今朝はマーカスを見た？」ロザリンドが続けた。「大事な質問があって話をしたいんだけど、どこにも姿が見えないの。テルマンに探しに行かせようかしら」

ハンナはトーストをのみこみ、お茶に口をつけた。自分がみんなを騙しているただのお客のような気がしないのは、この屋敷に来て初めてのことだった。「たしか、デヴィッドと話をするつもりだと言っていました」彼女は口を開いた。

シーリアが音をたててナイフを置き、ロザリンドがはっと息をのんだ。ハンナは素知らぬ顔でお茶にスプーン一杯の砂糖を入れた。さらにもう一杯入れる。いいわよね？

「じゃあ、彼と会ったのね」

「ええ」ハンナは卵をもう少しと、さらにベーコンも皿に取った。どういうわけか、お腹が空いてしかたがないのだ。

「それで……昨夜のことで彼は決心したのかしら？」ロザリンドが慎重に尋ねた。ハンナには、彼女がほとんど息を止めているのがわかった。

ハンナはベーコンを嚙んだ。「そうだと思います」

「本当に？」とうとう我慢できなくなったらしく、シーリアが声をあげた。「お兄様は何を決めたの？　あなたはここに残るの？　お兄様に話した？」

「シーリア!」ロザリンドが娘をにらみつけてからハンナに向き直った。「マーカスと話をしたの? あなたはここに残るの?」

ハンナはもうひと口お茶を飲み、カップの縁越しにふたりを観察した。ロザリンドもシーリアより少しましなだけで、答えを知りたくてたまらないのを隠しきれていない。ふたりの顔に浮かぶ希望や喜びを目にすると、ハンナの胸は彼女たちと家族になれる嬉しさでいっぱいになった。「ええ」ハンナはカップを置いた。「彼と話をしました」ほかにもいろいろと。「それで私はロンドンに残ることに――」

シーリアが金切り声をあげて椅子から飛びあがり、ハンナに抱きついた。「まあ、すてき! すごく、すごくすばらしいわ! 私の忠告を聞いてくれた?」彼女はハンナの顔を見ようと頭をうしろに引いて尋ねた。「お兄様に言った?」

「ええと……」ハンナは顔が熱くなるのがわかった。自分がなんと言ったか懸命に思い出そうとする。マーカスも彼女も、愛しているとははっきりとは口にしなかった。「ある意味では」

「そうなの? ある意味って――」

「シーリア!」ロザリンドが声をあげた。「失礼よ!」

シーリアは満面の笑みを浮かべ、それ以上問いつめようとはしなかった。「お兄様になんて言ったとしても、あなたが残ることになってすごく嬉しいわ! あなたが行ってしまうのを黙って見ているわけがないと思っていたの。賢いマーカスお兄様にそんなことはできないもの。口に出して認めなくても、自分の気持ちはちゃんとわかっているはずよ。遅かれ早かれきっとあなたに――」

「シーリア」ロザリンドがふたたび注意した。「もうたくさんよ」

悪いと思っている様子をまったく見せず、シーリアが唇をすぼめた。「わかったわ、お母様」

「それにしても、すばらしい知らせだわ。ああ、ハンナ！」今度はロザリンドがこらえきれなくなってハンナを抱きしめた。

「まあ、どうしましょう」抱擁を解いたロザリンドは、感きわまって目頭を押さえた。「こんなにほっとしたことはないわ！ 私たちが大騒ぎしてしまったときは――まあ、くよくよ考えるのはもうやめましょう」彼女は急いでつけ加えた。「こうなったからには舞踏会を開かなくては。この件に関して不快な噂が広まらないようにね。かわいそうなデヴィッド、あんな姿で家に戻ってくるなんて！ あの子はひどく酔っていたせいで、ひどい戯言を口走ったのよ！ ひと目見た瞬間に熱があるとわかったわ。だから彼の言ったことなんて、ひと言も信じませんでしたからね！」

「お母様、今度は白じゃなくて青いドレスを着てもいい？」シーリアが熱心に尋ねた。彼女の母親はにっこりして言った。

「ええ、かまわないわよ。なんでもあなたの好きなものを着ていいわ。さあ、ベルを鳴らしてミセス・ポッツを呼んでちょうだい。一週間以内に舞踏会を開かなくてはね。ねえ、ハンナ、あなたは何も心配しなくていいのよ」ぽかんと口を開けていたハンナに、ロザリンドが言った。「できるだけ盛大な舞踏会を開くことが絶対に不可欠なの。この件に関してはマーカスも賛成するはずよ。舞踏会を開くのが早ければ早いほど、すぐに……不快な噂は消えて、忘れられてしまうわ」

ハンナは笑いながら首を振った。「反対するつもりはありませんわ。あなたにお礼が言いたいんです、ロザリンド。何もかもありがとうございます」

ロザリンドは目をしばたたいて涙をこらえると、もう一度ハンナをぎゅっと抱きしめた。「一時間以内にマダム・レスコーにここへ来てもらわなくては」ロザリンドが言った。「公爵夫人のお披露目にふさわしいドレスを作らなくてはなりませんからね」

二階にある、まだ袖も通していないみごとなドレスの数々を思い浮かべて、ハンナは心の中でうめいた。今いちばんしたくないのは新しいドレスの注文だった。今日の彼女はあまりにも幸せで心が軽く、とても家の中に座って生地見本を吟味する気分になれなかった。モリーを連れて公園へ行って、叫びながら走りまわりたい気分なのだ。木にのぼり、湖の浅瀬を歩きまわって、とびきり楽しい時間を過ごしてから家に帰りたい。家に、マーカスのもとに。

「まだモリーに話していないんです」彼女はロザリンドの腕から逃れて言った。

「きっと大喜びするわ」シーリアが歓声をあげた。「私みたいに！　ねえ、ハンナ、本当に夢みたい！　まずデヴィッドお兄様から手紙をもらって驚いて、それからじつはそれが――ええと、それから今朝のこの出来事だわ！」

「もちろんモリーに話したいでしょう」ロザリンドが割りこんだ。「舞踏会の準備は私が始めておくわ。あなたは何も心配しなくていいの！　ああ、本当に何年も、この舞踏会の計画を立てたくてたまらなかったのよ！」彼女は最後にもう一度ハンナを抱きしめた。

　朝食がすむと、ハンナは階段を駆けあがって子供部屋のドアを開けた。とにかく心がうきうきしてしかたないのだ。中に入ったとたん、リリーがはっと息をのんで振り返った。彼女はすぐに視線をさげ、一歩あとずさりした。その向こうに、着替えて出かける準備をすませたモリーの姿が見える。

　モリーがにこにこして手を振った。「おはよう、ママ！　今朝はリリーがアヒルを見に連れていってくれるんだって！　一緒に来たい、ママ？」

　ハンナは驚いてメイドを見た。頼まれないのにモリーを公園へ連れていったことは一度もなかったはずだ。うつむいていても疑問を感じとったのだろう、リリーが答えた。「そのほうがいいと思ったんです、マダム。今日はお忙しくて、邪魔されたくないとお考えかと思ったものですから」

　あら、まあ。無理もないかもしれない。最後にリリーを見かけたのはマーカスの裸の肩越しで、愛し合った直後だった。そのときのことを思い出して、ハンナは笑みが浮かびそうになるのをこらえた。「ありがとう、リリー。でも、今日は私がモリーを連れていきます。あなたはさがっていいわ」

　喜んだモリーがぴょんぴょん跳ねて手を叩いても、メイドは動こうとしなかった。「さがってもよろしいのですか、マダム？」

「ええ、夕食まで結構よ」ハンナは娘をつかまえてぐるっとまわした。モリーが甲高い声をあげる。「今日はモリーの日にしましょう。一日中一緒にいるわ」

「じゃあ、ピクニックは？」ハンナがうなずくとモリーは歓声をあげ、彼女の首に抱きついて丸々した脚をばたばたさせた。

「ママ、きっとすごく楽しいよ！　アヒルを見てもいい？　それからすてきな馬車を見に行くのは？　犬を抱っこする？　凧を揚げてもいい？」

「はいはい」ハンナは笑った。「でも、そんなに時間はないのよ、モリー。楽しいことは明日にもとっておくほうがいいわ。着替えがすんでいるようだから、出かけましょうか？」

目をきらきらさせてうなずく娘を、ハンナはぎゅっと抱き寄せた。ドアに向かいかけて足を止める。リリーはまだ先ほどと同じところに、うつむいて両手を握りしめながら立っていた。ハンナは彼女に近づくと、声を低めて言った。

「心配しないで、リリー。大丈夫よ」衝動的につけ加える。「ねえ、今日はもうお休みにして、好きなことをしていいわ」

顔をあげたメイドは目の縁が真っ赤になっていた。「はい、マダム」消え入りそうな声で言う。「ありがとうございます、マダム」

ハンナは励ますように微笑むと、急いでドアに向かった。じわじわ広がる気づまりな思いを払いのける。意識せずにリリーと接するには、まだまだ時間がかかりそうだわ！　でも、何も知らず部屋に入ってきたメイドを首にするのはかわいそうだ。そのうち慣れるに違いない。ハンナはそう思った。

「モリー」ピクニックの食事を終え、パンくずをアヒルにやって、通りすがりの犬をなでたあとで、ハンナは話し始めた。「あなたはロンドンにいたい?」

「うん、ママ」草のあいだを通る蟻《あり》たちのあとを追っているモリーは、顔をあげずに答えた。「ここ大好きだもん」

「そうね、私たちふたりともそうみたい」ハンナは言った。「永遠に」

モリーが母親を見あげた。「えいえん、ってなあに?」

ハンナはにっこりした。「いつまでもずっと、っていう意味よ」

「やったー!」モリーがぱっと顔を輝かせた。「デヴィッドが戻ってきたでしょ。またあたしのパパになるの?」

説明しかけたハンナはひと言も言えずにまた口を閉じた。どうしてこの質問を予期していなかったのだろう?「いいえ」彼女は慎重に言った。「デヴィッドではないの。彼があなたの新しいパパになることはないわ。だけど、彼のお兄さんの公爵だったらどう思う? 公爵のことは好き?」

「うん、エクステラ好きだよ」モリーが即答した。「ここに残るんだったら、お庭を掘らせてくれるかな?」

ハンナは咳払いした。「そうねえ、たぶん。今度訊いてみましょう」

「うん」モリーは棒切れを見つけて蟻を突いている。「見て、ママ!」少女が歓声をあげた。

「ぐるぐるまわってる！」

ハンナは娘を見つめて物思いにふけった。モリーに尋ねるのが怖かったのに、実際に訊くとあっけなかった。少女がマーカスに庭を掘ってもいいか尋ねる場面を想像して、笑いがこみあげてくる。彼女はモリーがハイドパークの不運な蟻たちを困らせている様子を見るために、まじめな顔を作って身を乗り出した。

その日の残りは飛ぶように過ぎた。マーカスが満足げな表情を浮かべて帰宅し、続き部屋で夕食をとりながら話したいことがあるとハンナに告げた。彼女は顔を赤らめて承知すると、モリーに早めのおやすみを言うために子供部屋へ向かった。娘は公園で遊んですっかり疲れていたので、早く寝かされても文句は言わないだろう。ハンナは小さく鼻歌を歌いながら階段をのぼった。

子供部屋は空っぽだった。おもちゃはすべてきちんとしまわれ、夕食のテーブルも片づけられている。ハンナはモリーがいつも眠る寝室をのぞいてみた。初めは娘を子供部屋へ移すことに抵抗があったのだが、モリーはおもちゃでいっぱいの明るい大きな部屋を気に入り、牧師館にいるころにハンナのベッドのそばで寝ていた寝台より、自分だけの小さなベッドのほうがいいと言った。もちろん、公爵夫人の部屋へ続いている自分専用の階段も大のお気に入りだ。これからはドアをきちんと閉めておかなければ、とハンナは心に留めた。そうすれば夜中にモリーが起きてきても、まずドアを開ける音が聞こえて、マーカスと彼女が身構える時間の猶予ができる。

モリーの寝室も空だった。ハンナは眉をひそめてあたりを見まわした。シーリアがモリーを連れていったのかしら？　そのとき、彼女は枕に置かれた一枚の紙に気づいた。

恐怖で足どりが重くなるのを感じながら、ハンナは部屋を横切った。子供がいるべき場所に置いてあるその紙切れには、どこかおかしなところがあった。彼女は嚙みつかれるのを恐れるように紙をつまみ、目を通した。書いてあることを理解したとたんに息が止まる。ハンナはやみくもにドアへ向かった。恐ろしい言葉から目を離すことができない。鼓動が止まった心臓が喉もとまでせりあがり――すでに息もできなくて――彼女は気が遠くなるのを感じた。

手をのばした瞬間にドアが開けられ、マーカスが入ってきた。「ここにいたのか」彼の顔に浮かぶ笑みはたちまち消えた。「どうしたんだ？」

ハンナは無言で震える手を差し出した。マーカスは彼女に気づかわしげな視線を向け、紙を受けとって読んだ。

「私の娘が」ハンナは喉を詰まらせた。マーカスがすかさず彼女を引き寄せ、しっかりと抱きしめる。彼の腕にしがみついたハンナは、こらえきれずに恐怖のすすり泣きをもらした。

「落ち着いて」マーカスはハンナの顔を自分の肩に押しあて、彼女の頭越しに部屋の中をざっと調べた。子供部屋はきれいに片づいていて、午後の最後の光が本棚や人形を照らし出していた。ドアの開いた戸口から、きちんと整えられた小さなベッドが見える。どこもおかしなところはないが、ただ……。

マーカスの視線は手に持った紙切れに落ちた。特徴のない手書きの文字で〝子供はわれわれがもらった〃と書いてある。なぜモリーを連れていったのだろう？

腕の中のハンナがまた震え出し、マーカスは頭から疑問を追いやった。理由は問題ではない。誰が連れていったのか、どうやって取り戻すかが問題なのだ。ともかくハンナを落ち着かせるまでは、その問題に取り組めない。

ハンナを腕に抱いたまま、マーカスは階段をおりて彼女の部屋へ向かった。ベルを鳴らして家政婦を来させると、誰かに医者を呼びに行かせ、メイドにお茶を持ってこさせるよう指示した。ハンナはショックのあまり表情を失い、彼に導かれるまま椅子に座って、足にブランケットを巻いても反応を示さなかった。そばにひざまずいたマーカスは、恐怖におののく彼女の目を見て胸が痛くなった。

「ハンナ」手を取ってそっと声をかけた。「約束する。モリーは必ず見つけ出すよ、ダーリン」

ハンナが涙の溜まった大きな目でマーカスを見つめ返した。彼の喉も締めつけられる。マーカスは彼女の両手を握って、関節に唇を押しつけた。「神にかけて誓う。きみはすぐにあの子を取り戻せる」彼は静かにささやいた。

そのとき、ドアからロザリンドが駆けこんできた。「どうしたの？　マーカス、何かあったの？」

マーカスはハンナの手を彼女の膝に戻して立ちあがった。「ええ。彼女と一緒にいてください、ロザリンド」義母の驚いた叫びを無視して、彼は自分の部屋に入ってドアを閉めた。深呼吸して目を閉じる。それからふたたび紙切れを取り出して、もう一度読んだ。

マーカスは執事を呼んだが、ハーパーは何も知らなかった。何人かの使用人に敷地内を捜索する指示を出したものの、たいして期待はできない。時を刻む時計の音がやけに大きく、耳障りに聞こえた。じっと座って捜索の結果を待ってはいられなかった。エクセター・ハウスの敷地はあまりにも広大だ。時間を無駄にはできない。それにマーカスは、この事件の背後にいる人物に心あたりがあった。彼はすぐに弟の部屋へ向かった。枕の山にもたれていたデヴィッドが本から顔をあげ、何事かと問いかけるように眉をあげた。

「ロークと仲間がどこにいるか教えてくれ」マーカスは言った。

ハンナはロザリンドの存在をほとんど意識していなかった。頭の中で同じ言葉がぐるぐるまわり続けている。モリーがいなくなった、モリーがいなくなった、モリーが……。ロザリンドが、ハーブティーがどうとか言いながらいなくなったようだが、ハンナはそのこともほとんど気づいていなかった。ポットを持って現れたリリーも無視する。お茶はなんの役にも立ってくれない。

「あの」ためらいがちなリリーの声に、ハンナは無理やり顔をあげた。メイドはミッシーを、モリーのくたびれた人形を差し出していた。

ハンナの目にたちまち涙が溜まった。彼女は人形を受けとり、牧師館のカーテンの切れ端で作ってやった、すり切れたコットンのドレスをなでた。ミッシーがいなくて、モリーは怖がっているに違いない。涙が頬を伝って落ちた。いったい誰が私のあの子を盗んだの？　どうして？

「お願いです、泣かないでください」リリーがハンナの足もとに膝をついて懇願した。ハンナの腕をつかむ。「お嬢様は大丈夫です。たしかなんです。そんなに思いつめて、お体を壊してはいけません」ミッシーを胸に抱きしめて泣いていたハンナは、メイドの言葉をほとんど聞いていなかった。

めそめそしていてはいけない。生まれて初めて、父の言葉が参考になるような気がした。〝なんで泣く必要がある〟父の声まで聞こえてきそうだ。〝何か行動するんだ〟そうよ。ハンナはぼんやりと考えた。何か行動しなければ。モリーが私を必要としている。ここに座って泣いている場合ではないわ。娘を見つけるために何かしなければ。でも、どうやって？　ハンナはぼうっとした頭を懸命に働かせようとした。

「お願いです」リリーがふたたび声をかけた。ハンナの返事がないので取り乱しているようだ。「お願いです！　私の話を聞いてください。お嬢様は無事です。危害は加えられていませんから。わかるんです」

リリーの言葉の何かが、呆然としていたハンナの意識をはっきりさせた。「なんですって？　どうしてあなたが知っているの？」

「わかるんです。本当です」メイドが激しい口調で言った。「お嬢様はすぐに戻ってきます。絶対に」

「どうしてあなたが知っているの？」驚くというより困惑して、ハンナは繰り返した。「なぜそんなことを言うの、リリー？」

リリーが口を開きかけてためらった。「私――私にはお嬢様がすぐに戻るとわかるんです。信じてくださ――」

さく頭を振った。さらにじっとハンナの表情をうかがうと、彼女は小

「どうしてなの、リリー？」ハンナがよろめきながら立ちあがると、その拍子にリリーがバランスを崩した。うしろ向きに引っくり返った彼女は慌てて起きあがり、ぎこちなく膝をついた。「なぜそんなに確信が持てるの？」

「私……私は……痛い！」ハンナはリリーの腕をつかみ、猛烈に揺さぶった。「お許しください、マダム！」メイドが叫ぶ。

「私の娘はどこ？」ハンナはさらに揺さぶって詰問した。「何を知っているの、リリー？どうしてあの子がすぐ戻ってくると、しかも無事だと確信しているの？　あなたがモリーの面倒を見ていたのよ、リリー。あの子はどこなの？」

ハンナの声が高くなるにつれて、リリーの目に涙がこみあげてきた。彼女は肩をつかむハンナの手から身をよじって逃れようとした。「言えません！　言えないんです！」

ハンナはドレッシングテーブルの上から、いちばん手近にあった銀のヘアブラシを取った。それを振りあげてリリーを脅す。彼女は自分のしていることにほとんど気づいていなかった

が、頭のごく一部分では、娘を取り戻すためならリリーを殴ってもかまわないと思っていた。もしリリーに責任があるなら――もし彼女がモリーを危険にさらしているのなら……。「どこなの、リリー？　あなたはモリーがいなくなったことに何か関係しているの？」

　リリーがおびえた悲鳴をもらした。「いいえ！　その、私はお嬢様を守っただけなんです！　誰にもミス・モリーに危害を加えさせるつもりは――」

「私の娘はどこ？」ハンナは叫んだ。リリーも叫び返して頭をすくめる。

「申し訳ありません」メイドは身を縮めてすすり泣いた。「ごめんなさい。でも危ない目には遭っていません。お約束します！」

　ハンナはリリーを引きずって立たせた。「娘のところへ連れていって。今すぐに」手にはまだヘアブラシを握りしめている。エプロンで涙をぬぐいながらリリーが先に立ち、使用人用の階段をあがって、屋敷の中でハンナがまだ見たことのなかった一帯へ入っていった。長い廊下の突きあたりまで来て、リリーが小さな部屋のドアを開けた。暖炉にいくつかアイロンが置いてあるのが見える。細い窓のそばに背もたれのまっすぐな椅子が置かれ、近くには裁縫仕事の大きな籠《かご》があった。驚いて見ているハンナの前で、リリーが壁の羽目板に刻まれた薔薇の模様を強く押した。それから羽目板を引っぱると、板が壁から手前に出てきた。水平に開いた羽目板の向こうは真っ暗な空洞になっていて、中があたたかいのがわかる。ハンナは近づいて中をのぞきこんだ。

「モリー？」ハンナは娘を呼んだ。返事はなく、彼女は振り返ってリリーをにらんだ。メイドは唇を湿らせ、空洞に身を乗り出した。

「ミス・モリー！」リリーがそっと呼んだ。「ゲームは終わりました。あなたの勝ちですよ」どすんという音に続いて這いまわる音が聞こえ、やがてモリーのブロンドの頭がひょっこり出てきた。少女はにこにこしている。「勝ったよ、ママ！」モリーが歓声をあげて喜んだ。ハンナはヘアブラシを落としてモリーに手をのばし、壁から引っぱり出した。「ええ、そうね、ダーリン、あなたの勝ちよ」娘を抱き寄せる手が震えている。ようやく落ち着いた声が出せるようになると、ハンナはモリーのもつれた髪をなでながら顔をよく調べた。モリーはもう寝間着に着替えている。いったいいつからここにいたのだろう？

「どうしてここに隠れようなんて思ったの？　ひとりでは絶対にあなたを見つけられなかったわ」

モリーがにっこりした。傷ついても怖がってもいないようだ。よかったわ。「リリーがここがいちばんいいって教えてくれたの、ママ。シーリアも知らないんだって！　でも、もうだめだね。だって見つかったから、今度は隠れてもわかっちゃうもん」

「ああ、モリー」またしても言葉が出なくなり、ハンナは娘を抱きしめた。ほっとしすぎて叱る気になれない。でも、リリーのほうは……。

ハンナはモリーを下におろしてしっかり手をつなぐと、メイドに向き直った。リリーは壁を背にして立ち、エプロンをぎゅっと握りしめていた。恐怖と敵意と深い後悔の入りまじった表情を浮かべている。「私たちと一緒に来なさい、リリー」ハンナはできるだけ冷静に言った。がっくりとうなだれたものの、リリーはうなずいて、ふたりのあとから家族の居住棟へ戻った。

シーリアの部屋の前まで来て、ハンナはドアをノックした。すぐにシーリアが顔をのぞかせる。もう寝る準備をしていたようだ。「はい？」

「シーリア、今晩モリーをあなたの部屋で寝かせてもらってもいいかしら？」

シーリアが目を丸くして、モリーが小さく歓声をあげた。「もちろんよ」そう言って、ハンナの背後のリリーにちらっと目を向けた。「入って、モリー」少女は大喜びで部屋に入り、シーリアのベッドの真ん中で跳びはね始めた。シーリアが身を乗り出した。「何かあったの、ハンナ？」

ハンナはこわばった笑みを浮かべた。「朝になったら詳しく話すわ。あなたがモリーと一緒にいてくれたら、とても助かるの」

一瞬シーリアの顔に落胆がよぎったが、彼女はすぐに覆い隠した。「もちろんかまわないわ。だけど、あとで絶対に教えてくれるのよね？　マーカスお兄様はいつも、朝になったら話すよって言うの。だけど次の日になったら、私に話すべきではない理由を何かしら思いついているのよ」

衝動的にハンナはシーリアを抱きしめた。「約束するわ。だけど、モリーから目を離さないでほしいの。何か困ったことや不安なことがあったら、なんでもいいからベルを鳴らして助けを呼んでちょうだい」

シーリアがまじめな顔でうなずいた。ハンナがモリーにおやすみを言うと、娘は楽しげに手を振って返した。シーリアがドアを閉めて鍵をかける音が聞こえ、ハンナはリリーのほうを向いた。

「さあ、一緒に来て」

「どこへ行くのですか、マダム？」リリーの声は震えていた。

「公爵に会いに」ハンナはメイドの恐怖のあえぎを無視して、マーカスの書斎の方角へ歩き出した。

「ああ、マダム、お願いです」書斎のドアを叩くハンナに、リリーが懇願した。「公爵様は私を監獄へ送るに決まっています。私はお嬢様を戻しました。誰にも危害を加えさせるつもりはなくて……」

「リリー、あなたは私の子供を隠して、誘拐されたように思わせる手紙を残したのよ」ハンナはもう一度ノックした。「私は自分の判断に自信が持てないわ」

リリーがごくりと喉を鳴らして大きく目を見開いた。

「大丈夫なの、ハンナ？」うしろからロザリンドの心配そうな声が聞こえた。驚いたリリーがまるで撃たれたかのように飛びあがり、悲鳴をあげた。ハンナは振り返ると、メイドが倒れたり逃げたりしないように腕をつかんだ。ロザリンドが眉をあげる。

「マーカスはどこですか？」何か言われる前に、ハンナは尋ねた。「今すぐ彼に会わなければならないんです」

「デヴィッドの部屋の前で見かけたわ。三〇分もたっていないはずよ。ねえ、ハンナ、いったいどうしたの？　気分はましになった？」

ハンナはうわの空でうなずいた。リリーの腕をつかんだまま身をひるがえし、デヴィッドの部屋へ向かう。ロザリンドが驚いた顔でふたりを見送っていた。

部屋に入るとデヴィッドはひとりきりで、いくつもの枕にもたれて眠っていた。誰かが――おそらくテルマンが――彼のひげを剃って髪も整えたらしく、まだ濡れているように見える。デヴィッドは前よりずいぶん見栄えがよくなっていた。

けれどもマーカスはいない。ハンナが部屋を出ようとしたとき、デヴィッドが身じろぎして目を開けた。「どうした？　そこにいるのは誰だ？」

「マーカスを探しているの」ハンナは静かに言った。「ごめんなさい、起こしてしまったわね」

「いいんだ」デヴィッドがため息をつき、ふたたび枕にもたれかかった。「惜しかったよ。少し前までここにいたんだ」彼は顔をしかめながら、まっすぐ体を起こした。「でも、きみが来てくれてよかった、ハンナ。ぼくのしたことは――」

「ごめんなさい、デヴィッド。どうしてもすぐにマーカスを見つけなくてはならないの」今は彼の謝罪を聞く気になれない。

「許しがたいことだとは――」

「本当なのよ、デヴィッド――」

「ぼくは撃たれても当然――」

「お願い、デヴィッド」ハンナは必死になって言った。「マーカスを見つけなくちゃ。リリーが、モリーを誘拐しようとした人たちの仲間だとわかったのよ！」

デヴィッドの眉がさっとあがった。「モリーを？　誘拐だって？」

ハンナはうなずいた。「そうなの。子供はもらったと書かれた紙を私が見つけて――マーカスはその話をしなかったの？　あとでリリーが、自分がモリーを連れていったと口を滑らせたのよ。でも、モリーをさらおうとしていた人に渡す代わりに、家の中に隠していたんだけど。だからマーカスを見つけて、そのことを話さなくては――」私ったら、まるでヒステリーの発作を起こしているみたい。ハンナはしゃべり続けないように自分を抑え、片手で口を覆った。あの紙に書いてあった内容を理解した瞬間と同じくらい気分が悪い。マーカスが必要だった。彼に助言をもらって、何もかも大丈夫だと安心させてほしい。マーカスが見つからないという事実がハンナの神経を切り刻んだ。リリーがモリーを引き渡さなかったから、誘拐犯がここへやってきたらどうしよう？　もし彼らが武器を持っていたら？　もし――もし――。

「ハンナ」デヴィッドがベッドを出てドレッシングガウンをはおった。「知らなかった。何が起こったんだ？」

ハンナは息を吐いた。「誰かがモリーを誘拐しようとしたの。私のメイドのリリーは彼らの仲間だった。彼女がモリーを引き渡す予定だったらしいけど、渡さなかったわ。だけど、犯人について何か知っているに違いないのよ」彼女は大きく息を吸って、混乱した思考をまとめようとした。「マーカスは彼女に質問したがるはずだわ。そう思わない？　犯人がやってこないかと心配なの。もう一度誘拐しようとするかもしれない。それなのに、マーカスがどこにいるかわからないの」

デヴィッドはまだ少しぼうっとしているように見えたが、うなずいて言った。「たしかに心配だな。さあ、とにかく落ち着いて」彼はベルを鳴らした。「だけど、みんな無事なんだろう？　モリーも？」ハンナはうなずき、ほっとして目を閉じた。そのときドアにノックの音がして使用人が現れ、デヴィッドが彼にすぐマーカスを探して連れてくるよう命じた。

「お茶はどうだい？」ハンナが目を開けると、デヴィッドが自信のなさそうな目で彼女を見ていた。ハンナは涙をぬぐい、無理やり笑みを浮かべた。

「いいえ、結構よ。お茶はいらないわ。必要なのは――ただマーカスと話したいだけなの。あなたのお兄さんと」急いで言い直したが、デヴィッドの顔にいかにもわかったと言わんばかりの表情がよぎった。

「ああ、なるほど」彼が咳払いした。「では、もしよかったら――」

「結構よ」ハンナはきっぱりと言った。

「ああ、もちろんだね」デヴィッドが顔をそむけたが、ハンナはその前に彼が得意げな笑みを浮かべたのを見逃さなかった。そこへ使用人がふたたび現れ、公爵は外出したと告げた。デヴィッドがハンナを見る。「テルマンを呼んでくれ」彼が命じると、使用人はうなずいて姿を消した。デヴィッドは脚を引きずってハンナに近づいた。「今、謝ってもいいかな?」

ハンナは彼をにらんだ。「いいえ」

デヴィッドが口をつぐみながらつぶやいた。「すまない」

「デヴィッド!」

「ごめん、ごめん」彼は急いで謝った。「そのことで謝ったんじゃないんだ! 違うんだよ、ええと、その、もうひとつのことのほうだ!」デヴィッドは口を閉じてハンナを見つめた。ふたりとも懸命に笑いをこらえている。

このほうがいいわ、とハンナは思った。彼女はいくぶんリラックスして椅子に座り、鼓動が少しずつ静まっていくのを感じた。デヴィッドと笑い合うことができるなら、何もかもうまくいくかもしれない。

20

テルマンはすぐに現れたものの、詳しいことは何も知らなかった。「公爵様はお出かけになりました」デヴィッドの問いかけに対して彼は答えた。

「どこへ?」デヴィッドが続きを促した。

「申しあげられません。知らないのです」

「それならお前は何を知っている?」

苛立って問いただすデヴィッドを前にして、テルマンが背筋を正した。「たいしたことは何も。ただ、お出かけになる前にあなた様の服をお召しになりました」

ハンナは驚いてデヴィッドに向き直った。「どうしてそんなことをしたのかしら?」

デヴィッドは目を細めてテルマンを見ていた。「何か言っていなかったか?」

テルマンがごくりと唾をのみこんだ。「自分の務めにはつねに誇りを持っております。公爵様にお仕えして私は――」

「いいから答えろ」デヴィッドが吠《ほ》えた。

「どこへとか、何をするためにということは、公爵様は何もおっしゃいませんでした」急いで答えたテルマンは、ハンナをちらりと見て言った。「ただ、どちらかといえばおひとり言のようでしたが、お嬢様のことを何かおっしゃっていました、マダム」

ハンナは困惑して眉をひそめた。いやな予感がする。デヴィッドが悪態をついてドレッシングガウンを脱いだ。「兄の服を持ってきてくれ。今すぐだ」彼はテルマンに命じた。側仕えは慌ててドアへ走り、閉めるときにかすかな音をたてて出ていった。デヴィッドが額から粘つく膏薬《こうやく》をはがし始めた。「きみのメイドはこれを隠せるかな?」切り傷を指差しながらハンナに尋ねる。

「ええ」まだ事態を把握できないまま、ハンナは玄関ホールへ走った。おびえた目のリリーがエプロンをくしゃくしゃにして立っている。「すぐに私の化粧品を取ってきて」ハンナは命じた。うなずいて走り出すリリーを見送って、彼女は部屋に戻った。

「どこへ行くつもりなの、デヴィッド?」不安に駆られてハンナは尋ねた。「何か知っているのね? そうなんでしょう?」

怖い顔をしてデヴィッドがうなずいた。「ぼくを叩きのめしたやつらを見つけるための情報を、すべてマーカスに話したんだ。彼らがモリーを連れていったと考えたんだろう。ああ、ハンナ、すまない。兄がぼくの服を着ていった理由はそれしか考えられない」彼の口もとに苦々しい笑みが浮かんだ。「いつもと反対だ。ぼくが兄のふりじゃなくて、兄がぼくのふりをしているんだ」

「でも、モリーは家にいるのよ」ハンナは指摘した。困惑して、またヒステリーの発作を起こしそうな気分になってきた。

「兄はそのことを知らない」そのときテルマンが急いで戻ってきた。マーカスの上着とベストを腕にかけ、反対の手にブーツとズボンとシャツを持っている。デヴィッドはズボンに脚を入れ、恥ずかしがる様子もなく頭から寝間着を脱ぐと、リネンのシャツに手をのばした。

ハンナは片手を口に押しあてて目を閉じた。向こう見ずにもマーカスは、デヴィッドを殺そうとした男たちのあとを追っている。弟の服に身を包んで。私の娘を救うために。「その人たちは彼をどうするかしら？」彼女は震える声で訊いた。

デヴィッドは肩をすくめ、テルマンがクラヴァットを結んでいるあいだにベストを身につけた。「わからない。たしかにぼくのことは快く思っていなかったが、やつらがモリーを連れ去ろうとするなんて思いもしなかった。きみはぼくの妻ではないのに。それに……」そこへリリーが化粧品の箱を持ってやってきた。デヴィッドが冷たい目で彼女をじっと見た。

「お前は何を知っているんだ？」

その声はマーカスとよく似ていて表情までそっくりだったので、リリーはその場で凍りついてしまい、おびえた悲鳴をあげた。彼がマーカスではないとわかっているハンナでさえ、思わず驚きの目を彼に向けた。

「何も」リリーが口ごもった。「私――私は何も知りません！　お、お嬢様をつ、連れていくことになっていただけで。でも、できませんでした。連れていかなかったんです！　お嬢様をひどい目に遭わせるつもりは――」

「誰にモリーを渡すことになっていたの？」

リリーが唇を湿らせ、助けを求めるような目でハンナを見た。「ミスター・ベントリーリースです、マダム」

「なんですって？」ハンナは完全に不意をつかれて言った。リリーは真っ赤になり、化粧品の箱を持つ手を震わせている。デヴィッドが壁にこぶしを打ちつけてつぶやいた。「ちくしょう！」

ハンナは複雑に絡んだ話を理解しようとするのをあきらめた。「彼の額の切り傷を隠してちょうだい」彼女はリリーに命じた。「私も一緒に行くわ」ベッドに座ってブーツを履き始めたデヴィッドに言う。

「絶対にだめだ」彼が切り返した。

「公爵夫人が一緒のほうが公爵らしく見えるわ」部屋から走り出ながら、ハンナは振り返って叫んだ。「私を置いて行かないで！」

ハンナは記録的な速さで新しいドレスの一枚に着替えた。ほつれかけていた髪をピンで留め、公爵夫人らしく歩くのではなく田舎娘のように走る必要が生じたときのために、古いハーフブーツを履いた。急いでデヴィッドの部屋に戻ると、ちょうどリリーが作業を終えたところだった。傷は上手に隠され、額の影のように見える。テルマンがデヴィッドの髪を手早く、少し前にとかしたことも効果的だった。いつものマーカスとまったく同じではないが、かなり近い髪形になっている。デヴィッドと顔を合わせたハンナは、彼がエクセター公爵にそっくりだと認めざるをえなかった。

「きみは来てはいけない」デヴィッドが言った。

「絶対に行くわ」ハンナはリリーのほうを向いた。「こっちへ来て」

リリーの顔が真っ青になった。「ああ、マダム、お願いです！　できるかぎりお手伝いしたんです。どうかお許しください。お願いですから――」

ハンナはデヴィッドの部屋に隣接する化粧室へメイドを入れた。「あなたの処遇は戻ってきてから決めるわ」彼女はおびえるリリーの目の前でドアを閉めて鍵をかけると、仰天しているテルマンにその鍵を渡した。「彼女をここから出さないで」

「承知しました、マダム」側仕えが弱々しく言った。ハンナがさっと部屋を出ると、デヴィッドがあとから続いた。

馬車に乗りこみ、どこかわからないがデヴィッドが御者に行き先を告げて、車輪がガタガタと音をたて始めるまで、ふたりとも口をきかなかった。マーカスは辻《つじ》馬車に乗っていったようだ。

「行き先はたしかなの？」しばらくして、ようやくハンナは尋ねた。

デヴィッドはこわばった顔で窓の外を見つめている。「ああ」

「でも、どうして？」ハンナは思いきって訊いた。「ミスター・リースがモリーを誘拐しようとしたことと、あなたを襲った人たちにどんな関係があるのかわからないわ」

デヴィッドがハンナのほうを向いた。「ぼくを襲った男たちは偽金作りの連中なんだ」彼は言った。「今ここで説明するには長すぎる話だが、深くかかわって、見てのとおり簡単に抜けられなくなるまで、ぼくは彼らの正体を知らなかった。おそらく陰で操っているのがベントリーなんだろう。そういえば、ロークがいつも誰かに報告しているような気がしていたんだ。ベントリーにとって、ぼくを利用するのは面白かったに違いない。くそっ！」デヴィッドが片手を髪に突っこんだので、傷の部分があらわになった。ハンナが身を乗り出して髪をもとのようにとかしつけると、彼は痛みにたじろいだ。「ベントリーはいつも兄に嫉妬していた」彼はいくらか落ち着いた口調で続けた。「ぼくらがもっと若いころ、彼はよく冗談で、公爵の身分には近いのに、自分は一文なしのただの人だと言っていた。兄は彼のことが好きではなくて、たいてい無視していたよ。ぼくは……ベントリーは嫉妬しているんだろうと思っていた。だが、一文なしというわけではない。少なくともそんなふうには――」

「偽札ね」ハンナは言った。徐々にわかりかけてきた。「彼が偽札を使っているのね」

デヴィッドが首を横に振った。「いや、偽札を使っていたのはぼくなんだ。カードゲームを通じて、ほかの人々に流通させていた」

「でも……」また困惑を覚えて、ハンナは頭を振った。「それがモリーとどんな関係があるの？　どうしてあの子を誘拐したがるのかしら？」

デヴィッドがため息をついた。「わからない。ぼくではなくて兄をつかまえたいというなら理解できるんだが」

「そうなのかしら？」ショックを受けてハンナは尋ねた。「ベントリーの目的が初めからマーカスだったとは考えられない?」デヴィッドが眉をひそめた。「もしそうだとしたら」彼女はばらばらの断片をまとめようとしながら、ゆっくりと言った。「あなたを利用したことも筋が通るわ。偽札の件で有罪になれば、あなたは絞首刑になって――」

「国外追放だ」デヴィッドが訂正した。「絞首刑とたいして変わらない」

「そうなればマーカスに跡継ぎがいなくなるわ」ハンナは続けた。「少なくとも近親では……彼には息子もいないから……」

「おそらくベントリーは最初からそのつもりだったんだ。もちろんそのときは兄が結婚する気配はまったく――」

「レディ・ウィロビーだわ!」ハンナは叫んだ。「彼女はマーカスの愛人だったんですもの」

デヴィッドが彼女を見つめた。「どうしてそのことを知っているんだ?」

「ロザリンドが教えてくれたの。それにレディ・ウィロビーはベントリー・リースと一緒にいたわ! このあいだふたりを見かけたのよ!」

デヴィッドは驚いたように目をしばたたいていたが、首を振って言った。「それで、スザンナが何に関係しているというんだい?」

「そうね」ハンナは考えてみた。「彼女はマーカスと結婚したがっていたわ。ロザリンドがそう言っていたの」デヴィッドがふたたび目を丸くするのを見てつけ加える。「もしかしたら、私が……その、急に現れたものだから、彼女が腹を立てて――」

「むしろひどくがっかりしたんじゃないかな」デヴィッドがぶつぶつ言った。

「だから彼女はベントリーに協力することにして……」ハンナは困惑して口ごもった。それでは意味をなさない。デヴィッドが眉をひそめて身を乗り出してきた。

「ベントリーのほうがスザンナに接触したのかもしれないぞ。彼女がどれほど兄を恨んでいたか知っていたに違いない。スザンナが兄を嫌っていたのは間違いないよ。それと同時に兄の結婚が明らかになって、ベントリーは計画を変更しなければならなくなった。もし兄に子供ができれば……」ぽかんと口を開けるハンナを見て、デヴィッドは言葉を濁した。

「レディ・ウィロビーは最初からベントリーの仲間だったとは考えられない？　マーカスと結婚しておいて、決して彼の子供を産まないつもりだったとか？」

デヴィッドが首を振った。「彼女なら兄をうまく言いくるめて結婚し、母親にならずに公爵夫人の身分を楽しんだだろう。悪魔のように虚栄心の強い女だ。だけど、ベントリーにとっては時間がかかりすぎる。兄は九〇歳まで生きて彼の計画を阻むかもしれないんだから。いや、スザンナがベントリーと結託していたとしても、結婚後すぐに公爵未亡人になるつもりだったに違いない」

ハンナはデヴィッドの言葉を噛みしめた。「彼女がマーカスを殺していたかもしれないのね」小声で言う。「そしてベントリーは……」

「ベントリーが公爵になる。魅力を発揮して彼をその気にさせられれば、スザンナはベントリーとも結婚できるかもしれない。あるいは身分だけそのままで、気前よく財産を分けてもらうのかもしれないな」

「もしそんなことになるなら」激怒するあまり、ハンナの声は低くなった。「ふたりとも、いつお互いに殺されるかと考えながら、びくびくして暮らせばいいのよ」

デヴィッドが鼻を鳴らした。「そうなるだろう。だが、その前にやつらの計画自体を阻まなければ」彼は窓の外を見た。

「でも、リリーは」ハンナは続けた。「リリーの役割は？」

デヴィッドが肩をすくめた。「さあ、わからない」

「以前、リリーが真夜中にマーカスの書斎に入るところを見たの」ハンナは頭に浮かんだことを口にした。「でも、何も盗《と》らなかったのよ。少なくともマーカスがわかるものは何も。私は彼女を問いただしたかったんだけど、彼がだめだと言ったの。リリーを見張って、次にどんな行動に出るか確かめるほうがいいって」

「それでモリーをさらおうとしたわけだな」デヴィッドが小声で言った。ハンナは片手をあげて彼を制した。

「でも、実際にはさらわなかったわ。きっとお金ね。ベントリーがリリーにお金を払って、屋敷の中を探らせていたとは考えられないかしら？」

「もちろん考えられるさ」デヴィッドが眉を寄せた。「だが、かなりの危険を伴ったはずだ。兄は要求が多いが見返りも大きいから、使用人たちの忠誠心は揺るがない。それに何世代とまではいかなくても、長年うちの家で働いている者がほとんどだ。リリーが兄に何もかも打ち明けてしまう可能性もある。彼女がたやすく計画に同意するようなことをベントリーがしたか、あるいはもともと恨みを抱いていたのを彼が見つけ出したか、どちらかだろう。見つかったらどうなるか、リリーはわかっていたはずだ」

「ええ、そうね」公爵のもとへ連れていくと言ったときのリリーの表情を思い出し、ハンナはつぶやいた。〝公爵様は私を監獄へ送るに決まっています〟リリーはそう言ったのだ。わかっていたのに、どうしてそんなことをしたのだろう？

「モリーを引き渡そうとしたのは自分のためだったのかもしれないな」ハンナの物思いにデヴィッドが割って入った。「とにかくベントリーが説明しないかぎり、全容はわからない。直接聞き出せるなら喜んでそうするよ。もうすぐだ」

はっとしたハンナは、カーテンを持ちあげて外をのぞいた。霧がますます濃くなり、あたりの街灯の数が少なくなっている。「これからどうするつもりなの、デヴィッド？」

「きみは」デヴィッドが厳しい表情で言った。「ぼくの指示どおりに行動するんだ。きみを連れてきただけでも兄に殺されそうなんだから、怪我をしたりして事態を悪化させないでくれ。彼がデヴィッドだということを忘れないで。ぼくのことはエクセターと呼ぶか、あるいはまったく呼びかけないようにしてほしい。きみはデヴィッドに怒っているはずだ。彼が愚かな真似をしたことで」デヴィッドは顔をしかめた。「そしてきみの娘を危険にさらしたことで。あまりしゃべりすぎてはだめだ。必要以上に兄を見てもいけない。きみは思っていることが目に表れてしまうからね」

ハンナは顔を赤らめた。「わかったわ。全力を尽くします」

デヴィッドは振り返ってちらりと彼女を見ると、また窓の外に視線を戻した。「きっとうまくいくよ。ぼくを信じてくれ」

ハンナは落ち着きなく唾をのみこんだ。もうひとつだけ、彼女を悩ませていることがあった。対処のしようがないことだ。「マーカスはどう反応するかしら？　彼があなたではなく、あなたが彼でないことを気づかれたとしたら？」

デヴィッドがにやりとした。「ぼくにはわからないよ。だけど兄は頭がまわるから、そうならないよう酔ったふりでもして、裕福で実力者の兄にまたしても助けてもらった愚か者をうまく演じるだろう」馬車が速度を落として止まるとハンナは身震いした。デヴィッドがカーテンをおろして肩をすくめる。「いつも助けてもらっていたんだから、こうするのが公平だ。そう思わないか？　さあ、準備はいいかな？」ハンナがうなずくと、彼は扉を開いた。

マーカスはたいして苦労せずにデヴィッドを襲った者たちを見つけ出した。ところが馬車をおりたとたん、図体《ずうたい》の大きなふたりの男に不意打ちを食らってしまった。押したり突かれたりして、彼は声をあげて抗議しつつも細く曲がりくねった小路を進まされ、巨大な倉庫を通り過ぎて水辺のすぐそばにある、今にも倒れそうな建物の中に連れてこられた。背後で桟橋がきしみ、水が杭《くい》に打ち寄せるかすかな音が耳に届いた。ここは古い港長の番小屋なのだろう、とマーカスは推測した。彼がつまずきながら中に入ったとたん、また別の男がふたり飛びかかってきて、彼を椅子に座らせて縛りつけた。雨もりのする屋根から滴り落ちる水滴が首のうしろにかかり、ロープが手首に食いこんだ。

マーカスがそこに座って一応抗議の声をあげていると、五人目の男が入ってきた。背が低くがっしりして、もじゃもじゃのブロンドに巨大な赤い鼻、冷酷そうによじれた口もとをしている。男は無言でもうひとつの椅子に座った。こいつがロークに違いない。デヴィッドの共犯者は威嚇するように腕を曲げた。

「なんで約束を守らなかったんだ?」男たちのひとりがあざ笑った。

マーカスは頭をだらしなく片側に傾け、顔に薄ら笑いを張りつけた。「兄の歓待を楽しんでいたものでね。あそこには最高級のウイスキーがたっぷりある……」

ひとりの男がマーカスの後頭部を平手で打ち、ほかの男たちが鼻を鳴らして、馬鹿にしたように笑った。「そうか、じゃあ、たっぷり酒を飲んだわけだから、男らしく罰を受ける準備もできただろうよ」

実際は強打されたせいで耳鳴りがしていたが、マーカスは何もかも退屈でたまらないというように息を吐いた。「ああ、わかった。だけど、ちょっと待てよ。あんたたちが金を欲しいのはわかってる。だからといって子供をさらうなんて卑怯《ひきよう》じゃないか、まったく。まあ、やってしまったものはしようがない。なら、金額を決めようか? もちろん兄が支払うよ」

男たちが突然静かになった。椅子に座ったロークが身を乗り出す。「子供だと?」彼がうさんくさそうに訊いた。

マーカスはうなずいた。「兄貴はかなりの額を出すはずだ。奥方の子なんだから」

ロークが部下たちに目配せした。彼らは次々に小屋を出ていったが、きっとドアのすぐ外で待機しているに違いない。「そいつは子供を取り返したがっているんだな?」ロークが小声で言った「お前はどうなんだ?」

マーカスはしかめっ面をした。「あの子を返してやってくれよ。叫ぶし、泣くし、静かにしていたためしがないんだ。おかげで兄貴の毎日は生き地獄だ。ぼくにしてみりゃ、どうして取り戻したいのかわからないね。奥方を満足させるためなんだろうけど」

「だめだ」唇をめくれあがらせながら、ロークが言った。「お前を取り戻すにはいくら払うと思う?」

マーカスは考えるふりをした。「二シリングかな?」

ロークの唇がさらにめくれて恐ろしい笑みになった。「嘘つけ。お前にはもっと価値がある。希望を持っておくんだな」ふいに彼が立ちあがった。「わかった。ガキはそのうち返してやろう。お前のことをどうするかはまだわからん」

マーカスはため息をついて脚を動かした。「ほかのやつらは抜きにしたっていいんだぞ。あんたとぼくのふたりだけで取引できる」ロークの冷ややかな黒い目が、じっとマーカスに向けられた。

「だめだ」ふたたびゆがんだ笑みが浮かぶ。「今はまだ」

マーカスは懸命に頭を働かせた。必死だと悟られないために、もうモリーのことを持ち出さないほうがいいだろう。ロークは彼の処分も金の要求も、とくに急いでいないようだ。むしろ……待っている感じがする。何を？　それとも誰を？
マーカスはデヴィッドの話をもう一度考えてみた。偽金作りの組織は紳士が利用する仕立屋を介していた。偽札は上流社会で流通するように仕向けられた。彼の屋敷でメイドがスパイ行為を働いている。どういう意味があるんだ？　なぜモリーを連れ出したのだろう？

　マーカスはどういうわけか、すべての事件の真の狙いは自分にあると感じていた。世間の人々はデヴィッドがモリーに関心を持っているとは思っていない。デヴィッドが狙いなら、モリーよりロザリンドかシーリアを人質に選ぶはずだ。となると、やはりやつらの狙いはマーカスなのだ。だが、なぜだろう？　金の話をしても、ロークは顔色ひとつ変えなかった。目的は金ではなく、リリーが書斎で探していた何かなのだろうか？　ハンナの直感に従って、あのときリリーを呼んで問いただしておくべきだったかもしれない。

　とにかく、やつらは待っているのだ。マーカスはハンナがどうしているか、どんな気分でいるか考えまいとした。きっとロザリンドが彼女を説得して、何かよく眠れるものを飲ませてくれているだろう。うまくいけば、ハンナが目を覚ますころまでには、モリーは無事に家へ戻っているはずだ。何もかもうまくいけばマーカスも家に帰れて、いい知らせで彼女を起こすことができるかもしれない。

　しばらくして外にいた男のひとりがドアを開け、頭を中に突っこんだ。男と何か話していたロークの眉があがり、やがて彼はゆっくりとうなずいた。ドアが閉められたかと思うと、またすぐに開く。顔をあげたマーカスは、そこに彼自身の姿を見て仰天した。

　これまでつねに、マーカスは自分と弟とのあらゆる違いを細かいところまで意識してきた。子供のころから、その違いが頭に叩きこまれてきたのだ。彼は跡継ぎでデヴィッドは予備。彼は責任者で弟は放蕩者。彼はいつもデヴィッドの面倒を見て、デヴィッドはいつも面倒を起こす。そして今、マーカスはいかがわしい男たちに椅子に縛りつけられ、向こうにはデヴィッドが、このうえなくきちんとした身なりで、レディを連れて立っている。

　ハンナの姿を目にしたとたん、マーカスは緊張した。いったい彼女はここで何をしているんだ？　彼は激しい憤りを覚えた。デヴィッドが面倒に頭から突っこむのは止めようがないが、彼女まで連れてくるとは。マーカスは弟の首を絞めてやりたかった。ハンナに何かあれば耐えられないだろう。ここへ来て初めて、彼は体に冷たい恐怖が這いのぼってくるのを感じた。デヴィッドが何をするつもりかわからないが、一歩間違えばハンナの身が危ない。

　マーカスはハンナから視線を引きはがしてデヴィッドを見た。弟は何を考えているのかわからない冷たい目でマーカスを見おろしていた。体をこわばらせてまっすぐに立ち、かすかに曲げた肘にハンナが腕をかけている。その姿はまるで……。

　そのとき、マーカスははっと気づいた。ちょうど彼が弟のふりをしているように、デヴィッドは兄のふりをしているのだ。以前にもマーカスになりすましたことはあったが、今度はそのときのように自分勝手な理由からではない。ハンナをここへ連れてくるのは賛成できないものの、こうなったら芝居を続けるしかないだろう。マーカスは椅子に座ったままだらりと力を抜き、怒ったように息を吐いた。「そろそろ来るころだと思ったよ」挨拶代わりに言う。

デヴィッドの眉がゆっくりとあがった。「なるほど」彼は冷たい声で言った。「お前の意図を私に知らせておく気があれば、見つけるのにこれほど時間はかからなかっただろう」デヴィッドはそう言うと、背後の戸口に立つふたりの男に軽蔑の目を向けた。「われわれだけにしてほしい」

ロークが立ちあがった。「まだだめだ」彼は言った。「何を持ってきたんだ、公爵様？」

デヴィッドの口もとにかすかな笑みが浮かぶ。「お互い答えはわかっているはずだ」

「どうしてこんなことができたの？」そのとき、ひどくがっかりした声でハンナが言った。

マーカスは彼女と目を合わせるのを避けた。彼女ばかり見つめていると、正体がばれてしまうかもしれない。

「ぼくを叱るためだけに彼女を連れてきたんじゃないだろうな？　今はとてもそんな気分になれないよ」

「私には理解できないが、どういうわけか彼女は、お前がいくらかでも無事な姿で家に帰るところを見届けたいらしい」デヴィッドがゆっくり息を吐いて、冷たい視線をマーカスに据えた。マーカスも弟をにらみ返す。デヴィッドが視線をそらしてハンナのほうを向き、彼女に何かささやいてからロークに向き直った。

「いくら欲しいんだ？」うんざりした顔でデヴィッドが尋ねた。

ロークがどっと笑い出す。「おれじゃない。おれは別に何もいらないんだ」彼はドアのほうをちらりと見た。「今はまだな」

「ほう」デヴィッドの口もとに、ふたたびそっけない笑みが浮かぶ。「では、ベントリーを待っているんだな？」

ロークが驚いて目をしばたたいた。マーカスはもう少しで椅子からずり落ちるところだった。縛りつけられていなければ落ちていただろう。ベントリーだって？　なるほど、そうだったのか。それで辻褄《つじつま》が合う。わき起こってくる激しい怒りの中で、マーカスは必死に頭を働かせた。もっと早く気づくべきだったのに。「そうだ」ロークがうなった。「彼を待ってるんだ」

「なるほど」デヴィッドが感情の読めない目つきでロークを見つめた。「ご主人様のお許しがなければ動けないというわけか。いいとも」ロークがむっとした。デヴィッドは動じることなく腕を組んでいる。「われわれで早いところ話を進めないか？　見たところ、たっぷり私の弟を殴ったようだし。そのへんでもう――」

「本当だよ、まったく」泣き言を言いかけたマーカスは、デヴィッドに冷たい視線を向けられて素直に口をつぐんだ。

「弟にこれ以上、何を期待しているんだ？」デヴィッドが、今度は侮蔑に満ちた笑みを浮かべてマーカスを見た。弟にとって自分がそんなふうに見えているのかと思うと、マーカスは少しばかりショックを受けた。だがそんな思いはわきへ押しやり、これまでデヴィッドを問いただしたり罰を与えたりするたびに何度も見てきたのとまったく同じように、うんざりした様子で目をまわしてみせた。「ベントリーはすでに、弟を利用して充分な利益を得たはずだ。お前はもう手を引いたほうがいい」

「だめだ」ロークが黄ばんだ歯をむきだしにした。「とんでもない」

デヴィッドの眉がさらにあがった。「なるほど。ほかにも計画していることがあるんだな？　だが弟は賢いとは言えないし、今ひとつ信頼もできない。才能といえば賭け事くらいだ。そこのところはすでに利用しつくしたはずだろう」

「お褒めの言葉をありがとう」マーカスは憤然として割って入った。「はるばるこんなところまで来たのは、子供を取り返す――」

「よくもそんなことが言えるわね」ハンナが震える声でさえぎった。「そもそもあなたがいなければ、あの子が危険な目に遭うことはなかったのよ」

ハンナに気を取られまいとして、マーカスは彼女からすっと視線をそらした。「わかった、わかった。そのことはすまないと思ってるよ」彼はつぶやいた。

「ああ、お前はいつもそうだ」デヴィッドがそっけなく言った。「あとになるとそんなことを言う」彼はハンナに向き直った。「きみが心を痛める必要はないんだ。私が対処するから」視線をロークに向け、背中で両手を組んで部屋を横切り始める。マーカスには、弟の顔に見下すような笑みが浮かんでいるのがわかった。「お互い、子供の件ではベントリーから何も得られないと知っている」デヴィッドの声は耳を澄まさなければ聞こえないほど静かだった。

「弟に関しては、私はいっさい金を払うつもりはなかった。だが、公爵夫人がもう一度彼を見たいと望んでね。自分の目で充分に様子を確かめたことだろう。もう連れて帰りたくないと思っているかもしれないが。ところで、私か公爵夫人が止めないかぎり、あとから護衛がやってくることになっている。その前にわれわれで話をつけてしまわないか？　そのほうが両方にとって得だろう」

ロークが迷っているのは間違いなかった。デヴィッドは何をするつもりなんだ？　マーカスを自由にしようとしているのは明らかだが、そのあとはどうする？　デヴィッドは知らないだろうが、偽金作りを検挙するために、ティムズとスタフォードが武装した一団を召集する手はずになっていた。けれども、彼らを呼んでくるまでには時間がかかる。そのあいだデヴィッドはひとりになって……。

ハンナの手がこめかみに触れ、マーカスはたじろいだ。策を練るのに夢中になっていて、彼女が近づいてきたことに気がつかなかったのだ。ハンナは彼を気づかうようにかがみこんでいた。平静でいられなくなるほどすぐそばに彼女の青い瞳がある。愛情と恐怖がまじり合い、胸がどきりとした。「心配しないで」ハンナがささやいた。それから声を大きくして、怒った声で言った。「彼は怪我をしているわ！」

ロークとデヴィッドが同時に振り向いた。「よくもこんなことを」ハンナがロークをにらんで続けた。「怪我をしているのよ。熱も出始めているわ。それなのにびしょ濡れのままこんなところに座らせておくなんて、あなたには人並みの良識すらないの？　すぐに彼を連れて帰らなくては。お母様がとても心配しているのよ」最後の言葉をマーカスに向かってつけ加える。彼は芝居をする必要もなく驚いていた。「ずっと気をもんでいらっしゃるのに、やっと帰ってきたと思ったら、またすぐ出かけて問題を起こすなんて！　デヴィッド、あなたは自分の面倒すらまともに見られない、どうしようもない人ね」

ハンナがデヴィッドと呼んだ。そうだ、私はデヴィッドだった。マーカスは顔をしかめた。

「大丈夫だよ」うっとうしそうにぼやく。「自分のことくらい、なんとかできるさ！　たしかに少しばかり金が必要だが。たいした額じゃない。そうだな、五〇〇〇ポンドくらい」金額を聞いて、ロークの目がきらりと光った。

「私の頭がおかしくなったと思うのか？」デヴィッドが馬鹿にしたように鼻を鳴らした。

「お前に五〇〇〇ポンドも支払うなんて！　どうせそれだけではすまないんだろう。そんなことなら火にくべてしまうほうがましだ」

マーカスはロークの顔をうかがった。「それなら二〇〇〇ではどうだ？　子供のためだよ。わざわざここまで来たんだから、値段ぐらいつけていったらどうだい？」

「金を出すつもりはいっさいない」デヴィッドがすばやく答えた。弟の意図がわからないものの、マーカスはそれ以上虚勢を張るのをやめた。椅子の上でだらりとして、ふてくされた表情を作る。

「それならぼくを責めないでくれよ。あの子を取り戻そうと努力したんだ。彼が協力してくれないのはぼくのせいじゃない」

ロークは計算高い目にかすかな疑いをのぞかせて、マーカスとデヴィッドを見比べていた。

ベントリーの命令がどうであれ、五〇〇〇ポンドを手にするチャンスに心が動いているのだ。

「だめだ、お前に金はやらない」デヴィッドが薄情な笑みを浮かべて言った。「今回は債権者と直接話すことにする」彼はロークに目を向けた。「この掘っ立て小屋で、あとどれくらい待たなければならないんだ?」

ロークが顔をしかめた。「おれはここで不満はないよ、公爵」

「冗談じゃない」デヴィッドの声は氷のように冷たい。彼は時計を取り出した。「時間切れのようだな」

一瞬あたりが静まり返り、屋根から水がもる音しか聞こえなくなった。マーカスはほとんど息もできず、全員がここから無事に抜け出す方法はないかと必死になって考えた。

ロークの視線がデヴィッドを離れ、マーカスへと戻る。「わかった」彼はうなった。「連れていけ」

「それでいい」デヴィッドはつぶやいてマーカスのそばに立ち、男たちのひとりがロープを切る様子を見ていた。ようやく自由になったマーカスはふらつきながら立ちあがり、つまずかないよう慎重に一歩目を踏み出した。ハンナの手が腕に触れる。

「歩ける?」

「大丈夫だって」マーカスはぶっきらぼうに言った。まるで軍隊のドラムのような勢いで心臓が激しく打っていた。今にもベントリーが姿を現すかもしれない。彼ならロークたちにはわからないからくりに、すなわち彼とデヴィッドが入れ替わっている状況に気づくかもしれない。いとこは兄弟をよく知っているので、長い時間は騙せないだろう。それにハンナが巻きこまれている現状では、できるだけ早くここから出なければならないのだ。もし三人ともベントリーにとらえられてしまったら、殺されるのは間違いない。「では行こう」上着を引っぱり、苛々と袖口をいじりながら、マーカスはデヴィッドに目を向けた。「よくやってくれたよ、エクセター」

デヴィッドが鼻からゆっくり息を吐いた。「公爵夫人を無事に家まで送るんだぞ」彼はぴしゃりと言った。「ここまでしてお前を救ってやったんだから、せめてそれくらいはしろ」

「ああ……わかったよ」マーカスは苦々しい笑みを浮かべ、これ見よがしにハンナに腕を差し出した。芝居の出来を気にするのはここまでにして、態勢を立て直すために戦略的退却をするしかない。ハンナが袖に手をかけるのを感じるやいなや、彼は床に落ちていた帽子を拾って頭にのせ、そのままドアへ向かって歩き出した。「道を空けろ」前に立っていた男はうなりをあげたものの、わきへ寄った。ドアをさっと開け、最後にもう一度デヴィッドとすばやく視線を交わす。弟はひるむことなく堂々としていた。ただ一箇所、目を除いては。

すぐに戻る。マーカスは無言で語りかけた。

急いでくれ。デヴィッドの目はそう言っていた。ドアを閉めると、マーカスはハンナを連れて桟橋を急いだ。

21

　ひどく震えていたにもかかわらず、ハンナはなんとか普段どおりの態度で馬車まで歩いて戻った。横を歩くマーカスが彼女の手にしっかりと手を重ねているので、彼がすぐそばにいることが実感できる。ハンナは恐ろしい建物から無事に出てこられたこと以外は考えないようにしていた。あの小屋でマーカスは痛めつけられ、ぐったりした様子で椅子に縛りつけられていた。そして今はデヴィッドが危険にさらされている。どうやって彼を助ければいいのか、まったくわからない。

「何を考えていたの？」馬車に乗りこんでふたりきりになったとたん、ハンナはたまらず訊いた。「マーカス、もしかしたらあなたは――」

　彼がハンナを引き寄せて激しくキスをした。しばらくしてマーカスが顔をあげたときには、彼女は涙にかすむ目でただ彼を見つめることしかできなかった。「耐えられなかったわ」ハンナは途切れ途切れに言った。「もしあなたが殺されていたら」

　マーカスの笑みが優しくなった。「死ぬつもりはなかった」

「でも、どうしてなの？」ハンナは彼の腕をつかんだ。「どうしてあそこへ行ったの？」

マーカスが彼女の唇に指をあてた。「モリーを助けるために。行かないわけがないだろう？」

目から涙がこぼれ落ち、ハンナは震える声で笑った。「モリーは無事に家にいるわ。リリーがあの子を――リリーはベントリー・リースのために働いていたのよ。でも、あの子がいなくならなかったとしても……」

「無事に家にいる？」マーカスが驚いて繰り返した。「よかった。それなら、ことがもっと簡単になる」彼がかすかに眉を寄せるのを見て、ハンナは腕をつかむ手に力をこめた。

「だけど、どうしてひとりで行ったの？　私に黙って」

マーカスがじっとハンナの顔を見つめた。「あれ以上、きみを心配させたくなかったんだ。私はモリーが誘拐されたと思っていた。時間を無駄にできなかったんだよ」

「でも……でも……」混乱してまともに考えられなくなり、ハンナは両手で顔を覆った。

「でも、どうしてあなたが行ったの？」彼女が顔から手を離すまで、マーカスは黙っていた。

「わかっている」彼はハンナから目をそらしたまま、ぽつりぽつりと話し始めた。「私は愛しやすい男ではない」いったん言葉を切った。「堅苦しくて、冷たくて、尊大で、世間の人々が思っているとおりの人間なんだ」

「違うわ！」ハンナは抗議の声をあげた。

マーカスが彼女を見る。「ほとんどの人たちにとってはそうなんだよ。自分でも、そういう人間だと信じてきた。公爵はむやみに感情を表すものではない」ふたたび彼の眉間に皺が寄った。「だが強い感情を抱くのがどういうものか、きみが示してくれた。きみのためなら、私はどんなことでもするだろう。モリーを無事にきみのもとへ返すためなら、あの子の安全を守るためなら、私はなんだってする。きみは私に与えてくれた……」

「何もあげていないわ」涙をこらえながらハンナは言った。

マーカスの口もとがゆがみ、ためらいがちな笑みになった。「きみの心は？」

ハンナの笑い声は喉で引っかかり、出てきたときにはすすり泣きになっていた。「わからないの？　もうあなたのものよ」

マーカスがハンナを引き寄せ、しっかりと抱きしめた。「これまで誰からも心をもらったことはない」彼はささやいた。

「誰からも！」ハンナはマーカスの顔に触れて言った。「ロンドン中の女性たちが――」

マーカスが頭をめぐらせてハンナのてのひらに唇を押しつけた。「それは」悲しげにゆがめた顔で言う。「私の思う愛とは違う」彼はまたためらいを見せた。「彼女たちは公爵夫人になりたがっていたんだ。私の妻ではなく」

「たしか前に、違いがあるって言ったわよね」ハンナはユーモアを交えて彼に思い出させた。

感情もあらわに無防備な顔で見つめ返すマーカスを見て、彼女はわっと泣き出しそうになった。そうする代わりにもう一度キスをする。

「デヴィッドのことはどうするの？」しばらくすると不思議なことに、ハンナは少し気持ちが落ち着き、頭がすっきりしてきた。彼女はマーカスの肩から頭をあげて訊いた。「彼らは前にもデヴィッドを叩きのめしたわ。今度は殺そうと――」

マーカスが反対側の座席にハンナを戻した。「彼らはデヴィッドを殺すと脅したんだ」彼が訂正する。「大きな違いがある。本気で殺す気があるなら、チャンスはいくらでもあったのに、なぜ実行に移さない？　まだ死なれては困るはずだ。デヴィッドからほかの何かを得ようとしている。おそらく金ではないだろう。ベントリーはもっと悪質なゲームを仕掛けているんだ。ローク仲間たちは金を欲しがっている。デヴィッドが生きているほうが、金が手に入る確率は高い」

「まあ、よかったわ」ハンナは目を閉じて安堵のため息をついた。「彼のことがとても恐ろしくて――」

「それは間違っていない」マーカスが険しい顔でさえぎった。「馬鹿げた考えだ。デヴィッドはあんなことをするべきではなかった」彼はそう言うと、彫刻を施したマホガニー材の羽目板に仕込まれた隠し扉を開き、中から二挺《ちょう》のピストルを取り出した。新たな不安がこみあげてきて、ハンナは目を見開いた。

「彼らはデヴィッドを生かしておきたがると言ったじゃない！」

「最初はそうだった」マーカスは火薬を取り出してピストルに装塡《そうてん》し始めた。「彼らが本当に望んでいたのはエクセター公爵だったんだ」前かがみになった彼の黒い瞳はひどく真剣だった。ハンナは怖くなって両手を握りしめた。「なぜ彼らがこれほど簡単にわれわれを解放したか、わからないか？　目的のものを手に入れたからだ。なんの役にも立たないろくでなし女は必要なくなった。騙していることに気づかれたら、デヴィッドの命はないだろう」

「でも、気づかないかもしれないわ」ハンナは口を開いた。しかしマーカスは首を振った。

「ベントリーは気づく。われわれ兄弟をよく知っているから、いずれは気がつくはずだ」

「たしかにそうね」ハンナは身震いした。「デヴィッドを行かせるべきではなかったわ！」

「ああ」マーカスが小さく肩をすくめた。「だが、後悔してもしかたがない。こうなったら、できることはなんでもしなければ」彼は上着のポケットそれぞれにピストルを入れ、別の羽目板を開けて恐ろしげなナイフを取り出すと、ブーツのわきに差しこんだ。それからカーテンを引いて窓の外をうかがう。「充分離れたようだな」マーカスはハンナに向き直った。「きみはティムズという男を見つけてきてほしい。御者のハリスに場所を伝えてある。ティムズに――」

「あなたはどこへ行くつもりなの？」ハンナは叫んだ。

「デヴィッドのところだ」マーカスはそれだけ言った。

「ひとりで戻るなんてだめよ！」真っ青になって反対する。「ボウ・ストリートの捕り手を呼びましょう。せめて夜警団を！　私も一緒に行かせて！」

「きみの心配をしていたら弟を助けられない」マーカスは彼女の抗議をさえぎった。「ハンナ、やつらはデヴィッドを殺すつもりなんだ。エクセター公爵ではなくデヴィッドだと彼らにわかったら……」マーカスの表情を見て、ハンナは口を閉じた。反対したくてたまらないが、どうしてもできなかった。「きみにはミスター・ティムズのところへ行って、ロークとベントリーの居場所を伝えてもらいたい。すぐにできるだけ多くの人員を集めて、ここへ連れてくるように伝えてほしい。するべきことが多すぎて、私ひとりでは無理なんだ」

恐怖で胸が苦しくなるのを感じながら、ハンナはうなずいた。マーカスが彼女を励ますように微笑み、片手で頬を包んだ。「愛している」驚くハンナにすばやくキスをする。

「私も愛しているわ」マーカスは彼女を残し、動き続ける馬車から滑り出た。外で話し声が聞こえたかと思うと、御者が鞭を振るう音がして馬車がスピードをあげた。ハンナは大急ぎでカーテンを引いて外をのぞいたが、見えるのは濃い霧だけだった。マーカスの姿はどこにもない。

そのほうがいいのよ。ハンナは不安を感じつつも自分に言い聞かせた。最後に慌ただしく交わした視線のことは考えないようにする。私に見えないなら、ほかの人にも姿を見られないはず。桟橋からどれくらい離れているのかしら？　ハンナには想像もつかなかった。二挺のピストルのことを考える。二発分だ。それからナイフ。対する敵は、デヴィッドを人質にとっている武装した五人の男たち。

ハンナは前のめりになって馬車の前部を叩いた。「急いで！」返答はない。「もっと速く！」彼女は叫んだ。今度は御者に聞こえたに違いない。馬車が前方に傾き、騒がしい音をたてながら、恐ろしいまでのスピードででこぼこ道を走り始めた。ハンナはうしろの座席に投げ出され、体に腕を巻きつけて震えをこらえた。

馬車が止まったとたん、ハンナは勢いよく扉を開けて飛びおりた。驚いて止めようとする御者を振り切ると、スカートをたくしあげて階段をのぼり、玄関のドアを乱暴に叩き続けた。やがて従僕が顔を出した。

「ミスター・ティムズはどこ？」ハンナは尋ね、従僕を押しのけて中に入った。

「困ります、マダム」従僕が慌てて言った。「今はお客様にはお会いになりません」

「私には会うはずよ」ハンナは階段の方角へ従僕を押しやった。「エクセター公爵夫人がただちに支援を必要としていると伝えて」

身分を聞いたとたんに従僕が困惑した顔になった。彼は立ち止まり、本当に公爵夫人なのか、それとも公爵夫人の使用人なのかを確かめるようにハンナの顔を見つめた。「行きなさい」彼女は叫んだ。

「ご用件をおうかがいしましょうか？」冷ややかな声が尋ねた。ハンナがくるりと振り返ると、彼女を通りに放り出したいと言わんばかりの表情で執事が立っていた。

「すぐにミスター・ティムズに会わなければならないの」説明しようとする従僕を無視して、ハンナは言った。「生死にかかわる問題なのよ！」

執事がためらいを見せた。「公爵夫人でいらっしゃいますか？」彼は慎重に尋ねた。

「そうです！」ハンナは苛立ちのあまり悲鳴をあげたくなった。なんて鈍い人たちばかりなの。「あなたがミスター・ティムズを連れてくる？　それとも、私が家中を走りまわって彼を探しましょうか？」

執事はまだハンナを追い出そうか迷っているように唇をすぼめていたが、結局短く会釈して言った。「私がお伝えしてまいります、マダム。スミスが客間にご案内いたしますから、そこでお待ちください」そう言うと、ありがたいことに足早に去っていった。従僕のスミスが先ほどよりは恭しい態度で近づいてきた。

「こちらでございます、公爵夫人」ハンナは案内しようとするスミスをにらみつけた。

「ここで待ちます」

スミスが驚いて目をぱちぱちさせた。「では、マントをお預かりしましょうか？」

「結構よ！」

若い従僕はごくりと唾をのみこんだ。これほどおびえていなければ、ハンナは怒鳴ってしまったことを謝ったかもしれない。けれども彼女の頭の中には、ミスター・ティムズはどのくらいの時間で部下を集められるのだろうか、桟橋へ戻るまでどのくらいかかるのだろうかということしかなかった。不安が最高潮に達したハンナは、震える手を握りしめて玄関ホールを歩きまわった。マーカスは今ごろ何をしているのかしら？　いったいどこにいるの？　それにデヴィッドは――まだ生きているかしら？　怪我をしていないかしら？　マーカスが馬車を飛びおりて霧の中に姿を消してから、もう一〇年くらいたったような気がする。

「公爵夫人」はっとして振り返ると、背が高く樽《たる》のようにがっしりした胸の男性が、ベストにディナーナプキンをたくしこんだ姿で歩いてくるところだった。愛想のよさそうな丸顔に不安げな皺が刻まれている。「執事によれば、火急の用件がおありとか」

「ええ、そうなんです。すぐに私と一緒に来てください。捕り手か夜警団を連れて。マーカスとデヴィッドが彼らを見つけたんです。あなたの探していた男たちを」ハンナは一気にまくしたてた。「非常に切迫した状況です。生死にかかわるのです。彼らがふたりを――今はデヴィッドをとらえていて、マーカスが助けに向かいました。でも、向こうには武装した男たちが五人いて……」

「わかりました」嬉しいことに、ティムズはすぐに事態を理解した。彼はナプキンを抜いて従僕に差し出すと、ハンナに尋ねた。「それで、どこにいるんです？」

「桟橋です。御者のハリスが正確な場所を知っています」

ティムズがうしろを向いて従僕に言った。「公爵夫人の御者に場所を尋ねてきなさい。それからボウ・ストリートでスタフォードの部下を探すんだ。一〇人か、できればもっとたくさん捕り手を集めて、御者に聞いた場所で落ち合おうと伝えなさい。さあ、急いで！」従僕はうなずくと、ドアを開けて飛び出していった。ティムズはすでに執事を手招きしている。

「何が起こったんです？」

ハンナは秩序立てて話をしようと、片手を額に押しあてて言葉を探した。「デヴィッドが戻ってきました。殴られて、ひどい状態で。それから今夜、私の娘がいなくなりました。実際は無事で、メイドが誘拐を装って隠しただけだったんです。でもマーカスは娘が誘拐されたと思いこんで、取り戻すために出かけていきました。そのあと、デヴィッドと私が彼を助けに行ったんです。だけど結果的には、デヴィッドとマーカスが入れ替わっただけになって。デヴィッドはまだ犯人にとらえられているし、マーカスは彼を救いに戻ってしまいました。

お願いです、ミスター・ティムズ、急がなくては！」

ティムズはハンナの話にすっかり混乱しているように見えた。執事が磨きこまれた木の箱と上着と帽子を持って急いでやってくると、彼はうなずいて言った。「よし」上着を着て帽子をかぶり、箱を持ったティムズは、手で合図してハンナを先にドアから出した。彼女はティムズがハリスと話しているあいだに馬車に乗りこんだ。やがてティムズが扉を閉め、馬車が走り出した。

ティムズが木の箱を開けると、中にピストルが二挺入っていた。彼は一挺を取り出して火薬を装塡した。「さて」鋭い視線をハンナに向けて、ティムズは言った。「起こったことをもう一度話してもらいましょう。公爵の調査について何をご存じかも」

ハンナは自分が知っていること、そしてマーカスやデヴィッドとともに疑っていることを話した。馬車は猛スピードで走り、角を曲がるときには片輪になったため、ハンナは一度ならず話を中断して座席をつかまなければならなかった。

「ベントリー・リースですって？　私はまったく疑っていませんでしたよ」

ハンナは片手をあげた。「あなただけではありませんわ。ロザリンドが話してくれたことによると、彼は魅力的で陽気な洒落者の色男のようです。マーカス自身、恐れるほどではないと片づけていたようですもの」

ティムズがうめいた。「なんとも賢明な偽装だ。なんの益にもならない男を装うとは」

馬車が速度を落とした。完全に止まる前にドアを開けて飛びおりたハンナは、困惑してあたりを見まわした。ここはマーカスとデヴィッドのいる場所ではない。

ティムズがハンナのそばに飛びおり、上着のポケットにピストルを突っこんだ。「さて、公爵夫人、馬車で待っていていただけますかな?」

「いやです」ハンナはマントのフードを引きあげた。「静かにしていますから。あなたの命令にも従います。だけど馬車で待っているのだけはお断りよ。それにここは場所が違うわ」

ティムズはため息をついたものの、それ以上待っていろとは言わなかった。ちょうどそこへ物陰から男が現れ、彼に何かささやいたからかもしれない。ティムズがうなずき、ハンナの腕を取った。

「ここからは歩いていきます」彼は小声で言った。「向こうに誰がいるか、何人いるのかはっきりわかりませんから、不意をつくほうがいいでしょう」ハンナはうなずいた。ティムズが片手をあげて小さく振ると、影になった姿がさらにいくつも静かに霧の中へ消えていく。彼女の腕をしっかりつかんだまま、ティムズが歩き始めた。慌てて歩調を合わせつつ、ハンナの心臓は止まるかと思うほど激しく打っていた。どうか間に合いますように。急ぎ足で歩きながら彼女は祈った。

マーカスは崩れかけの桟橋まで苦もなく戻った。霧のおかげで、小路の突きあたりにひとりだけ立つ見張りのそばをすり抜けることができた。見張りを残しておきたくないが、しかたがない。デヴィッドの無事を確かめる前に敵を警戒させる危険は冒せなかった。彼はゆっくりと時間をかけて倉庫を通り過ぎ、小屋まで近づいた。

その古い建物は今にも崩れそうだった。男がひとり戸口にもたれている。霧を通してさえ、光るピストルの銃身が確認できた。しばらく見張っていると、暗がりからもうひとり男が出てきた。最初の男が近づいてふたりで話をしている。マーカスは外の見張りはふたりだけだと確信を持った。

彼は建物の角をまわって移動した。煉瓦《れんが》の隙間から明かりがもれ、埃で覆われた窓からデヴィッドの姿が少しだけ見えた。

マーカスは窓ガラスに目を押しあてた。デヴィッドはこちらに背を向け、横柄な態度で退屈そうに椅子に座っている。ロークは小さなナイフの刃先で爪の汚れを取っていた。ドアのそばに立っている三人目の男は、ベルトの目立つところにピストルを差していた。

ほっとして静かに息を吐く。ベントリーはまだ到着していないらしい。ごまかしはまだうまくいっているようだ。身を隠しながら中の様子を見聞きできる場所はないかと、マーカスはあたりを見まわした。運がよければ、間もなくハンナとティムズが捕り手の一団を連れて到着するはずだ。それまでは見張っているだけでいい。武装した四人の男を一手に引き受けようと思うほど、彼は馬鹿ではなかった。

小屋の裏手にちょうどいい場所があった。水は建物の土台近くまで来ていて、川の中へ続く苔《こけ》に覆われた石段にもひたひたと押し寄せている。滑りやすそうなその石段のいちばん上にドアがあるのだが、ゆがんでいるので小屋の中をのぞくことができた。マーカスは足もとに注意してドアに近づき、室内の状況を監視した。

しばらくのあいだ、たいしたことは何も起こらなかった。ロークが定期的に仲間の男に何かつぶやくと、その男が窓から外を見て首を振る。その繰り返しだ。デヴィッドはそのたびに彼らのやりとりに辛辣な言葉をかけ、あてつけにポケットから時計を出して時間を調べることもあった。外ではマーカスが、ロークの欲が勝るよう無言で祈っていた。先ほどのロークは取引に応じそうな気配だったが、今は待つことに満足しているように見える。

ドア枠の隙間に体を押しこみ、マーカスはこの時間を利用して考えをまとめようとした。ベントリーはどんな計画を立てているのだろう？　いとこは公爵になりたがっていた。そしてデヴィッドを見て、公爵をつかまえたと思うはずだ。今ごろはリリーがモリーの誘拐に失敗したことも知っているに違いない。だが、もしかするとモリーの誘拐自体が、初めから彼を――あるいはデヴィッドを――ここへおびき出すための策略だった可能性もある。ベントリーは少なくともロークに支払うために金が欲しいはずだ。身代金を求めるつもりか？　それならデヴィッドとハンナが到着したとき、せっかくとらえたマーカスを解放したりせず、ロークが身代金を要求していたはずだ。マーカスをあざ笑うように、疑問が頭の中でぐるぐるまわっていた。ベントリーの望みはいったいなんなのだろう？

様々な可能性について考えをめぐらせていると、霧の向こうから馬車の音が聞こえてきた。誰が来たのか見ようと、マーカスは耳を澄ませて小屋の側面に身を寄せた。ティムズなら、もっと静かに近づいてくるはずだ。マーカスは身を隠したままじっと待った。

彼の不安は的中した。小道の向こうから、いとこのほっそりした姿がこちらへ歩いてくる。ベントリーがドアの前にいた男たちに声をかけ、三人は一緒に中へ入った。これでデヴィッドのそばに五人、小路の向こうに六人目がいることになる。マーカスは落胆の息を吐き、そっと岸辺の見張り場所へ戻った。

部屋の向こう側の、ドアを入ったところにベントリーの姿が見えた。デヴィッドは相変わらずこちらに背を向けて椅子に座っている。いとこはかすかに嬉しそうな笑みを浮かべ、まるでこの瞬間を楽しんでいるかのように、長いあいだ無言で立っていた。

「いつものことだが遅いな」デヴィッドが冷たく言った。

ベントリーは手袋を外しながら微笑んでいる。「きみを待たせて楽しんでいるのかもしれないぞ」

デヴィッドがうんざりした様子でため息をついた。「いつ取引をするのか知らせる気はないのか？　すでに長いあいだ待たされているんだ」

ベントリーの顔から笑みが消えた。「立て」彼がぴしゃりと言った。「態度に気をつけるんだな、エクセター」

デヴィッドが頭を傾けて言った。「それはそれは、不注意で悪かった」そう言いながら、彼は立ちあがった。

手袋をてのひらに打ちつけ、ベントリーが今度はこわばった笑みを浮かべて言った。「ぼくのほうは、かなり長いあいだこの会話を楽しみにしていたんだ」

「いつでも訪ねてきてくれてかまわなかったのに。ここよりはるかに快適な屋敷のほうへ」デヴィッドが見つめ返すと、ベントリーが顔を曇らせた。だが笑みは消えない。

「いつかきみのほうが、もっと快適な場所へぼくを訪ねてくるだろう」ベントリーが言った。

「それとも、来られないかな」ロークが大きな声で笑い出し、咳でごまかそうとした。ベントリーはそちらへ鋭く顔をしかめてみせ、手で自分の顔をこすった。「役立たずの弟のほうではなく、きみがいると知ったときのぼくの驚きを想像してみてくれ」

「たしかに、想像力がきみの弱点になったことはないな」

ベントリーの顎の筋肉がぴくりと動いた。「ああ。ぼくがどれほど想像力を有しているか、すぐにきみの知るところとなるだろう」

「やっとか」デヴィッドが物憂げに言った。「やっと何かが起こるらしい」

ベントリーの胸がふくらんだ。彼は帽子を取って男たちのひとりに突き出すと、片手で金色の髪をなでつけた。ゆっくりと上着を脱ぎ、それも男に渡す。彼はわざとデヴィッドを待たせているようだ。デヴィッドが意図していたのと同じように。「まあ、急ぐ必要もないんだが」ベントリーの言葉がマーカスの疑念を裏づけた。「じつは、そのときが近づいているものでね。どれから始めるべきか決めかねているんだ」

「金を出させろ」ロークが吠えた。

「黙っていてくれ」ベントリーがきつい口調で言った。「さもないと金の姿が拝めなくなるぞ」

「まったく」デヴィッドが舌打ちした。「もっと手に入れられたのに」ロークが悪態をついたが、そのあとはおとなしく口を閉ざした。

明らかに感情を抑えてから、ベントリーがデヴィッドに向き直った。「最初に頭に浮かんだのは、きみを殺すことだった。長いあいだそのことを考えてきたんだ」

「同じような考えが私の頭にも浮かんだよ」デヴィッドが口をはさんだ。

「だが、考え直した」ベントリーの声がわずかに大きくなった。「もう少し時機を見るべきかもしれない。まず身代金を手に入れるために生かしておくべきかも。ぼくならエクセター公爵家の財産をただちに有効利用できたのに」彼は背中で手を組み、下劣な満足感にあふれる顔で歩き始めた。「財産がたったひとりに継承されるなんて間違っている――」

「そのたったひとりが、ほかの何百人もの生活を支えているんだ」デヴィッドが言った。

「そうだ、ぼくが長年わずかな金で過ごさなければならなかったというのに。ぼくもリースだ。違うか？　祖父は同じなんだ。それなのに、ぼくが必死で金をかき集めている一方で、きみは毎日贅沢な暮らしをしている。一族の中の選ばれたひとりというだけの理由で」

「わずかな金ではないはずだ」デヴィッドが言った。「ポンド札がたくさんあるだろう。本物ではないかもしれないが」ベントリーが彼をにらみつけた。デヴィッドが椅子の上で動いたので、マーカスに弟の横顔がちらりと見えた。「噂話はもうたくさんだ」ふたたび退屈そうな口調に戻って、デヴィッドが言った。「きみの望みはなんだ？」

ベントリーが大きく息を吸った。「ぼくが何を望んでいるかって？　すべてだよ。ぼくが持つべきだから」ロークが身動きし、ベントリーは彼をぱんと叩いて言った。「そう、お前も自分の取り分を手に入れるべきだ。だがその前に」悪意のある興奮した口調でデヴィッドに言う。「取引だ」

デヴィッドは何も言わずに頭を傾けた。マーカスは前にまわりたかったが、隠れ場所を離れるわけにはいかない。ベントリーが唇を指で叩き、また歩き始めた。マーカスのほうへ、それから次は背を向けて。彼の動きに合わせてデヴィッドが頭をめぐらせると、顔に緊張が浮かんでいるのが見えた。ベントリーがその緊張を苛立ちと解釈してくれればいいのだが。

「まず最初に」ベントリーが歩きながら、考えこんだ様子で言った。「身代金だ。借金のいくつかが……返済に急を要しているものでね」ロークがにやついた。「ただちに金を要求する。それが支払われたら、残りの計画を実行に移すつもりだ」

「弟は間違いなく疑問を抱く」

ベントリーが笑った。「きみの弟は裁判にかけられるんだ。きみを殺した罪で」彼はまた向きを変えた。「金のことで口論になったことにしようか。目に浮かぶようだ。役立たずの弟が金を求め、公爵が拒否する。役立たずはかっとなって兄を殺して金を奪う。やがて罪が明らかになるが金は見つからない。賭け事好きだから、ひと晩でなくしても誰もおかしいとは思わないだろう」

「そんな話は公爵夫人が認めない」デヴィッドに同調するように、ロークが不満げに言った。

「そのとおりだ、ミスター・リース。さっき女がここへ来ていた」

ベントリーが悪態をついた。だが彼はなんとか落ち着きを取り戻し、また歩き始めた。「心配はいらない。恋愛結婚ではないんだから。公爵夫人は役立たずの弟と通じていたのかもしれない。すでにロンドン中が、彼女がきみを騙して結婚に持ちこんだと信じているんだ」

「女性に罪を着せるのか」デヴィッドがとげとげしく言った。「なんと立派な男だ、ベント」マーカスのいる場所からはベントリーの顔が見えなかった。それでも、いとこが突然頭をあげ、肩をこわばらせたのがわかった。マーカスは息をのんだ。だめだ。彼は祈った。どうか気づきませんように……。マーカスはいとこの名前を略して呼んだことは一度もない。だがデヴィッドは、彼をからかうときは決まってベントと呼んでいた。

ゆっくりとベントリーが振り返った。デヴィッドの全身にくまなく視線を走らせる彼の顔に、徐々に理解の色が現れ始める。「この嘘つきのろくでなしめ」彼はあっけにとられたように言った。

デヴィッドはまだ事態を把握していないのか、それとも虚勢を張ろうとしているのか、ただ無言で片方の眉をあげた。マーカスは緊張し、助けが近づいてくる音がしないかと耳を澄ませたが、何も聞こえなかった。

「こいつを殺せ」ベントリーが怒鳴った。ロークが驚いている。

「なんでだ？　まだ署名して――」

「こいつはエクセターじゃない」激しい怒りで顔をこわばらせたベントリーが、歯ぎしりして言った。「くそいまいましい弟のほうだ！　お前、自分がめちゃくちゃにぶちのめした男がわからなかったのか？　こいつはデヴィッドだ。役に立たない馬鹿者が！」

ロークがよろよろと立ちあがった。「なんてことだ、このくそったれめ――」自分の目で確かめようとしたのか、彼はデヴィッドに一歩近づいた。デヴィッドは顎をあげ、男の顔を真正面から見つめている。マーカスの胸に、弟を誇らしく思う気持ちが突然こみあげてきた。デヴィッドは最後まで自分の役割を演じるつもりなのだ。「あの女はなんだったんだ？」ロークが泣き言を言った。「こいつはいかにも公爵夫人らしい女を連れていたんだ！」

「愚か者め！」ベントリーが吐き捨てた。「彼女もお前を騙していたんだ。こいつを殺して片づけてしまえ！　これでエクセターをつかまえる別の方法を考えなきゃならなくなった。お前がまんまと逃げられてしまったせいで。弟の死体でおびき寄せられるかもしれないが」

マーカスは馬車か捕り手か、誰でもいいから助けになりそうな者が近づく音が聞こえてこないかと、もう一度だけ耳を澄ませた。だが、やはり何も聞こえない。このドアの向こう側では、デヴィッドがたったひとりで誇り高く立ち向かっている。マーカスはピストルを持つ手に力をこめ、ひとつ深呼吸すると、腐りかけのドアを肩で押し開けた。

永遠とも思える長い時間歩き続けたあと、ふいにティムズが立ち止まり、ハンナにも止まるように合図した。「どうしたんです？」彼女は不安になって尋ねた。まわりの様子が少しずつわかり始めていた。彼らはかなり近くまで、実際のところ、目的地に続く小路の寸前まで来ていた。

ティムズは躊躇して、ハンナの頭越しに向こうを見ている。振り返って彼の視線を追うと、ちょうどふたつの人影が、近くの壁にもたれて携帯用の酒瓶に口をつけている男に迫っていくところだった。ふたりに声をかけられ、男はまっすぐ立ったかと思うと、次の瞬間にはぐったりとして捕り手の腕の中にくずおれていた。手で覆ったハンナの口から、くぐもったあえぎがもれる。「死んだの?」彼女は小声でティムズに訊いた。

そのとき、霧でさえぎられてはいるが、明らかな銃声があたりに響いた。その場にいた全員が凍りつく。ハンナは心臓が口から飛び出すかと思った。撃ったのは誰? 誰に向けて撃ったの?

ティムズが捕り手たちに、急いで前進するよう合図した。彼らに遅れまいと、ハンナはほとんど駆け出していた。最後にデヴィッドの姿を見た壊れかけの建物へと続く小道をティムズに示す。

彼らが目的地の手前にある倉庫の陰でいったん足を止めたとたん、二発目の銃声が響いた。ハンナは目を閉じ、口にあてたこぶしを噛んで叫び声を押し殺した。ティムズは物音をたてずにこの場に留まっているよう彼女に言い渡した。ハンナはうなずき、霧と恐怖からくる寒さを遮断しようとマントを体に巻きつけた。できることなら這っていって、右手にひとつある窓から中をのぞきたい。けれども、それは無理だった。ティムズに約束したし、すでに捕り手たちが中の様子を探るために近づいていた。すぐに偵察に行ったひとりが戻ってきた。

「困ったことになりました」捕り手がささやいた。「よく見えないのですが、格闘があったようです。床にひとり倒れていました」

「髪は黒かった？　身なりはよかった？」心配のあまりこらえきれず、ハンナは尋ねた。捕り手が首を横に振る。

「わかりません。窓の埃が厚くて見えないのです」

ティムズが苛立たしげに息を吐いた。「中の様子を知る必要があるんだ！　むやみに突入して、ふたりの貴族を危険にさらすわけにはいかない。そんなことになれば私の人生は終わりだ！」

ハンナは、こんな状況で自分の身を案じるティムズを八つ裂きにしてやりたくなった。なんとか思いとどまった彼女は目を上に向け、崩れかけた石の煙突と、そこまでなだらかに傾斜する屋根の様子を確認した。たしか屋根の垂木から水が滴っていた。ハンナはティムズの腕をつかんでささやいた。「あの屋根を見て」

ティムズが上を見た。「あれがどうしたんです？　捕り手たちがあそこへのぼるのは無理だ」彼は言った。「のぼれたとしても、屋根が崩れて中に落ちてしまう」

「私なら行けるわ」ハンナは言った。

ティムズが仰天して彼女を見た。「間違いなく不可能ですよ」

「いいえ、できるわ。ほかにいい考えがないなら、やるしかないのよ」躊躇するティムズをよそに、ハンナはマントを脱いで彼に突き出した。「屋根に穴が空いているの。そこから中がのぞけるわ。たとえ見えなくても声は聞こえるはずよ。上からあなたに合図するわ。捕り手たちを準備させておいて」

「待ってください」けれどもハンナはティムズを無視し、音をたてないよう気をつけて煙突へ急いだ。彼女がスカートをねじってまとめていると、捕り手のひとりが追いかけてきた。

「差し迫った状況でなければ」彼がハンナに小声で言った。「突入にいいチャンスができたときに合図してください。だが命が危ないと思うようであれば、待つ必要はありません」

「わかったわ」ハンナは約束し、石の割れ目に足をかけた。

捕り手がうしろにさがってピストルを抜く。「気をつけてください」うなずいて両手をスカートでぬぐうと、ハンナはのぼり始めた
ことは想定どおりに運んだ。マーカスは最初の一発でロークを狙い、どさりという音とともに床に倒した。驚きからわれに返ったデヴィッドが、近くのひとりを引き受けた。マーカスは呆然としているベントリーを殴り倒し、ドアのそばにいる男たちに向けてもう一発を撃った。けれども数の上の不利はどうしようもなく、彼はたちまち武器を取りあげられ、ロークの部下たちに殴られた。

「さがれ」男のひとりがマーカスにピストルを向けて言った。

マーカスはうしろにさがり、弟に近づいた。デヴィッドの顔は蒼白《そうはく》になっていた。片手を壁について傾いた体を支え、反対の手でわき腹を押さえている。「大丈夫か、デヴィッド?」

目はピストルを持った男に向けたまま、マーカスは訊いた。

「まったく申し分ないよ」デヴィッドが息をのんだ。折れている肋骨を殴られたに違いない。マーカスは弟をかばうように前に立った。頭がずきずきして左手の感覚がないが、それでもデヴィッドよりはましな状態だ。

「そりゃあ、申し分ないだろう」ベントリーが唾を吐き、切れた唇を押さえながら立ちあがった。「リース兄弟が死によって初めて結ばれるんだ。なんでまた、追いかけてくるなんて愚かなことをしたんだ？」

「私の弟だ」感情を交えない声でマーカスは言った。

「お前のことじゃない」ベントリーが怒鳴った。「あいつのほうだ」顎でデヴィッドを示す。「お前なら、身を挺《てい》してでも家族を守ろうとするだろう。だが、あいつは自分のことしか考えていないはずだ」デヴィッドが険しい目でベントリーをにらみつけたが、反論はしなかった。

「お前は自分で思っているほど私たちのことを理解していないんだ」マーカスはあざけりをこめて言った。ベントリーは昔から自慢ばかりしていた。彼が満足するようなことを言ってやれば、少なくとももう少し時間が稼げるかもしれない。ハンナはどこにいるのだろう？マーカスは心配になった。彼女をティムズのもとへ行かせたのは、彼なら直接ボウ・ストリートへ行くよりすばやく捕り手たちを集められると考えたからだった。だが、もしティムズが不在なら……。

ベントリーがふたりをにらみつけながら片手を差し出すと、男のひとりがピストルを渡した。「ピストルで互いの頭を狙うあいだくらいは立っていられそうだな」

「くそっ……腰抜けめ」デヴィッドが息をあえがせて言った。

ベントリーの目が憎しみで光った。「馬鹿なやつだ」穏やかな声で言い返す。「進んで助けに行くものじゃないぞ」デヴィッドがうなった。体がかすかに揺れ始めている。命にかかわる傷でないといいが、とマーカスは願った。弟がすぐに医者を必要としていることは明らかだった。ベントリーにもそれがわかっているらしい。デヴィッドの苦しむ姿やマーカスの苦悩を見て楽しんでいるかのように、彼の顔に冷酷な笑みがじわじわと広がった。「おかげで計画がうまくいきそうだ」ベントリーはデヴィッドに話しかけた。「お前が兄の干渉をいやがっていることは知っていた。全能のエクセター公爵の助けを借りずにすむなら、なんでもやるとわかっていたんだ。ほら、見てみろ」あざ笑うように鼻を鳴らす。「お前が騙されやすいことは言うまでもないが、お前が強情を張ったばかりに、兄弟ふたりそろって殺されるはめになった。もしお前が生きのびられると思っているなら言っておくが、そんな虫のいい話はないんだぞ。まあ、助かるとは思っていないようだから、忠告も必要なさそうだが」ベントリーはピストルを持つ手をあげた。「公爵になる日を長いあいだ待っていたんだ」

「もっと待つことになるだろう」マーカスはこわばった声で言った。

ベントリーの笑みがさらに広がる。「数分以上はかからないさ」彼は楽しげに宣言した。「ぼくは情け深いんだ」

「七ヶ月はかかる」マーカスは言い返した。ベントリーの笑みが凍りつき、さっと消えた。

「私の子供が生まれるまで爵位は保留されるはずだ。」

「運がよければ双子だな」デヴィッドも弱々しくつけ加えた。「うちは双子の家系らしいから」

ベントリーが目を細め、デヴィッドからマーカスに視線を移した。「嘘だ」自分に言い聞かせるように言う。「子供が生まれるなんて、そんなことはありえない」

「世間に知れるようロザリンドが取り計らってくれるだろう」マーカスは言った。彼は藁《わら》にでもすがるつもりだった。残された希望はそれしかない。「われわれが死ねば、彼女は残された私の妻と息子の幸せのために身を捧げてくれるに違いない」

「一〇人以上子供がいてもおかしくないくらい、しっかりした女性だ」デヴィッドがつぶやいた。「家族を守ろうとしてものすごい力を発揮するぞ」マーカスはベントリーから目を離さなかった。いとこがほかに何を信じようと、ロザリンドは間違いなくマーカスの言ったとおりのことをしてくれるとわかっていた。それにハンナと違って彼女は、政府の高官も含めてロンドン中に顔がきく。マーカスとデヴィッドを殺したからといって、ベントリーに爵位が保証されるわけではないのだ。彼らの死の真相をハンナが明らかにすれば、ロザリンドはなんとしてもベントリーに爵位が渡らないようにするだろう。

「ただの女にすぎない」ベントリーの言葉は自分を慰めているように聞こえた。「それに自分の娘の面倒を見なきゃならない」

「ロザリンドは恐れるに足りないと判断したんだな？」マーカスはたたみかけた。「息子を産んでいないから。だが、デヴィッドと私は二〇年以上も彼女の息子だ。それに彼女の娘は誰と結婚すると思う？　来年の今ごろは新しい家族全員でお前に立ち向かっているだろう」

「アヴェナルかもしれないな」デヴィッドが首相の甥の名前をあげた。「シーリアが一三のころから、毎年彼女の様子を尋ねてくるんだ」

「アヴェナル？」マーカスは大げさに興味を示した。「本当にそう思うのか？　このあいだの夜は、ウェアが私に、シーリアによろしく伝えてくれと言ってきたぞ」

「ウェアだって？　ジャックなら願ってもない」

「どちらとも結婚するものか！」ベントリーが叫んだ。顔には赤い色がまだらに浮き、半狂乱になっているように見えた。「ふたりとも黙れ！　考えなきゃならないんだ！」マーカスは口をつぐんだ。背後でデヴィッドが荒い息をしている。手はすべて尽くした。シーリアが有力な一族と結婚する可能性をほのめかしたことで、ベントリーはためらっている。だが、だからといってマーカスとデヴィッドを歩いて帰らせるわけはないのだ。たとえシーリアが王室に嫁ぐと言ったところで、結果は同じだろう。マーカスは希望がすり抜けていくのを感じた。ハンナがまだ来ないのには何か理由があるに違いない。あまりにも遅すぎる。ミドルバラの教会からもらってきた結婚の登記証を訂正しておかなくてよかった。おかげで彼女は合法的に公爵の未亡人に――。

そのとき、床の真ん中に何かが落ちた。張りつめた緊張の中で、何かが床板にあたる音がはっきり聞こえたのだ。ベントリーがいつ彼らを撃つことにしようと、もう望みがないのはわかっているが、それでもマーカスはいとこから目を離さなかった。ふたたび何かが落ちて転がる音が聞こえ、さらに続いてまた落ちた。ベントリーは必死で考えこみながらも、不審な音に眉をひそめた。「いったいなんだ?」叫んで床を見たとたん、彼は凍りついたように止まった。愕然としている。マーカスも用心しつつ、ちらりと床に目を向けた。

真珠だ。輝きを放つ三粒の真珠が、傷だらけの床板の上に転がっている。

ベントリーの中では驚きと疑念が闘っているようだった。「動くな」彼は鋭い口調で言ってピストルを振りまわした。マーカスは無抵抗を示して両手をあげ、頭の中を駆けめぐる思いが顔に出ないよう必死でこらえた。ハンナがここに来ている。この真珠が彼女の首のまわりに巻かれていたのをはっきりと記憶していた。馬車から飛びおりる直前、ハンナを引き寄せてキスしたときに指に触れた感触を今でも覚えている。だが、彼女はどこにいるんだ? なぜ真珠を落としたのだろう?

ベントリーが眉をひそめて床の真珠を見つめ、じりじりと前に出てきた。威嚇するようにマーカスに向かってピストルを向け、天井を見あげたそのとき、彼の額の真上に煉瓦が落ちてきた。

意識を失ったベントリーが床に倒れるころには、マーカスはもう彼の上にのっていた。「じっとしていろ!」マーカスは驚いている男たちに叫び、ベントリーのピストルを奪って彼らに向けた。それが合図となったように背後のドアが勢いよく開き、五、六人の武装した捕り手たちが突入してきた。

叫び声が飛び交い、こぶしが乱れ飛ぶ中で、ベントリーは気を失って床にのびていた。ボスを失った男たちは戦意をなくしたようだ。取り押さえられるのは時間の問題だろうと思われたそのとき、ティムズが戸口に姿を現し、全員を逮捕しろと大きな声で叫びながら中に入ってきた。マーカスは捕り手のひとりにピストルを渡して立ちあがった。

「エクセター、よかった!」ティムズがマーカスの肩を叩いた。「みごとな手際だ!」

マーカスは手を振ってさえぎった。「弟をすぐ医者に見せなければ」彼が振り返ると、デヴィッドはまだわき腹を押さえて壁にもたれていた。疲れ果て、痛みで曇っているものの、彼の目には勝ち誇ったような笑みが浮かんでいた。

「もちろんだ。その男はどうだ?」ティムズが、床に横たわったベントリーを押さえている捕り手に尋ねた。「医者か、それとも霊柩車《れいきゆうしや》が必要かな?」

「医者です」捕り手が顔をあげて言った。「レディの一撃で気絶しただけのようです。生きていますよ」

「よろしい」そう応えるティムズの腕をマーカスはつかんだ。

「彼女はどこだ? 私の妻は?」ティムズが躊躇しながら崩れかけた天井に目を向けた。いやな予感がして、マーカスが彼の視線を追ったそのとき、ドアの外で大きな声があがった。マーカスが胸をどきりとさせてティムズを押しのけると、ハンナが小屋の中に駆けこんできた。服も髪も乱れて汚れ、不安でいっぱいの目をしている。

マーカスの姿を目にしたとたん、ハンナが凍りついたように足を止めた。次の瞬間、言葉にならない声をあげて飛びついてくる。マーカスは彼女を腕に抱きとめた。あともう少しで、二度とハンナを抱きしめられなくなるところだった。マーカスは腕が震えるのを感じながら、彼女をしっかり抱き寄せた。

「ああ、よかった。怪我はない？」ハンナは身を引くと、マーカスの顔や肩に両手を走らせ、腕をつかんだ。「誰かが撃たれたと聞いて――わからなかったから――」

マーカスはキスでハンナをさえぎった。彼女が無事で、自分も生きていると知った安堵に満ちた、長く激しいキスだった。「私は大丈夫だ」彼は顔をあげて言った。「だが、いったい何をしようとしていたんだ？」

ハンナは涙を流しつつも恥ずかしそうに微笑んだ。「中の様子を知る必要があったの。そのとき、雨もりしていたことを思い出したのよ。だけど男の人では重すぎて屋根が落ちてしまいそうで、煙突にのぼれなかったの。だから私がのぼったわ」

「それで、ネズミの穴から貴重な真珠を落としたんだな」マーカスがにやりとして言うと、ハンナも震える声で笑った。

「ほかにどうしていいかわからなかったから。注意を引いて、煉瓦を落とせる場所まで移動させられそうなものといえば、ネックレスしかなくて――」マーカスが頭をのけぞらせて笑った。ハンナは彼にしがみついて小さくため息をついた。彼は無事だった。来るのが遅すぎたのではないかと思うと、心配で吐きそうだったのだ。

「真珠なんてどうでもいいんだ」ハンナの髪に顔をうずめてマーカスが言った。「何百年ものあいだで、今回がいちばんの使い道だったに違いない」

微笑もうとしたハンナは、マーカスの肩越しにデヴィッドの姿を見つけた。「デヴィッド」彼女は息をのんだ。

マーカスがすぐに振り向いた。もたれていた壁から床に滑り落ちたデヴィッドのそばに、捕り手がしゃがんでいた。「どいてくれ」マーカスは捕り手に命じ、弟に近づいてそばにひざまずいた。「デヴィッド」声をかけて肩に触れる。「聞こえるか？」

目は閉じたままだがデヴィッドがうなずくのを見て、ハンナはほっと息を吐いた。「くそっ、肋骨が」彼がつぶやいた。

マーカスの顔が厳しくなった。「家に帰ろう」彼は捕り手の手を借りて両側からデヴィッドの腕をつかみ、なんとか立たせた。マーカスが弟の腕を首に巻きつかせると、デヴィッドは自分で手を振って捕り手の助けを断った。

「お客を迎えるにはひどい場所だ」デヴィッドの言葉は少し聞きとりにくかった。ハンナは急いで反対側にまわり、彼の腕を肩にかけた。三人はゆっくりと歩いてロークの死体のそばを通り、縛られて黙りこんだ男たち、そしてティムズに川の水をバケツでかけられ、意識を取り戻しかけているベントリーの横を過ぎた。

外に出ると、マーカスが足を止めて小屋を振り返った。「いったいどうやってのぼったんだ？」ハンナも彼の視線を追って石造りの煙突を見あげた。落ち着いて見ると、とても人がのぼれそうには見えなかった。

「わからないのよ」ハンナは驚きを覚えながら言った。煙突は危険なまでに片側へ傾き、先ほどは足がかりになると思えたでこぼこの部分は、今はいつ崩れてもおかしくない穴にしか見えない。「やらなければならなかったの。だからやったまでよ」

「まったく、とんでもなく勇敢だな」デヴィッドが弱々しく言った。

「あら、そんなことないわ」ハンナは慌てて否定した。「あなたがしたこととは比べものにもならないわよ」

「ハンナ」マーカスが彼女を制した。「英雄にふさわしい行為だったよ」

「いいえ」ハンナは真っ赤になって繰り返した。屋根にのぼって貴重なネックレスをばらばらにすることは、たったひとりで五人の敵に立ち向かっていくことの半分も勇敢とは言えない。

「そうだよ、きみはぼくのヒロインだ」咳きこみながらデヴィッドが言った。

弟の頭越しに、マーカスがハンナに微笑んだ。「いや、違うな」彼は言った。「彼女は私の、ヒロインだ」

22

一行が帰ってくると、屋敷はハンナが見たこともないほど大騒ぎになった。エクセター・ハウスの階段に馬車が着く前から一〇人以上の使用人たちが飛び出してきて、続いてやつれて青ざめた顔のロザリンドが出てきた。彼女は無言で使用人たちを押し分け、馬車からおりてきた義理の息子ふたりに抱きついた。マーカスはしばらくロザリンドを抱きしめてから離れ、デヴィッドをひとりで義母にもたれかからせた。デヴィッドはロザリンドの言ったことに何度もうなずいていたが、しばらくして彼女を放し、ふたりの使用人に支えられて脚を引きずりながら家に入った。

「ハンナ」向き直ったロザリンドの顔は涙でくしゃくしゃになっていた。「ああ、よかったわ」彼女は言葉に詰まった。「気がつかなかったの。シーリアがモリーと一緒にいると教えてくれるまで、こんなことになっているとは想像もしていなくて。おまけにテルマンが、化粧室にメイドを閉じこめていると言うものだから」

「みんな無事ですか？」ハンナはロザリンドの両手を取って訊いた。「私たちがいないあいだに何も起こりませんでしたか？」

ロザリンドがうなずいた。「ええ、ここは大丈夫よ。あなたたちが戻るまで、すべてのドアと窓に横木をかけるようハーパーに言ったの。怪しい者がいないか、屋敷の中を上から下まで調べさせたわ」彼女は弱々しい笑い声をあげた。「今ごろハーパーはワインセラーまでのぞいているでしょうね」

ハンナは心からほっとして深いため息をついた。それだけが気がかりだった。ベントリーが共犯者を送りこんで、屋敷で問題を起こしていないか心配だった。彼女もデヴィッドも慌てて出ていったので、誰にも注意を促す暇がなかったのだ。

「中に入ろうか？」マーカスが言った。「何もかも話しますよ、ロザリンド」彼女がうなずくと、マーカスが安心させるようにハンナの背中に手を置き、三人で家に入った。デヴィッドはすでに二階にあがっていた。玄関ホールには呆然とした様子のテルマンが座っていて、彼らが近づくと急いで立ちあがった。

「公爵様！」テルマンがお辞儀をした。視線をさっとマーカスに向けてからハンナに移し、またマーカスを見る。「おっしゃるとおりにしました」彼は、まるで早く手放したくてたまらないというように、ハンナに鍵を差し出した。彼女は鍵を受けとると、側仕えの両手を取って握りしめた。

「ありがとう、テルマン。あなたの助けがどうしても必要だったの。一生感謝するわ」

「そんな、マダム。お役に立てて安心しました」ハンナに微笑みかけたテルマンは、マーカスの顔をちらりと見て慌てて真顔に戻った。

「いいんだ、テルマン」マーカスが言った。「ほっとするあまり、みんな興奮しているんだ」彼はハンナの手から鍵を取った。「今夜お前が果たした務めは忘れないだろう」側仕えは目をぱちくりさせていたが、お辞儀をしてからあげた顔には笑みが浮かんでいた。

「ありがとうございます、公爵様」テルマンは小さな声で言った。

「さがっていいぞ」マーカスがつけ加えた。「今夜はもう呼ぶことはないから」

テルマンはふたたびお辞儀をしてうしろにさがり、急いで去っていった。入れ違いに玄関ホールへやってきたハーパーは、いつもより乱れた格好だった。彼は三人の前で止まり、すばやくお辞儀をした。「屋敷の中は安全です、公爵様」息を切らして報告する。「私が自分の目ですべてのお部屋を確かめました」

「ご苦労だった、ハーパー」マーカスの声には面白がっているような響きが感じられる。執事が深く頭をさげた。「外科医を呼んでデヴィッド卿を診てもらってくれ。それから私の書斎へお茶を」ハーパーはうなずき、急いで姿を消した。マーカスがロザリンドに向き直った。

「ロザリンド、シーリアとモリーが無事かどうか確かめてきてもらえますか?」

「もちろんよ」ロザリンドがためらいを見せた。「でも……」

「大丈夫、ちゃんとすべて説明しますから。その前に、メイドと話をしなければならないんです」控えていた使用人の一団にマーカスが目を向けると、中からひとりが進み出てきた。

「デヴィッド卿の化粧室に閉じこめているメイドを、すぐに私の書斎へ連れてきてくれ」従僕がお辞儀をして去っていった。ハンナは疲れがどっと押し寄せてくるのを感じて目を閉じた。疲労のあまりリリーと話ができそうにない。すっかり安堵に包まれていて、何をする気にもなれないのだ。今はもう一度モリーの顔を見てからベッドに倒れこみたい。

マーカスの手がウエストに置かれた。「もう少し我慢して起きていられるかな?」耳もとで彼がささやいた。「リリーに質問するときは、きみにもいてほしいんだ」

ハンナは深呼吸してうなずき、まぶたを開けてマーカスと目を合わせた。しばらくのあいだ、愛情をこめて彼女を見おろす黒い瞳しか目に入らなかった。やがて、玄関ホールの真ん中で使用人たちに囲まれて立っていることを思い出し、彼女は無理やり彼から視線を引きはがした。

「ロザリンド」ハンナは声をかけた。うっとりとふたりを見つめていたロザリンドが飛びあがる。

「ああ! シーリアの様子を見てこなくては」彼女は大きな声で言った。「とても心配していたの。みんなが無事だとわかったからには……」ロザリンドは急いでふたりに背を向け、ほとんど駆けあがるようにして階段をのぼっていった。ハンナはぽかんとして、そのうしろ姿を見送った。

マーカスが低い声で笑いながら、ハンナを書斎のほうへ導いた。「気にしなくていいんだ、ダーリン」彼女の考えが読めるように、マーカスは言った。「一緒に来てくれ」ハンナは促されるまま書斎へ向かった。中に入り、重厚なオーク材の扉が閉じられると、マーカスがそっと彼女を引き寄せ、そのままじっと抱いていた。ハンナは口をきくこともできず、ぐったりと彼にもたれかかった。もう少しでマーカスを失うところだった。私の娘を救うために、彼は大変な危険に身をさらし、弟を助けるためにまた同じことをした。世間はマーカスが人を愛せないと言うけれど、それは大きな間違いだ。彼はあふれるほどの愛情を注げる人間だと証明したのだ。そして私を愛してくれている。ハンナは胸がいっぱいになった。

「きみがぼくを救ってくれた」マーカスがささやいた。ハンナは涙をすすりながら笑った。

「かろうじてね。ひどく罵ってしまったから、ミスター・ティムズはきっと私のことをうるさい女だと思っているわ」

「ティムズもほかのみんなも、きみのしてくれたことに感謝しているよ。彼は何ヶ月も偽札作りの一団をつかまえようとしていたんだ」マーカスがハンナのもつれた髪をうしろになでつけた。「本当に怪我はしていないんだね?」

ハンナはうなずいた。マーカスの顔に浮かぶ気づかいを目にして胸が痛む。ふたりが何も言えずにいると、ドアをノックする音が聞こえた。離れようとした彼女をマーカスが引きとめる。「入れ」彼が声をかけた。

お茶のトレイを持った従僕が入ってきた。「さがっていい」マーカスが言うと、従僕はお辞儀をして出ていった。「座って」彼がようやくハンナを放し、彼女は近くの椅子に座りこんでほっと息をついた。マーカスが部屋を横切って胡桃《くるみ》材のキャビネットに向かい、ブランデーのボトルを持って戻ってきた。もうひとつの椅子を近くに引き寄せると、彼はカップにお茶を注ぎ、ブランデーを加えた。「飲むんだ」そう命じてハンナの手にカップを持たせ、彼女が従うまで手を添えていた。

「さて」目に決意をみなぎらせ、マーカスは身を乗り出して椅子に座った。「これからリリーを問いただすつもりだ。ベントリーより彼女からのほうが、多くのことを聞き出せるだろう。本当のことを知るには彼女が頼りなんだ。彼女にはきみも尋ねたいことがあるだろうが、まずは私に任せてくれないか？」

ハンナはうなずき、ブランデー入りのお茶をもうひと口飲んだ。マーカスはリリーの雇主なのだから、彼が望む方法で対処する権利がある。

「私のやり方に賛成できないとしても？」マーカスが念を押した。抗議しようとして口を開きかけたハンナは、リドリー家の一件を思い出してまた口を閉じた。彼がにこやかな顔になる。「つけ加えたいことがあれば、質問をきみに譲るよ」マーカスは言った。「安心してほしい。ただ、彼女が知っていることをすべて知っておきたいだけだから」

ハンナはふたたびうなずいた。お茶を飲んでしまうように彼女を促すと、マーカスはデスクの向こうにまわり、背後のキャビネットから何かを取り出した。彼がファイルを開いてデスクに座ったとたん、ノックの音がした。

マーカスが顔をあげ、ハンナと目を合わせた。彼女は空のカップを下に置いてうなずいた。彼が励ますように微笑み、ドアの外に声をかけた。「入れ」

リリーが、まるでこれからギロチン台にのぼるみたいに、おびえた様子でおずおずと入ってきた。ハンナからマーカスにさっと視線を動かす。「公爵様」彼女はお辞儀をした。

「座りなさい」堂々とした公爵の姿に戻ったマーカスが命じた。リリーはうなだれて急ぎ足で部屋を横切り、示された椅子に座った。しばらくのあいだ、彼は椅子の背にもたれたまま、鋭い目で探るようにリリーを見つめていた。落ち着きを奪う沈黙が長引いていく。ハンナは椅子から飛びあがってリリーを問いつめたいのをかろうじてこらえていた。マーカスに約束したのだから、そんなことはできない。正直なところ、彼がメイドを脅して白状させてもかまわないとさえ思っていた。

「さて」突然マーカスが口を開いたので、リリーがびくっとした。「私の屋敷の中にスパイがいたとはな」

リリーは苦悩に満ちた視線をハンナに向けたものの、何も話そうとしなかった。

「そのスパイは真夜中に私の書斎に忍びこんで騒動を起こしただけでなく、罪のない子供を誘拐して殺人者や泥棒と共謀した」マーカスは不気味なほど穏やかな声で続けた。「殺人を犯せば、とくに公爵を殺せば絞首刑になると、ベントリーから聞いていなかったようだな。共犯者も長いあいだ監獄に入れられるだろう。絞首刑にならなくとも、監獄でそれほど長く生きられるとは思えない」彼はデスクの上で両手を組んだ。「ボウ・ストリートの捕り手たちがまだここへ来ていない唯一の理由は、私がお前に訊きたいことがあるからだ。なぜお前は私や私の家族を裏切った？」

リリーは恐怖のあまり気絶してしまいそうに見えた。「お願いです、公爵様」彼女はすすり泣いた。「お嬢様をさらいはしませんでした。そんなことはしなかったんです。ちゃんと安全に……」

「答えなさい！」マーカスがぴしゃりと言った。「どうして私を裏切ったんだ?」

リリーはたじろぎ、小さく悲鳴をあげた。「ミスター・リースです」彼女の声は震えていた。「彼が私に話を――」

マーカスは何も言わなかったが、険悪な顔つきで身を乗り出した。リリーはさらに青ざめ、早口で話し始めた。「じ、自分の父親が本当は長男だと話してくれたんです。公爵様、あなた様のお父上より早く生まれて、それを証明する書類がここにあると言っていました。つまり、その、ミスター・リースは騙されたんだそうです。か、彼は自分が公爵になるべきなのに、あなた様と先代の公爵様がその証拠を隠してしまったと言っていました。もし私が手伝えば……」彼女は音をたてて唾をのみこんだ。「私の面倒を見てくれると。それは、わ、私と父親が同じなのを知っているからだと言っていました」

リリーの話を聞いてハンナと同じくらい驚いていたとしても、マーカスはそれを表情に出さなかった。「馬鹿なことを」彼は軽蔑をこめて言った。「もっとましな話を考えるんだな」

「そんな、違います、嘘じゃありません！」リリーが叫んだ。「その、今のがミスター・リースが話してくれたことなんです。最初は、できないって断ったんですけど、そのあとで……彼は私の母親のことを知っていて、父がひどい扱いをしてすまなかったと謝ってくれました。私は彼の妹だから、私のためにも正しいことをしたいんだと」彼女は真っ赤になった。

「私は父親が誰か知らないんです。父は私が赤ん坊のときに死んだと言って、母はそれきり話をしてくれませんでした。母が死んだ今、私はひとりきりなんです。だから……だから……」椅子に座ってうなだれたリリーの声は小さく、悲しそうだった。「殺人のことなんて、何も知りませんでした。それに、もし本当にミスター・リースが公爵だという証拠があるなら、その証拠は彼のものだと思ったんです。そうでしょう？　あの人が誰かを傷つけるつもりだとは思いもしませんでした。ただ、物事を正すだけだと思っていたんです。頼まれたことはとても簡単に思えました。でも、そのあと彼がモリー様を連れてこいと言って。なんと言われようと、それはできませんでした」リリーがさっとハンナのほうを向いた。「誓ってもかまいません。お嬢様に危害を加えさせるつもりは絶対にありませんでした、マダム」彼女は訴えた。

マーカスが静かにうなりをあげて不満を表明した。「彼はお前に何をしろと頼んだんだ？」

リリーは手の甲で涙をぬぐった。「そこの窓の掛け金を外すだけでよかったんです」そう言って、デスクの向こうのフランス窓を指差す。「それと、ときどき彼の質問に答えるようにと。ほとんどはあなた様のことでした、マダム」彼女はハンナのほうを向いてつけ加えた。「あなた様にひどく興味を示していました」

「彼は何を知りたがった？」

リリーは一瞬考えた。「どんな様子に見えるとか」彼女は言った。「どういうタイプの女性か、恋愛結婚だという噂は本当か、とかです」リリーはまた赤くなった。「私は、違うと思うと言いました」ささやくようにつけ足す。「そうでなければ、少なくとも仲違《なかたが》いをしていらっしゃると。私は見たことがありませんでしたから、その、あなた様のお部屋で——一度も、あの、マダム——」

「ええ、わかるわ」ハンナは顔を赤らめないように気をつけながらさえぎった。ふたりが裸でベッドにいたあの朝まで、リリーは彼女の部屋でマーカスを見たことがなかったのだ。ハンナに向けられたマーカスの目がおかしそうにきらめいたが、彼女は無視した。

「それで、モリーのことも彼に話したんだな?」メイドに注意を戻して、マーカスが訊いた。

リリーは惨めな様子でうなずいた。「悔やんでも悔やみきれません、マダム。私が話したから、彼はあなた様がどれほどお嬢様を愛しているか知ったんです」

「ふむ」マーカスは椅子の背にもたれた。まだリリーを許してやるつもりはない。だが、彼女の言っていることは真実だろう。彼が耳にしたデヴィッドとベントリーの会話や、彼自身が断片をつなぎ合わせた事実と辻褄が合うのだ。マーカスは忘れていたが、彼の父親とベントリーの父親も双子だった。しかし、マーカスとデヴィッドのようにそっくりではなく、ふたりは太陽と月ほども違っていた。それでベントリーは、自分こそが正しい公爵だと考えて——あるいは自分に信じこませて——いたのだろう。それを現実のものとするのに手段を選ばなかったのだ。ベントリーは本気で証拠の書類がこの書斎にあると信じていたのか? それともマーカスの情事をほじくり出す機会が欲しかっただけか?

ベントリーは、本当の父親を知りたいという若い女の望みをもてあそんでも、まったく良心のとがめを感じなかったのだろう。そして自らの目的のために彼女を操り、利用したのだ。

たくらみが成功したあかつきには、ベントリーはリリーに殺人の罪を着せるつもりだったのか？　私生児が、自分を卑しいメイドに貶《おとし》めた一族に恨みを抱き、その家長を殺したことにするつもりだった？　おそらく、そうなのだろう。ベントリーならやりかねない。彼自身がリリーを当局に突き出して、恐ろしい計画に気づいたと言い張るつもりだったに違いない。

「彼は自分の父親とお前の父親が同じだと言ったんだな？」マーカスは繰り返した。「どんな証拠を示されたんだ？」

リリーが驚いた顔でマーカスを見た。「あの、彼は……」彼女はひるんだ。「認めたんです。父親の日記を見つけて、その中に全部書いてあったそうです。母がエインズリー・パークでメイドをしていたときに、どんなふうに誘惑したとか、そういうことが全部。彼は……その、とてもショックを受けたと言っていました」口ごもるリリーは幻滅しているように見えた。「私を妹だと公にすることはできないけれど、心の中では妹だと思って、兄として面倒を見るつもりだと言っていました。だから私も妹として彼の手助けをするべきだと」

「その日記を見たのか？」

「いいえ、公爵様」リリーが小声で答えた。

「言葉以外で約束を示したことは？」

リリーは首を横に振った。マーカスは大きく深呼吸した。

「私のおじは数年前に亡くなった」彼はリリーに言った。「バーナードおじについて覚えていることから考えて、彼は日記をつけるようなタイプではなかった。夢見る芸術家で、絵を描くことしか頭になかったんだ。それにもし彼がエインズリー・パークのメイドをもてあそんだとしたら、私の父が責任を取らせていただろう」マーカスはいったん言葉を切った。「ベントリーもそのことはわかっていたと思う」

リリーがうなずいた。「はい、公爵様」小さな声で言う。「そんな話を信じるなんて、私は本当に馬鹿でした」

マーカスは、リリーに同情して胸がちくりと痛むことに気づいた。悪気がないとはいえ、これはハンナのせいだと彼は思った。彼女と出会う前なら、メイドを思いやる気持ちなど持たなかっただろう。「お前はいくつだ？」彼は早口で訊いた。ベントリーの話はかなり怪しいが、それでも絶対に嘘とは言い切れないので、情報を集めて吟味してみようと思ったのだ。証明はできないかもしれないが、少なくともリリーは、自分が一連の嘘に騙されて雇主を裏切った罪を理解するはずだ。

リリーが唾をのみこんだ。「もうすぐ二三です、公爵様」

マーカスはしばらくのあいだ考えた。「二二年前に私の父がロザリンドと結婚した。だからその時期にバーナードおじがエインズリー・パークにいたとしてもおかしくはない。だが、その前の年に……」彼は思いだしながら首を振った。「いや、やはりいなかった。おじはその前の二年間、大陸に行っていたんだ。翌年の夏におじからイタリアやギリシャの話を聞いたことを覚えている。それが、結婚の祝賀行事が開かれているときだった」

リリーがうなだれ、震える手を膝の上で握りしめた。何度もまばたきしていたが、こらえきれず涙がひと粒スカートの上に落ちた。ハンナは怒りが徐々に引いていくのを感じていた。リリーは恐ろしいことをしでかしてしまったが、彼女にすればやむをえない事情があったのだ。それに結局は、本当の父親を知りたいと思っていたにもかかわらず、モリーをベントリーに渡さなかった。

マーカスを見たハンナはその表情から、彼がリリーの動機についてはどうでもいいと思っていることがわかった。マーカスが気にしているのはリリーが彼を裏切ったこと、彼をひそかに探り、彼を殺したいと望む男に協力したことだ。マーカスは彼女を監獄へ送ってしまうだろう。まだ二三にもならない娘なのに。恐ろしいことだが、リリーは自分以外の誰も責められないのだ。

しかしそのとき、マーカスがハンナを見た。厳しい顔つきがわずかに和らぐ。「きみは彼女をどうしたい？」感情を交えない声で彼が訊いた。リリーが小さく息をのむ。ハンナは驚いてぽかんと口を開けた。

「私が？」

マーカスは首を傾け、じっとハンナを見つめている。「きみだ」

ハンナは一瞬、頭の中が真っ白になった。ここに座ってリリーをかわいそうだと思っている私に、どうして彼女の処罰が決められるの？　マーカスはリリーをニューゲート監獄へ送りたくないのかしら？　彼にはそうする権限があるのに。そのときハンナははっと気づいた。マーカスはモリーのために、私に決めさせようとしているんだわ。彼女は考えながら立ちあがった。「私が最初にここへ来たとき、あなたが私にくださると言ったもののことを覚えている?」彼は眉をひそめたが、すぐもとの顔に戻ってうなずいた。「あれを今、いただけるかしら?」

マーカスは突き刺すような目でハンナを見つめていた。しばらくして、彼はふたたびうなずいた。小さな冊子を取り出し、何か書きこんでからハンナに紙を渡した。彼女はその紙を受けとってリリーに向き直った。

メイドはひどくおびえた顔でハンナを見あげた。「あなたがしたのはとても悪いことよ」ハンナは話し始めた。「それにいくらミスター・リースの話を聞いたからといって、公爵や私をこそこそ探っていいことにはならないわ。この家に残れないのはわかっているわね」リリーの頬にまたひと粒の涙が流れたが、彼女は何も言わなかった。「だけど、あなたは私の娘をミスター・リースに渡さなかった。そのことがあるから、ほかのことも許さなければならないでしょうね。ここから出ていきなさい」ハンナはリリーに小切手を渡した。「これはあなたのものよ。どこかよそへ行って、これで新しい、誠実な人生をやり直しなさい」

リリーはまるで嚙みつかれるのを恐れるように、じっと小切手を見つめていた。「私を、私を監獄へ送らないのですか?」震える声で訊く。

「ええ。でも、その寸前だったことを忘れないで。もう二度とこんなことをしないよう努力しなければだめよ」

「絶対にしません、マダム」リリーは恐る恐る小切手を受けとり、金額を見て目を見張った。

それから慎重にエプロンのポケットにしまう。彼女は立ちあがって言った。「ありがとうございます、マダム。ありがとうございます、公爵様。私は決して――」

「行きなさい」マーカスが言った。リリーはたちまち口を閉じ、頭をさげてお辞儀をすると、急いで部屋から出ていった。彼女のうしろ姿を見送りながら、ハンナは自分が間違っていないことを祈った。マーカスには今からでもボウ・ストリートの捕り手に連絡して、リリーを引きずっていかせる権利がある。私は甘すぎるのかもしれない、とハンナは思った。けれども彼女自身、エクセター公爵夫人のふりをしてまわりを騙してきたのだから、他人を責める立場にはないと思えたのだ。リリーがベントリーに協力してマーカスを探らなければ、モリーの誘拐を頼まれなかったかもしれない。ベントリーは誘拐をためらわないほかの誰かを寄こして、モリーをさらっていたかもしれなかった。そう考えると、リリーを監獄へ送ることはできない。

衝動的に、ハンナはマーカスに向き直って言った。「ありがとう」

彼が眉をあげる。「何に対して?」

ハンナは首を傾けて微笑んだ。「わかっているはずよ」

今やマーカスの瞳は嬉しそうに輝いていた。「ああ、昨夜のことか。お安いご用だ」

「ひどい人ね!」ハンナは叫びながら笑ってしまった。「リリーを監獄へ送らないでくれたことよ」

マーカスも立ちあがって肩をすくめた。「ベントリーはもっと抜け目ない人たちでさえ騙した。私自身、彼にこれほどのたくらみを計画する知性があるとは思いもしなかったよ。まして実行するとは。私が監獄でやせ衰えればいいと願うのは、自分が信じたい話を信じてしまった哀れな娘ではなくて、ベントリーなんだ」

「わかるわ。それでもやっぱりありがとう」

マーカスはしばらく無言でハンナを見つめていた。口の端が少しずつ上にあがる。「きみは優しい心の持ち主だな。リドリーにデヴィッドにリリー……みんなきみから許してもらっている」

「もうやめて」首を振りながら、ハンナは言った。

「それに私までも」マーカスの口調から面白がる気配は消え、まっすぐハンナを見つめる彼はまじめな顔に戻っていた。「最初のころの私は、きみにはひどく不愉快に映ったことだろう」彼がそっとつけ加えた。「すまなかった」

「私だって、あなたに優しくしたとは言えないわ」ハンナはふいに、これまでマーカスに言った言葉や、彼について思ったもっとひどいことの数々を思い出した。もちろん、ひどく怒っていたからなのだが、何度もかっとして、言うべきでないことまで言ってしまっていた。

けれども、マーカスは手を振って一蹴した。「優しくできるわけがない態度を私がとったからだ。それに、きみが優しくなくてよかったと思っている」ハンナは驚いて目をしばたたいた。「きみが優しくしていたら、本当は公爵夫人になりたい証拠だと思っただろう。スザンナのことがあってからは……」咳払いした彼は居心地が悪そうに見えた。「望みをかなえるために嘘をつく女性たちに慣れすぎていたんだ。きっときみの優しさは、私がきみを追い出せなくなるようにするための見せかけに違いないと考えたはずだ」

ハンナは困惑して頭を振った。「ロンドンの女性たちのことは、一生理解できそうにないわ」

「私もだ」マーカスが熱をこめて言った。小声でつけ加える。「ありがたいことに」

どういう意味かとハンナが尋ねる前に、ドアにノックの音がしてロザリンドが顔を出した。「シーリアと話したわ。モリーはぐっすり眠っているの。もう何もかも解決した？」彼女は訊いた。

マーカスと目が合い、ハンナは満面の笑みを浮かべた。ようやく、すべてが解決したようだ。彼とデヴィッドはお互いの意見の相違を修正し、ベントリーと共犯者たちは牢獄へ向かっていて、デヴィッドが罪に問われることはない。モリーはシーリアのベッドで無事に眠り、命にかかわるほど深刻な怪我を負った者もいない。かなりうまく解決したと言ってもいいだろう。「いや」マーカスがそう言うのを聞いて、ハンナは驚いた。「ひとつだけ重要な質問が残っているんです」

「なんなの？」ロザリンドが心配そうに尋ねた。ハンナは不安を感じながらマーカスを見つめた。「デヴィッドが何か――」

「いいえ、デヴィッドとはなんの関係もありません」マーカスが咳払いして、何を考えているのかわからない瞳をハンナに向けた。「しなければならないことがひとつあるんですが、少し扱いに繊細さが必要な問題なんです」

一瞬の沈黙ののち、ロザリンドがぽんと手を叩いた。顔に輝くような笑みが広がっていく。

「まあ、マーカス！　まだだったの？　いったい何を待っているの？」

「あなたが向こうへ行ってドアを閉めてくださるのを待っているんです」

ロザリンドは最後にもう一度嬉しそうに笑うと、そっとドアを閉めた。ふいに口の中がからからになって、ハンナはマーカスの顔を見られなくなった。

マーカスも同じくらい緊張しているらしい。彼は前かがみになってデスクに手をついたかと思うと、体を起こして両手をポケットに入れた。それからふたたび咳払いして、ちらっとハンナを見る。

「今夜、私が馬車の中で口にしたことだが」マーカスが話し始めた。「言うべきではなかった」

ハンナの心臓がどきりとする。なんてことかしら。彼は私を愛していると言ったのよ。

「時も場所もふさわしくなかった」マーカスが続けた。「急いでいる馬車の中であんなことを言うなんて。捕り手を召集するためにきみをひとりで行かせ、私は自分の身代わりにデヴィッドが早死にするのを防ごうとしていた。そんなときに言うべきでは……」彼はためらった。

ハンナは咳払いしてそっと訊いた。「いつ口にするつもりだったの？」胸がどきどきする音が大きすぎて、自分の声がほとんど聞こえない。

マーカスは紙を手でもてあそんでいた。「今夜だ。私の部屋で、ふたりきりで夕食をとろうと計画していたんだ。私たちが夕食の席に顔を出さなければ、ロザリンドが有頂天になるだろうとわかってはいたが。それから……」彼はかすかに微笑み、結婚の特別許可証を広げた。「いつも計画は得意なほうなんだが、きみがここに現れてからは何ひとつ計画どおりにいかない」

「そうね」ハンナは小声で言った。「あなたの言いたいことはわかるわ」

マーカスの笑みが悲しげに変わった。「きみも？　気づかなかった」

ハンナはため息をついた。「そうなのよ。ロンドンへ来てから、本当にたくさんのことを学んだわ」

彼が喉を鳴らして笑った。「もっときみに教えたい」

ハンナはにっこりして言った。「全力を尽くして学ぶわ」不意にウエストをつかまれてデスクの上に座らされ、彼女はびっくりした。

「それにはかなり――」マーカスが両手でハンナの顔をはさんだ。「たくさんのレッスンが必要だ」

彼の瞳はハンナが大好きなぬくもりで輝いていた。「そうなることを願っているわ。いいえ、要求するわ」

マーカスの顔からからかうような笑みが消え、切望と愛に満ちた表情に変わった。ハンナはまぶたの裏が涙でちくちくするのを感じた。「私は……」彼が口ごもった。「今こそふさわしい時と場所だと信じているんだ。きみを愛している、ハンナ・ジェーン・プレストン。これほど人を愛せるとは思わなかった。あらゆる意味で私の公爵夫人に、私の妻になってほしい」マーカスが言葉を切り、彼女の顔を探った。「きみが同意してくれるなら」

「まあ、どうしたらいいかわからないわ」ハンナはゆっくりと言った。「私には財産もないのよ」

「財産が欲しいのか？」ひどく困惑した様子でマーカスが声をあげた。

「社会的な地位もないの」彼女は続けた。「じつを言うと、私がここで得ている名声といえば、そばかすがあって、平凡で田舎くさいおかしな女ということくらいよ」

「誰もきみのことをそんな――」すばやく反論しかけたマーカスがはっと口ごもり、心得顔になった。

「それに、煙突にのぼってエクセター公爵家の真珠をだめにしたことを誰かに知られたら、ロンドン中の女性たちは二度と私に口をきいてくれなくなるわ」ハンナはちらりとマーカスをうかがい、彼がついてきてくれているか確かめた。彼の口もとにはかすかな笑みが浮かび、瞳はいたずらっぽく輝いている。

「そうなったら、つまらない集まりや舞踏会に出席して時間を無駄にすることもなくなる。私はもっと家で夜を過ごすほうが好きなんだ」マーカスが言った。

「それなら運がいいわ。私は重要人物とのつながりもないんですもの」ハンナはわざとらしいため息をついて締めくくった。「ひとつもないのよ。もうどこからも招待されなくなるかもしれない」

「ふむ」マーカスがハンナのヒップに手をあて、デスクの上で背中を反らさせた。「私とつながればいいんだ」彼はつぶやいた。「かなり……親密に」そう言うと、マーカスはまるで答えに耳を澄ますように頭を傾けた。「でも、たとえ貧しかろうが、きみには美点がひとつあることを言い忘れているよ」

今度はハンナが困惑して彼を見る番だった。マーカスがそっと彼女の手を取って自分の胸に置き、その上から自分の手を押しあてた。てのひらに力強い鼓動を感じる。

しばらくのあいだ、ふたりは無言で見つめ合っていた。マーカスの顔に浮かぶ表情に、ハンナはくずおれてしまいそうになった。「そうね」彼女はささやいた。「その意見には何よりも賛成できるわ」

彼の手に力がこめられた。「きみは傲慢で冷酷な野獣を本気で愛せるかい？」

ハンナは微笑み返した。「あなたは平凡な田舎者の女を本気で愛せる？」

マーカスがしばらく考えるふりをした。「永遠に？　それとも、今すぐこのデスクで？」

驚いて目を見開いたハンナに、彼は肩をすくめてみせた。デスクの上の彼女にのしかかって、さらにうしろへ反らせる。「どちらでもかまわない。答えは同じなんだから」バランスを崩したハンナは、小さな悲鳴をあげてデスクに横たわった。瞳をきらりと光らせ、マーカスがデスクの上から台帳や書類を払いのけた。「最近テーブルのことで困っているんだ。目にするたびに、その上できみと愛し合うことを考えてしまう」

ハンナはエクセター・ハウスにある何十ものテーブルを思い浮かべた。頭をさげてきたマーカスの首に腕を巻きつける。「その言葉を忘れないで」

マーカスが笑うと、ハンナの唇にあたたかい息がかかった。「きみが一緒にいてくれるかぎり忘れないよ、ダーリン」

訳者あとがき

『子爵が結婚する条件』に続くキャロライン・リンデンの二作目、『ためらいの誓いを公爵と』"WHAT A GENTLEMAN WANTS"をお届けします。

外国帰りで当時のレディたちとはちょっと毛色の違う女性がヒロインだった前作と比べると、時代や舞台はほぼ同じでも、こちらはどちらかといえば王道に近い作品ではないでしょうか。

ヒロインのハンナは田舎町の牧師の未亡人。半年前に急な病で夫を亡くし、幼い娘を抱えて牧師館からの立ち退きを迫られています。実家に戻ろうにも、再婚したばかりの父は娘と孫に余分なお金がかかることをあからさまにいやがっています。他人の屋根の下でお荷物として暮らす人生を娘にも味わわせなければならないのか……。悩みを抱えるハンナの運命は、怪我をしたロンドンの紳士を自宅で看病したことで大きく変わっていきます。

ヒーローのエクセター公爵マーカスには双子の弟デヴィッドがいます。責任感のかたまりである兄と、責任感など気にしたこともない弟。生まれるのがたった一〇分違うだけで、背負うものがまったく変わってしまい、正反対の生き方をせざるをえなくなったとも言えるでしょう。それぞれに違う悩みを抱えた兄弟が、ある事件に巻きこまれたことで絆《きずな》を再確認するところも、この作品の見所ではないでしょうか。

わきを固めるキャラクターたちも魅力的です。上流階級の中でも身分の高いヒーローと、牧師の未亡人とはいえ農家の娘だったヒロインのあいだには大きな隔たりがあります。舞踏会など見たこともなかったヒロインがきらびやかなロンドン社交界に乗り出していくためには、ヒーローの義母の助けが不可欠でした。一見おっとりした上品な貴婦人に見えますが、じつはしっかりした策士なのです。四歳になるヒロインの娘モリーも、登場人物たちのみならず、読み手の心をぐっとつかんでくれるでしょう。

作者キャロライン・リンデンのホームページには、本作のエピローグが特別に公開されています。少しだけご紹介すると、公爵の本宅であるエインズリー・パークで、今まさに結婚式が執り行われようとしているところです。幸せそうな兄夫婦にくらべて弟はどこか元気がなく……。

じつはこのエピローグは、次の作品のプロローグにもなっているのです。三作目は、本作でとんでもない事件ばかり起こしていた弟のデヴィッドがヒーローです。彼はいったいどのような成長を見せてくれるのでしょうか。モリーや、公爵の秘書であるミスター・アダムズの姿も見られるようです。また四作目のヒロインは、こちらも本作に登場しているヒーロー兄弟の妹、シーリア。本作では、来年社交界デビューを迎えるとは思えないおてんばぶりを見せてくれていた彼女が、いったいどんなヒロインになるのでしょう。こちらもまた楽しみです。

二〇〇八年一〇月

ライムブックス

ためらいの誓《ちか》いを公爵《こうしゃく》と

著　者　キャロライン・リンデン
訳　者　白木智子《しらきともこ》

2008年11月20日　初版第一刷発行

発行人　成瀬雅人
発行所　株式会社原書房
〒160-0022東京都新宿区新宿1-25-13
電話・代表03-3354-0685　http://www.harashobo.co.jp
振替・00150-6-151594
ブックデザイン　川島進（スタジオ・ギブ）
印刷所　中央精版印刷株式会社

落丁・乱丁本はお取り替えいたします。
定価は、カバーに表示してあります。
 ISBN978-4-562-04350-7　Printed in Japan